KB051698

더 체인

THE
CHAIN
더 체인

에이드리언 매킨티 장편소설

황금진 옮김

arte

이 세상을 지옥이라 여기며 염세적인 태도를 갖는 것에도

삶의 지혜는 있다.

—아르투어 쇼펜하우어, 『여록과 보유』(1851)

사슬은 절대 끊어선 안 돼.

—스티비 닉스, 「더 체인」(오리지널 데모, 1976)

| 차 례 |

1부

실종된
소녀들

1
목요일 오전 7시 55분

소녀는 버스 정류장에 앉아 '좋아요'를 받은 자신의 인스타그램 게시물을 확인하느라, 총을 든 남자가 바로 옆에 다가올 때까지도 알아차리지 못한다.

소녀는 가방을 벗어 던지고 습지를 가로질러 도망칠 수도 있었다. 몸놀림이 빠른 열세 살인 데다, 플럼섬의 늪과 습지는 모조리 꿰고 있으니까. 아침 해무가 옅게 꼈고, 남자는 덩치가 크고 동작도 굼뜨다. 스쿨버스가 도착할 8시면 뒤쫓다 단념할 게 분명하다.

이 모든 것이 순식간에 소녀의 머릿속을 스쳐 지나간다.

이제 남자는 소녀 바로 앞에 서 있다. 검정색 스키 마스크를 쓰고 소녀의 가슴에 총을 겨누고 있다. 소녀는 헉 소리를 내며 휴대폰을 떨어뜨린다. 이건 절대 장난이나 몰래카메라가 아니다. 지금은 11월이고 핼러윈도 지난주였다.

"너 이게 뭔지 알아?" 남자가 묻는다.

"총요." 카일리가 대답한다.

"총은 총인데 네 심장에 겨눈 총이지. 네가 비명을 지르거나 반항하거나 도망가려고 하면, 널 쏠 거야. 알아들었어?"

카일리가 고개를 끄덕인다.

"좋아, 착하네. 얌전하게 굴어야 해. 이 눈가리개를 써. 네 생사는 이제 너희 엄마가 앞으로 24시간 동안 어떻게 하느냐에 달려 있거든. 혹시…… 우리가 널 풀어주게 된다면, 네가 우리 얼굴을 몰라야 하잖니."

카일리는 벌벌 떨면서 패드를 덧댄 신축성 있는 눈가리개를 쓴다.

차 한 대가 카일리 옆에 멈추고, 차문이 열린다.

"타. 머리 조심하고." 남자가 말한다.

카일리는 손으로 앞을 더듬으며 차에 오른다. 카일리의 가슴이 쿵쾅거린다. 차에 타선 안 된다는 걸 알고 있다. 여자애들이 이런 식으로 사라진다. 매일 이런 식으로 사라진다. 차에 타면 그걸로 끝이다. 차에 타면 영원히 행방불명된다. 차에 타지 않고 뒤돌아 죽을 힘을 다해 도망쳐야 한다.

하지만 너무 늦었다.

"안전벨트 채워." 앞좌석에서 어떤 여자가 말한다.

카일리는 눈가리개를 쓴 채 울기 시작한다.

남자가 카일리 옆자리로 올라타 안전벨트를 매준다. "제발 부탁하는데, 얌전히 있어줘, 카일리. 우린 정말 널 다치게 하고 싶지 않거든."

"뭔가 잘못 아신 거 같은데, 우리 엄마는 돈 없어요. 새로운 직장은 아직 출근도······."

"걔 입 좀 다물라고 해!" 여자가 앞좌석에서 쏘아붙이듯 말한다.

"돈 때문이 아니야, 카일리. 들었지? 조용히 하자." 남자가 말한다.

차는 모래와 자갈투성이 길을 황급히 빠져나간다. 여자는 가속 페달을 세게 밟아 속도를 쭉 올린다.

차가 플럼섬 다리 위를 지나는 소리가 들리는 가운데, 스쿨버스가 결핵 환자처럼 쉭쉭거리며 지나가는 소리가 섞여 들려와 카일리는 움찔한다.

"천천히 달려." 남자가 말한다.

차문은 파워 도어록이고, 카일리는 기회를 놓쳤다는 생각에 자신이 원망스럽다. 안전벨트를 풀고 차문을 연 다음 몸을 굴려서 도망칠 수도 있었을 텐데. 걷잡을 수 없는 공포가 카일리를 덮친다. "저한테 왜 이러세요?" 카일리가 훌쩍이며 묻는다.

"뭐라고 말해줘야 돼?" 남자가 여자에게 묻는다.

"아무 말도 하지 마. 입이나 다물라고 해."

"조용히 하고 있어, 카일리." 남자가 말한다.

차는 뉴버리포트 근처 워터 스트리트로 짐작되는 길을 빠르게 지나간다. 카일리는 억지로라도 심호흡을 해본다. 들이쉬고 내쉬고, 들이쉬고 내쉬고, 학교에서 상담 선생님이 명상 시간에 가르쳐주었던 대로 해본다. 살아남으려면 주변을 살피면서 침착하게 견뎌야 한다. 카일리는 8학년으로 월반했고, 다들 카일리를 똑똑한 아이로 알고 있다. 현재의 돌아가는 상황을 침착하게 살피다가 기회가 오면 잡아야 한다.

오스트리아 여자애도 살아 돌아왔고 클리블랜드 여자애들도 살아 돌아왔다. 그리고 열네 살에 납치당했던 모르몬교 여자애가 '굿모닝 아메리카'에 나와서 인터뷰하는 것도 본 적이 있다. 그 애들은 모두 살아남았다. 운이 좋았겠지만, 어쩌면 운만 있었던 건 아닐지도 모른다.

카일리는 다시 한번 숨 막힐 듯 밀려오는 공포를 간신히 억누른다.

차가 뉴버리포트 1번 국도 다리에 들어선다. 메리맥강을 건너 뉴햄프셔주로 향한다.

"왜 이렇게 서둘러." 남자가 투덜거리자 차는 잠시 속도를 늦추는가 싶더니 다시 슬슬 속도를 낸다.

카일리는 엄마 생각을 한다. 엄마는 오늘 정기검진을 받으러 보스턴 병원에 간다고 했다. 불쌍한 우리 엄마, 이건……

"어떡해." 운전 중인 여자가 갑자기 겁에 질린 목소리로 말한다.

"왜 그래?" 남자가 묻는다.

"방금 주 경계선에 경찰이 있었어."

"괜찮아, 내 생각엔 당신이 그…… 이런 빌어먹을, 경광등에 불 들어왔잖아. 경찰이 차 세울 거야. 당신이 과속해서 그래! 차 세워."

"나도 알아." 여자가 대꾸한다.

"괜찮을 거야. 이 차 도난 신고 아직 안 들어갔을 테니까. 몇 주 동안이나 보스턴 그 골목길에 서 있던 차잖아."

"차가 문제가 아니라 쟤가 문제지. 나한테 총 넘겨."

"어쩌려고?"

"어쩌긴 뭘 어째?"

"대화로 해결할 수 있을거야." 남자가 우긴다.

"납치해서 눈가리개 씌운 애가 뒷좌석에 있는데?"

"앤 아무 말도 안 할 거야. 그렇지, 카일리?"

"네. 가만히 있을게요." 카일리가 훌쩍이며 말한다.

"일단 개 조용히 하라고 하고, 얼굴에 그거 벗긴 다음에 고개 숙이고 눈 깔라고 해." 여자가 지시한다.

"눈 꼭 감고 있어. 찍소리도 내지 말고." 남자가 눈가리개를 벗기고 카일리의 머리를 아래로 찍어 누르며 말한다.

여자가 차를 세운다. 경찰차가 바로 뒤에 정차하고, 여자는 백미러로 경찰을 지켜보고 있다. "경찰이 차 번호를 적고 있어. 아마 무전기에도 번호 불러줬을 거야."

"괜찮아. 말만 잘하면 괜찮을 거야."

"경찰 순찰차에는 전부 블랙박스 달려 있지?"

"모르겠는데."

"곧 이 차를 수배할 거야. 우리 세 사람도. 이 차는 차고에 숨겨놔야 할 거 같은데. 어쩌면 몇 년 동안."

"오버하지 마. 그냥 과속 딱지 떼는 걸 거야."

카일리는 경찰관이 차에서 내려 저벅저벅 부츠 신은 발로 그들 쪽으로 걸어오는 소리를 듣는다.

카일리는 여자가 운전석 창문을 내리는 소리도 듣는다. "어떡해." 여자가 나지막이 내뱉는다.

경찰관의 발소리가 열린 창문 옆에서 멈춘다.

"무슨 문제라도 있나요?" 여자가 묻는다.

"지금 얼마나 과속했는지 아세요?" 경찰관이 되묻는다.

"몰랐어요."

"시속 83킬로미터 나왔어요. 여기는 어린이 보호 구역이라서 제한 속도 40이에요. 표지판 못 보셨어요?"

"네, 못 봤어요. 이 근처에 학교가 있는지도 몰랐네요."

"어린이 보호 구역 표지판이 곳곳에 있는데요."

"죄송해요, 전 하나도 못 봤어요."

"운전자분의······." 경찰관이 말을 하다 멈춘다. 카일리는 안다. 경찰이 자신을 보고 있다는 것을. 카일리의 온몸이 덜덜 떨린다.

"옆자리에 앉은 아이는 따님인가요?" 경찰이 남자에게 묻는다.

"네." 남자가 대답한다.

"얘, 얼굴 좀 보여줄래?"

카일리는 두 눈을 꼭 감은 채 고개를 든다. 몸은 여전히 떨고 있다. 경찰이 뭔가 이상하다는 걸 알아차렸다. 눈 깜짝할 사이에 경찰관, 카일리, 여자, 남자 모두 다음 행보를 결정한다.

여자가 짜증섞인 신음 소리를 내더니 한 발의 총성이 울린다.

2
목요일 오전 8시 35분

그냥 정기검진일 뿐이다. 모든 게 아무 이상 없는지, 유방암이 재발하지는 않았는지 확인하기 위해 6개월에 한 번씩 받는 정기검진. 레이철은 카일리한테 걱정 말라고 일러두었다. 컨디션도 최상이고 아무 이상 없을 게 거의 확실하기 때문이다.

사실, 물론 내색은 안 했지만, 레이철은 모든 게 괜찮은 상황은 아닐지도 모른다고 느꼈다. 원래 다음 검진은 추수감사절 전 화요일로 잡혀 있었다. 그런데 지난주에 검사실에서 무슨 혈액검사를 받게 하더니, 결과를 확인한 담당의 리드가 오늘 아침으로 진료를 앞당겼다. 우선 짚고 넘어가야 할 것은, 캐나다 노바스코샤 출신인 리드는 무뚝뚝하고 침착하며 감정 기복이 거의 없는 여자란 점이다. 겁에 질려 호들갑을 떨 사람이 절대로 아니다.

I-95번 고속도로를 타고 남쪽으로 운전을 하면서 레이철은 그것

에 대한 생각을 하지 않으려고 노력 중이다.

미리 걱정해서 뭐해? 아직 아무것도 모르는데. 리드가 추수감사절에는 고향에 가려고 예약 환자들을 전부 앞당겨 보려나 보지.

레이철은 하나도 아프지 않다. 오히려, 최근 몇 년 동안 컨디션이 이렇게 좋았던 적이 없을 정도다. 한동안은 뒤로 넘어져도 코가 깨질 정도로 재수가 없다고 생각했지만, 이제 모든 게 달라졌다. 이혼은 지난 일이다. 요즘은 1월부터 맡게 될 철학 강의를 위해 강의안을 작성 중이다. 항암 치료를 받으면서 빠진 머리카락도 거의 다 자랐다. 기력도 돌아왔고 체중도 늘고 있다. 지난해에 받은 정신적 타격에서도 회복되었다. 마티의 로스쿨 학비를 대고 플럼섬에서 함께 살 집을 구하기 위해 투잡을 뛰던 똑 부러지고 강인한 여성으로 돌아왔다.

이제 겨우 서른다섯. 레이철에게는 창창한 앞날이 있다.

나무를 두드려 부정을 쫓아버리자. 레이철은 대시보드의 녹색 부분을 톡톡 두드린다. 나무라면 좋겠지만 플라스틱이겠지? 오로지 레이철 본인만이 볼보 240의 짐칸에서 원하는 것을 찾아낼 수 있지만 거기 있는 오래된 참나무 지팡이를 찾자고 목숨 걸고 뒤로 손을 뻗을 필요까지는 없을 것이다.

휴대폰을 보니 8시 36분이다. 카일리는 스쿨버스에서 내려 스튜어트와 함께 운동장을 가로지르고 있을 것이다. 아침 내내 아꼈던 바보 같은 농담을 카일리에게 문자로 보낸다. 엄마가 길을 잃으면?

1분이 지나도 카일리한테 답장이 없자, 레이철이 답을 보낸다. 맘마미아.

그래도 답장이 없다.

이해 안 돼? '맘마'가 '미아'가 됐다고. 다시 문자를 보낸다.

카일리는 일부러 문자를 무시하고 있을 것이다. **그래도 스튜어트는 분명 웃었을 거야.** 레이철은 그렇게 생각하면서 빙그레 미소 짓는다. 스튜어트는 레이철의 썰렁한 농담에도 늘 웃어주는 소년이다.

8시 38분이다. 정체가 시작되려고 한다.

늦고 싶지 않다. 레이철은 약속 시간에 절대 늦는 법이 없는 사람이다. 고속도로에서 빠져서 1번 국도를 타면 어떨까?

그러다 캐나다의 추수감사절은 미국과 다르다는 사실이 문득 떠오른다. 검사 결과가 나쁘기 때문에 레이철을 부른 게 틀림없다. "아냐." 레이철은 큰 소리로 외치며 도리질을 한다. 예전처럼 부정적인 생각의 소용돌이에 빠지지 않을 것이다. 앞으로 나아갈 것이다. 병자들의 왕국으로 들어가는 여권이 아직 유효하다고 해서 병자인 것은 아니다. 병은, 웨이트리스 생활과 우버 기사 노릇과 번지르르한 말발로 자신을 속이던 마티와 더불어 과거의 일이다.

드디어 레이철의 잠재력을 온전히 발휘하게 될 날이 온다. 이제는 강사가 되었기 때문이다. 첫 강의를 어떻게 할까 고민이다. 쇼펜하우어는 모두에게 너무 진지할지도 모른다. 사르트르와 웨이트리스에 관한 농담으로 시작해야 할까. 그 카페……

그때 전화벨이 울려 레이철은 화들짝 놀란다.

액정에는 알 수 없는 발신자라고 뜬다.

레이철은 스피커폰으로 전화를 받는다. "여보세요?"

"두 가지를 기억해라." 음성 변조를 한 듯한 목소리가 말한다. "첫째, 네가 처음도 아니고 분명 마지막도 아닐 것이다. 둘째, 명심해라, 이건 돈 때문이 아니라 체인 때문이라는 걸."

장난 전화일 거야, 레이철의 머리 한쪽에서 이렇게 속삭인다. 하지만 소녀 더욱 깊숙이, 태곳적부터 존재했던 어느 부분에서는 순전한 동물적 공포라고밖에 할 수 없는 반응을 보이려 한다.

"전화 잘못 거신 것 같네요." 레이철이 넌지시 말한다.

목소리는 레이철의 대꾸는 안중에도 없이 말을 이어나간다. "레이철, 5분 안에 너는 평생 가장 중요한 전화를 받게 될 거다. 차는 갓길에 대는 게 좋겠지. 정신 바짝 차려야 할 테니까. 자세한 지시 사항을 전달받게 될 거다. 전화기 충전 잘 해놓고, 지시 사항을 받아 적을 펜이랑 종이도 준비해두도록. 쉬운 일이라고 속이진 않겠다. 앞으로 굉장히 힘든 나날이 되겠지만, 체인이 극복하게 해줄 거다."

레이철은 갑자기 한기가 든다. 입에서는 쇠 맛이 나고 머리는 띵하다. "경찰에 신고할 거예요. 아니면……."

"경찰은 안 돼. 법 관련 기관은 종류를 막론하고 금지야. 잘해낼 거야, 레이철. 우리를 실망시킬 사람이라고 생각했으면 애초에 뽑지도 않았을 테니까. 우리가 요구하는 일이 지금 당장은 불가능해 보이겠지만 네 능력 밖의 일은 아니야."

척추를 타고 얼음 조각이 미끄러지듯 등골이 오싹하다. 미리 보기 같은 건가. 몇 분만 지나면 스스로 모습을 드러낼 끔찍한 미래를 먼저 보여주는?

"누구세요?" 레이철이 묻는다.

"우리가 누구고 무슨 짓까지 저지를 수 있는지는, 앞으로도 모르게 해달라고 비는 게 더 좋을 거야."

전화가 끊어진다.

발신자를 다시 확인해보지만 역시나 번호는 뜨지 않는다. 하지만 그 목소리, 기계의 힘을 빌려 위장한 그 목소리는 침착하고 자신만만하며, 모골이 송연해질 정도로 무섭고 거만했다. 평생 가장 중요한 전화를 받게 될 거라니, 대체 무슨 말일까? 정말로 전화가 또 올지도 모른다는 생각에, 레이철은 백미러를 확인한 후 추월 차로에서 중간 차선으로 빠져나온다.

빨간색 스웨터에서 풀린 올을 초조하게 만지작거리는데 아이폰이 다시 울린다.

이번에도 알 수 없는 발신자다.

레이철은 녹색 통화 버튼을 찌르듯 터치한다. "여보세요?"

"레이철 오닐 씨인가요?" 목소리가 묻는다. 다른 목소리다. 이번에는 여자다. 혼비백산한 듯 들리는 여자 목소리.

레이철은 아니라고 말하고 싶다. 결혼 전 이름인 레이철 클라인을 다시 쓰기 시작했다는 핑계로 임박한 재앙을 외면하고 싶지만, 소용없으리라는 것을 잘 안다. 그 어떤 말로도, 그 어떤 행동으로도 이 여자가 전해줄 최악의 소식을 막지는 못할 것이다.

"맞는데요." 레이철이 말한다.

"정말 미안해요, 레이철. 끔찍한 소식이 있어요. 지시 사항을 받아 적을 펜과 종이가 준비됐나요?"

"무슨 일인데요?" 이제는 정말로 무서워진 레이철이 묻는다.

"내가 당신 딸을 납치했어요."

3
목요일 오전 8시 42분

하늘이 무너지고 있다. 완전히 무너져 내리고 있다. 숨을 쉴 수가 없다. 숨을 쉬고 싶지도 않다. 내 딸이. 아니야. 사실이 아니야. 아무도 카일리를 납치하지 않았어. 이 여자는 납치범 같지 않아. 거짓말이야. "카일리는 학교에 있어요." 레이철이 말한다.

"학교에 없어요. 내가 데리고 있거든요. 내가 납치했다고요."

"그럴 리가……. 농담하지 마세요."

"하늘에 맹세코 농담 아니에요. 우리가 버스 정류장에서 데려왔어요. 지금 카일리 사진 보낼 거예요."

눈가리개를 쓴 채 자동차 뒷좌석에 앉아 있는 소녀의 사진이 문자로 들어온다. 소녀는 카일리가 오늘 집을 나설 때 입은 것과 똑같은 검정색 스웨터와 황갈색 울 코트를 입고 있다. 카일리처럼 주근깨가 난 뾰족코에 갈색 머리에는 빨간색으로 하이라이트 염색을 했다. 틀림없이 카일리다.

레이철은 구역질이 난다. 시야가 빙빙 돈다. 운전대를 놓아버리고 만다. 볼보가 차선을 벗어나자 다른 차들이 경적을 울려댄다.

여자가 말을 잇는다. "당황하지 말고, 내가 하는 말 하나도 빼놓지 말고 잘 들어요. 당신도 정확히 내가 했던 그대로 해야 해요. 일단 규칙을 전부 받아 적고, 하나라도 어기면 안 돼요. 규칙을 어기거나 경찰을 부르면 당신도 벌을 받고 나도 벌을 받을 거예요. 당신 딸도 살해당하고 내 아들도 살해당할 거라고요. 그러니까 지금부터 내가 하는 말 정확히 다 받아 적도록 해요."

레이철은 눈을 비빈다. 거대한 파도가 머리 바로 위에서 부서지는 듯, 머릿속에 굉음이 울린다. 금방이라도 그녀를 산산조각 낼 듯한 굉음. 세상에서 가장 나쁜 일이 정말로, 실제로 벌어지려 하고 있다. 아니 정말로 벌어지고 말았다.

"카일리 바꿔, 이 나쁜 년아!" 레이철이 악을 쓰며 다시 운전대를 제대로 잡아 간발의 차로 트레일러트럭을 피한다. 그러고는 차선을 넘어 갓길로 가 차를 댄다. 끼익 차를 멈추고 시동을 끄자, 주변 운전자들이 경적을 울리며 큰 소리로 욕설을 퍼붓는다.

"아직은 카일리한테 아무 일 없어요."

"경찰에 신고할 거야!" 레이철이 울부짖는다.

"아니, 경찰은 안 돼요. 레이철, 우선 흥분 좀 가라앉혀요. 당신이 쉽게 이성을 잃는 사람이었으면 당신을 고르지도 않았을 거예요. 당신에 대해서 조사를 좀 했거든요. 하버드 이력도, 암을 극복한 것도 다 알아요. 새로 구한 일자리도 알고요. 당신은 꼼꼼한 사람이니까 이 일을 망치지 않을 거예요. 이번 일을 망치면 그 결과는 하나뿐이에요. 카일리도 죽고, 내 아들도 죽어요. 그러니까 자, 이제 종이에다 받아 적어요."

레이철은 심호흡을 한 후 가방에서 재빨리 수첩을 꺼낸다. "준비됐어요."

"당신은 지금 체인에 들어왔어요, 레이철. 우리 둘 다요. 체인은 무슨 일이 있어도 조직을 지켜낼 거예요. 그러니까 첫째, 경찰은 절대 안 돼요. 당신이 경찰한테 말만 걸어도, 체인 조직원은 그걸 알아내고 나한테 카일리를 죽인 다음 다른 표적을 고르라고 명령할 거예요. 그럼 난 그 명령에 따를 거고요. 체인은 당신이나 당신 가족은 안중에도 없어요. 체인이 염두에 두는 건 오로지 체인의 안위밖에 없어요. 알아들었어요?"

"경찰은 안 된다고요." 레이철이 멍하니 읊조린다.

"둘째는 선불폰이에요. 무기명 폰을 여러 개 사서 지금 내가 하는 것처럼 매번 한 번만 통화하고 버려요. 알겠어요?"

"알았어요."

"셋째, 토르 브라우저를 다운받아요. 그래야 다크웹에 들어갈 수 있거든요. 좀 까다롭기는 해도 할 수 있을 거예요. 토르를 써서 인피니티프로젝트를 찾아요. 다 받아 적고 있어요?"

"네."

"인피니티프로젝트는 그냥 가상의 이름이에요. 아무 의미도 없지만 그 사이트에서 비트코인 계좌를 찾을 수 있어요. 토르에서 신용카드나 온라인 송금으로 비트코인을 살 수 있는 데가 대여섯 군데 있어요. 인피니티프로젝트 계좌는 2, 2, 8, 9, 7, 4, 4예요. 잘 받아 적어요. 일단 송금하고 나면 추적은 불가능해요. 체인이 당신한테 원하는 액수는 2만 5천 달러예요."

"2만 5천 달러요? 그 돈을 어떻게……."

"그건 내가 알 바 아니고요. 사채를 쓰든, 2차 담보를 받든, 청부 살인을 하든 마음대로 해요. 뭘 하든 상관없어요, 돈만 구하면 그만 이니까. 그 돈을 지불하는 게 1단계예요. 2단계는 더 힘들어요."

"2단계는 뭔데요?" 레이철이 경악하며 묻는다.

"내가 당신한테 해줄 말은, 당신이 처음도 아니고 마지막도 아니 란 거예요. 당신은 체인에 들어왔고, 체인의 역사는 오래전으로 거슬러 올라가요. 내 아들을 구해내려고 내가 당신 딸을 납치했어요. 내 아들도 누군지 모르는 남녀한테 납치를 당한 상태고요. 당신도 표적을 골라서 그 사람이 사랑하는 한 사람을 납치해야 해요. 그래 야 체인이 계속 이어지거든요."

"뭐라고요! 당신 미쳤……."

"잘 들어요. 아주 중요한 얘기니까. 당신도 체인에서 당신 딸을 대신할 누군가를 납치해야 한다고요."

"그게 대체 무슨 얘기예요?"

"표적을 골라 그 표적이 사랑하는 사람을 납치한 다음, 표적이 몸값을 지불하고 또 다음 사람을 납치할 때까지 붙잡아두고 있어 야 해요. 그게 누가 됐든, 당신이 고른 사람한테 나처럼 전화를 거 는 거예요. 내가 지금 당신한테 하듯 당신도 당신 표적한테 해야 한 다고요. 당신이 몸값을 지불하고 누군가를 납치하자마자 내 아들은 풀려날 거예요. 당신의 표적이 몸값을 지불하고 누군가를 납치하자 마자 당신 딸도 풀려날 거고요. 간단해요. 그게 바로 체인이 끊어지 지 않고 영원히 이어지는 방식이에요."

"뭐라고요? 누굴 골라야 하는데요?" 레이철이 완전히 겁에 질려 묻는다.

"규칙을 깨지 않을 만한 사람으로요. 경찰이나 정치가나 기자는 안 돼요. 그 사람들은 거래를 망치기 일쑤니까. 몸값을 내고 납치를 저지른 다음 입을 다물어서 체인이 계속 이어지게 할 만한 사람으로 골라요."

"내가 그걸 다 따를지, 당신이 어떻게 알아요?"

"당신이 안 하면, 내가 카일리를 죽이고 다른 사람을 골라 다시 시작할 거거든요. 내가 일을 망치면 그 사람들이 내 아들을 죽이고 나도 죽일 거예요. 우린 이미 벼랑에서 추락하는 중이라고요. 다시 한번 확실하게 말하는데, 레이철, 내가 카일리를 죽일 거예요. 이젠 내가 무슨 짓까지 할 수 있는지 알거든요."

"제발 그러지 마세요. 그 애를 보내주세요, 제발. 내가 이렇게 빌게요. 같은 엄마로서 이렇게 빌게요. 그 애가 얼마나 소중한 아이인데요. 그 애는 내 전부라고요. 너무나 사랑하는 내 딸이라고요."

"그 점에 기대를 걸고 있는 거예요. 이제까지 내가 한 말 다 알아들었죠?"

"네."

"그럼 전화 끊을게요, 레이철."

"안 돼요! 잠깐만요!" 레이철이 울부짖지만 여자는 이미 전화를 끊었다.

4
목요일 오전 8시 56분

레이철의 몸이 덜덜 떨리기 시작한다. 토할 것처럼 구역질이 나고 숨이 막힌다. 독이나 다름없는 약을 투여하고 온몸이 타오르는 감각을 견디던 항암 치료 시절로 돌아간 기분이다.

왼쪽으로 차들이 지나가며 끝없이 경적을 울려대지만, 레이철은 낯선 세상에 불시착해 오래전에 죽어버린 탐험가처럼 꼼짝 않고 앉아 있다. 여자가 전화를 끊은 지 45초가 지났다. 45년 같은 45초다.

갑자기 전화가 다시 울려 레이철은 화들짝 놀란다. "여보세요?"

"레이철?"

"네."

"리드예요. 9시에 내원하시는 걸로 알고 있는데, 아직 접수도 안 하셨더라고요."

"늦을 것 같아요. 차가 밀려서."

"괜찮아요. 이 시간 교통 체증은 정말 끔찍하죠. 언제쯤 도착하실 거 같아요?"

"네? 아…… 아무래도 오늘은 못 갈 것 같아요. 갈 수가 없어요."

"그래요? 저런. 내일은 시간 괜찮을까요?"

"아뇨. 이번 주는 안 될 것 같아요."

"레이철, 와서 혈액검사 결과 좀 상의했으면 하는데요."

"죄송해요. 이만 끊어야겠어요."

"저기, 이런 얘기를 전화로 하고 싶지는 않지만, 최근 검사 결과에서 CA 15-3 수치가 굉장히 높게 나타났어요. 그래서 한번 얘기를 나눠봐야……."

"못 갈 것 같아요. 안녕히 계세요, 선생님." 레이철이 그렇게 말하며 전화를 끊는데 백미러에 경광등 불빛이 나타난다. 머리색이 짙고 덩치가 커다란 고속도로 순찰 대원이 차에서 내려 레이철의 볼보 쪽으로 다가온다.

어찌할 바를 모른 채 운전석에 앉아 있는 레이철의 얼굴에 눈물이 말라붙고 있다.

순찰 대원이 창을 톡톡 두드리자 레이철은 잠시 주저하다 창문을 내린다. "저기요." 막 말을 꺼내려던 순찰 대원은 레이철이 울고 있다는 사실을 알아차린다. "혹시 차에 무슨 문제라도 있습니까?"

"아뇨, 없어요. 죄송합니다."

"갓길은 긴급 차량 전용이에요."

말해버려, 레이철은 속으로 생각한다. 모조리 말해버려. 아니, 그러면 안 돼. 그 사람들이 카일리를 죽일 거야, 분명히 그럴 거야. 그 여자가 기어이 죽이고 말 거라고. "여기 세우면 안 되는 건 아는데, 암 주치의랑 통화하느라 그랬어요. 아무래도…… 암이 재발한 것 같네요."

무슨 상황인지 파악한 순찰 대원은 천천히 고개를 끄덕인다. "운전은 계속하실 수 있겠어요?"

"네."

"딱지는 안 끊을 테니, 갓길에서 이동 부탁드려요. 차로에 진입하실 때까지 다른 차량들 통제해드릴게요."

"감사합니다."

레이철이 시동을 켜자 낡은 볼보가 다시 툴툴거리기 시작한다. 순찰 대원이 서행 차로의 차량을 통제해준 덕분에 레이철은 수월하게 차로에 진입한다. 1.5킬로미터쯤 달려 다음 인터체인지로 빠진다. 남쪽으로 쭉 달리면 병원이 나오지만 이제 레이철에게 병원은 안중에도 없다. 완전히 관심 밖의 일이다. 카일리를 되찾아야 태양도, 별도, 아니 온 우주가 존재하는 것이다.

북쪽으로 향하는 I-95번 도로를 탄 후, 레이철은 이 볼보를 몰기 시작한 이래 그 어느 때보다 세게 밟는다.

서행 차로로, 중간 차로로, 이어 추월 차로로.

시속 95킬로미터, 105킬로미터, 115, 120, 125.

엔진이 비명을 지르지만 레이철의 머릿속에는 오로지 **빨리 가**, **빨리 가**, **빨리 가**밖에 없다.

이제 레이철이 가야 할 곳은 북쪽이다. 은행 대출을 받는 거야. 선불폰도 사야 해. 총도 준비하고, 카일리를 구하는 데 필요한 건 모조리 마련하자.

5
목요일 오전 9시 1분

모든 게 너무 순식간에 벌어졌다. 총성이 울리고 차는 다시 출발했다. 얼마 동안 달렸을까? 카일리는 이제 여기가 어디인지 알 수 없다. 한 7~8분 정도 달린 후 더 작은 도로로 진입해 한참을 내려와서 정차한 것 같다. 아줌마가 카일리의 사진을 찍고 차에서 내려 전화를 건다. 카일리의 엄마나 아빠한테 거는 게 분명하다.

카일리는 아저씨와 함께 뒷좌석에 앉아 있다. 아저씨는 가쁜 숨을 몰아쉬는 와중에 간간이 욕을 하면서, 이상한 동물 같은 소리를 내며 흐느낀다.

경찰한테 총을 쏜 건 계획에 없던 일이 분명해 보인다. 아저씨는 그 일 때문에 어찌해야 좋을지 몰라 저러는 것이다.

아줌마가 다시 차에 타는 소리가 들린다.

"이제 됐어. 그 여자도 다 알아들었고 앞으로 어떻게 해야 하는

지도 알아. 지하실로 데리고 내려가. 차는 내가 숨길게." 아줌마가
말한다.

"알았어." 아저씨는 고분고분 따른다. "이제 차에서 내려야 돼,
카일리. 차문 열어줄게."

"어디로 가는 건데요?" 카일리가 묻는다.

"네가 있을 만한 작은 공간을 준비해뒀어. 너무 걱정하지 마. 지
금까진 넌 아주 잘해줬어."

아저씨가 카일리에게 손을 뻗어 안전벨트를 풀어주는 게 느껴진
다. 아저씨가 숨을 쉴 때마다 코를 찌르는 역겨운 냄새가 난다. 카
일리 옆의 차문이 열린다.

"눈가리개는 계속 쓰고 있어. 내가 지금 너한테 총 겨누고 있거든."

아줌마의 말에 카일리가 고개를 끄덕인다.

"뭘 꾸물거려? 얼른 내리지 않고!" 아줌마가 새된 소리로 신경질
을 부린다.

카일리가 차 밖으로 다리를 휙 내리며 몸을 일으킨다.

"머리 조심해." 아저씨가 웅얼거린다.

그 말에 카일리는 조심조심 일어선다. 카일리는 고속도로를 지나
는 자동차 소리 혹은 뭔가 다른 소리가 들리지 않는지 귀를 기울여
보지만 아무 소리도 나지 않는다. 자동차 소리도, 새소리도, 대서양
의 바닷물이 해안가에 부딪치며 나는 귀에 익은 파도 소리도 들리
지 않는다. 어딘가 내륙 깊숙한 곳인 모양이다.

"이쪽이야. 내가 네 팔을 잡고 아래층으로 데려갈 거야. 아무 짓
도 하면 안 돼. 그래봐야 어디 도망칠 데도 없고 우리 둘 다 언제든
널 쏠 준비가 되어 있거든. 알았지?"

아저씨의 말에 카일리가 고개를 끄덕인다.

"대답을 해야지." 아줌마가 억지를 부린다.

"아무 짓도 안 할게요." 카일리가 대답한다.

빗장이 당겨지고 문이 열리는 소리가 들린다.

"조심해, 계단이 낡기도 했고 좀 가파르거든."

천천히 나무 계단을 내려가는 동안 아저씨는 내내 카일리의 팔꿈치를 붙잡아준다. 계단을 다 내려가자 발밑에 콘크리트 바닥이 느껴진다. 카일리는 가슴이 철렁 내려앉는다. 카일리의 집에 있는 지하 공간 같은 장소라면 흙바닥이었을 텐데. 그러면 구멍을 팔 수 있었겠지만, 콘크리트라면 얘기가 달라진다.

"다 왔어." 아저씨가 안쪽으로 데려간다. 보나마나 지하실일 것이다. 시골집, 깊은 지하실, 아무에게도 눈에 띄지 않는 곳.

엄마 생각을 하자 다시 흐느낌이 새어나온다. 불쌍한 엄마! 곧 새 직장으로 출근하기로 되어 있었는데. 암과 이혼이라는 이중고를 간신히 이겨내고 이제 막 인생을 새롭게 시작하려는 참인데. 정말 불공평하다.

"여기 앉아. 그대로 바닥에 주저앉으면 돼. 매트리스를 깔아놨거든."

카일리가 매트리스 위에 앉고 보니 침대 시트와 침낭이 깔려 있는 듯하다.

아줌마가 찰칵 하고 사진 찍는 소리가 들린다. "됐어, 난 집에 가서 사진 보내고 위커 확인해볼게. 그 사람들, 우리 때문에 화났으면 어쩌지. 제발 안 그래야 할 텐데."

"그 사람들한테는 아무 일 없다고 해. 모든 게 다 계획대로 잘됐다고."

"내가 그 정도도 모를까 봐!" 아줌마가 톡 쏘아붙인다.

"아무 일 없을 거야." 아저씨가 풀 죽은 목소리로 말한다.

아줌마가 나무 계단을 올라가 지하실 문을 닫는 소리가 들린다. 아저씨와 단 둘이 남겨지자 더 무섭다. 아저씨가 무슨 짓을 할지 모르기 때문이다.

"이제 괜찮아. 눈가리개 벗어도 돼." 아저씨가 말한다.

"아저씨 얼굴 보고 싶지 않아요."

"괜찮아, 내가 마스크를 다시 썼으니까."

카일리가 눈가리개를 벗는다. 아저씨는 여전히 총을 쥔 채 카일리 옆에 서 있다. 외투는 벗고 청바지에 검정 스웨터, 진흙이 잔뜩 들러붙은 단화 차림이다. 제법 살집이 있고, 4, 50대 가량으로 짐작된다.

지하실은 직사각형 형태로 대략 가로 6미터 세로 9미터 정도의 크기다. 작은 창문이 두 개 있는데, 창 너머는 나뭇잎으로 가려져 있다. 매트리스는 콘크리트 바닥에 놓여 있고 옆에 전기스탠드도 하나 있다. 침낭 하나, 양동이 하나, 두루마리 휴지, 종이 상자, 물 두 병이 카일리를 위해 준비되었다. 지하실의 나머지 공간은, 한쪽 벽 앞에 구식 무쇠 스토브가 세워져 있고 구석에 보일러가 놓여 있을 뿐이다.

"앞으로 며칠은 여기서 지내야 할 거야. 너희 엄마가 몸값을 지불하고 나머지 일도 완수할 때까지 말이야. 네가 최대한 편하게 지낼 수 있도록 노력할게. 넌 지금 굉장히 무섭겠지. 나로선 상상도 못 할 정도로……." 아저씨는 목이 메는지 말을 잠깐 멈췄다가 다시 잇는다. "우리도 이런 일엔 서툴러, 카일리. 원래 이런 사람들이 아닌데, 강요받아서 어쩔 수 없이 하고 있는 거야. 너도 그 점은 알아줬으면 좋겠어."

"왜 절 납치하신 건데요?"

"나중에 집에 돌아가면 엄마가 다 설명해줄 거야. 우리 집사람이 싫어해서 내가 말해줄 수가 없어."

"아저씨가 아줌마보다 좋은 사람인 것 같아서 그러는데요, 혹시 절 여기서……."

"아니. 만약에 네가 도망치려고 하면 우린, 하아, 널 죽일 거야. 겁주려고 하는 말이 아니야. 우리가 무, 무슨 짓까지 할 수 있는지는 너도 알잖아. 아까 함께 있었으니까. 소리 들었지? 불쌍한 경찰관……. 어휴, 정말. 자, 이걸 왼쪽 손목에 채워." 아저씨가 수갑을 건넨다. "손목이 빠지지 않을 정도로 꼭 조여야 해. 그렇다고 피부가 까질 정도로 너무 꼭 조이지는 말고……. 그래. 조금만 더 꼭. 어디 한번 봐봐."

아저씨가 카일리의 손목을 잡고 꼼꼼히 살피더니 수갑을 더 꽉 채운다. 수갑의 다른 한쪽 고리는 묵직한 쇠사슬에 연결하고 쇠사슬은 무쇠 스토브에 맹꽁이자물쇠로 채운다.

"사슬이 3미터 정도 되니까 웬만큼은 움직일 수 있을 거야. 저기, 계단 옆에 있는 거 보이니? 카메라야. 우리가 여기 내려와 있지 않아도 널 계속 감시하고 있을 거야. 네가 뭘 하는지 봐야 하니까 형광등도 계속 켜둘 거고. 그러니까 아무 짓도 하지 마, 알았지?"

"네."

"침낭하고 베개도 있고, 저 종이 상자 안에는 세면도구하고 휴지, 통밀 크래커, 책도 들어 있어. 해리 포터 시리즈 좋아해?"

"네."

"시리즈 전부 다 있어. 그거 말고 옛날 책도 좀 있고. 네 또래 여자애들이 읽기 좋은 책이야. 내가 책에 대해선 좀 알거든. 내가 영어…… 아무튼 좀 알아."

'내가 영어 선생님이거든'일까? 아저씨가 하려던 말은? 카일리는 궁금해한다. "감사합니다." 예의 바르게 굴자, 카일리. 카일리는 속으로 다짐한다. 말썽 안 부리고, 착하고, 겁에 질린 아이로 보여야 해.

아저씨가 여전히 총을 겨눈 채로 카일리 옆에 쪼그리고 앉는다.

"여긴 숲속이야. 비포장도로 맨 끝에 있는 우리 땅. 네가 비명을 질러도 아무도 못 들어. 엄청 넓고 사방이 숲으로 둘러싸여 있거든. 하지만 네가 소리를 지르기 시작하면, 내가 카메라를 통해 다 보고 들을 거고, 괜한 위험을 무릅쓸 수는 없으니 내려와서 너한테 재갈을 물려야 할 거야. 네가 재갈을 못 빼게 하려면 두 손도 등 뒤로 돌려 수갑을 채워야 할 거고. 무슨 말인지 알지?"

카일리는 고개만 끄덕인다.

"자, 주머니도 한번 뒤집어보고 신발은 나한테 줘."

카일리가 주머니를 뒤집는다. 어쨌거나 주머니에는 돈밖에 없다. 작은 주머니칼도, 휴대폰도 없다. 휴대폰은 플럼섬 비포장도로 위에 떨어뜨렸다.

아저씨가 일어서며 조금 휘청거린다. "맙소사." 그렇게 내뱉고는 침을 꿀꺽 삼킨다. 계단을 오르면서도 손을 벌벌 떠는 걸 보니, 자신이 한 짓이 너무 기가 막혀 도저히 믿어지지 않는 모양이다.

지하실 문이 닫히자 카일리는 뒤로 기대앉아 휴 숨을 내쉰다.

또다시 울음이 나온다. 더 이상 눈물이 나오지 않을 때까지 울고 난 다음 똑바로 앉아 물 두 병을 바라본다. 나를 독살하면 어쩌지? 하지만 뚜껑에는 손을 댄 흔적이 없고 폴란드스프링 생수다. 카일리는 걸신들린 듯 물을 마시다가 순간 멈칫한다.

아저씨가 돌아오지 않으면 어쩌지? 이 물로 일주일이나 그 이상을 버티게 하려는 거면?

카일리는 커다란 종이 상자 안을 들여다본다. 통밀 크래커 두 상자, 스니커즈 초콜릿 바, 프링글스 한 통이 보인다. 칫솔, 치약, 두루마리 휴지, 물티슈, 책 열다섯 권 정도, 메모장 한 권, 연필 두 자루, 트럼프 카드도 들어 있다. 카메라를 등진 채 연필로 수갑을 열려고 해보지만 10초 만에 단념한다. 클립 같은 게 필요하다. 책을 쭉 훑어본다. 해리 포터 시리즈, J. D. 샐린저, 하퍼 리, 허먼 멜빌, 제인 오스틴. 아저씨는 십중팔구 영어 교사일 것이다.

카일리는 물을 한 모금 더 마시고 나서 휴지를 조금 풀어 얼굴의 눈물 자국을 닦는다.

매트리스에 누워본다. 차갑다. 침낭에 들어가 카메라에 잡히지 않을 정도로 안으로 파고들어 웅크린다.

침낭 안이 그나마 안전한 느낌이다.

모습이 안 보이는 게 어딘가. 어린이 애니메이션에 흔히 나오는 마인드 컨트롤 수법이다. 내 눈에 상대가 안 보이면, 상대는 존재하지 않는 것이다.

해칠 마음이 없다는 아줌마와 아저씨의 말은 진심일까? 곧이 믿었다가 나중에 발등 제대로 찍히는 거 아닐까.

아줌마하고 아저씨는 이미 발등을 찍지 않았던가?

그 경찰의 발등을 말이다. 경찰은 죽었거나 죽어가고 있을 것이다. 세상에!

그 총소리를 떠올리니 다시금 비명을 지르고 싶어진다. 비명을 듣고 누군가 와서 구해주면 좋겠다.

살려주세요, 살려주세요, 살려주세요! 입 모양으로 몇 번이고 말하지만 실제로 입 밖으로 내뱉지는 않는다.

세상에, 카일리, 어떻게 이런 일이 벌어질 수 있어? 귀에 못이 박히도록 들었잖아. 낯선 사람 차에 타지 말라고, 모르는 사람 차에는 절대로 타면 안 된다고 말이야. 여자애들이 실종되는 일은 비일비재하고, 일단 실종되면 거의 돌아오지 못한다.

돌아온 경우도 있기는 했다. 영원히 사라진 소녀들이 많지만 그렇다고 모두가 그런 것은 아니다. 집으로 돌아온 여자애들도 더러 있었다.

엘리자베스 스마트. 모르몬교 여자애였다. 인터뷰 내내 야무지고 침착한 모습을 보이며, 그런 상황에도 희망은 있기 마련이라고 말했다. 신앙이 희망을 주었다고.

하지만 어리석기 짝이 없는 부모 탓에 카일리는 종교가 없다.

여기 있으니 폐소공포증이 심해진다.

카일리는 침낭을 아래로 끌어내리고는 공황 상태에서 두어 차례 심호흡을 한 다음 다시 실내를 둘러본다.

아줌마랑 아저씨가 정말 지켜보고 있을까?

처음엔 당연히 지켜보고 있을 것이다. 하지만 새벽 3시에도 지켜볼까? 어쩌면 저 스토브를 옮길 수 있을지도 모르고, 어쩌면 자물쇠를 딸 수 있는 녹슨 못이 나올지도 모른다. 기다릴 것이다. 침착하게 기다릴 것이다. 카일리는 상자 안을 들여다보고는 스케치북을 꺼낸다.

살려주세요, 저는 이 지하실에 갇혀 있어요. 일단 이렇게 써보지만 메모를 건넬 사람이 아무도 없다.

카일리는 그 페이지를 찢어 꼬깃꼬깃 뭉친다.

이번에는 그림을 그린다. 이집트 관련 책에서 본 센무트 무덤의 천장화를 그린다. 마음이 차차 진정된다. 달을 그리고 별도 그린다. 이집트인들은 사후 세계가 별들 속에 있다고 믿었다. 하지만 사후 세계는 없지 않나? 할머니는 사후 세계가 존재한다고 믿지만, 할머니 말고 다른 사람들은 아무도 믿지 않는다. 말이 안 되지 않아? 저 사람들이 널 죽이면, 넌 그냥 죽는 거고 그걸로 끝인 거야. 한 100년쯤 후에 사람들이 네 시체를 발견할지도 모르지만, 그땐 네가 실종됐다는 사실은커녕 네가 누구인지조차 기억하는 사람이 아무도 없겠지.

모래 스케치북에 그렸다 흔들어 지워버린 그림처럼 넌 역사에서 지워지고 말 거야.

"엄마. 살려줘. 제발 나 좀 살려줘, 엄마!" 카일리는 작게 속삭여본다.

하지만 아무도 구하러 오지 않을 거란 사실을 카일리도 안다.

6
목요일 오전 9시 16분

플럼섬에 있는 집으로 돌아오자마자 레이철은 부엌으로 들어가 무너져 내린다. 기절한 건 아니다. 정신을 잃은 것도 아니다. 그저 더 이상 똑바로 서 있을 수가 없을 뿐이다. 레이철은 휘갈겨 쓴 물음표 형상으로 리놀륨 바닥에 쓰러져 있다. 맥박이 빠르게 뛰고 목이 조여온다. 심장마비라도 오는 것 같은 느낌이다.

하지만 심장마비를 일으켜선 안 된다. 딸을 구해야 한다.

똑바로 앉으려 애쓰며 호흡을 가다듬고 생각을 정리해본다.

경찰에는 신고하지 말라고 했다. 경찰이 두렵기는 한 모양이다.

경찰이라면 어떻게 해야 할지 알 텐데. 아니, 경찰도 모르려나?

레이철은 휴대폰으로 손을 뻗다 멈칫한다. 안 돼. 위험을 무릅쓸 수는 없다.

경찰에 신고해서는 안 된다. 절대로. 레이철이 경찰에 신고한 걸 알면, 그 사람들은 즉시 카일리를 죽일 것이다. 그 여자의 목소리에는 무언가가 있었다. 절박함이 있었다. 결의에 찬 목소리였다. 그 여자는 한다면 할 테고, 정말 다른 표적으로 넘어갈 것이다. 체인이란 것 자체는 온통 거짓말 같고 미친 짓 같지만…… 그 여자의 목소리…… 거기에는 진실이 담겨 있었다. 여자는 체인과 체인의 위력을 두려워하고 있었고, 체인의 존재를 믿는 게 분명해 보였다.

그리고 나도 믿고 있지. 레이철은 생각한다.

하지만 꼭 혼자 해야 하는 건 아니다. 레이철에게는 도움이 필요하다.

마티. 마티라면 어떻게 해야 할지 알지도 모른다.

레이철은 마티의 단축 번호를 누르지만 곧장 음성 사서함으로 넘어간다. 다시 걸어봐도 마찬가지다. 레이철은 연락처에서 브루클라인에 있는 마티의 새집 전화번호를 찾아 그리로 전화를 건다.

"여보세요오." 태미가 예의 노래하는 듯한 목소리로 전화를 받는다.

"태미?"

"그런데요, 누구세요?"

"레이철이에요. 마티하고 연락이 안 돼서요."

"그이 지금 여기 없어요."

"그래요? 어디 갔는데요?"

"그이가, 그러니까, 거기가 어디더라……"

"출장 갔어요?"

"아뇨. 그 왜 있잖아요…… 사람들이 골프 치러 가는 데요."

"스코틀랜드요?"

"아뇨! 다들 가는 데 말이에요. 엄청 들떠 있었는데."

"골프라니, 대체 언제부터 골프를…… 그건 됐고요. 있잖아요, 태미, 내가 마티한테 연락을 해야 하거든요. 급한 일인데 전화 연결이 안 되네요."

"그이 회사 사람들하고 갔어요. 워크숍이라서 휴대폰도 다 제출한다던데."

"그나저나 거기가 어디예요, 태미? 잘 좀 생각해봐요."

"오거스타! 오거스타에 갔어요. 호텔 연락처가 어디 있을 텐데. 필요해요?"

"네."

"잠깐만요, 찾아볼게요. 아, 여기 있다." 태미가 번호를 불러준다.

"고마워요, 태미. 그리로 전화해볼게요."

"그런데 무슨 급한 일인데요?"

"아, 별거 아니에요. 지붕에 문제가 생겨서 물이 새더라고요. 그거 때문이에요. 별일 아니에요. 고마워요."

레이철은 전화를 끊고 태미가 알려준 번호로 다시 전화를 건다.

"글렌이글 오거스타 호텔입니다."

"투숙객 중에 마티 오닐 씨하고 통화하고 싶은데요. 저는, 음, 부인인데 그이가 몇 호인지 까먹었네요."

"잠시만요, 확인해드릴게요…… 74호네요. 연결해드리겠습니다."

직원이 전화를 객실로 돌려주지만 마티는 방에 없다. 레이철은 다시 데스크에 전화를 걸어, 돌아오는 대로 곧바로 전화해달라고 마티에게 메시지를 남긴다.

레이철은 전화를 끊은 후 다시 바닥에 주저앉는다.

머리가 멍한 데다 기가 막혀 말도 안 나오고 공포만 밀려온다.

치러야 할 업보가 산더미 같은 악인들이 이 세상에 얼마나 많은데, 왜 하필 나에게 이런 일이, 그것도 지난 몇 년 동안 온갖 고난을 겪은 나에게 일어났단 말인가? 불공평하다. 게다가 불쌍한 카일리는 아직 어린애에 불과한데…….

그때 바로 옆에서 벨이 울린다. 휴대폰을 집어 들어 보니 이번에도 알 수 없는 발신자다.

안 돼.

"전남편한테 전화를 거시겠다?" 변조된 목소리가 말한다. "정말 그러고 싶은 거야? 전남편을 믿을 수 있겠어? 전남편한테 당신과 아이의 인생을 믿고 맡길 수 있어? 그 사람이 누구한테든 무슨 얘기라도 발설하는 날에는 카일리가 죽고, 당신도 우리 손에 죽을 텐데. 체인은 늘 조직을 보호하니까. 다음에 또 전화를 걸려거든 생각 좀 해보는 게 좋을 거야."

"죄송해요. 그게…… 그이하고 연락은 안 됐어요. 자리에 없어서 메시지만 남겼을 뿐이에요. 내가 혼자 해낼 수 있을지 잘 모르겠어서, 그래서……."

"나중엔 도움을 구해도 좋다고 허락해줄 거야. 우리한테 연락해서 허락받을 방법도 알려줄 거고. 하지만 지금은, 당신한테 이로운 게 뭔지 안다면, 아무한테도 말하지 않는 게 좋을 거야. 돈부터 마련하고 표적을 어떻게 구할지나 생각해. 당신은 할 수 있어, 레이철. 아까 고속도로에서 그 경찰도 잘 따돌렸잖아. 그래, 맞아, 우리가 봤어. 이 일이 다 끝날 때까지 우리가 가까이서 지켜볼 거야. 그러니 이제 해야 할 일이나 해." 목소리가 위협한다.

"난 못해요." 레이철이 기어들어가는 목소리로 항의해본다.

목소리는 한숨을 쉰다. "우린 일일이 코치해야 하는 사람은 고르지 않아. 너무 진 빠지는 일이거든. 우린 자발적인 사람들을 고르지. 오뚝이 같은 사람들 말이야. 그리고 당신이 바로 그런 사람이야, 레이철. 자, 이제 빌어먹을 바닥에서 일어나 움직이라고!"

전화가 끊어진다.

레이철은 공포로 덜덜 떨며 휴대폰을 바라본다. 그들이 **지켜보고** 있다. 레이철이 누구에게 전화를 거는지, 무슨 일을 하는지 모조리 알고 있다.

레이철은 휴대폰을 한쪽으로 밀어 치우고는 벌떡 일어나 교통사고라도 당한 듯 비틀거리며 욕실로 간다.

수도꼭지를 틀어 얼굴에 물을 끼얹는다. 집 안에는 카일리의 방만 **빼고** 욕실에도, 그 어디에도 거울이 없다. 머리카락이 빠져가는 모습이 너무 무서워서 레이철이 거울이란 거울은 다 치워버렸기 때문이다. 물론 가족들은 레이철이 죽을지도 모른다는 생각을 하도록 내버려두지 않았다. 간호사인 레이철의 엄마는 유방암 2A기는 치료 가능한 단계여서 강도 높고 정밀한 외과 처치가 잘 들을 거라고, 이후 방사선 치료와 화학 요법을 받으면 된다고 말해주었다. 하지만 처음 몇 주 동안, 욕실 거울을 볼 때마다 레이철의 눈에는 쪼그라들고 홀쭉해지고 앙상해진 자신의 모습만 보였다.

결국 거울을 모조리 치워버린 것은 회복 단계에서 아주 중요한 결정이었다. 화학 요법을 받는 암흑기 동안 무시무시할 정도로 창백하고 뼈만 남은 거미가 되어가는 자신의 모습을 보지 않아도 되었기 때문이다. 2A기의 5년 생존율이 90퍼센트이니 그녀의 회복을 딱히 기적이랄 수는 없다. 하지만 나머지 10퍼센트에 들었을 뻔한 가능성을 아예 무시할 수도 없지 않을까?

레이철이 수도꼭지를 잠근다.

빌어먹을 거울이 없어서 다행이다. 매정한 눈으로 비난하듯 되쏘아보는 거울 속 레이철이 없으니 말이다. 열세 살짜리 여자아이를 버스 정류장에서 혼자 기다리게 해? 카일리가 마티랑 살았으면 이런 일이 일어났을까?

아니. 안 그랬겠지. 마티가 데리고 있었으면 이런 일이 안 일어났을 거야. 네가 데리고 있어서 이렇게 된 거야, 레이철. 왜냐하면, 까놓고 말해서 넌 실패자니까. 그 사람들은 너에 대해서 완전히 헛다리 짚었어. 애석하게도 널 오해한 거지. 서른다섯에 난생처음으로 직장다운 직장에 나간다고? 여태까지 대체 뭘 한 거니? 그 모든 잠재력 다 날려먹고. 평화 봉사단? 평화 봉사단 따위에 누가 가입한다고. 과테말라 봉사단 시절 이후 마티의 인생 계획에 맞춰 우왕좌왕한 세월들이라니. 마티가 마침내 로스쿨에 들어가고 싶다고 마음먹은 후에야 일을 시작했지?

넌 내내 숨겨왔지. 하지만 넌 실패자고, 이제 불쌍한 네 딸은 네가 쳐놓은 실패한 인생의 거미줄에 걸리고 말았어.

레이철은 거울이 있던 자리를 향해 손가락질을 한다. 멍청한 년. 네가 죽었어야 했는데. 나머지 그 10퍼센트에 속했어야 했는데.

레이철은 두 눈을 감고 심호흡을 한 다음, 10부터 거꾸로 숫자를 센 뒤 눈을 뜬다. 침실로 달려가 강의할 때 입으려고 산 검정 스커트와 흰 블라우스로 갈아입는다. 거기에 비싸 보이는 가죽 재킷을 걸치고 얌전한 하이힐을 찾아 신은 뒤 손가락으로 머리를 빗고서 숄더백을 멘다. 금융 관련 서류, 노트북, 뉴버리포트 커뮤니티 칼리지 고용 계약서를 챙긴다. 마티가 변호사 자격시험을 준비할 때 피우려고 숨겨둔 담배와 홍수에 대비해 봉지에 밀봉해 넣어둔 돈도 꺼낸다. 부엌으로 달려가다가 하이힐 때문에 넘어져 얼굴을 레인지 후드에 부딪칠 뻔하지만, 곧바로 일어나 휴대폰을 주워 들고 부리나케 자동차로 향한다.

7
목요일 오전 9시 26분

뉴버리포트 시내 스테이트 스트리트에 있는 퍼스트내셔널 은행은 오전 9시 반에 문을 연다. 레이철은 은행 입구 근처 보도에서 서성이며 말보로를 뻐끔뻐끔 피운다.

거리에는 두터운 외투와 야구 모자 차림에 매우 창백하고 초조해 보이는 나이 든 남자밖에 없다. 남자가 레이철 쪽으로 걸어온다.

두 사람의 눈이 마주치자 남자가 레이철 앞에서 걸음을 멈춘다.

"레이철 오닐 씨인가요?"

"그런데요."

남자가 침을 꿀꺽 삼키더니 야구 모자를 아래로 푹 눌러쓴다. "제가 드릴 말씀은 저도 체인에서 벗어난 지 1년 정도 됐다는 겁니다. 제가 드릴 말씀은 체인이 시키는 대로 했기 때문에 우리 가족이 안전하다는 겁니다. 제가 드릴 말씀은 체인이 당신이나 당신 가족

중 그 누구에게든 전할 메시지가 있으면 그걸 전달할 사람으로 저 같은 사람 수백 명은 우습게 모집할 수 있다는 겁니다."

"알겠어요."

"저 혹시, 임신하시진 않았죠?" 남자가 머뭇거리며 묻는 모양새로 보아 대본에 없는 말을 순간적으로 건넨 듯하다.

"네, 아니에요."

"그럼 메시지를 전해드리겠습니다." 남자가 그렇게 말하더니 난데없이 레이철의 배를 주먹으로 갈긴다.

레이철은 숨이 턱 막혀 바닥으로 폭삭 주저앉는다. 남자의 힘이 놀라울 정도로 세서, 이루 말할 수 없이 고통스럽다. 10초쯤 지나서야 레이철은 호흡을 되찾는다. 그러고는 영문을 모르겠다는 얼굴로 두려움에 떨며 남자를 올려다본다.

"제가 드릴 말씀은 체인의 세력이 어디까지 미치는지 증거가 더 필요하다면 구글에서 뉴햄프셔 도버에 사는 윌리엄스 가족을 찾아보라는 겁니다. 절 다시 볼 일은 없겠지만 저 같은 사람은 바깥세상에 얼마든지 있습니다. 절 미행하려고 하지 마십시오." 남자는 말을 마치자마자 수치심 때문인지 양 볼에 두 줄기 눈물을 흘리며 잽싸게 뒤돌아간다.

바로 그때, 은행 문이 열리고 경비원이 길바닥에 널브러진 레이철을 본다. 이어 서둘러 달아나는 남자 쪽을 보더니 두 주먹을 불끈 쥔다. 방금 전 무슨 일인가 벌어졌다는 사실을 알아차린 것이다.

"무슨 일이신가요?" 경비원이 묻는다.

레이철은 헛기침을 한 후 침착을 되찾는다. "괜찮아요. 그게, 그냥 넘어졌어요."

경비원이 손을 내밀어 레이철이 일어서는 걸 돕는다.

"감사합니다." 레이철은 통증에 움찔하고 만다.

"정말 괜찮으세요?" 경비원이 묻는다.

"그럼요, 괜찮아요!"

경비원이 순간 이상하다는 눈으로 레이철과 부리나케 달아나는 남자를 번갈아 본다. 은행 강도를 시도하려던 일당과 레이철이 한통속이 아닌지 의심하는 게 분명하다. 경비원의 손이 총 쪽으로 향했으니까.

"감사합니다." 레이철이 다시 한번 인사치레를 한 뒤, 목소리를 귓속말 수준으로 낮추어 다음 말을 잇는다. "제가 하이힐에 익숙지가 않아서요. 은행에서 좋은 인상 남기기 정말 힘드네요!"

경비원이 그제야 마음을 놓는다. "저 말고 아무도 못 봤어요. 그런 신발을 신고 어떻게 걷는지 저는 알다가도 모르겠다니까요."

"제가 딸한테 하는 농담이 있거든요, 하이힐 신은 공룡을 뭐라고 하는지 아세요?"

"모르겠는데요?"

"내발아파사우르스요. 우리 딸은 절대 안 웃더라고요. 제 바보 같은 농담에 웃는 법이 없어요."

경비원이 미소를 짓는다. "뭐, 전 웃기기만 한데요."

"다시 한번 감사 인사 드려야겠네요." 레이철은 그렇게 말하고는 머리를 매만진 뒤, 은행에 들어가 매니저인 콜린 템플을 불러달라고 청한다.

이제 중년에 접어든 콜린은 줄곧 플럼섬에 살다가 시내로 이사를 나왔다. 레이철과는 서로의 집에서 여는 바비큐 파티에 드나들던 사이고, 마티는 콜린의 배를 타고 함께 낚시를 한 적도 있다. 레이철이 이혼 후 담보 대출금을 몇 번인가 제때 못 냈을 때도 콜린은 싫은 소리 한 번 하지 않았다.

"레이철 오닐이라니, 오래 살고 볼 일인데." 콜린이 씩 웃으며 말한다. "오, 레이철, 레이철이 가까이 있을 때면 어째서 항상 새들이 나타나는 걸까?"(카펜터스 노래, 「클로즈 투 유」 가사―옮긴이)

왜냐하면 그 새들은 사실 까마귀고 나는 빌어먹을 좀비나 다름없으니까. 레이철은 속으로만 생각하고 소리 내어 말하지는 않는다. "안녕, 잘 지냈어?"

"그럼. 어쩐 일로 여기까지 행차를 다 했어?"

레이철은 아까 얻어맞은 배에서 느껴지는 통증을 꾹 참으며 입가에 억지 미소를 짓는다. "좀 곤란한 일이 생겨서 그러는데 혹시 상담할 시간 있을까?"

두 사람은 매니저 사무실로 향한다. 사무실은 이런저런 요트 사진과 콜린이 직접 만든 정교한 모형 배로 꾸며져 있다. 건방져 보이는 킹 찰스 스패니얼 사진도 몇 장 있는데 레이철은 아무리 떠올리려 해도 이름이 기억나지 않는다. 콜린은 사무실 문을 조금 열어둔 채 책상 뒤로 가 앉는다. 레이철은 그 맞은편에 앉아 밝은 표정을 지어 보이려 애쓴다.

"그래, 무슨 일이야?" 콜린은 여전히 쾌활한 표정이지만, 눈에는 슬슬 의혹의 그림자가 드리운다.

"저기, 집 때문에. 부엌 쪽 지붕이 새서 어제 업자를 불렀는데, 눈이 오기 전에 지붕을 통째로 갈지 않으면 무너질지도 모른다네."

"그래? 지난번에 갔을 땐 멀쩡해 보이던데."

"그러게. 그런데 그 지붕, 처음부터 있던 거잖아. 1930년대부터. 겨울마다 새더라고. 이젠 위험해서 안 되겠어. 우리 두 사람한테 말이야, 나하고 카일리. 게다가 당연히 집도 위험해질 테고. 여기 은행이 담보로 잡고 있는 집인데, 그 집이 폭삭 무너지면 은행 자산 가치도 아예 없어지는 거잖아." 겨우 말을 마친 레이철은 용케 가짜 미소까지 지어 보인다.

"비용이 얼마나 든대?"

레이철은 2만 5천 달러 전부를 부르려다가 지붕 수리비 치곤 터무니없어 보인다는 데 생각이 미친다. 계좌 잔금은 제로지만 1만 달러 정도는 비자카드로 현금 서비스를 받으면 될 것이다. 청구서 걱정은 카일리가 안전하게 집에 돌아온 후에 하면 된다.

"1만 5천 달러. 하지만 감당할 수 있을 테니까 괜찮아. 1월부터 새로 구한 직장에 나가거든."

"아, 그래?"

"뉴버리포트 커뮤니티 칼리지에서 강의를 몇 개 하기로 했어. 현대 철학 개론. 실존주의, 쇼펜하우어, 비트겐슈타인, 아주 노른자 같은 강의만 맡았다니까."

"마침내 그 학위를 써먹겠네?"

"그러게. 저기, 지금 고용 계약서하고 급여 명세서도 다 가지고 왔거든. 액수는 별로 크지 않지만 수입이 고정적이고 또 우버 기사로 벌 때보단 많아. 이제 우리 모녀 둘이서 꽃길만 걸으면 될 것 같은데, 지붕이 말썽이네." 레이철이 서류를 건네며 말한다.

서류를 꼼꼼히 살피던 콜린이 고개를 들어 레이철을 자세히 들여다본다. 어딘가 이상하다는 사실을 알아차린 것이다. 레이철의 몰골이 너무 형편없었나 보다. 쪼글쪼글하고 비쩍 마른 데다 초조한 기색이 역력할 테니 무리도 아니다. 유방암이 재발했거나 마약 중독 말기에 접어든 사람처럼 보일 것이다.

콜린이 눈을 가늘게 뜬다. 분위기도 변한다. 급기야 고개를 절레절레 흔든다. "미안하지만 대출금 상환을 더는 미뤄줄 수도 없고, 최초 대출금에서 추가 대출을 해줄 수도 없을 것 같다. 허가가 안 떨어질 거야. 나한테 재량권이 있는 것도 아니고."

"그럼 2차 담보는 어떨까."

콜린은 이번에도 고개를 절레절레 흔든다. "레이철, 미안하지만 그 집은 2차 담보를 잡을 정도로 안전한 자산도 아니야. 까놓고 말해서 겉만 번지르르하지 바닷가 오두막에 불과하잖아? 게다가 실제로는 해변에 있는 것도 아니고."

"그래도 조수 분지에 있잖아. 해안지구 부동산이라고."

"정말 미안한데, 내가 알기로는 마티하고 둘이서 몇 년 동안 리모델링한다고 말만 해놓고 안 했잖아, 맞지? 월동 준비도 제대로 안 되어 있고, 중앙 냉난방도 없고."

"그럼 토지는? 이 근처 부동산 가격 쭉 오르고 있잖아."

"플럼섬에서 인기 있는 땅은 대서양 쪽인데, 그 집은 서쪽에 있잖아. 방향도 습지 쪽이어서 홍수 지대에 속하고. 미안해, 레이철, 나로서는 어쩔 도리가 없네."

"하지만, 그래도…… 이번에 새로 취직도 했잖아."

"이 고용 계약서도 기간이 한 학기밖에 안 되잖아. 레이철은 은행에서 신용도가 낮은 편이야, 그 정도는 알 거 아니야?"

"내가 잘 갚을 거 알잖아." 레이철은 그렇게 주장한다. "나를 잘 알잖아, 콜린. 상환금 체납한 적도 거의 없고, 빚은 꼭 갚고 일도 열심히 한다는 거."

"그렇지. 하지만 중요한 건 그게 아니야."

"그럼 마티는? 마티는 이제 시간제 직원이 됐어. 태미가 파산을 해서 내가 마티한테 양육비는 안 받고 있지만……."

"태미?"

"마티의 새 여자 친구."

"그 여자가 파산을 했다고?"

젠장. 이런 정보가 대출 심사에 도움이 될 리 없지 않은가. 하지만 레이철은 어쨌든 밀고 나가보기로 한다.

"아, 뭐 대단한 건 아니고, 하버드 광장에 초콜릿 매장을 냈다가 망했거든. 그 여자가 딱히 장사에 수완이 있는 건 아니라서. 나이도 이제 겨우 스물 대여섯인가……."

"아니, 어떻게 하면 뉴잉글랜드에서 간식 수요가 가장 많은 장소에서 초콜릿을 팔면서 망할 수가 있는 거야?"

"그건 나도 모르겠네. 있잖아, 우리 오래 알고 지낸 사이잖아. 그런데 내가…… 정말 이 돈이 필요해서 그래. 그것도 지금 당장. 비상사태거든."

콜린이 의자에서 몸을 뒤로 젖힌다.

레이철의 눈에 콜린이 머리를 굴리는 게 보인다. 콜린 정도면 거짓말쟁이를 알아보는 방법쯤은 진작 터득했을 것이다…….

"미안해, 레이철. 정말 미안해. 수리 업자가 필요하면 에이브 폴리를 추천해줄게. 정직한 데다 일도 빠릿빠릿하고 야무지게 잘하는 사람이거든. 그게 내 최선이야."

레이철이 고개를 끄덕인다. "고마워." 순순히 수긍하고는 처절한
패배감을 느끼며 사무실을 나선다.

8
목요일 오전 9시 38분

흠, 이번 건은 느낌이 다른데.

물론 조금이라도 다르다는 증거는 전혀 없다. 달라서도 안 되지만 말이다. 그들은 늘 똑같은 말을 하고 똑같은 행동을 하고, 이내 대열에 합류한다. 인간이란 따분할 정도로 뻔한 존재다. 바로 그게 인구학적 통계가 그토록 잘 들어맞는 이유다.

이번이 뭔가 다르다는 건 느낌에 지나지 않는다. 그뿐이다. 그 느낌이라는 것도 얼마든지 떨쳐내고 다른 느낌으로 대체하면 그만이다. 하지만 오늘은 그러고 싶지가 않다. 그 불길한 느낌을 견디고 싶고 체험하고 싶고 왜 찾아온 건지 스스로 해명하게 하고 싶다. 그 느낌이 혹시 무슨 의미라도 지니고 있다면, 현재 체인에 들어온 사람과 관련 있을 게 분명하다.

현황을 지켜보는 편이 지혜로운 대처일 것이다. 여자는 컴퓨터에서 암호화 파일을 열어 현재 주인공을 찬찬히 살핀다. 모든 게 무난해 보인다. 마이너스2 링크는 내슈아 출신의 치과 의사이자 주일 학교 교사인 행크 캘러핸으로, 시킨 일을 모조리 해냈다. 마이너스1 링크 역시 뉴햄프셔 출신의 헤더 포터라는 사람으로, 대학 행정 직원이었고 지시 사항을 빠짐없이 완수했다. 링크0이 레이철 오닐, 아니 본인이 바꾼 대로 레이철 클라인이다. 전직 웨이트리스이자 우버 기사이고, 이제 곧 커뮤니티 칼리지 강사가 될 것이다.

레이철은 썩은 사과일까?

그렇다고 해도 상관없다. 올리가 늘 말하듯 체인은 대개 자율적으로 조정되는 구조이기 때문에 외부에서 살짝 건드려 손상된 DNA도 복구가 된다.

"걱정 마. 다 저절로 해결될 테니까." 새엄마가 늘 하던 말이다. 새엄마 말이 옳았다. 대개는 다 해결이 됐으니까. 물론 새엄마도 결국 해결이 되었다.

그래, 레이철은 골칫덩이가 되지 않을 거야. 그들 중 누구도 골칫덩이가 되지 않을 거고, 될 수도 없어. 레이철도 남들처럼 합류하게 될 거야. 그렇게 안 하면, 레이철과 레이철의 딸이 죽을 테니까. 그것도 일벌백계를 위해 아주 끔찍하게 죽을 테니까.

9
목요일 오전 9시 42분

은행을 나와 거리에 선 레이철은 물밀듯 밀려오는 공포감과 눈물을 꾹 참는다. 이제 어떻게 해야 하지? 할 수 있는 게 없는데. 시작부터 보기 좋게 실패하고 말았다. 하느님 맙소사, 불쌍하고 가여운 우리 카일리.

휴대폰 시계를 보니 9시 43분이다.

코를 훌쩍이며 얼굴을 한번 쓱 문지르고 심호흡을 한 다음 다시 은행 안으로 들어간다.

"고객님, 들어가시면 안……" 레이철이 콜린의 사무실로 돌진하는데 누군가 제지하는 소리가 들린다.

컴퓨터에서 고개를 든 콜린은 마치 구글에서 소수 취향의 포르노를 찾다가 들키기라도 한 사람처럼 화들짝 놀라고 켕기는 얼굴이다. "레이철, 말했다시피……"

레이철은 콜린의 책상을 껑충 뛰어넘어가 그의 목에 칼을 들이대고 은행 직원들한테 빌어먹을 돈이나 내놓으라고 소리치고 싶은 충동을 억누르고는 의자로 가서 앉는다.

"이자율이 어떻든, 설사 살인적이어서 망할 게 뻔해도, 이 은행에서 뭐가 됐든 대출을 받아야겠어. 그 돈이 꼭 필요해. 대출을 받기 전까진 이 빌어먹을 사무실에서 한 발짝도 나가지 않을 거야."

지금 그녀의 눈은 해적같이 흉악하고 은행 강도처럼 번득일 것이다. 그녀도 안다. 그 눈은 지금 이렇게 말하고 있을 것이다. 날 똑바로 봐. 지금 난 못 할 짓이 없거든. 진심으로, 경비가 와서 발길질하며 악쓰는 나를 끌어내는 꼴을 보면서 하루를 시작하고 싶어?

콜린이 땅이 꺼져라 한숨을 푹 쉰다. "음, 우리 은행에 90일짜리 긴급 주택 금융……."

"그걸로는 얼마나 받을 수 있는데?" 레이철은 콜린의 말이 끝나기도 전에 묻는다.

"1만 5천 달러면 그 뭐냐, 지붕 수리비가 충당될까?"

"응."

"이자율이 아주 굉장히……"

레이철은 콜린의 설명을 듣는 둥 마는 둥 혼자 떠들게 내버려둔다. 이자율이나 수수료 같은 건 상관없다. 그 돈만 있으면 된다. 콜린의 설명이 끝나자 레이철은 미소를 지으며 다 괜찮은 것 같다고 대꾸한다.

"서류 작업을 좀 해야 해." 콜린이 말한다.

"돈은 내 계좌로 바로 이체해줄 수 있어?"

"수표보다 계좌 이체가 좋겠어?"

"응."

"그럼 그렇게 해줄게."

"한 시간 안에 서류에 서명하러 다시 올게." 레이철은 고맙다고 인사한 후 밖으로 나온다.

급하게 갈겨쓴 바람에 경악할 만큼 읽어내기 어려운 체크 리스트를 들여다본다.

1. 몸값
2. 선불폰
3. 표적/피해자 탐색
4. 총, 밧줄, 덕트 테이프 등등
5. 피해자 숨길 장소 물색

근처에 뉴버리포트 도서관이 있다. 기다리는 동안 표적이나 피해자를 좀 탐색해볼 수 있지 않을까? 당연하지. 움직여, 레이철. 어서 움직이라고.

거리를 달려 내려가 도서관으로 가 러브크래프트 관의 열람석 빈자리를 찾아 앉는다. 일단 구글에서 뉴햄프셔 도버의 윌리엄스 가족부터 검색해본다. 무시무시한 강도 사건, 틀어져버린 가택 침입. 경찰은 그렇게 생각했다. 엄마와 두 자녀, 엄마의 새 남자 친구가 결박당한 상태에서 모두 머리에 총을 맞고 죽었다. 아이들이 엄마보다 몇 시간 먼저 살해당했으므로, 엄마는 영겁과도 같은 시간 동안 고통받고 슬픔에 휩싸였을 것이다.

온몸에 소름이 끼친 레이철은 바로 표적을 물색하기 시작한다.

그 사람들은 레이철을 어떻게 찾아낸 걸까? 지도에 핀을 꽂아서? 학부모회에서? 우버 프로필에서?

망할! 페이스북이다.

레이철은 맥북 에어를 켜고 페이스북에 로그인한 다음, 45분 동안 친구 추천 목록의 이름과 얼굴을 스크롤한다.

프로필과 게시물을 누구나 볼 수 있게 전체 공개로 해놓은 사람이 놀라울 정도로 많다. 조지 오웰이 틀렸어. 레이철은 속으로 생각한다. 미래에 광범위한 감시 수단을 써서 만인을 감시하는 건 국가가 아니라 국민이 될 거야. 국민이 자기들 위치, 관심사, 음식 취향, 식당 선택, 정치사상, 취미를 페이스북, 트위터, 인스타그램, 그 밖의 온갖 소셜미디어에 지속적으로 업로드해서 국가의 일을 대신해주게 될 거야.

알고 보니 고맙게도 페이스북이나 인스타그램을 몇 분 단위로 업데이트하면서 잠재적 납치범이나 강도 들에게 자기의 행방과 내밀한 위치 정보를 시시각각 제공하는 사람들이 있다.

모두 요긴한 정보다. 레이철은 그레이터 보스턴과 노스 쇼어 지역에서 표적을 물색하기로 한다. 법 관련 기관과 무관하며, 큰 집에서 핵가족이 살고 있고, 몸값을 지불해서 체인을 계속 이어나갈 수있을 만큼 성공도 했고, 함께 살고 있는 남녀가 좋을 것이다.

레이철은 예비 후보 명단을 작성한 다음, 맥북을 닫고 가죽 재킷을 집어든다. 다시 은행으로 향한다.

콜린이 기다리고 있다. 서류에 서명하고 모든 절차를 끝낸 뒤, 레이철은 콜린이 돈을 이체하는 동안 기다린다. 얼마 걸리지 않는다.

레이철은 콜린에게 고맙다는 인사를 건넨 후 스토리 애비뉴에 있는 프랜차이즈 카페로 간다. 커피를 주문하고 구석 칸막이 자리에 앉아, 맥북을 열고 무료 무선 인터넷에 접속해 토르 브라우저를 다운로드한다. 굉장히 수상해 보이는 브라우저이지만, 아이콘을 클릭한다. 어느새 다크웹에 들어갔다. 다크웹에서는 총기류, 구입이 금지된 처방약, 마약 등도 살 수 있다고 들은 적이 있다.

비트코인을 살 수 있는 곳을 찾아 절차를 꼼꼼히 읽어보고 계좌를 만든 후, 먼저 비자카드로 1만 달러어치 비트코인을 구매한다. 그리고 나서 은행에서 방금 넣어준 돈으로 다시 1만 5천 달러어치를 구매한다.

인피니티프로젝트 계좌를 찾아 그 비트코인을 이체한다. 이체는 1초도 채 걸리지 않는다.

이렇게 쉽고 간단하게 몸값이 지불되다니. 맙소사.

이제 어떻게 되는 거지? 그쪽에서 전화를 해오는 걸까? 휴대폰을 보며 기다려본다. 그동안 커피를 홀짝이며 카페에 온 다른 사람들을 관찰한다. 저들은 자신들이 얼마나 운이 좋은지 전혀 모르고 있다. 거울의 반대편이 얼마나 끔찍할 수 있는지 저들은 하나도 모른다.

레이철은 블라우스에서 삐져나온 실밥을 잡아당긴다.

휴대폰 알림음이 울리더니 알 수 없는 발신자가 보낸 메시지와 카일리 사진이 또 한 장 도착한다. 사진 속 카일리는 지하실로 보이는 곳에서 매트리스 위에 앉아 있다. 추가 지시 사항이 전달될 예정임. 중요한 건 돈이 아니라 체인이라는 사실을 명심할 것. 2단계로 넘어갈 것.

2단계로 넘어가라고? 돈을 받았다는 뜻인가? 자신이 일을 망치지 않았기만을 바랄 뿐이다.

하지만 당연히 그게 제일 쉬운 부분이었을 것이다.

맥북을 닫고 주차해놓은 차로 간다.

이제 어쩐다? 집으로 돌아가나? 아냐, 집으론 가지 말자. 이제 선불폰과 총을 구해야 하는데, 구매할 최적의 장소는 이웃과 염탐하기 좋아하는 눈과 까다로운 매사추세츠 총기 관리법이 미치지 않는 곳, 바로 주 경계 너머의 뉴햄프셔다.

서둘러 볼보로 달려가 올라타고 시동을 걸자 클러치가 으르렁거리고 브레이크가 끼익 소리를 낸다. 차는 다시 한번 북쪽을 향한다.

10
목요일 오전 10시 57분

라디오 채널마다 플레이스토 근방에서 주 경찰이 저격당한 사건을 내보내고 있다. 뉴햄프셔에서는 한 해 동안 발생하는 살인사건이 네다섯 건에 불과하니 이번 일은 대형 사건일 수밖에 없고, 그러니 방송국마다 떠드는 것이다.

보도를 들으니 불안해지기만 해서 레이철은 라디오를 끈다.

햄프턴에서 주 경계선을 넘으면 곧바로 그녀가 찾는 곳이 나온다. 프레드의 총포상 겸 실내 사격장. 차를 몰고 프레드의 총포상 앞을 지나친 적은 수없이 많지만 거기에 정차할 일이 있으리라고는 꿈에도 생각 못 했다.

오늘까지는 말이다. 볼보를 주차하고 총포상 안으로 들어간다. 아까 주먹에 맞은 배가 아직도 아파서 걷는 동안 살짝 움찔한다.

프레드는 키도 크고 몸집도 크고 붙임성 있는 인상의 60대 남자로 캡 모자에 청남방과 청바지를 입고 있다. 얼굴에 얽은 자국이 심하게 나 있지만 그래도 꽤 잘생긴 노인이다. 프레드에게서 가장 눈에 띄는 점은 아마도 허리 아래에 찬 권총 벨트일 것이다. 덮개가 열려 있는 권총집 안에 반자동 권총이 두 자루 들어 있는데, 레이철이 짐작하기에 아마도 잠재적 강도들을 단념시키기 위한 용도인 듯하다. "어서 오세요. 뭘 찾으세요?"

"총 사러 왔는데요. 방에 보관할 만한 걸로요. 그 왜 있잖아요, 호신용. 동네에 강도가 들었다는 소문이 돌아서요."

"보스턴에서 오셨나요?" 이렇게 묻는 남자의 얼굴에 **놈 촘스키, 하버드 토론 클럽, 에드워드 케네디의 바로 그 보스턴?**이라는 말을 덧붙이고 싶은 기색이 역력하다.

"뉴버리포트요." 레이철은 동네 이름을 가짜로 댔어야 하나 생각한다.

"피스톨 찾아요? 38구경으로? 단순한 걸로?"

"네, 그런 거요. 운전면허증은 가지고 왔어요."

"시스템에 성함 입력하고 신원 조회하는 데 이틀 정도 걸려요."

"네? 안 돼요, 지금 당장 뭐라도 있어야 된단 말이에요." 레이철은 미심쩍게 들리지 않으려 노력하며 말한다.

"그럼, 라이플이나 엽총이라면 오늘 당장 가능해요." 프레드가 일렬로 죽 세워놓은 총을 가리키며 말한다. 키가 175센티미터인 레이철이 어떤 불쌍한 아이한테 쭈뼛쭈뼛 다가가는 동안 외투 밑에 숨기기에, 저 총들은 모두 너무 크다.

"좀 더 작은 건 없나요?"

프레드가 턱을 문지르며 무슨 심산이냐고 묻는 듯한 묘한 표정을 짓는다. 레이철은 속으로, 내가 조금만 더 예쁘면 얼마나 좋을까 하고 생각한다. 매력 넘치는 여자들은 저런 표정을 접할 일이 없다……. 전혀는 아니겠지만, 어쨌든 거의. 레이철도 20대 때는 앙리 감독의 「헐크」에 나온 제니퍼 코널리를 닮았다는 말을 들었다. 마티한테서이긴 하지만. 물론 지금은 전혀 그렇지 않다. 눈은 움푹 꺼진 데다 다크서클이 진하게 드리웠고 양 볼에서 혈색이 사라진 지는 백만 년도 넘었다.

"총기 관리법에서 총열 길이에 하한선을 두고는 있지만, 여기 이건 어떠신가요?" 프레드가 카운터 아래에서 레밍턴 모델 870 익스프레스 신세틱 택티컬이라는 걸 꺼내며 펌프 연사식 산탄총이라고 설명한다.

"그거면 될 것 같아요."

"2015년식 중고예요. 350달러까지 해드릴 수 있어요."

"그걸로 할게요."

프레드가 움찔한다. 레이철이 흥정을 하리라 예상한 모양이지만, 레이철은 너무 절박한 나머지 부르는 대로 기꺼이 돈을 낼 기세다. 프레드는 주차장을 내다보고 레이철이 타고 온 차가 낡아빠진 오렌지색 볼보 240이라는 걸 알아차린다. "그럼 이렇게 하죠. 총알 한 상자를 덤으로 드리고, 총 쏘는 법도 가르쳐드릴게요. 어떻게 쏘는지 시범 좀 보여드릴까요?"

"네, 그렇게 해주세요."

프레드가 레이철을 데리고 실내 사격장으로 간다.

"한 번이라도 총을 쏴본 적은 있어요?"

"아뇨. 쥐어본 적은 있어요. 과테말라에서 라이플을요. 하지만 쏴본 적은 없어요."

"과테말라요?"

"평화 봉사단으로 가서 우물을 팠어요. 저랑 마티랑, 아 마티는 제 전남편이에요, 아무튼 우리는 문과생이었는데, 거기서 우리를 관개 사업장으로 보냈어요. 우린 그쪽으로 아는 게 하나도 없는데 말이에요. 아직 아기였던 우리 딸 카일리도 같이 갔죠. 생각해보면 진짜 미친 짓이었어요. 마티가 우리 쪽으로 다가오는 재규어를 봤다고 했는데, 아무도 그이 말을 믿어주지 않았어요. 아무튼 그이는 라이플을 쏘다가 자기 팔을 다쳤죠."

"손님은 제대로 쏠 수 있도록 제가 가르쳐드리죠." 프레드가 레이철에게 귀마개를 건넨 뒤 장전하는 법을 보여준다. "어깨에 단단히 고정하세요. 반동이 있을 거예요, 20구경이니까요. 아뇨, 그거보다 더 단단히 고정해야 해요. 몸으로 떠받치세요. 틈이 있으면 총이 쇄골로 튕길 거예요. 뉴턴의 제3법칙을 잊지 마세요. 모든 힘에는 작용반작용의법칙이 적용된다는 걸요."

프레드가 버튼을 누르자 천장 레일에서 종이 과녁이 나와 6미터 앞 지점에 멈춘다. 사격장 안을 떠도는 기름 냄새와 화약 냄새는 왠지 폐소공포증을 느끼게 한다. 과녁은 무기를 들고 있는 무섭게 생긴 남자 그림이다. 겁에 질린 어린아이가 아니다.

"방아쇠를 당기세요. 맞아요, 그거예요. 자, 살살 해보세요."

레이철이 방아쇠를 꾹 당기자 빵 하며 무시무시하게 큰 소리가 난다. 뉴턴의 제3법칙에 관한 프레드 말이 옳았다. 총열이 그녀의 어깨를 쪘다. 눈을 뜨고 앞을 보니 과녁은 완전히 날아가버렸다. "7미터 이내면 괜찮을 거예요. 표적이 그보다 멀리 떨어져 있고 도망치는 중이면, 도망가게 내버려두세요. 무슨 말인지 아시겠죠?"

"표적을 가까이 오게 해서 죽이든가, 아니면 표적이 도망치게 내버려두고 경찰에 신고하란 거잖아요."

프레드가 레이철을 향해 윙크한다. "눈치가 보통이 아니신데요."

레이철은 총알을 챙긴 후, 홍수에 대비해 봉지에 꽁꽁 싸매두었던 돈을 꺼내 계산한다. 프레드에게 인사를 하고 차로 돌아와 엽총을 조수석 위에 놓아둔다. 그 사람들이 휴대폰을 통해서든 다른 무엇을 통해서든 지켜보고 있다면, 그녀가 지금 굉장히 진지하며 일이 잘 진행되도록 착실히 따르고 있다는 걸 알 수 있을 것이다.

11
목요일 오전 11시 18분

햄프턴 몰은 선불폰을 구입하기에 더없이 적합한 곳이다. 레이철은 주차장 빈자리에 차를 댄 후 트렁크를 열어 카일리의 레드삭스 야구 모자가 없나 뒤적인다. 레이철의 양키스 모자는 이 지역에서 종종 이목을 끌지만, 레드삭스나 패트리어츠 모자는 관심받을 일이 절대로 없기 때문이다. 레이철은 카일리의 모자를 찾아 최대한 깊게 눌러써 얼굴을 가린다.

휴대폰이 울리자 배 속이 요동을 친다. "여보세요?" 누군지 확인할 틈도 없이 전화를 받는다.

"안녕하세요, 저 카일리 담임 제니 몬크리프예요."

"아, 안녕하세요, 선생님."

"오늘 카일리가 학교에 안 와서 전화드렸어요."

"카일리가 몸이 아프다고 해서요. 안 그래도 교무실로 전화드리려고 했어요."

"그런 연락은 9시 전에 주셔야 해요."

"다음번엔 꼭 그렇게 할게요, 죄송합니다. 카일리가 오늘은 못 갈 것 같아요, 몸이 좀 안 좋아서요."

"어디가 안 좋은데요? 많이 아픈가요?"

"그냥 감기일 거예요. 그러길 바라야죠 뭐. 구토도 하더라고요."

"어머나. 걱정이네요. 내일은 꼭 올 수 있으면 좋겠어요. 카일리가 투탕카멘에 관한 끝내주는 발표를 준비 중이라고 들었거든요."

"글쎄요, 내일은 갈 수 있을지 모르겠네요. 일단 지켜봐야죠. 감기라는 게 영 종잡기가 어려워서 말이에요. 제가 지금 약을 사러 와서 전화 끊어야 할 것 같아요, 선생님."

"카일리가 결석을 얼마나 할까요?"

"저도 잘 모르겠어요. 이만 끊어야 할 것 같아요." 통화 중에 다른 전화가 걸려온다. 알 수 없는 발신자다. "이만 끊을게요, 선생님. 카일리가 아파서 얼른 가봐야 해서요." 레이철은 인사를 마치고 통화 중 걸려온 전화를 받는다.

"열심히 작업 중이겠죠, 레이철. 당신만 믿을게요. 당신이 우리 아들을 대신할 아이를 데려다놓지 않으면, 우리 아들은 풀려나지 못한다고요." 카일리를 데리고 있는 여자가 말한다.

"최선을 다하고 있어요."

"그 사람들이 당신한테 메시지를 보내고 윌리엄스 가족에 대해서도 알려줬다면서요?"

"네."

"이번 일에서 벗어나도 입 다물고 지내야 해요. 그러지 않으면 윌리엄스 가족처럼 당신도 역풍을 맞게 될 거예요."

"당연히 입 다물 거예요. 협조하고 있잖아요. 최선을 다하고 있다고요."

"분발하도록 해요, 레이철. 만에 하나 당신이 문제를 일으켰다고 그들이 알려오면 내가 한 치의 망설임도 없이 카일리를 죽일 거란 사실 잊지 마요!"

"제발 그런 말은 하지 말아주세요. 저도……."

하지만 여자는 이미 전화를 끊었다.

레이철은 휴대폰을 바라본다. 두 손이 벌벌 떨린다. 여자도 신경이 곤두서 있는 게 분명하다. 카일리는 지금 신경 쇠약 직전인 여자의 손아귀에 잡혀 있는 것이다.

맞은편 구역에 주차된 차에서 젊은 남자가 내린다. 남자는 잠깐 동안 이상하다는 듯 레이철을 쳐다보더니 험상궂은 얼굴로 고개를 끄덕여 보인다.

저 남자도 체인의 요원일까?

그들은 도처에 있는 걸까?

레이철은 울음을 꾹 참으며 휴대폰을 가방에 넣고 서둘러 쇼핑몰의 이중문을 통과한다.

세이프웨이 마트는 이미 문을 열었고 벌써 사람들로 가득하다. 급히 쇼핑 바구니를 잡고는 추수감사절 매대를 지나, 싸구려 휴대폰이 놓인 선반으로 가서 그럭저럭 괜찮아 보이는 AT&T 제품을 집어 든다. 허접하지만 사진과 동영상도 찍을 수 있다. 가격은 14.95달러. 그 싸구려 휴대폰 열두 개를 바구니에 담은 후 두 개를 더 던져 넣는다. 열네 개. 이 정도면 충분할까? 선반에는 이제 여섯 개밖에 남지 않았다. 내가 알게 뭐람! 레이철은 그 여섯 개도 마저 쓸어 담는다.

뒤를 도는데 베로니카 하트가 보인다. 다섯 집 아래에 사는 괴짜 이웃이다. 하느님 맙소사. 레이철이 이 쇼핑몰에 온 이유는 순전히 아는 사람을 피하기 위해서였다. 이 휴대폰들을 보면 베로니카는 세상이 망하기라도 할까 봐 대비하는 거냐고 물은 다음 막상 종말이 오면 좀비들이 이동통신 기지국을 부숴버릴 거라고 지적할 사람이다. 그러면 끝장이다. 레이철은 베로니카가 계산을 마치고 나갈 때까지 철 지난 핼러윈 상품 뒤에 몸을 숨긴다.

레이철은 셀프 계산대에서 물건을 스캔한다. 그 후, 에이스 철물점으로 내려가 밧줄, 사슬, 맹꽁이자물쇠, 덕트 테이프 두 개를 구입한다.

계산원은 엘비스 프레슬리처럼 구레나룻을 기르고 선글라스를 쓴 멋쟁이다. "37달러 50센트입니다."

레이철이 20달러짜리 지폐 두 장을 건넨다.

"'생각하시는 그런 게 아니랍니다'라는 대사를 날리셔야죠." 계산원이 말한다.

레이철은 무슨 말인지 영문을 몰라 한다. "네?"

"이 물건들만 보면 『그레이의 50가지 그림자』 초보자용 세트처럼 보이거든요. 하지만 분명 좀 더 건전한 이유가 있겠죠." 계산원이 물건을 비닐봉지 두 개에 나눠 담으며 말한다.

진짜 이유는 훨씬 더 무시무시한데. "아뇨, 딱 그 이유 때문에 사는 건데요." 레이철은 이렇게 대답하고 서둘러 상점에서 나간다.

12
목요일 오전 11시 59분

휴대폰이 없어서 시간을 알 길이 없지만, 아직 오전일 것 같다. 아무것도 들리진 않아도 지하실 창문으로 빛이 보이기 때문이다.

카일리는 침낭 속에 앉아 있다. 지하실은 너무 추워서 창문 가장자리에 성에가 생길 정도다. 제자리에서 뛰면 좀 덜 추울까?

카일리는 침낭에서 엉금엉금 기어 나와 양말만 신은 발로 얼음장 같은 콘크리트 바닥에 선다. 사슬이 닿는 한도 내에서 최대한 빠르게 걸어보지만 별로 멀리 나아가지는 못한다. 매트리스 저쪽을 간신히 돌아 크고 오래된 무쇠 스토브로 돌아오는 게 다다. 저 스토브, 엄청 무거워 보이는데 실제로도 무거울까? 스토브 쪽으로 다가가 카메라를 등진 채 힘껏 밀어본다. 꿈쩍도 하지 않는다. 조금도 움직이지 않는다. 침낭으로 돌아가 이불을 뒤집어쓰고 지하실 문이 열리는 소리가 나지 않을까 귀 기울여보지만 아무도 오지 않는다.

아줌마랑 아저씨는 바쁜 게 틀림없다. 카메라로 지켜보고 있지 않은 것이다. 적어도 24시간 내내는 말이다. 노트북에 연결해놓고 어쩌다 한 번씩만 확인하는 게 분명하다. 하지만 저 스토브를 움직인다고 해도, 그다음엔? 여전히 저 바보 같은 쇳덩이에 사슬로 연결된 채 꼼짝 못 하고 계단 아래에 서 있기만 할 텐데.

침낭에 들어가 손목에 찬 수갑을 꼼꼼히 살핀다. 금속과 피부 사이에 틈이 거의 없다. 잘해야 2~3밀리미터 정도? 얼마 안 되는 그 틈으로 수갑에서 손을 빼내는 게 가능할까? 가망 없어 보인다. 후디니는 어떻게 한 걸까? 스튜어트가 후디니의 탈출 마술 시리즈에 홀딱 빠져서 카일리한테도 꼭 보라고 해서 봤지만, 후디니가 수갑을 어떻게 풀었는지 그 방법이 전혀 기억나지 않는다. 늘 신비한 열쇠로 수갑을 땄는데 말이다. 여기서 나가게 되면 그런 생존법을 배워두리라. 호신술, 수갑 풀기 같은 것들을. 수갑을 더 가까이에서 꼼꼼히 살펴본다. '피어리스 핸드커프 컴퍼니'라는 글자가 자그마한 열쇠 구멍 바로 아래에 새겨져 있다. 그 열쇠 구멍에 열쇠를 꽂고 시계 방향으로든 시계 반대 방향으로든 돌려서 수갑을 열어야 한다. 카일리에게 필요한 것은 열쇠를 대신해 수갑을 열어줄 만한 물건이다. 침낭 지퍼는 전혀 쓸모가 없다. 그림을 그리라고 준 연필도 쓸모가 없다. 종이 상자 속 물건 중에는 도움 될 만한 게 하나도 없다. 그나마 쓸 만한 거라면……

카일리는 치약을 본다. 치약 튜브를 뭘로 만들지? 금속? 플라스틱? 유화 물감 튜브는 금속인데, 치약 튜브는 뭐지? 치약을 아무리 자세히 살펴봐도 도통 모르겠다. 콜게이트 충치 예방 치약이다. 몇 년 동안 보조 욕실에 구비해놓았던 것처럼 오래되어 보인다. 튜브

맨 끝 뾰족한 모서리를 이용해서 수갑을 열 수 있지 않을까?

튜브로 열쇠 구멍을 쿡쿡 찔러보니 아주 불가능해 보이진 않는다. 튜브 맨 아래 부분을 조심스럽게 뜯어내서 그걸 열쇠로 만들어본다. 탈출을 시도한다는 걸 알면 아줌마가 카일리를 죽일 것이다. 탈출 시도는 승산도 거의 없고 위험하지만, 아예 시도조차 안 하는 것보다는 낫다.

13
목요일 오후 12시 15분

집 앞에 땅딸막한 남자가 서 있다. 엽총은 여전히 조수석에 놓여 있다. 주차 공간에 차를 댄 뒤 레이철은 엽총 쪽으로 손을 뻗는다. 차창을 아래로 내리고 엽총을 무릎 위에 올려놓는다. "무슨 일이시죠?" 레이철이 의아한 얼굴로 묻는다.

남자가 돌아선다. 두 집 아래에 사는 나이 든 하버캠프 박사다.

"안녕하세요, 레이철." 하버캠프가 메인주 시골 억양으로 쾌활하게 인사를 건넨다.

레이철은 엽총을 다시 조수석에 내려놓고 차에서 내린다. 하버캠프는 손에 뭔가를 들고 있다.

"이거 카일리 거 같던데요. 케이스에 카일리 이름이 쓰여 있는 걸 보니까."

레이철의 가슴이 마구 뛴다. 카일리의 아이폰이다. 어쩌면 아이폰이 카일리의 현재 위치에 대한 단서를 줄지도 모른다. 레이철은 하버캠프의 손에서 낚아채듯 전화기를 가져와 켜보지만 나타나는 거라고는 잠금 화면뿐이다. 기타를 연주 중인 에드 시런 사진에 비밀번호 네 자리를 입력하라는 문구가 뜬다. 레이철은 비밀번호를 모를뿐더러 맞힐 수도 없을 것이다. 비밀번호를 세 번 잘못 입력하면 24시간 동안 기기가 비활성화된다.

"카일리 거 맞아요. 이게 어디에 있었어요?" 태연한 척하려 노력하면서 레이철이 묻는다.

"버스 정류장 근처요. 체스터 산책시키다가 저거 전화기 아냐? 싶어서 주웠더니 뒷면에 카일리 이름이 있더라고요. 스쿨버스 기다리다가 떨어뜨린 모양이에요."

"폰 잃어버리고 안달이 났을 텐데, 감사해요."

레이철은 하버캠프한테 집으로 들어오라고 권하지도, 커피 한잔을 대접하지도 않는다. 이 동네에서 그건 죽을죄에 가깝지만 그녀에겐 시간이 없다.

"음…… 그럼 전 이만 가봐야겠네요. 배 바닥에서 오수를 퍼 올려야 하거든요. 안녕히 계세요." 하버캠프는 갈대밭을 지나 배가 있는 쪽으로 간다.

하버캠프가 사라지자 레이철은 엽총과 나머지 물품을 챙겨 집으로 들어와, 물을 한 잔 마시고 맥북을 켠다. 노트북이 빛을 발하며 다시 살아나자 레이철은 순간 곁눈으로 노려본다. 그 사람들이 혹시 맥북 카메라와 아이폰 카메라로 감시하고 있는 건 아닐까? 마크 저커버그는 보안을 위해 모든 전자 기기의 카메라에 테이프를 붙여놓는다는 글을 어디선가 읽은 적이 있다. 레이철은 주방 서랍에서 테이프를 가져와 저커버그처럼 한다. 아이폰, 맥북, 아이패드 카메라에 테이프를 붙인다.

그러고는 거실 테이블 앞에 앉는다.

이제 당면한 과업에 착수해야 할 때다.

어린아이를 유괴해야 한다고? 쓴웃음이 절로 나온다. 도대체 어떻게 그런 일을 할 수 있단 말인가? 미친 짓이다. 완전하고도 완벽한 광기라고밖에 할 수 없다.

어떻게 그런 짓을 저지를 수 있단 말인가?

그들이 대체 왜 그녀를 골랐는지 레이철은 다시 한번 궁금해진다. 그녀에게서 어떤 면을 보았기에 유괴 같은 사악한 짓을 저지를 수 있다고 판단한 걸까? 레이철은 지금껏 성실하게 살아왔다. 헌터 칼리지 고등학교 시절에는 전 과목 A를 받았고, 대학 입학시험에서도 고득점을 받고 하버드 면접에도 붙었다. 과속도 절대 하지 않고 세금도 꼬박꼬박 내고 그 어디에도 지각하는 법이 없다. 주차 위반 딱지라도 받으면 몹시 괴로워한다. 그런데 이제 한 가족에게 저지를 수 있는 최악의 범죄를 저질러야 한다고?

창밖을 내다본다. 아름답고 청명한 가을날이다. 분지에는 새들이 그득히 모여 있고 어부 몇몇이 미끼를 찾으려 개펄을 파헤치고 있다. 플럼섬의 이쪽 지역은 매사추세츠의 축소판이나 다름없다. 분지 이쪽 편에는 습지 위에 아담한 집들이 있지만, 맞은편 동쪽에는 대서양의 큰 파도를 마주하고 으리으리한 피서용 별장들이 텅 빈 채로 있다. 분지 서쪽에는 소방관들과 교사들, 어부들이 1년 내내 거주하고, 동쪽은 5~6월에만 나타나는 부유한 피서족들이 슬슬 점령하고 있다. 레이철과 마티는 여기면 안전하겠다고 생각했다. 보스턴보다 안전할 거라고. 안전이라니, 얼마나 허황된 말인가. 안전한 사람은 없다. 미국 어딘가에서 사는 게 안전할 거라 생각하다니, 둘 다 어쩜 그렇게 대책 없이 순진했을까?

마티. 마티는 왜 전화를 안 주는 거지? 오거스타에서 대체 뭘 하고 있기에?

페이스북에서 수집한 명단을 열어 다시 한번 스크롤한다.

전부 행복하게 웃고 있는 얼굴이다.

티 없이 환하게 웃고 있는 남자아이 또는 여자아이. 그녀가 이제 곧 총을 겨눠 차에 태워 끌고 와야 할 아이들. 게다가 이 불쌍한 영혼을 대체 어디에 가둬야 할까? 그녀의 집은 절대 안 된다. 벽이 나무로 되어 있어 방음이 전혀 안 되기 때문이다. 누군가 비명을 지르기 시작하면 이웃들 대여섯 명은 그 소리를 들을 것이다. 적합한 지하실이나 다락방도 없다. 콜린 템플이 말했다시피, 이 집은 사실 겉만 번지르르한 해변 오두막이나 마찬가지다. 모텔에 투숙하면 어떨까? 안 된다. 그건 미친 짓이다. 모르는 게 너무 많다.

창문 밖, 분지 반대편에 있는 별장들을 보다가 문득 기가 막힌 계획이 떠오른다.

14
목요일 오후 12시 41분

레이철은 침실로 달려가 스커트를 벗고 청바지로 갈아입은 뒤 스니커즈를 신는다. 빨간색 스웨터에 카일리의 레드삭스 야구 모자를 쓰고 후드 집업을 입는다. 그러고 나서 프렌치 도어를 열고 데크로 나간다.

분지 옆을 따라 난 갈대밭 사이 작은 모랫길로 걸어간다.

서늘한 바람과 썩은 해초 냄새. 해안가 집들에서 흘러나오는 텔레비전과 라디오 소리.

해안 쪽 분지 절반 정도까지는 계속 해변에 바짝 붙어 걷는다. 그러다 최대한 눈에 띄지 않게 슬쩍 노던 대로로 올라가 대서양을 마주 보고 있는 대저택들을 탐색하기 시작한다.

피서족들은 모두 돌아가고 없을 테지만, 이 저택들 중 어느 집이 피서족의 집이고 어느 집이 1년 내내 머무는 사람의 집일까? 플럼섬에도 자체 상하수도가 있어서 1년 내내 거주하는 사람들이 더 많지만, 대대로 부자인 사람들은 습관의 동물이라 물떼새 무리처럼 5월에 왔다가 9월에 다시 날아가버린다.

사람이 살고 있는 집은 바로 알아낼 수 있다. 불이 켜져 있고 진입로에 차가 주차되어 있고 목소리가 들리면 사람이 있는 집이다. 잠시 비어 있는 집을 알아내는 것도 쉬운 편이다. 불이 꺼져 있고 진입로에 차는 없지만 우편함에 우편물이 잔뜩 쌓여 있고 가스 배관이 잠겨 있지 않으면 잠깐 비운 집이다.

지금 비어 있고 앞으로도 한참 동안 비어 있을 집을 알아내는 건 조금 까다롭지만 불가능하진 않다. 그런 집은 불도 꺼져 있고 전기도 차단되어 있고 무선 인터넷도 꺼져 있고 우편함에 우편물도 없고 가스 배관도 잠겨 있다. 하지만 그런 집은 월요일부터 금요일까지 보스턴이나 뉴욕에서 일을 한 후, 토요일 아침에 엘엘빈 부츠를 신고 나타나는 주말족의 집일 가능성도 크다. 주말에 집에 왔는데 주방에서 웬 낯선 사람이 의자에 묶인 아이 옆에 서 있는 장면을 보면 깜짝 놀랄 것이다.

레이철이 찾는 집은 월동 준비가 된 집이다. 이맘때 부는 북동풍은 특히 더 매서운 데다, 집들이 대부분 바다보다 높은 위치에 있다고는 해도, 만조 때 거센 폭풍이라도 불면 파도가 데크 위를 후려쳐 고가의 판 유리창을 박살낼 수도 있다. 그래서 집주인이 크리스마스나 봄까지 다시 오지 않을 예정이라면, 동쪽으로 난 모든 창문에 판자를 덧대놓았을 것이다.

이런 판자 작업이 되어 있는 커다란 집이 몇 채 보이는데, 그중 특히 한 집이 레이철 마음에 든다. 근방에선 보기 드물게 벽돌로 지어진 집이다. 이 섬의 다른 집들은 거의 다 목재 구조다. 벽돌 벽체보다 훨씬 마음에 드는 점은 그 집에 지면보다 낮은 지하실이 있다는 사실이다. 그런 지하실이 있다는 건 1990년 이전에 지어진 집이라는 뜻이다. 플럼섬에 집을 지으려면 반드시 수해에 대비해야 한다는, 다시 말해 주택 바닥이 지면보다 높아야 한다는 규약이 1990년에 도입되었기 때문이다.

레이철은 이 유력한 집 주변을 배회하면서 자세히 살핀다. 바다 쪽으로 난 창문 모두 판자가 덧대어져 있고, 측면에 난 창문도 마찬가지다. 울타리를 뛰어넘어 들어가 두꺼비집과 가스 배관을 확인한다. 가스와 전기 모두 차단되어 있고 우편함에 우편물도 전혀 없다. 모두 회송되었거나 우체국에 보관 중일 것이다. 우편함 위 이름을 보니 아펜젤러 부부의 집이다. 레이철도 얼핏 아는 나이 든 부부다. 남자는 60대 후반으로 원래 보스턴 출신인데 에모리 대학 화학 교수로 있다가 은퇴했다. 부인 일레인은 50대 후반으로 남편보다 젊다. 두 사람 다 재혼이다. 레이철의 기억이 정확하다면, 부부는 탬파에서 겨울을 보낸다.

레이철은 동향인 뒤쪽 데크로 올라간다. 데크에는 사생활을 보호할 수 있는 담장이 있다. 즉, 거기 앉아 있으면 해변에서 바로 그 앞을 지나가는 사람 외에는 아무에게도 눈에 띄지 않는다. 그런데 이맘때에는 바로 앞을 지나갈 사람이 별로 없다.

뒷문은 곧장 주방으로 향한다. 방충망 출입문은 잠겨 있지만 레이철이 힘껏 잡아당기자 열린다. 주방문에는 평범한 문손잡이가 달려 있다.

문손잡이를 자세히 살핀 다음 휴대폰으로 사진을 찍는다. 그 사진을 가지고 10분 간 구글 검색을 한 끝에 슐라게의 포조지안 F40 제품이라는 것을 알아낸다. 여러 자물쇠 전문 사이트에 따르면, 망치하고 끌만 있으면 바로 고장 낼 수 있다고 한다.

그럼에도 걱정스러운 건 부엌 창문에 붙어 있는 경고 스티커다. 이 집이 아토믹 보안 업체의 방범 서비스를 받는다고 쓰여 있다. 뒷문을 열면 경보기의 암호 입력기를 찾을 시간이 30초 정도 있을지도 모른다. 암호를 재빨리 입력하지 않으면 순식간에 아수라장으로 변할 것이다. 하지만 방범 스티커가 오래되어 보인다. 한때는 선명한 파란색이었을 텐데 흐릿한 회색으로 바랬다. 전기를 내려도 경보기가 울릴까?

이 외에도 무시할 수 없는 큰 문제가 하나 더 있다. 해변으로 향하는 사구들을 가로지르는 샛길 가운데 하나와 너무 가깝다는 점이다. 이 시간에는 그 샛길을 지나는 사람이 없겠지만 아침이면 개를 산책시키러 나온 사람들, 건강을 위해 매일 산책을 하는 사람들이 적지 않을 것이다. 아이가 있는 힘껏 소리를 지르면, 방음벽이 있는 지하실이 아닌 한은 비명 소리가 새어나갈 것이다. 지하실 창문 위에 커다란 판자를 덮어놓으면 방음 효과가 아주 없진 않겠지만 안심할 정도는 아니다. 볼테르가 경고한 완벽주의의 덫이 떠오른다. 일주일을 들여 최적의 빈집을 찾을 수는 있겠지만, 그러면 카일리가 일주일 동안 일반 주택에 임시로 마련된 지하 감옥에서 고통받게 된다. 방범 스티커와 사구 샛길만 빼면, 이 집은 완벽에 가까운 편이다. 다른 집들과 약간 떨어져 있기도 하고 사구 때문에 어느 정도 고립되어 있기도 하다. 큰길에서 10미터 정도 떨어져 있는 데다 아펜젤러 부부가 서쪽으로 저무는 해를 가리려고 사이프러스 나무까지 심어놓았다.

레이철은 뒤쪽 베란다에 놓인 옥외용 안락의자에 앉아 뉴버리 주택 방범 센터에 전화를 건다.

"뉴버리 주택 방범 센터 잭슨입니다. 무엇을 도와드릴까요?" 남자 직원이 전화를 받는다. 리비어 억양이 어찌나 강한지 페인트도 벗길 기세다.

"안녕하세요. 경보기 관련해서 궁금한 점이 있어서요."

"네, 말씀해보세요."

"저는 페기 먼로라고 하고요, 여기 섬에 나와 살고 있거든요. 저희 딸이 엘시 태너 양이 외출한 동안 그 집 나폴리탄 마스티프를 산책시켜주기로 했다는데요, 열쇠는 받았는데 창문에 오래된 아토믹 알람 스티커가 붙어 있다네요. 혹시라도 문을 열었다가 경보가 울리면 어쩌나 걱정을 해서 어떻게 해야 하는지 여쭤보려고요."

레이철은 거짓말을 할 줄 모른다. 그래서 의심을 사지 않으려면 최대한 말을 아끼는 게 좋은지 재잘재잘 수다를 떨며 이름을 비롯한 세부 사항을 떠벌리는 게 좋은지 확신이 서질 않는다. 일단 후자를 택하기는 했는데 혹시 너무 어설펐던 건 아닌지 걱정이 된다.

잭슨이 하품을 하면서 응답한다. "고객님, 원하시면 제가 직접 가서 봐드릴 수는 있는데 비용이 최소 50달러예요."

"50달러요? 우리 딸이 개 산책시켜주고 받는 돈보다 큰돈인데요."

"물론 그렇겠죠. 저기요, 따님은 괜찮을 것 같네요. 아토믹 알람은 90년대에 망한 회사거든요. 브리즈 보안 업체가 그 고객을 대부분 인계받기는 했는데, 브리즈 쪽에서 옛날 아토믹 스티커는 다 뗐어요. 그러니까 옛날 아토믹 방범 스티커가 붙어 있다면 경보 장치가 아무 데도 연결 안 되어 있을 확률이 크죠. 따님이 좀 더 최신 방범 스티커는 못 봤대요?"

"못 봤대요."

"그럼 아무 문제 없을 거예요. 혹시 문제가 생기면 그때 다시 전화주세요. 그럼 제가 가서 조치해드릴게요."

"감사합니다."

레이철은 섬 반대편에 있는 자신의 집으로 돌아가 마티의 공구함에서 끌과 망치를 찾는다. 마티는 한 번도 쓴 적 없는 공구함이다. 마티의 형 피트가 엔지니어이자 자동차 전문가이자 해결사였지 마티는 아니었다. 마티와 함께 여기로 처음 이사 왔을 때, 이 집을 살 만한 상태로 만들어준 것도 여기저기 여행을 다니다 마침 집에 온 피트였다.

가슴이 무너지는 듯하다. 카일리한테 무슨 일이라도 생긴다면, 피트는 죽을지도 모른다. 삼촌과 조카는 서로를 끔찍이 아낀다. 다시 한번 눈물이 차오르지만 레이철은 애써 참는다. 운다고 카일리가 돌아오는 건 아니니까.

레이철이 분지의 오솔길을 따라 걷는데 이슬비가 내리기 시작한다. 어느새 하늘은 회색빛이고 서쪽에는 불길한 먹구름도 끼어 있다. 하지만 비가 오면 더 유리할 것이다. 개를 산책시키려던 사람도, 참견꾼들도 외출을 단념할 테니까 말이다.

납치범들이 카일리를 따뜻하고 안전한 곳에 데리고 있을지 궁금하다. 카일리는 예민한 아이다. 곁에서 계속 돌봐주어야 한다. 레이철은 불끈 쥔 주먹으로 허벅지를 힘껏 내리친다. 엄마가 갈게, 카일리. 엄마가 갈 거야, 엄마가 꼭 갈게. 레이철은 옷에 달린 모자를 끌어 올려 쓰고 노던 대로를 따라 아펜젤러 부부의 집으로 간다. 그래, 입구 쪽 사이프러스 나무가 집 안에서 벌어지는 범죄의 가림막이 되어줄 거야. 샛길을 가로질러 다시 한번 울타리를 뛰어넘는다. 지면에서 15센티미터 정도 높이에 있는 지하실 창문을 자세히 살핀다. 창문은 가로 90센티미터 세로 30센티미터 정도 된다. 유리를 손으로 톡톡 두드려본다. 그다지 두꺼워 보이지는 않지만 아크릴판이나 두꺼운 나무판자로 가리면 어느 정도는 방음 효과가 있을 것 같다.

뒤쪽 베란다로 가서 방충망 출입문을 연다. 가슴이 방망이질을 시작한다. 훤한 대낮에 이런 짓을 하다니. 미친 짓 같지만 그녀에게는 시간이 없다.

가방에서 끌을 꺼내 문손잡이 열쇠구멍 정가운데에 위치시킨다. 그런 다음 망치를 들어 올려 끌을 세게 내려친다. 쿵 하고 금속성 소리는 났는데 손잡이를 돌려보니 여전히 돌아가지 않는다. 다시 한번 끌을 정가운데에 놓고 조금 전보다 훨씬 세게 망치로 내려친다. 이번엔 헛스윙을 하는 바람에 망치가 나무 문을 가격한다.

맙소사, 레이철.

다시 망치를 들어 올려 세 번째로 내려친다. 문손잡이 내부가 부서지면서 작은 파편이 튄다. 레이철은 끌과 망치를 내려놓고 아주 조심스럽게 문을 열어본다.

손잡이가 돌아간다. 문을 밀자 삐걱거리며 열린다.

엽총과 손전등을 꺼내 들고 벌벌 떨며 집 안으로 들어간다.

15
목요일 오후 1시 24분

레이철은 방금 부순 문을 열고 들어온 집 안에 서 있다. 30초 동안의 두려움.

덤벼드는 개도, 경보음도, 소리치는 사람도 없다.

그저 운이 좋은 것만은 아니다. 레이철이 탐색을 잘한 덕이다.

집은 비어 있고 퀴퀴한 냄새가 난다. 주방에는 얇게 먼지가 덮여 있다. 9월 초 이후 아무도 오지 않았다는 의미다. 레이철은 부엌문을 닫고 들어와 집 안을 탐색한다.

관심이 전혀 없는 세 개 층을 무심하게 둘러보고 지하실은 꼼꼼히 살펴본다. 지하실은 벽돌 벽과 콘크리트 바닥으로 되어 있고 세탁기와 건조기, 보일러 외에 아무것도 없다. 집을 받치고 있는 기둥이 콘크리트라서 그 기둥 중 하나에 아이를 사슬로 묶어놓으면 되겠다는 생각이 든다. 그런 생각을 하는 자신이 싫지만 어쩔 수 없다. 레이철은 건조기 위로 난 작은 창문을 자세히 본다. 이 창문은 시내 철물점에서 판자를 사 와서 가릴 것이다.

흥분과 혐오감으로 몸서리가 쳐진다. 어떻게 그녀가 이런 생각을 척척 해낼 수 있는 걸까? 트라우마 때문인 걸까?

그렇다.

이번 일은 항암 치료의 나날을 다시 떠올리게 한다. 무감각. 심연으로 곤두박질하며 끝없이 추락하는 느낌.

다시 올라와 뒷문으로 집을 나온다. 문과 방충망 출입문을 잘 닫고, 해안에 사람이 없는지 확인한 다음 집 뒤편 계단을 통해 해변으로 나간다.

파도의 비말과 보슬비를 맞으며 집으로 걸어 돌아간다.

거실 테이블에서 맥북을 열고 잠재적 표적 명단에 속한 사람들의 페이스북 피드를 확인한다.

표적을 제대로 고르는 게 가장 중요하다. 조건에 걸맞은 가족을 둔, 조건에 걸맞은 피해자. 눈이 뒤집혀 경찰에 신고하지 않을 부류, 몸값을 지불할 돈도 있고 자기 아이를 되찾기 위해 남의 아이를 납치할 정신력까지 모두 갖춘 부류로 골라야 한다.

레이철은 왜 자신이 선택된 건지 또다시 궁금해진다. 그녀라면 자신 같은 사람은 고르지 않았을 것이다. 절대. 자신보다는 훨씬 안정적인 사람을 골랐을 것이다. 아마도, 돈도 좀 있는 부부로.

노란색 메모장을 꺼내 기준을 세운다. 그래야 기나긴 명단을 줄일 수 있을 것 같다. 그녀를 알고 있는 사람, 목소리를 알아차릴 가능성이 조금이라도 있는 사람은 안 된다. 뉴버리포트나 뉴버리 또는 플럼섬 사람도 안 된다. 그렇다고 너무 먼 곳에 사는 사람도 안 된다. 버몬트주나 메인주, 보스턴 남부에 사는 사람도 안 된다. 자금력이 있는 사람, 안정적으로 보이는 사람이어야 한다. 경찰이나 기자, 정치인은 안 된다.

이름과 얼굴을 스크롤해서 보면서, 누구나 볼 수 있는 웹 공간에 이렇게 거리낌 없이 자신의 내밀한 정보를 올리는 사람들이 많다는 사실에 레이철은 다시 한번 혀를 내두른다. 주소, 휴대폰 번호, 직업, 자녀 수, 자녀들이 다니는 학교, 취미, 여가 활동.

아마도 아이를 가장 신중히 골라야 할 것이다. 고분고분한 아이. 몸싸움을 벌이거나 도망칠 확률은 낮으면서, 사랑하는 사람들의 가슴을 아프게 할 공산이 더욱 높은 아이. 하지만 요즘 세상에는 아이한테서 한눈을 파는 일이 거의 없다. 누구에게도 들키지 않고 아이를 잡으려면 만만치 않을 것이다.

"내 자식은 안 그랬네. 내 딸은 아무나 잡아갈 수 있었어." 레이철은 혼잣말을 하며 코를 훌쩍인다.

페이스북과 인스타그램과 트위터를 뒤져가며 이런저런 기준을 적용한다. 기나긴 명단에서 최종적으로 다섯 명을 추리고, 거기에 우선순위도 매긴다.

1. 매사추세츠 롤리, 데니 패터슨
2. 매사추세츠 베벌리, 토비 던리비
3. 매사추세츠 케임브리지, 벨린다 왓슨
4. 매사추세츠 케임브리지, 챈드라 싱
5. 매사추세츠 글로스터, 잭 펜턴

"내가 이런 짓을 하고 있다니 믿기지가 않아." 레이철은 혼잣말을 한다. 물론 그녀가 반드시 뭔가를 해야만 하는 건 아니다. 경찰이나 FBI한테 가면 그만일지도 모른다.

그러면 어떨까 곰곰이 생각해본다. 정말 진지하게 생각해본다. FBI는 전문가지만, 그녀의 딸을 붙잡아두고 있는 여자는 사법 제도를 두려워하지 않는다. 그 여자가 두려워하는 건 체인이다. 체인에서 그 여자 전 단계인 사람이 여자의 아들을 데리고 있다. 여자는 레이철이 변절자로 인지되는 순간, 카일리를 죽이고 새 표적을 구하라는 지시를 받았다. 목소리로 보아 여자는 점점 신경이 날카로워지고 있는 듯하다. 자기 아들을 되찾을 수만 있다면 무슨 짓이든 서슴지 않을 것이 분명하다······.

아니, FBI는 안 된다. 그리고 그 여자한테서 걸려온 것과 같은 전화를 레이철도 걸어야 할 텐데, 그때 자신의 목소리도 그 여자 못지않게 단호하고 위험천만하게 들려야 한다.

레이철은 자신이 예비 표적들에 대해 적어놓은 메모를 본다. 1순위 표적이 굉장히 유력해 보인다. 데니 패터슨. 열두 살. 엄마 웬디와 함께 롤리에 거주 중. 아빠는 함께 살지 않고 싱글맘. 웬디는 파산하지도 않았다. 파산하지 않은 정도가 아니라 꽤 부유해 보인다.

레이철은 곰곰이 생각한다. 체인의 운영자들이 원하는 게 뭘까? 가장 중요한 사실은 체인이 지속되고 있다는 점이다. 체인에 속한 사람들 중에는 남들보다 좀 더 부유한 이도 있고 그렇지 않은 이도 있겠지만, 재산보다 더 중요한 것은 체인에 고리를 더해 시스템 전체를 계속 돌아가게 할 만큼 똑똑하고 신중한 사람들이어야 한다는 점이다. 체인에서 고리 하나하나는 모두 중요하다. 표적은 돈도 있어야 하지만 유능하고 고분고분하고 겁도 많아야 한다. 지금의 레이철처럼. 통장 잔고가 200~300달러 남짓한 강한 고리가 백만장자의 약한 고리보다 훨씬 나은 것이다.

키르케고르는 말했다. 권태와 공포는 만악의 근원이라고. 체인의 배후에 있는 악당들은 돈을 원한다. 그런 그들이 두려워하는 것은 시스템 전체를 붕괴시킬지도 모르는 사람이다.

레이철이 그런 존재가 되지는 않을 것이다.

다시 데니로 돌아가자. 데니의 엄마는 회사를 운영했는데 대기업인 AOL이 그 회사를 사들였다. 아들을 너무 사랑해서 아들 자랑을 입에 달고 산다. 강인해 보인다. 자포자기할 것처럼 보이지는 않는다. 45세. 2013년과 작년, 보스턴 마라톤에 두 번 참가했다. 작년 기록이 더 좋다. 네 시간 2분.

데니는 비디오 게임, 셀레나 고메즈, 영화를 좋아한다. 레이철의 입장에서 가장 마음에 드는 건, 데니가 축구에 미쳐 있다는 점이다. 일주일에 세 번, 방과 후에 축구 연습을 가는데 집까지 걸어서 귀가하는 일이 많다.

집에 걸어간다.

곱슬머리에 착한 그냥 보통 아이. 알레르기도 없고, 건강에 문제도 없고, 열두 살 치고 덩치가 그렇게 큰 편도 아니다. 평균보다 살짝 작아 보인다. 축구팀에서 골키퍼는 아닐 게 뻔하다.

이모가 한 명 있는데 애리조나에 거주한다. 아빠는 가까이에 없다. 사우스캐롤라이나에 사는데 재혼을 했다.

가족 중에 경찰도 없고 정치인 연줄도 없다.

웬디는 디지털 미래를 적극적으로 받아들여서, 자는 시간만 빼고는 자신이 현재 어디 있고 무엇을 하는지를 사실상 1분마다 인스타그램이나 트위터에 올리고 있다. 따라서 레이철이 축구 연습하는 데니를 훔쳐보는 동안 웬디 스스로 자기 위치를 알려줄 것이다.

아동1은 굉장히 가능성이 있어 보인다. 이제 아동2를 살핀다. 베벌리에 사는 토비 던리비. 역시 열두 살이다. 여동생이 하나 있다. 엄마는 페이스북에 일거수일투족을 계속 업데이트한다.

레이철은 헬렌 던리비의 페이스북 페이지를 끌어올린다. 서른다섯 가량에 상냥한 인상의 여자가 활짝 웃고 있다. 사진 밑에는 **나는 노이로제 환자가 아니야. 너무 바빠서 노이로제에 걸릴 시간도 없다**고 적혀 있다. 헬렌은 남편 마이크, 아들 토비, 딸 어밀리아와 함께 베벌리에서 살고 있다. 마이크는 보스턴 스탠다드차타드의 경영 컨설턴트로 있고, 헬렌은 노스세일럼 초등학교에서 시간제 유치원 교사로 근무 중이다.

어밀리아는 여덟 살로 토비보다 네 살 어리다. 레이철은 페이스북 피드를 스크롤해서 살펴본다. 헬렌은 일주일에 이틀은 오전에 유치원 근무를 하고, 나머지 시간은 온전히 자기 가족들이 뭘 하는지 페이스북으로 친구들에게 알리는 데 쓰는 듯하다. 마이크 던리비는 보스턴에서 하루 종일 일을 하고 거의 매일 한밤중에 퇴근한다. 레이철이 이 모든 정보를 알고 있는 이유는 헬렌이 마이크가 몇 시 기차를 타고 귀가하는지, 애들이 안 자고 아빠를 기다리게 둘지 말지에 대한 게시물을 올리기 때문이다.

레이철이 찾아보니 링크드인에 마이크의 이력서가 올라와 있다. 나이는 서른아홉, 원래 런던 출신으로 최근까지 뉴욕에 거주했다. 정치인이나 경찰 출신도 아니고, 꽤 착실해 보인다. 축구를 좋아하며, 경영 컨설팅에 발을 들이기 전에는 경매사였다. 피에로 만초니의 「예술가의 똥」을 판매하면서 유명해졌다.

헬렌에게는 언니와 여동생이 있는데, 둘 다 가정주부다. 한 명은 변호사랑 결혼했고, 다른 한 명은 식품학자와 이혼했다.

아이들은 매일 반드시 차로 데려다주고 데려오지만, 토비가 최근에 양궁을 시작했다는 점이 특히 유혹적이다. 토비는 일주일에 두 번 세일럼에 있는 양궁 클럽에 간다.

양궁은 토비가 새로이 열정을 보이는 대상이다. 이니 카모제의 노래 「도망자들 납셨네」에 맞춰 다양한 과녁에 활을 쏘는 토비의 귀여운 유튜브 동영상 링크가 페이스북 페이지에 올라와 있다. 무엇보다 좋은 점은 토비가 양궁 클럽에서는 집에 걸어간다는 사실이다. 그것도 혼자. 토비는 착한 아이다. **집에 걸어가는 애들이 좀 더 많아져야 해.** 레이철은 속으로 그렇게 생각하다가 헬리콥터 부모나 과잉보호 부모가 존재하는 이유가 바로 자신 같은 사람 때문이라는 사실을 떠올린다.

아동1과 아동2 둘 다 가능성이 있어 보이는 데다, 확실한 예비 후보가 셋이나 더 있다.

레이철은 노트북을 닫고 코트를 챙겨 밖으로 나가, 철물점을 찾으려고 시내로 차를 몬다. 운전 중에 전화벨이 울린다. "여보세요?"

"안녕하세요, 레이철 오닐 씨하고 통화할 수 있을까요?"

"전데요."

"안녕하세요, 체이스 카드 사기 담당 부서의 멜라니라고 합니다. 오늘 아침 고객님 비자카드에서 이상 거래가 포착돼서 알려드리려고요."

"아, 네."

멜라니는 레이철한테 본인 확인 질문을 몇 가지 한 뒤 본론으로 들어간다.

"누군가 고객님 카드로 비트코인을 구입하는 데 1만 달러를 결제한 것으로 보여요. 혹시 알고 계신 일인가요?"

"주문 절차 중단시키신 건 아니죠?"

"네, 그건 아니고요. 하지만 저희 카드사에서는 혹시나……."

"제가 산 거 맞아요. 문제없는 거예요. 남편하고 투자하기로 했거든요. 저기요, 제가 지금 좀 바빠서 끊어야겠어요."

"그러니까 이상 거래가 아니란 말씀이시죠?"

"네. 전혀 아니에요. 아무 문제 없어요. 어쨌거나 전화주셔서 감사합니다. 이제 정말 끊어야겠어요. 안녕히 계세요." 인사와 함께 레이철이 전화를 끊는다.

철물점에서 지하실 창문에 꼭 맞는 판자를 구하고 집으로 돌아가는 길에, 마티에게서 전화가 온다. 참 빨리도 한다!

"안녕, 자기야, 무슨 일이야?" 마티의 예의 상냥하고 활기찬 목소리로 그런 말을 들으니 설움이 복받쳐 눈물이 날 것 같지만 꾹 참는다.

왠지 모르겠지만 마티를 미워하려야 미워할 수가 없다. 그 녹색 눈동자와 검은 머리 때문이려나. 레이철의 엄마는 마티가 나쁜 남자라며 경고했지만, 엄마들이 하는 그런 유의 경고는 늘 역효과를 가져오는 법이다.

"태미가 지붕이 샌다고 그러던데?" 마티가 묻는다.

"응?"

"지붕 말이야. 빗물 샌다고 했다며?"

"지금 어디야, 마티?" 하마터면 **자기가 필요해**라는 말을 덧붙일 뻔한다.

"지금 오거스타야. 워크숍 때문에 내려왔어."

"언제 집에 와?"

"이번 주말은 카일리랑 보내는 주말이니까 금요일 저녁엔 갈 거야. 걱정 마."

"아, 마티." 레이철이 흐느낌을 억누르며 낮은 목소리로 말한다.

"내일이잖아, 자기야. 조금만 버텨."

"알았어."

"지붕 때문이 아니구나? 무슨 일인데 그래, 자기야? 무슨 일 있지? 말해봐."

나는 죽어가는 중이고 우리 딸이 납치됐다는 사실 말고? 이 말이 목구멍까지 올라오지만 참는다. 마티라면 곧장 경찰한테 갈 것이다. 결코 이해 못 할 테니 말이다.

"돈 때문에 그래? 나도 내가 그동안은 잘 못했다는 거 알아. 앞으로는 더 잘할게. 정말이야. 수리 업자는 구했어?"

"아니. 아직 못 구했어." 레이철이 단조로운 톤으로 말한다.

"얼마나 심하게 새는데 그래?"

"나도 몰라."

"내 말 들어봐, 자기야. 내가 날씨 확인해봤거든. 이렇게 비 오는 저녁에 일하겠다고 나서줄 사람은 없을 거야. 피트 형이 도와줄 수 있지 않을까?"

"피트? 피트는 어디 있는데?"

"우스터에. 아마도."

"피트한테 문자 보내볼게. 그 정도는 허용해주겠지."

"그게 무슨 소리야? 누가 허용을 해줘?"

"아무것도 아냐. 그런 거 없어. 그래, 피트한테 물어봐야 하려나. 생각해볼게."

"알았어, 자기야. 이제 끊어야겠다, 괜찮지?"

"응, 마티." 레이철이 슬픈 목소리로 대답한다.

"안녕." 마티가 전화를 끊는다. 마티의 차분한 바리톤 음성이 사라지자, 차 안에는 또다시 싸늘한 정적이 흐른다.

16
목요일 오후 2시 44분

활사냥꾼이나 하반신 마비 환자 또는 옛날 총기류 광팬이나 18세 미만 미성년자가 아닌 한, 매사추세츠의 사슴 사냥철은 11월 27일 이후에나 시작된다.

하지만 피트는 매사추세츠 사냥철 시작일을 운운하는 논리는 받아들인 적이 한 번도 없다. 대부분의 법이나 규칙, 규정도 물론.

주 경찰이나 보안관에게 잡히면 벌금형이나 그 이상의 처벌을 받을 수 있다는 건 피트도 안다. 하지만 산림 감시원은 피트를 잡지 않는다. 남들이 펜웨이 야구장 근처 술집이나 허리케인 베티 클럽 댄서들의 교대 순번에 빠삭하듯 피트는 우스터 서쪽 숲을 훤히 꿰고 있다. 어렸을 때부터 쭉 그 숲에서 사냥을 해왔기 때문이다. 솔직히 말하면 현재 겪고 있는 이런저런 문제들 때문에 피트가 감이 조금 떨어진 건 사실이지만, 설사 그렇다고 해도, 눈치 없는 부보안관이나 형광 조끼 차림의 산림 감시원이 피트를 체포할 일은 없을 것이다.

피트는 종종 산림 감시원이나 부보안관 수가 훨씬 적은 알래스카로 이사할까 생각하곤 하지만, 카일리는 자기가 대학에 진학해 매사추세츠주를 떠나기 전까지는 삼촌을 못 떠나게 할 것이다. 피트는 하나뿐인 조카 카일리한테 죽고 못 산다. 두 사람은 거의 매일 문자메시지를 주고받고, 카일리의 엄마는 끝까지 앉아서 보지도 못할 영화를 카일리한테 보여주는 사람도 피트다.

피트는 몸집 큰 수사슴을 쫓아 자작나무 숲속 더 깊은 곳으로 들어간다. 사슴은 뒤를 밟히고 있다는 사실을 전혀 눈치채지 못했다. 피트는 맞바람을 맞으며 숨소리조차 내지 않고 움직인다. 피트는 이런 소리 없는 추적에 능숙하다. 해병대에서는 기관사였지만, 박격포 공격까지 받아가며 몇 년 동안 교량을 구축한 후, 캠프 펜들턴에서 수색 정찰 기초 훈련을 받기 위해 안식년 휴가를 냈고, 거기서 수석에 가까운 성적으로 훈련을 마쳤다. 상부에서는 피트가 정찰대로 전속하길 바랐지만 피트는 자신을 시험하기 위해 그 훈련을 받았을 뿐이다.

피트가 소총으로 늙은 수사슴을 조준하고 심장 아래를 겨눈다. 그러나 방아쇠를 잡아당기려던 찰나, 주머니 속 휴대폰이 진동한다. 전화를 끌걸. 여기서 신호가 잡힐 줄이야.

전화기를 보니 새로운 메시지가 두 개 와 있다. 하나는 레이철, 또 하나는 마티다. 둘 다 똑같은 걸 묻고 있다. 어디예요? 어디야?

레이철에게 답장을 보내려는데 메시지가 가질 않는다. 마티의 문자는 무시하기로 한다. 마티를 싫어하는 건 아니지만 마티하고는 공감대가 거의 없다. 둘은 여섯 살 터울이어서 마티가 서서 걸어 다니고 말을 하고 주위에 흥미를 가질 때쯤, 피트는 집에서 나가고 싶어 미칠 지경이었다. 그래서 정말로 집을 나갔다. 열두 살 나이에, 이웃의 쉐보레 임팔라를 '빌려서' 버몬트주 이스트프랭클린까지 내달렸다. 하고 많은 곳 중 몬트리올을 골라 향하던 중이었는데 캐나다 국경에서 제지를 당하고 체포되었다.

그런데 아무 일도 일어나지 않았다. 정말 아무 일도. 판사는 검지손가락을 내저으며 구닥다리 설교를 늘어놓았을 뿐이다. 피터는 그 후 몇 번 더 차를 훔쳤지만 좀 더 신중해졌다. 국경을 넘으려는 시도도 하지 않았고, 경주를 하듯 달리지도 않았다. 고등학교 때는 나쁜 패거리들과 어울렸지만 성적이 평균 B$^+$ 이상 유지되는 한 아무도 뭐라고 하지 않았다. 그래서 피트는 정말 B$^+$ 이상을 유지했다. 학교라면 지겨웠지만, 그럭저럭 보스턴 대학에 입학해서 토목 공학을 공부했다. 대학 때는 거의 평균 C를 유지했다. 대학 생활의 대부분은 새로 나온 캐드 소프트웨어를 가지고 놀면서, 너무 터무니없어 건설이 불가능한 현수교와 아무도 선호하지 않는 구식 캔틸레버식 다리를 설계하며 보냈다. 장래에 대해 아무런 꿈도 계획도 없이 2000년 5월 졸업을 했다.

뉴욕으로 건너가 급성장 중이던 월드와이드웹에서 사이버 보안 전문가로 먹고살아보려 했다. 다들 인터넷이 또 하나의 골드러시라고 했지만, 피트는 엉뚱한 가상의 강에서 선광 냄비로 사금을 찾고 있었던 모양이다. 벌이가 학자금 대출 이자나 겨우 내는 수준밖에 안 되었기 때문이다.

그리고 이듬해 9월 11일.

피트는 다음 날 아침 타임스퀘어로 갔다. 당시 뉴욕에 있던 사람은 그날을 평생 잊지 못할 것이다. 뉴욕은 딴 세상이 되어 있었다. 신병 모집 부스에 늘어선 줄이 34번 스트리트까지 이어졌다. 피트의 할아버지가 해군이었다. 신병 모집 담당자는 피트의 공학 학위와 배경 지식이면 해군이나 해병대가 좋겠다고 했다. 피트는 해병대를 선택했다. 그 후 13년 동안 그걸로 끝이었다. 해병대 장교 후보 학교, 전투 공병, 파병 일곱 번, 작전 지역 다섯 번. 해병대 제대 후, 피터는 몇 군데 여행을 하다 마침내 우스터로 돌아왔다.

이제 그의 인생에서 해병대 챕터는 끝났다. 이제는 마흔 살 먹은 평범한 무직자에 불과해서 겨울을 나기 위해 공짜 사슴 고기를 구해야 하는 처지다.

수사슴이 고개를 숙여 시냇물을 마신다. 수사슴의 왼쪽 옆구리를 따라 흉터가 나 있다. 피트도 수사슴도, 참전을 한 것이다.

피트는 완벽하게 조준을 했지만 어쩐지 저 수사슴은 나중으로 미뤄야 할 것 같다. 왠지 무슨 일이 벌어지고 있을 때처럼, 무언가가 잘못되었을 때처럼 뒷목이 싸하다.

피트는 문자메시지를 다시 한번 들여다본다. 어디예요?

무슨 일이라도 생겼나? 피트는 소총을 어깨에 올리고 신호가 잡히나 보려고 좀 더 높은 지대를 찾지만, 이제는 휴대폰 배터리가 1퍼센트밖에 없다고 뜬다.

폭포 위, 작은 언덕을 올라 문자메시지를 보내보지만 메시지가 전송되는 2분 동안, 예상대로, 전화기가 꺼진다. 수사슴이 뒤돌아 피트를 처다본다. 둘은 3초 동안 서로를 노려본다.

잔뜩 겁을 먹은 수사슴이 나무 사이로 미끄러지듯 들어간다. 피트는 아쉬워하며 수사슴이 사라지는 모습을 지켜본다. 식량 배급표가 멀리 달아난다. 피트는 소총을 단단히 고정시킨 후 자신의 픽업 트럭으로 향한다.

이제 피부가 근질거리기 시작한다. 벌써 때가 된 건가? 하늘을 본다. 3시일 리가 없다고 생각하지만, 보아하니 3시인 모양이다. 가을 숲을 걸어서 트럭으로 돌아온다. 차는 방화대에 그대로 주차되어 있다. 유감스럽게도 휴대폰 충전기를 가지고 오지 않아 레이철의 의중을 알려면 우스터에 있는 아파트에 도착할 때까지 기다려야 한다.

17
목요일 오후 3시 27분

카일리는 침낭 안에 앉아 있다. 한 손에 치약 튜브를 쥔 채 수갑을 따려고 애를 쓰다 보니 손목이 아파 죽을 것 같다. 스튜어트가 보여주고 싶어 했던 유튜브 동영상이 기억난다. 수갑을 벗는 세 가지 방법에 관한 동영상이었다. 스튜어트는 후디니, 마술, 탈출, 그런 것에 환장한다. 카일리는 그 동영상을 보지 않았다. 대신 자기 휴대폰으로 누군가가 대 피라미드에서 새로이 발견했다는 밀실에 관한 동영상을 찾아 화면을 움직였다.

다음번엔 관심을 기울이리라.

다음번이 있다면 말이야. 이런 생각을 하자 공포감이 물밀듯 밀려온다.

심호흡을 하고 두 눈을 감는다.

카일리도 마술을 좋아한다.

과거 이집트인들은 신과 악마가 우글거리는 세상에 살았다.

여기에도 악마는 있지만, 그 악마는 인간이다.

엄마가 납치범들이 요구한 일을 하고 있을지 궁금해진다. 납치범들이 엄마를 다른 사람과 착각한 건 아닐까 하는 생각도 든다. 은행 금고나 정부 기밀에 접근할 수 있는 누군가와 헷갈린 건 아닐까?

숨을 크게 들이쉬었다 천천히 내뱉기를 반복한다.

이제 침착해졌다. 침착해졌다고는 하지만 조금 전과 비교해 침착해졌을 뿐이다.

아무것도 들리지 않는다.

아니, 아무것도 들리지 않는 것은 아니다. 늘 무언가는 있다. 귀뚜라미. 제트기. 아주 먼 데 있는 강물 소리. 1초 1초 똑딱똑딱 시간이 흘러 1분이 되고 2분이 된다. 카일리는 강물이 자신을 이 장소에서, 이 사람들로부터, 이 모든 것으로부터 데려가주면 좋겠다고 생각한다. 하늘을 보고 누워 흐르는 물에 몸을 맡기고 습지로, 습지 너머 대서양으로 나아가고 싶다.

아냐. 그건 가짜야. 꿈이야. 이게 현실이고. 이 지하실. 이 수갑. 현재에 집중하라고 상담 선생님이 명상 시간에 말했지만 학생들은 모두 흉내만 냈다. 현존하라. 그리고 현재 보아야 할 것들을 빼놓지 말고 보라.

카일리는 눈을 뜬다.

그리고 본다. 정말로 본다.

보아야 할 것들이 모두 보인다.

18
목요일 오후 3시 31분

웬디 패터슨은 롤리 초등학교에서 데니를 차에 태우고 롤리 고등학교에 있는 축구 연습장으로 데려다준 다음, 입스위치로 차를 몰고 가 스타벅스에서 두유가 들어간 차이라테를 한 잔 주문한다. 차이라테 사진과 데니를 위해 산 추수감사절 쿠키 사진을 찍어 인스타그램에 올린다.

데니는 축구복으로 갈아입고 단체로 드리블 훈련을 하는 중이다. 레이철은 길 건너에 볼보를 주차해놓고 차 안에 앉아 데니를 지켜본다. 동시에 휴대폰으로 웬디의 트위터와 페이스북과 인스타그램도 예의주시한다. 데니를 지켜보고 있자니 의문이 들면서 토할 것만 같다. 이 일을 해낼 수 있을까? 한 아이의 엄마에게, 한 가족에게 저지를 수 있는 가장 사악한 짓이다. 그때 어떤 미친 여자의 지하실에 감금되어 있는 카일리가 떠오른다. 가장 사악한 짓은 맞지만 저지를 수밖에 없다.

데니의 훈련이 끝난 뒤 확인해보니, 역시나, 웬디는 아직 입스위치 스타벅스에 있다. 부슬부슬 내리던 비가 그쳐서인지 데니는 집에 걸어가려는 것 같다. 웬디는 페이스북에 데니를 데리러 간다는 글을 올리지 않는다.

지금 데니를 납치할 수 있을까?

이번 방문은 염탐이 목적이었지 바로 실행하려는 것은 아니었다. 아펜젤러 부부 집에 아직 준비를 다 하지 못했다. 지하실 창문에 판자도 덧대지 못했고 매트리스도 가져다놓지 못했다. 하지만 지금이제 발로 찾아온 기회라면?

데니가 친구와 함께 집으로 걸어가는 동안 레이철은 차로 그 뒤를 따라간다. 두 명을 납치할 수는 없을 테니, 두 아이가 헤어질 때까지 기다려야 한다.

시속 10킬로미터 이하로 거북이 운행을 하며 두 꼬마를 졸졸 따라가고 있으니 미심쩍어 보일 게 분명하다.

이 점에 대해서는 충분히 생각해보지 못했다. 데니네 집이 롤리 어디인지도 레이철은 모른다. 대로변에 있나? 아니면 막다른 골목에? 레이철은 축구 연습장이 있는 고등학교에서 데니네 집까지 가는 경로를 구글맵에서 알아놓지 않은 자신을 탓한다.

데니와 몇 블록을 함께 걷던 친구가 손을 흔들며 사라지고 데니만 남는다.

혼자 남은 꼬마 데니.

레이철의 맥박이 빨라진다. 조수석 쪽을 쳐다본다. 총, 복면, 수갑, 눈가리개.

레이철은 창문을 내린 후 백미러와 사이드미러를 확인한다.

목격자가 있다. 개를 데리고 나온 노인, 조깅 중인 여고생. 롤리는 원래 한적하고 조용한 작은 동네인데 오늘따라 그다지 한적하지가 않다. 그때, 데니가 별안간 자동차 진입로를 걸어 오르더니 주머니에서 열쇠를 꺼내 문을 열고 집 안으로 들어간다.

레이철은 볼보를 맞은편 거리에 주차하고 웬디의 페이스북을 확인한다. 지금 집에 오는 중이라는 글이 올라와 있다.

레이철한테 8분에서 9분 정도의 시간이 주어졌다. 데니가 집에 혼자 있는 시간. 데니가 혼자 있기는 한 걸까? 개나 가정부나 다른 어떤 존재가 있지는 않을까?

무작정 복면을 쓰고 성큼성큼 길을 건너 초인종을 울리면 되는 걸까? 재빨리 도망쳐야 할 경우 어떻게 하면 데니를 차에 태울 수 있을까? 영화를 보면 단독 납치범들은 클로로포름에 적신 천으로 피해자를 기절시키던데. 클로로포름은 약국에서 살 수 있을까? 클로로포름 양을 잘못 조절해서 겁먹은 아이가 심정지라도 일으키면 어떻게 하지?

양손에 얼굴을 파묻는다.

도대체 어쩌다 이런 일이 일어나게 된 걸까? 이 악몽에서 언제쯤 깨어나게 될까?

생각에 생각을 거듭하다 보니 이제는 너무 늦어버렸다. 웬디의 흰색 폭스바겐 SUV가 집 앞에 모습을 드러내고 웬디가 차에서 내린다.

레이철은 스스로에게 욕을 퍼붓는다.

기회를 날려버렸다. 고의성이 다분하지만. 완전히 겁에 질려 거의 일부러 날려버린 기회.

하지만 엄마가 집에 오자마자 데니가 밖으로 나온다. 옆집 꼬마와 함께 꼬마네 집에 있는 어린이 농구대에서 농구를 한다.

레이철은 두 아이를 탐욕스레 지켜본다. 포식자가 사냥감을 노려볼 법한 눈으로.

만일의 경우, 둘 중 아무나 데리고 가면 될 것이다. 둘 중 한 명이라도 잡을 수 있다면…….

시계를 확인한다. 아직 5시도 안 됐다. 오늘 아침 막 잠에서 깼을 때, 그녀는 지금과 전혀 다른 사람이었다. 소설가 J. G. 밸러드가 지적했듯, 문명이란 약육강식의 법칙 위에 덧씌운 얇고 약한 베니어판에 불과하다. 나보다 너인 게 낫고, 내 자식보다 네 자식인 게 낫다.

2인 농구 게임이 끝나자, 데니는 다시 집으로 들어간다. 잠시 후, 로웰 경찰차가 데니네 집 앞에 정차하더니 키가 190센티미터는 되어 보이는 제복 차림의 경찰이 내린다.

레이철은 운전석에서 슬쩍 몸을 아래로 낮추지만 경찰은 그녀 때문에 온 것이 아니다. 경찰은 커다란 레고 상자를 들고 있다. 초인종을 울리자 웬디가 문을 열어준다. 레이철은 웬디가 경찰에게 키스를 하고, 두 사람이 함께 집 안으로 들어가는 것을 지켜본다. 거실 창문을 통해 경찰이 데니의 머리를 헝클어뜨리며 레고를 건네는 모습도 지켜본다.

페이스북하고 인스타그램에 모든 걸 시시콜콜 올리는 건 아닌가 보네. 이렇게 해서 아동1은 물 건너간다. 경찰과 관련 있는 인물은 안 된다. 규칙은 확고하다. 레이철은 노트북과 휴대폰을 꺼낸다. 아동2가 이제 아동1이다.

토비 던리비.

레이철은 헬렌 던리비의 페이스북을 살핀다. 헬렌을 고른 이유는 헬렌이 자기 가족에게 일어나는 일을 30분 단위로 모조리 공유하지 않고는 못 배기는 부류이기 때문이다. 그렇기는 해도 착한 아줌마이자 좋은 엄마인 듯하다. 레이철이 바라는 바로 그런 엄마다. 자기 자식을 되찾기 위해 어떤 짓이든 서슴지 않을 좋은 엄마.

레이철은 헬렌의 남편 마이크를 깊이 파헤친다. 스탠다드차타드는 안정적이지만 재미는 없는 직장이다. 그러니 스트레스에 대처하는 데 익숙할 게 분명하고, 몸값을 지불할 돈도 있을 것이다. 마이크는 영국인이지만 수년 간 맨해튼에서 살았고 유머러스한 음식 블로그를 운영 중이다. 또 한 명의 착한 남자. 지옥을 맛보여주고 싶은 남자가 아니다.

그렇지만 지금 레이철이 겪고 있는 일을 겪어 마땅한 사람이란 없다.

레이철은 뒷조사를 잠시 멈추고, 이 일에서 빠져나갈 다른 방법은 없는지 머리를 열심히 굴려보지만 떠오르는 게 없다. 체인을 따르라. 그것뿐이다. 체인을 따르면 아이를 돌려받는다. 따르지 않으면…….

토비의 텀블러를 보고 있는데 레이철의 아이폰이 울린다. 액정에는 알 수 없는 발신자라고 뜬다.

"여보세요?" 레이철이 머뭇머뭇 말한다.

"어떻게 되어가고 있지, 레이철?" 목소리가 묻는다. 음성 변조기를 통한 목소리다. 오늘 아침 레이철이 I-95번 도로에 있을 때 맨 처음 연락해온 사람.

"도대체 누구시죠?" 레이철이 따지듯 묻는다.

"네 친구야, 레이철. 너한테 진실을 말해주는 친구. 제 아무리 쓰라린 진실일지언정 말이야. 넌 철학자잖아, 안 그래?"

"내 생각엔……."

"이런 말이 있지. 살아 있는 자도 죽은 자의 한 종에 불과하다. 안 그래? 굉장히 희귀한 종이겠지. 요람은 심연 위에서 흔들린다. 딸 이름이 카일리 맞지?"

"네. 그 아이는 아주 소중한 아이예요. 내 전부라고요."

"카일리가 계속 이 세상에 남아 있길 원한다면, 몸 성히 돌아오길 원한다면, 네 손을 더럽혀야 할 거야."

"나도 알아요. 지금 표적을 조사 중이라고요."

"좋았어. 우리가 원하는 게 바로 그거야. 지금 메모 가능해?"

"네."

"받아 적어. 2, 3, 4, 8, 3, 8, 3, h, u, d, y, k, d, y, 2. 다시 불러봐."

레이철이 그대로 반복한다.

"체인의 이 단계에서 필요한 위커 계정이야. W, i, c, k, r. 휴대폰에 위커 앱을 깔고, 지금 고려 중인 표적들의 세부 사항을 그 계정으로 보내도록 해. 우리 쪽에서 명단을 점검할 테니까. 네가 선택한 표적 중에 일부는 거부당할 수도 있어. 후보 전원이 거부당할 때도 있고, 우리 쪽에서 제안할 때도 있지. 무슨 말인지 알겠어?"

"알 것 같아요."

"확실하게 대답해."

"알아들었어요. 저기요, 이 단계에서는 도움이 좀 필요할 것 같은데, 전남편 마티를 끌어들여도 될지 모르겠어요. 그이라면 곧장 경찰한테 가고 싶어 할 것 같아서요."

"그럼 끌어들이지 말아야지." 변조 음성이 곧바로 대답한다.

"그이 형이 있는데, 피트라고, 해병대 출신이지만 법 집행 기관하고는 하나도 안 친하거든요. 어렸을 때 경찰하고 문제도 있었고, 게다가 작년엔 보스턴에서 경찰에 체포도 당했을 거예요."

"그게 뭐 대수라고. 보스턴 경찰은 별일 아닌 것 가지고도 체포한다던데."

레이철은 이 말에서 희미하나마 기회를 보았다. 싹도 못 틔울지 모를 작은 씨앗에 불과하지만, 그래도 씨앗은 씨앗이다.

"맞아요." 이렇게 맞장구를 친 후, 레이철은 짐짓 태연한 척 덧붙인다. "보스턴 경찰은 무단 횡단을 해도 체포하고, 빙 유턴(bang a uey. 보스턴에서 유턴을 뜻하는 말로 쓰임. uey는 유턴을 리듬 있고 실감 나게 '빙', '휑' 등으로 표현하는 말—옮긴이)을 해도 체포할 거예요."

변조 음성이 웃음을 억누르며 재미있다는 듯 "맞아, 맞아"라고 중얼거리더니 다시 본론으로 돌아간다. "피트라는 사람은 허용해도 될 듯하니, 그 사람 신상도 자세히 위커에 올리도록 해."

"그럴게요."

"좋아. 진전이 있군. 하긴 오랫동안 먹힌 방식이니까. 체인이 함께해줄 거야, 레이철." 목소리가 말을 마치고 통화가 끊긴다.

아까 그 경찰이 패터슨네 집에서 나오더니 순찰차로 향한다. 웬디가 문가로 나와 손을 흔든다.

이 거리, 이 동네를 떠야 할 때가 왔다.

레이철은 열쇠를 꽂아 볼보에 시동을 건다. 차가 폭발음 같은 소리를 내자 경찰이 뒤돌아본다. 레이철은 어쩔 수 없이 창문 밖으로 손을 흔들어 보인다. 오늘 그녀가 수상한 짓을 하는 것을 목격한 또 한 명의 인간.

레이철은 1A번 국도를 따라 롤페스 레인으로 간 다음 유료 고속도로를 타고 플럼섬으로 건너가는 다리에 들어선다.

집까지 반 블록 쯤 남았을 때, 카일리의 괴짜 친구 스튜어트가 다가오는 게 보인다. 젠장!

레이철이 창문을 내리며 차를 멈추고는 태연하게 인사를 건넨다. "안녕, 스튜."

"안녕하세요, 오닐 아줌마, 아니 클라인 아줌마. 오늘 혹시······ 카일리 어디 갔나요? 저한테 뭐라고 문자도 한 통 없고. 선생님 말로는 아프다고 하던데."

"응, 카일리가 몸이 안 좋아."

"정말요? 어디가 아픈데요?"

"그게, 장염 같은 거에 걸린 것 같아."

"헐. 정말요? 어젠 멀쩡해 보였는데."

"순식간에 나빠지더라고."

"정말 그랬나 봐요. 오늘 아침에 저한테 문자 보냈을 때도 그런 말 없었거든요. 전 카일리가 이집트학 발표 안 하려고 안 온 줄 알았어요. 그 발표가요, 아줌마도 아시겠지만······."

"카일리 전문이지, 아줌마도 알아. 그렇지만 아까 말했다시피 컨디션이 순식간에 나빠졌어."

스튜어트의 어리둥절한 표정으로 보아 레이철의 말을 완전히 믿지는 못하는 듯하다. "아무튼, 저희가 다 같이 카일리한테 문자를 보냈는데 카일리가 아무한테도 답장을 안 보냈어요."

레이철은 그럴듯한 변명을 생각해내려 애쓴다. "음, 그게, 우리 집 무선 인터넷이 나갔거든. 그래서 하루 종일 카일리하고 연락이 안 됐을 거야. 카일리가 문자도 인스타그램도 못 했을 테니까."

"그래도 카일리 아직 무료 통화 조금 남지 않았어요?"

"아니, 다 썼어."

"저기요, 아줌마, 제가 가서 무선 인터넷 좀 봐드릴까요? 라우터 문제일 수도 있거든요."

"안 그러는 게 좋겠어. 아줌마도 독감이 오려는 것 같거든. 독감은 전염성이 강하잖아. 너한테 옮기면 안 되지. 카일리한테 네가 안부 묻더라고 꼭 전해줄게."

"네, 그럼 안녕히 가세요." 스튜어트는 약간 겁먹은 모습으로 돌아서서 손을 흔들고는 다시 길을 내려간다. 레이철은 그런 스튜어트의 뒷모습을 빤히 본다.

레이철은 차를 몰고 집까지 50미터 남짓 남은 길을 마저 간다. 이런 일은 미처 생각하지 못했다. 카일리는 늘 학교 친구들과 메시지를 주고받는다. 카일리가 한 시간만 잠수를 타도 그 애들의 삶에 커다란 공백이 생길 것이다. 그리고 얼마 안 가, 레이철한테는 그럴듯한 핑계가 바닥나고 말 것이다. 현재의 모든 일에 더해 걱정거리가 한 가지 더 생겼다.

19
목요일 오후 5시 11분

피트는 아직 집에 도착하지 못했지만 더는 참을 수가 없다. 오늘 하루 종일 숲에 있었다.

피부는 이제 근질근질하다 못해 화끈거린다. 옛날에 드 퀸시 말마따나, 긁는다고 사라질 가려움증이 아니다.

피트는 닷지 램을 몰고 2번 국도를 달리다 중간에 빠져나와서 와추세트 산 주립 보호구역으로 향한다. 그곳에는 아무도 찾지 않는 연못이 하나 있다.

피트는 조수석 위로 손을 뻗어 배낭을 움켜쥔다.

길 위아래를 살펴 주변에 아무도 없는 것을 확인한 뒤, 배낭에서 최고급 멕시코산 헤로인이 든 작은 비닐봉지를 꺼낸다. 합법적인 아편 제제에 대해 마약 단속국이 일제히 단속을 벌이면서 재향 군인회를 통해 약을 받는 환자들이 모두 힘들어졌다. 피트는 한동안

다크웹을 통해 그 공백을 메울 수 있었지만 연방 수사관들이 다크
웹에서도 활동을 시작했다. 이젠 옥시콘틴보다 헤로인을 구하는 게
더 쉬워진 데다, 어쨌든 헤로인이 훨씬 효과도 좋다. 특히 황금 삼
각 지대 H와 멕시코 게레로에서 온다는 신제품이 그렇다.

피트는 숟가락과 지포 라이터, 주사기, 고무줄을 꺼낸다. 숟가락
에 헤로인을 덜어 물에 갠 뒤 가열해 녹이고, 주사기로 빨아들여 주
삿바늘을 손가락으로 탁탁 쳐 공기 방울을 빼낸다. 팔뚝은 정맥이
도드라지도록 고무줄로 묶는다.

약을 주입한 뒤에는 즉시 모든 용품을 챙겨 글러브 박스에 넣는
다. 혹시 그가 기절이라도 하게 되면 국립 공원 관리청의 멍청이가
꼬치꼬치 캐물을 수도 있기 때문이다.

차 앞 유리 너머로 단풍과 하늘색 연못 물을 내다본다. 단풍은 아
직 절정에 이르지는 않았지만 그래도 아름답다. 불타는 듯한 주황
과 빨강, 이글거리는 햇볕에 탄 듯한 노랑. 피트는 긴장을 풀고 헤
로인이 혈류를 타고 녹게 내버려둔다.

통계치를 본 적이 없어서 아편 제제에 중독된 참전 용사가 얼마
나 되는지는 모르지만, 아마 그 수치는 꽤 높을 것이다. 파병을 여
러 차례 다녀온 사람은 특히 더. 2008년 증파 기간 중, 그의 중대에
속한 병사들은 모두 크고 작은 부상을 당했다. 시간이 조금 지나자,
중대원들은 더 이상 위생병한테 가지 않았다. 간들 무슨 소용이 있
겠는가? 뇌진탕이나 갈비뼈 골절, 등 염좌는 위생병도 해줄 수 있
는 게 없다. 전우들은 전장에서 길 위의 장애물을 치우고 다리에서
폭약을 제거하고 있는데, 그저 침상이나 차지하고 누워 있어야 할
뿐이다.

아편 제제와 헤로인의 기능은, 몸의 통증을 일시적으로 없애주는 것이다. 이 지구를 여기저기 돌아다니며 수십 년 간 쌓인 통증을 완전히 없애준다. 뼈와 뼈가 닿아 연마되며 생긴 통증, 낙상으로 인한 통증, 누군가 떨어뜨린 대들보에 맞아 생긴 통증, 기계 조작 미숙으로 생긴 통증, 10미터 아래 계곡으로 떨어져 생긴 통증, 사제 폭탄이 등 뒤 10미터 거리에서 터져 충격파 때문에 생긴 통증.

신체의 통증만 나열하자면 그렇다는 거다.

피트는 좌석을 뒤로 젖혀 잠으로 없앨 수 없는 괴로움을 헤로인이 덜어주도록 내버려둔다. 그의 뇌 속 뮤오피오이드 수용체가 활성화되며 도파민이 폭포처럼 분출되고 평안함이 가득찬다.

눈을 깜빡이자 연못 반대편 기슭의 이상하게 뻗어나간 나뭇가지들, 낙엽들, 가느다란 다리로 수은 같은 연못 위를 거니는 물떼새들이 만화경처럼 빙빙 돌기 시작한다. 약을 할 때마다 이런저런 기억과 이미지가 물밀듯 밀려온다. 대개 나쁜 기억들이다. 특히 전쟁에 대한 기억들. 9·11에 대한 기억도 더러 있다. 피트는 카라와 블레어를 생각한다. 이제 겨우 마흔을 넘겼지만 결혼도, 이혼도 두 번이나 해봤다. 물론 피트가 아는 사람은 거의 다 피트와 같은 처지다. 그리고 사병들의 상황은 더 심하다. 맥그래스 병장은 마지막 파병 당시 네 번째 이혼이었다.

카라는 철없던 시절 저지른 실수에 불과해서 결혼 기간도 열세 달밖에 안 됐지만, 블레어의 경우는…… 맙소사, 블레어는 타운스 밴잰트의 노래 같은 존재였다. 그의 마음, 그의 인생, 그의 돈을 통째로 가지고 가버렸다.

돈. 또 다른 걱정거리. 해병대에서 6년을 더 버텼으면 퇴직 급여를 받을 수 있었을 텐데. 그렇지만 현실을 들여다보면, 그는 2012년 9월 배스티언 캠프에서 벌어진 사건 때문에 군법 재판을 겨우 면한 신세였다.

여자들, 돈, 빌어먹을 전쟁…… 젠장, 될 대로 되라지. 피트는 이런 생각을 하며 눈을 감고는 헤로인에 몸을 맡긴다.

H가 그를 고쳐주고 있다.

아주 제대로 고쳐주고 있다.

20분 정도 자다 일어나 차를 몰고 세븐일레븐으로 가서는 말보로 한 갑과 게토레이를 산다. 레이철 걱정은 잠깐 잊었다.

운전석으로 돌아와 라디오를 켠다. 최근에 발표된 스프링스틴 노래가 나온다. 피트는 스프링스틴의 최신곡은 모른다. 그래도 괜찮다. 담배에 불을 붙이고 게토레이를 홀짝이며 홀든까지 가서는 112A번을 타고 시내로 들어간다.

우스터에 돌아온 지는 두 달 정도 되었다. 우스터에 특별히 애착이 있는 것은 아니다. 남은 가족이 있는 것도 아니고 옛날부터 알고 지내던 친구도 거의 없다.

아파트는 예전에는 공장이었다가 공동 주택으로 개조된 곳이다. 잠자고 우편물이나 받으려고 거주하는 공간에 불과하다.

주차를 하고 집 안으로 들어간다.

냉장고에서 새뮤얼 애덤스를 한 병 꺼내고 아이폰을 충전기에 연결한다. 전화기 전원이 다시 들어온 뒤 보니 레이철이 보낸 두 번째 문자가 와 있다.

그 사람들이 당신은 끌어들여도 괜찮대요. 꼭 전화주세요!

피트가 전화를 걸자 레이철이 곧바로 받는다.

"피트?"

"네, 무슨 일이에요?"

"집이에요?"

"네. 무슨 일인데 그래요?"

"내가 바로 다시 걸게요."

피트의 휴대폰이 울리고 액정에는 **알 수 없는 발신자**라고 뜬다.
"레이철?"

"지금 선불폰으로 거는 거예요. 오, 피트, 의논할 사람이 절실했어요. 마티하고 의논해보려고 했는데 그이는 조지아에 있대요. 어떡해요, 흑흑." 레이철이 갑자기 흐느껴 울기 시작한다.

"무슨 사고라도 났어요? 무슨 일이에요?"

"카일리 일이에요. 그 사람들이 카일리를 잡아갔어요. 카일리를 납치했다고요."

"뭐라고요? 확실해요? 카일리가 그냥 연락이 안 되는……."

"그 사람들이 그 애를 데려갔다고요!"

"경찰에 신고는 했어요?"

"경찰에는 신고할 수 없어요. 아무한테도 알려서도 안 되고요."

"신고해요, 레이철. 지금 당장!"

"안 돼요, 그렇게 간단하지가 않다고요. 피트가 생각하는 것보다 훨씬 안 좋은 상황이에요. 최악이에요."

20
목요일 오후 6시

피트는 지금 레이철과 똑같은 생각을 계속 하고 있다. 그놈들이 카일리를 털끝 하나라도 해친다면, 그놈들 세상에 불을 지르고 검게 그을린 잿더미를 짓밟아줄 것이다. 남은 평생 그놈들을 끝까지 추적해서 모조리 죽여버릴 것이다.

아무도 카일리를 해치지 않을 것이고, 레이철과 피트는 카일리를 되찾을 것이다.

피트는 닷지 램을 거칠게 몰아 9번 국도에 있는 공유 창고로 간다. 33번 창고 앞에 차를 세운다. 33번은 이곳에서 임대할 수 있는 가장 큰 공간으로, 웬만한 차고 두어 개를 합한 정도의 크기다. 처음에는 소형을 빌렸다가 중형으로 바꾸고, 나중에는 급기야 '초대형 창고'로 바꿨다. 자물쇠를 열고 철문을 올린 뒤, 전등 스위치를 켜고 안으로 들어가 문을 내려 닫는다.

엄마가 집을 팔고 스코츠데일 근처로 이사했을 때, 피트는 자기 짐을 전부 가져다가 그냥 여기 던져놓았다. 그 후 세월이 흐르면서 이것저것 짐이 늘었다. 지금 사는 아파트를 구입하기 전까지는 민간인의 집다운 집을 가져본 적이 없다. 노스캐롤라이나 르준 캠프에서는 해병대 기혼자 숙소에서 살았고, 이후 이라크, 카타르, 오키나와, 아프가니스탄에서는 쭉 임시 숙소에서 지냈다. 도로와 버려진 옛 화물 철도 사이에 자리한 이 익명의 창고 공간이 피트가 가져본 공간 중 가장 항구적인 주거지에 가깝다.

오래전 잡동사니를 뒤적이다 보면 여기서 몇 시간은 우습게 보낼수 있지만 오늘은 추억의 상자들을 무시한 채 곧장 안쪽 깊숙이 놓인 총기 수납장으로 향한다. 조금 전 통화에서 레이철은 어찌할 바를 모르며 횡설수설했다. 카일리가 납치를 당한 마당에 레이철은 경찰에 신고하지 않으려고 한다. 납치범들이 하라는 대로 협조하고 싶어 한다. FBI를 부르도록 레이철을 설득할 수 없다면, 두 사람이 든든하게 무장을 해야 할 것이다. 피트는 총기 수납장을 열고 권총두 자루를 다 꺼낸다. 한 자루는 할아버지가 해군에 있을 때 지급받은 45구경 ACP고 다른 한 자루는 자신의 글록 19다. 마지막으로 윈체스터 12구경도 꺼낸다. 소총은 이미 운전석에 놓여 있다.

모든 무기에 쓸 여분의 실탄을 챙긴 다음, 몰래 빼돌려 가지고 있던 섬광 수류탄도 집어 든다. 이게 구조 작전이 될 거라면 또 무엇이 필요할까? 주거 침입용 장비(자물쇠를 따기 위한 공구 세트, 대형 해머, 전자 경보기 전파 방해 장치, 라텍스 장갑, 손전등)와 해병대 이후 기업 일을 하려고 샀던 도청 장치와 도청 방지 장치도 챙긴다.

피트는 이 모든 걸 닺지 램에 싣고 생각한다. **또 뭐가 있을까?**

글러브 박스에서 헤로인 쌈지가 든 지퍼락 봉지를 꺼낸다.

지금이야말로 완전히 끊어야 할 때인지도 모른다. 종말을 고해야 할 때다. 여기 남겨두고 헤로인 없이 차를 몰고 가버리는 거다.

지금은 더 중요하고 급한 일이 생겼으니까.

지금과 같은 기회는 두 번 다시 오지 않을지 모른다.

태워버리자. 고통을 극복하자. 카일리를 되찾아 오자.

두 갈래 길. 단풍 든 숲. 가지 않은 길. 어쩌고저쩌고……

피트는 그 자리에 그렇게 서 있다.

망설이며.

고민하며.

피트는 고개를 절레절레 흔들고 비닐봉지를 재킷 주머니에 넣은 후, 창고 문을 잠그고 차를 몰아 고속도로로 향한다.

21
목요일 오후 8시 30분

던리비 가족을 뒷조사하던 레이철은 급기야 눈물이 나고 머리가 빙빙 돈다. 레이철은 이제 그 가족에 대해 당사자들보다 더 많이 알고 있다.

블로그, 페이스북, 인스타그램 게시물을 빼놓지 않고 모두 읽었다. 트위터도 리트윗까지 하나하나 다 읽었다. 레이철은 토비가 유튜브 동영상에서 덴마크의 스피드 양궁 선수를 보고 양궁에 관심이 생겨 양궁을 시작했다는 것을 알고 있다. 활사냥을 하는 아빠의 영향이 아니다. 레이철은 어밀리아 던리비한테 땅콩 알레르기가 있고 그것 때문에 어밀리아의 초등학교에서 땅콩을 금지했다는 사실도 알고 있다.

마이크가 새로 시작한 활사냥 블로그도 다 읽었고 음식 블로그도 2012년에 맨 처음 올린 글까지 쭉 거슬러 올라가며 다 읽었다. 첫 게시물은 번트 케이크 레시피였다.

헬렌은 정규직으로 복귀하고 싶어 했지만 5학년 교사 노릇을 하기에 체력이 받쳐줄지 걱정했다는 것도 레이철은 알고 있다. 그런 정보를 어마어마하게 많이 알고 있다. 레이철한테 요긴한 정보도 있지만 쓸모없는 게 대부분이다.

레이철은 컴퓨터에 열어놓은 파일들을 닫고 메모장을 본다. 베벌리 지도를 인쇄해서 양궁 클럽에서 던리비네 집으로 돌아가는 여러 경로들을 표시해놓았다. 현장에 직접 가서 조사를 해봐야 할 것이다. 표적B도, 표적C도 준비는 해놓았지만 꼬마 토비 던리비가 낙점받을 것이다.

이제 분지에 완전한 어둠이 찾아들었다. 배들은 곧 밤을 맞이할 것이다.

옷은 여기저기 사방에 널려 있고, 고양이 화장실은 비워주지 않아 엉망이고, 아침 먹은 그릇은 아직 그대로 있다. 집 안 꼴이 빌어먹을 트레이시 에민의 현대 미술 작품을 방불케 한다. 결코 돌아오지 않을, 좀 더 순수했던 시대를 기린 바로 그 작품 말이다.

레이철은 왼쪽 가슴을 자세히 살핀다. 전과 달라진 느낌은 전혀 없지만, 아마 담당의가 걱정하는 데는 그럴 만한 이유가 있을 것이다. 왼쪽 가슴에 악성 세포가 다시 자라고 있을지도 모른다. 아무 조치도 취하지 않으면, 그 악성 실체가 그녀를 죽이고, 그녀의 존재를 지워버리고 말 것이다. 그렇게 되면 얼마나 후련할까.

창밖을 응시한다. 선명했던 빛은 희미해졌고 불안정했던 하늘은 짙푸른색과 까만색으로 변했다.

부슬거리던 비는 이제 더 기세 좋게 내린다.

픽업트럭이 골목에 접어드는 소리가 들린다.

레이철은 밖으로 뛰쳐나간다.

피트가 운전석에서 내린다. 레이철이 달려가자 피트가 꼭 안아준다. 두 사람은 15초 정도 아무 말도 없이 그렇게 서 있다. 피트가 레이철을 부축해서 집 안으로 들어가 함께 거실 테이블 앞에 앉는다.

"처음부터 빠짐없이 다 얘기해주세요."

레이철은 맨 처음 걸려온 전화부터 그 이후에 일어난 일과 지금까지 자신이 한 일을 모조리 말한다. 몸값을 지불한 일이며 선불폰을 여러 대 산 일, 총을 구하고 아펜젤러 부부의 집에 침입한 일, 납치 대상을 구체적으로 알아본 일까지 모조리 다. 담당의가 암 재발을 우려한다는 것과 레이철이 지금 생과 사의 기로에 서 있다는 말은 하지 않는다.

피트는 아무 말도 하지 않고 듣는다. 레이철의 말을 절대 끊지 않는다.

레이철이 말하는 내용을 모조리 흡수하려는 것이다.

도무지 믿을 수가 없다.

악행은 아프가니스탄과 이라크에 있을 때 바로 가까이에서 본 적이 있지만 미국에서 이렇게 임상적이고 악마적인 일을 보게 되리라고는 상상도 못 했다. 이렇게 악의적인 세력이 자기 가족에게 마수를 뻗치리라고는. 이건 심각한 조직범죄나 카르텔이 저지를 법한 짓이다.

"어떻게 생각해요?" 말을 다 마치고 레이철이 묻는다.

"내 생각엔 경찰에 신고해야 할 것 같아요, 레이철." 피트가 진지한 얼굴로 말한다.

더 체인

레이철이 예상했던 대답이다. 피트에게 노트북으로 윌리엄스 가족 관련 기사를 보여주고, 피트가 그 기사를 읽는 동안 은행 밖에서 있었던 일도 들려준다. 레이철이 피트의 손을 잡는다. "그 사람들하고 얘기 안 해봤잖아요, 피트. 난 해봤다고요. 카일리를 데리고 있는 여자는 자기 아들 때문에 제정신이 아니에요. 그 사람들이 그 여자한테 카일리를 죽이라고 하면 그 여잔 죽일 거예요. 난 알아요. 그 여잔 카일리를 죽이고 다른 대상을 찾아서 그 사람들한테 잘 보이려 할 거라고요. 체인을 계속 유지하는 것밖에는 우리한테 달리 방법이 없어요."

사이비 종교에 빠진 사람의 말처럼 들리리라는 걸 레이철도 알지만, 사실 크게 다를 바 없다. 그녀는 모든 것을 걸었다. 그 사람들을 믿으며 피트도 그 사람들을 믿어주길 바란다.

"카일리를 되찾으려면 우리도 누군가를 납치해야 되는 거군요." 피트가 두려움에 고개를 절레절레 저으며 말한다.

"맞아요. 우리가 납치를 안 하면, 그 사람들이 카일리를 죽일 거예요. 우리가 경찰에 가도 카일리를 죽일 거고요. 이 일을 발설해도 카일리를 죽일 거예요."

피트는 콴티코 기지에서 억지로 들어야 했던 윤리학 강연을 떠올린다. 이스라엘 방위군 초빙 강사가 불법적 명령을 거역하는 것이 윤리적인 이유에 대해 강연한 적이 있다. 심지어 군대에서조차 판단을 내릴 때 도덕성이 개입된다. 레이철이 모의 중인 일은 불법일 뿐만 아니라 도덕적으로도 옳지 못하다. 어떤 관점으로 봐도 도덕적으로 옳지 못한 일이다. 윤리적으로 올바른 조치는 곧바로 FBI한테 가는 것이었을 테다. 가장 가까운 FBI를 찾아가 자초지종을 얘기해야 했다.

하지만 그렇게 하면 카일리가 죽는다. 레이철이 그렇게 믿고 있고, 피트는 레이철을 믿는다. 피트에게 중요한 것은 카일리의 무사 귀환뿐이다.

결정은 내려졌다. 카일리를 되찾기 위해 누군가를 납치해야 한다면, 그 일은 피트가 할 것이다. 카일리를 되찾기 위해 누군가를 죽여야 한다면, 그 일도 피트가 할 것이다. 카일리를 되찾는 대신 그 사람들이 피트를 50년 간 감옥에 처넣는다 해도 그게 더 마음 편할 것이다. 카일리가 안전할 테니까.

"오늘 아침에 카일리가 무사하다는 증거로 그 사람들이 사진을 보내왔어요." 레이철이 벌벌 떨며 피트에게 휴대폰을 건넨다.

피트는 자그마한 카일리가 지하실에서 눈가리개를 쓴 채 매트리스 위에 앉아 있는 사진을 본다. 그 사진에는 카일리의 위치에 대한 단서가 전혀 없다. 놈들이 카일리한테 폴란드스프링 생수와 통밀 크래커를 주었지만, 그건 전국 어디서나 구할 수 있는 품목이다. 신체적으로 학대한 것처럼 보이지는 않아도, 카일리는 지금 말도 못하게 겁에 질려 있을 것이다.

피트는 부엌으로 가 커피를 따르고는 잠시 이 상황을 정리해본다. "그러니까 경찰은 배제하겠다는 건가요? 확실히?"

"체인 쪽 목소리하고 카일리를 데리고 있는 여자 둘 다 굉장히 확고하게 말했어요. 내가 조금이라도 규칙을 어기는 날엔 카일리를 죽이고 다른 표적으로 계속 진행할 수밖에 없다고요."

"규칙을 어기는지 그 사람들이 어떻게 아는 걸까요?"

"나도 모르겠어요."

"집을 도청한 걸까요? 최근에 누가 집에 침입했다거나 수상한 방문객은 없었어요?"

"그런 건 없었지만, 그 사람들, 오늘 아침에 내 휴대폰을 해킹한 것 같아요. 고속도로에서 내 뒤에 경찰차가 따라붙었다는 것도 알더라고요. 내가 누구한테 전화를 거는지, 무슨 얘길 하는지도 알고 있었고요. 내가 어디에 있는지도 늘 알고 있는 것 같아요. 휴대폰 카메라를 통해 감시하고 있을지도 몰라요. 가능한 일이죠?"

피트는 고개를 끄덕이고는 레이철의 아이폰 전원을 꺼 서랍에 넣는다. 맥북도 덮어 아이폰 옆에 놓는다. "물론이죠. 선불폰 샀다고 했죠?"

"네."

"이제부터 외부로 거는 전화는 전부 선불폰을 써요. 노트북은 다신 사용하지 말고요. 내 거 가져왔어요. 그 사람들, 휴대폰이랑 노트북에 내장된 카메라를 해킹해서 카메라 표시등 회로를 고장 냈을 수도 있어요. 그러면 카메라가 켜진 줄도 모를 테니까요. 해병대 흑색 작전에서 벌어지는 일을 알면 레이철은 아마 충격 받을걸요."

"카메라에 테이프 붙여놨어요."

"그것도 좋은 생각이지만 그쪽에서 소리도 듣고 있을지 몰라요. 도청 장치는 없는지 집을 한번 살펴봐야겠어요. 누가 침입한 적은 없다고 했죠? 갑자기 텔레비전 수리공이나 배관공, 아니면 뭐 그 비슷한 사람이 찾아온 적도 없고요?"

"전혀 없어요."

"좋아요. 그냥 스파이웨어만 깔았겠네요. 그건 그렇고 마티한테는 뭐라고 했어요?"

"지금까진 아무 얘기 안 했어요. 오거스타에서 골프 치고 있다고 해서."

"나는 내 동생이니까 좋아하긴 하지만, 마티는 말이 너무 많죠. 그러니 보안이 걱정되거나 누군가 FBI한테 갈까 봐 불안하다면⋯⋯."

"카일리를 위험에 빠뜨리는 짓은 절대 안 돼요."

피트는 덜덜 떨고 있는 레이철의 차가운 손을 잡는다. "괜찮을 거예요."

레이철은 고개를 끄덕이며 흔들림 없는 피트의 검은 눈동자를 응시한다. "정말요?"

"그럼요. 우린 카일리를 되찾을 거예요."

"왜 날 골랐을까요? 왜 우리 가족을 골랐을까요?"

"그건 나도 모르죠."

"그 여자 말로는 온라인에서 날 찾았대요. 마티하고 함께 과테말라에서 평화 봉사단 활동한 걸 봤다나요. 하버드며 암을 치료한 일, 그동안 내가 전전했던 모든 직업을 보고 내가 이 일을 해낼 수 있는 사람이라고 생각했대요. 전혀 아닌데. 난 루저라고요, 피트. 난 나약하기 짝이 없다고요."

"그렇지 않아요, 레이철은⋯⋯."

"난 인생을 통째로 말아먹었어요. 모든 걸 마티한테 쏟아부었잖아요. 난 심지어 자기 딸조차 못 챙긴 사람이라고요!"

"그만해요, 레이치."

"총도 하나 없어서 사야 했어요, 오늘."

"그것도 잘했어요."

"오늘 난생처음 쏴봤어요."

피트가 레이철의 양손을 자신의 손으로 감싸 쥔다. "날 믿어요. 레이철은 아주 잘하고 있어요. 이제부턴 내가 도울게요."

"해병대에서 기관사였다는 건 나도 아는데, 혹시 전에 사람을……."

"있어요." 피트가 짧게 답한다.

"여러 번요?"

"그래요."

레이철은 고개를 끄덕이며 심호흡을 한다. "총하고 이것저것 필요한 물품을 사느라 뉴햄프셔로 갔다 왔어요. 거기서 이웃을 마주칠 뻔했지만 잘 따돌린 것 같아요."

"그것도 잘했어요."

"다들 알고 지내는 뉴잉글랜드 같은 곳에서 대체 누가 그런 조직적인 범죄를 저지를 수 있는 걸까요?"

피트가 실소를 머금는다. "그것도 알아내야죠, 레이치. 그거 말고 또 어떤 준비들을 했어요?"

"내가 찍은 표적이에요." 레이철이 기준에 들어맞는 만만한 아동 목록을 건넨다.

"경찰에 신고도 안 하고 기꺼이 납치도 할 것 같은, 믿을 만한 부모를 원하는 거죠?"

"파산한 사람도 안 되고, 경찰이나 기자, 정치인하고 관련된 사람도 안 돼요. 꼭 맞는 연령의 자녀도 있어야 하고요. 특별한 보살핌이 필요한 아이는 안 돼요. 당뇨병이 있다거나 뭐 그런 아이요."

"아이 대신 배우자를 납치하는 건 어때요?"

"배우자에 대한 감정은 제3자가 섣불리 판단할 수 있는 게 아니잖아요. 우리 두 사람을 봐요. 각자 이혼한 회수만 더해도 세 번이에요. 하지만 자기 자식을 사랑하지 않는 부모는 없잖아요?"

"그렇겠네요. 음, 이쪽이 괜찮아 보이는데요. 토비 던리비. 현재 표적 1순위인가요?"

"네. 원래 1순위는 다른 애였는데, 그 애 엄마가 경찰하고 데이트 중이더라고요."

"던리비네 집엔 가봤어요?"

"아뇨. 이따가 밤에 가보려고요. 그 전에 아펜젤러 부부네 집에 매트리스랑 판자 작업도 해야 할 텐데, 도와주세요."

"거긴 어디예요?"

"분지 건너편이에요. 지금 같이 가봐요."

두 사람은 비 오는 바깥으로 나가 분지의 오솔길을 따라 걷는다. "매년 이맘때면 여기 이 큰 집들이 대부분 비어요." 레이철이 알려준다.

"여기 있는 집에 혼자 몰래 들어갔다고요?"

"네. 지금은 그 부부가 여기 없는 걸 알고 있었거든요. 경보기 때문에 조금 걱정했는데 알고 보니 경보기가 없더라고요."

"아주 잘했어요. 나도 가택 침입은 몇 번 해봤는데 매번 무섭더라고요."

"뒷문으로 들어가면 돼요." 아펜젤러 부부의 집 바로 옆길에 다다라 레이철이 말한다.

"집을 아주 잘 골랐어요, 레이치. 저 벽돌이 마음에 드네요. 자물쇠는 어떻게 땄어요?"

"딴 게 아니에요. 끌로 친 거지."

"그런 건 대체 어디서 배웠어요?"

"구글에서요."

두 사람은 집 2층으로 올라가 손님용 침실에서 매트리스와 이불을 확보해 낑낑대며 지하실로 옮긴다. 지하실 창문을 가리기 위한 판자는 레이철이 이미 가져다놓았다. "판자는 전동 드릴로 붙이죠. 그게 망치보다 소리가 덜 날 거예요." 피트가 말한다.

두 사람은 창문에 판자를 덧댄 후 침대 시트와 담요, 레이철이 미리 갖다놓은 장난감과 게임 몇 가지로 지하실을 최대한 쾌적하게 꾸민다. 이번 일이 실행에 옮겨지고, 레이철과 피트가 죽거나 체포당하지 않을 경우, 겁에 질린 꼬마 남자아이가 곧 여기로 내려오게될 거라 생각하니 참담하다. 피트는 레이철이 매트리스 근처 콘크리트 기둥에 매어놓은 묵직한 사슬을 보고 등골이 오싹해진다.

두 사람은 밖으로 나와 뒷문을 잘 닫고 레이철의 집으로 돌아온다. "이제 어떻게 하죠?" 피트가 묻는다.

"도청 장치가 없나 우리 집을 살펴봐야죠. 내 일거수일투족을 그놈들이 지켜보고 있다는 생각만으로도 소름 끼쳐요."

피터가 고개를 끄덕인다. "그건 내가 할 수 있어요."

피트가 가방에서 무선 탐지기를 꺼낸다. 아날로그식 도청 장치를 쓰던 옛날에는 무선 수신기와 복잡한 장비가 있어야 했지만, 지금은 50달러짜리 무선 탐지기만 있으면 된다. 피트는 먼저 집 안을 훑고 나서, 휴대폰과 노트북도 확인한다.

"거의 없다고 봐야겠네요. 바닥부터 천장까지 아주 샅샅이 스캔했어요. 지하실이랑 심지어 부엌 천장 위 좁은 공간까지 다요."

"거의 없다고요?"

"네, 집 안엔 도청 장치가 없어요. 그런데 의심했던 대로, 맥북이 완전히 당했더라고요."

"어떻게요?"

"맥북에 스파이웨어 봇이 설치돼서, 무선 네트워크에 접속하면 저쪽에서 카메라를 원격 조작할 수 있거든요. 그럼 홈 화면에 뭐가 뜨든 실시간으로 다 볼 수가 있으니까, 레이철의 모든 암호를 손쉽게 수집할 수 있죠. 봇에는 무작위로 생성된 이름이 붙기 때문에 아무 의미도 없어요. 봇의 수신지도 암호화되고요."

"어떻게 그런 걸 다 알아요?" 레이철이 감탄하며 묻는다.

"뭐, 알다시피 내가 인터넷 초창기 시절부터 컴퓨터 좀 가지고 논 사람이잖아요. 그 바닥으로 다시 들어가려고 굉장히 애도 써봤고요. 사설 보안 업체는 퇴역 군인들한테 꽤 인기가 많거든요."

"그 봇이라는 거, 제거할 수는 있어요?"

"그건 꽤 쉽죠. 하지만 내가 그걸 제거하는 즉시 저쪽에서 알아차릴 거예요."

"날 해킹하고 있는 사람이 내가 다 알아차렸다는 걸 눈치채게 된다는 건가요?"

"맞아요. 자기들 수법이 들켰다는 걸 알게 되면 분명 다른 대응책을 마련하겠죠. 카일리가 돌아올 때까진 맥북하고 아이폰은 쓰지 마요. 나중에 봇도 없애고 기기도 초기화해줄게요."

"그 사람들, 내 아이폰으로 전화를 걸어올 거예요. 아이폰은 있어야 해요."

"그럼 그 사람들이 레이철의 말을 엿들을 수 있다는 점, 또 레이철의 휴대폰은 GPS 위치 추적기도 된다는 점을 염두에 둬야 해요."

"그 사람들이 정말로 우리 집을 지켜볼 수 있는 거예요?"

"그럼요. 지금도 우릴 지켜보고 있을지도 몰라요. 내 생각엔 지금은 아닐 것 같지만, 그야 모르는 거죠."

레이철이 몸서리를 친다. "지하실에 갇힌 카일리가 계속 눈에 밟혀요. 얼마나 무서울지."

"씩씩한 아이잖아요. 당차고 강한 녀석이기도 하고." 어쩌면 너무 강해서 탈일지 모르겠네. 제발 카일리가 섣부른 짓을 시도하지 말아야 할 텐데. 피트는 속으로 그렇게 생각한다.

22
금요일 오전 1시 11분

카일리는 짐작으로 깊은 밤이 될 때까지 기다려보지만 당연히 시간을 알 도리가 없다. 아이폰도, 아이패드도, 맥북도 없으니까. 물론 시계도 없고. 하지만 요새 누가 시계를 차고 다닌단 말인가?

매트리스 위에 누워 있자니 저 멀리 도로를 지나는 차 소리도 들리고 비행기가 로건 국제공항 쪽으로 하강하면서 순간 커지는 엔진소리도 간간히 들린다. 저 멀리 있는 비행기가 저 멀리 있는 로건 공항을 향하는 소리가.

카일리는 카메라를 등진 채 매트리스 위에 앉아 통밀 크래커를 야금야금 먹는다. 첫 번째 시도는 실패했다. 치약 튜브로는 수갑을 여는 게 불가능하다. 몇 시간 동안 해보았지만 완전히 실패로 끝나고 말았다. 하지만 두 번째 시도는 좀 더 잘 먹힐지도 모른다.

막 어두워질 때쯤, 아저씨가 쟁반에 핫도그랑 우유 한 잔을 가지고 내려와 카일리 바로 옆 바닥에 놓아주었다. 총은 아저씨의 추리 닝 상의 주머니에 들어 있었다. 아줌마는 오른손에 총을 들고 쟁반 을 가지러 내려왔다. 아줌마 아저씨 모두 무장을 한 상태였다. 카일 리는 이제 겨우 열세 살짜리 아이인 데다 100킬로그램은 나갈 듯한 무쇠 스토브에 사슬로 묶여 있는데도, 두 사람은 절대 경계를 소홀 히 하지 않고 늘 지하실에 총을 가지고 내려온다.

카일리는 그 상황이 오히려 도움이 될 수 있겠다는 사실을 깨달 았다.

그것을 발견한 건 이른 저녁쯤이었다. 태양이 뉘엿뉘엿 넘어갈 때, 카일리는 지하실 구석에서 뭔가 반짝이는 것을 보았다. 최대한 가까이 가서 보니 스패너였다. 보일러 뒤에 기대 세워져 있어 눈에 띄지 않은 것이다. 아마도 오래전에 누군가 그곳에 떨어뜨린 후 까 맣게 잊었을 스패너. 아줌마 아저씨는 이 지하실을 꼼꼼하게 살펴 준비했겠지만, 저 스패너는 오후 햇살이 창을 통해 비스듬히 들어 올 때 바닥에 누운 상태로 보일러를 똑바로 바라보아야만 보인다.

스패너가 바로 열쇠다.

카일리는 기다린다. 기다리고 또 기다린다.

밤이 꽤 깊은 모양인지 도로를 지나는 차 소리도 잦아들고 비행 기가 지나가는 횟수도 줄어들었다.

카일리는 계속 그 경찰을 생각한다. 아줌마랑 아저씨가 경찰을 죽인 걸까? 아마 죽였을 것이다. 그렇다면, 카일리는 살인범 두 명 한테 붙들린 신세란 말이 된다. 두 사람은 겉으로는 전혀 살인범처 럼 보이지 않지만, 살인범이다. 그런 무시무시한 생각을 떨쳐내려 무진장 애를 써보지만, 아무리 다른 걸 생각하려 해도 그 공포가 떨쳐지지 않는다……

카일리는 엄마를 생각한다.

엄마는 노심초사하고 있을 것이다. 절망에 빠져 있을 것이다. 엄마는 맨날 센 척하지만 사실 그렇지 못하다. 게다가 항암 치료를 끝낸 지 아직 1년도 안 됐다. 그리고 아빠. 아빠는 멋쟁이지만 세상에서 가장 믿음직한 남자는 아니다.

카일리는 다시 한번 계단 옆 카메라를 쳐다본다. 밤이 얼마나 깊었을까? 아줌마랑 아저씨가 밤에 잠을 자기는 할까? 제발 자야 할텐데.

카일리는 계속 기다린다.

새벽 2시 정도는 된 것 같다. 좋아, 해보는 거야.

카일리는 몸을 일으켜 스토브 쪽으로 다가가서 사슬을 바짝 붙잡고 온 힘을 다해 끌어당긴다. 물론 스토브는 어마어마하게 무겁지만 바닥이 매끈한 콘크리트라 마찰 저항이 거의 없다. 게다가 스토브의 무쇠 다리 아래와 그 주변으로 미리 물도 부어놓았다. 혹시 도움이 될까 하는 마음에.

카일리는 줄다리기 시합에 참가한 것처럼 등을 뒤로 젖히고 젖먹던 힘까지 다해 사슬을 잡아당긴다. 땀이 뻘뻘 나고 온몸이 쑤신다. 자그마한 여자아이가 하기에는 불가능해 보인다……

순간 스토브가 덜컹하며 움직이고, 카일리는 발에 힘이 빠지면서 바닥에 쿵 주저앉는다. 엉덩방아를 찧는 것과 동시에 꼬리뼈에서 우두둑 소리가 난다.

카일리는 입술을 꽉 깨문다. 비명을 지르면 안 된다.

바닥을 데굴데굴 구른다. 아야, 아파, 아우 씨.

통증이 조금 가라앉자 카일리는 최대한 꼼꼼히 몸을 살핀다. 뼈가 부러지진 않은 듯하다. 뼈가 부러져본 적은 없지만, 만약 부러졌으면 지금보다 통증이 훨씬 심할 것이다. 스튜어트는 뉴버리 공원 옆 얼어붙은 연못 위에서 스케이트를 타다가 손목이 부러졌을 때 장난 아니게 울었다.

하지만 그건 스튜어트니까.

카일리는 벌떡 일어나 팔다리를 흔들어 고통을 떨친다. 고통은 약한 기운이 몸을 빠져나갈 때 느끼는 거라고 괴짜 피트 삼촌이 말했다. 그러니까 난 지금 더 강해진 거야. 이렇게 되뇌어보지만 정말 믿는 건 아니다.

다시 사슬을 꽉 잡고 세게 잡아당기자, 스토브가 또 한 번 덜컹거린다. 계속 잡아당기니, 거북이걸음처럼 느리기는 해도 스토브가 계속 움직이기는 한다. 과학 시간에 배운 바로는, 마찰력과 운동량이면 된다. 스토브는 크지만 젖은 바닥은 매끄럽다.

정말, 너무너무 무겁지만 움직이고는 있다. 끼익 끼익 귀에 거슬리는 날카로운 소리가 나는데, 지하실 밖으로 새어나갈 만큼, 집 안에서 신경 쓰일 만큼 시끄럽지 않기만을 바랄 뿐이다.

땀을 뻘뻘 흘리며 몇 분 동안 잡아당기다가 기진맥진해 멈춘다. 카일리는 매트리스 가장자리에 주저앉아 숨을 헐떡인다.

카메라가 신경 쓰여 돌아보지만 그런다고 알 수 있는 건 없다. 카메라가 켜져 있을 때면 들어오는 불이 꺼져 있기는 하다. 그러나 혹시 모르니 카메라가 상시 켜져 있다고 가정해야 한다.

카일리는 보일러 아래 스패너를 향해 기어간다. 왼쪽 손목에 연결된 사슬이 팽팽해질 때까지 팔다리를 쭉 뻗지만, 90센티미터 남짓한 거리가 남는다. 다시 침낭 쪽으로 기어가서 계산을 해본다. 오늘 밤 안에 스토브를 30센티미터 정도는 더 움직일 수 있을 것이다. 스패너를 손에 넣으려면 아마도 하룻밤은 더 꼬박 걸리겠지만, 가능하긴 할 것이다.

카일리는 의기양양해진다. 계획이 있고, 이제 그 계획을 실행할 수단이 생길 것이다. 물론 그러다 죽을지도 모른다. 하지만 아무것도 안 하고 가만히 있어도 죽을지 모르는 건 마찬가지다.

23
금요일 오전 4시 20분

포세이돈 스트리트는 베벌리시 중심에서 살짝 떨어진 해안 가까이에 있다. 뉴잉글랜드의 전형적인 교외 도로답게 가로수가 줄지어 서 있다. 창문이 작고 지붕이 가파른 식민지 시대 이층집들이 대지가 넓고 창문도 훨씬 큰 비교적 새집들 옆에 불안정하게 자리 잡고 있다. 던리비 가족은 새집이 들어선 구역 가운데 하나인 포세이돈 스트리트 14번지 살고 있다. 조지왕 시대 양식을 흉내 낸 3층짜리 참나무 골조 주택에 복고풍의 황갈색 페인트가 칠해져 있다. 앞마당에는 멋들어진 빨간 단풍나무가 한 그루 있고, 나무에는 그네를 매달아놓았다. 은은한 가로등 불빛 아래, 아이들 장난감과 축구공, 포수 글러브가 잔디밭에 놓여 있는 게 보인다.

레이철과 피트는 거리 반대쪽, 휘늘어진 가지에 아직 나뭇잎이 남아 있는 커다란 버드나무 그늘 아래 차를 세워놓았다.

살짝 수상해 보이는 건 두 사람으로서도 어쩔 수 없는 노릇이다. 차에서 노숙을 하는 사람들이 있는 동네는 아니지만, 그나마 다행히도, 새벽 4시에 차에서 자는 둥 마는 둥 뒤척이는 사람을 봐도 못 본 체해주는 동네다.

피트가 자기 노트북으로 던리비의 SNS를 들여다보며 말한다. "아직 아무도 안 일어났어요."

"마이크는 한 시간 안에 일어날 거고, 그다음에 헬렌, 그다음에 애들이 일어날 거예요. 마이크는 6시나 6시 반 기차를 타고 사우스 역으로 가요." 레이철이 알려준다.

"역까지는 직접 운전해서 가겠네요. 이 시간에는 대중교통이 안 다니니까. 참, 우리가 조심해야 하는 게 뭔지 알아요?"

"뭔데요?"

"신발에 다는 GPS 위치 추적기요. 헬리콥터 맘들 대부분이 애들 가방하고 신발에 위치 추적기를 달거든요. 그러면 애들이 실종됐을 경우 부모들이 앱으로 몇 초 만에 찾을 수 있어요."

"정말요?" 레이철이 아연실색하며 묻는다.

"그럼요. 만약 그런 추적기가 달린 꼬마 녀석을 붙잡으면 우린 영문도 모른 채 FBI한테 꼬리가 잡히고 말겠죠."

"그럼 어떻게 해야 하죠?"

"애가 신호를 보내고 있는지 스캔해보면 돼요. 그런 다음 녀석의 아이폰과 위치 추적기가 달린 신발을 던져버리면 괜찮을 거예요."

"헬렌은 만약 아이 위치를 확인하려고 그런 장치를 달았으면 자랑하고도 남을 사람인데, 그런 거에 관해서는 아무 언급도 없었어요." 레이철은 타인을 감시하는 게 이렇게 씁쓸하구나 싶어 새삼 놀란다. 인간은 늘 자신이 부당하게 대한 사람을 미워한다던 타키투스의 말이 떠오른다. 이 경우에는 내가 곧 부당하게 대할 사람이 되겠군.

"그렇다면 아닐 수도 있지만, 그래도 신발은 확인해봐야 해요." 피트가 말한다.

거리에는 개미 한 마리 안 지나다닌다. 우유 배달원이 우유를 배달하던 시절은 오래전에 끝났다. 아무리 꼭두새벽부터 개를 산책시키는 사람이라 해도 새벽 5시 반은 되어야 나온다.

던리비 가족의 집에서 누군가 일어났다는 신호가 맨 처음 나타난 건 새벽 6시 1분이다. 그 시간에 마이크가 풋볼 선수 톰 브레디의 트위터를 리트윗한 것이다. 잠시 후 헬런이 일어나 페이스북을 시작한다. 친구들 게시물 10여 개에 좋아요를 눌러준 다음, 시리아에서 무장 테러 단체 ISIS에 맞서 싸우는 여군들에 관한 동영상 하나를 공유한다. 헬렌은 온건한 민주당원이다. 남편은 온건 공화당원인 듯하다. 두 사람은 이 세상과 환경, 그리고 자신들의 아이를 아낀다. 악의 없는 사람들이고, 지금과 전혀 다른 상황이라면 레이철은 두 사람과 친구가 될 수도 있었을 것이다.

아이들도 사랑스럽기 그지없다. 버릇없지도 않고 되바라지지도 않은, 그냥 착한 꼬마들.

"이것 좀 봐요. 헬렌이 방금 인스타그램에 세일럼 웹 스트리트에 있는 시패어러 식당 사진을 올렸어요." 피트가 말한다.

"방금 페이스북에도 그 사진 올라왔어요."

"거기서 친구 데비랑 아침 먹을 거래요. 세일럼은 여기서 얼마나 걸리죠?"

"별로 안 멀어요. 보통은 5분, 차 밀리면 10분 정도요."

"너무 가깝네요. 하지만 절친하고 아침을 먹는데 적어도 45분은 먹겠죠?"

레이철이 고개를 가로젓는다. "글쎄요. 커피하고 머핀 정도라면 그 정도도 안 걸릴 테고요. 하지만 커피하고 머핀만 먹을 거라면 그 냥 스타벅스를 가겠죠. 근데 그건 왜요?"

"일단 마이크도 출근하고 애들도 등교하고 헬렌도 아침 식사 하러 가고 나면 집이 비겠구나 생각하는 중이에요."

"그러면 어쩌려고요?"

"내가 뒷문으로 들어갈게요. 집 안 정찰을 하는 거죠. 우리한테 깔렸던 스파이웨어를 이 집 데스크톱에 깔아놓을 수도 있고요."

"할 수 있겠어요?"

"그럼요."

"어떻게요?"

"레이철도 아펜젤러 집에 들어가봐서 알겠지만 가택 침입은 별로 어렵지 않아요. 해병대에서 나온 뒤에 친구 스탠 밑에서 일할 때 도청 기술도 좀 배워뒀죠."

레이철이 고개를 절레절레 젓는다. "난 잘 모르겠어요."

"그렇게 해놓으면 우리가 유리해지잖아요. 던리비 가족이 무슨 생각을 하고 있는지 알게 되니까요. 우리가 토비를 데리고 가면 모든 게 실제 상황이 될 거예요."

"그래도 안전할까요?"

"지금 우리가 하는 일 중에 안전한 게 있기나 해요?"

마이크 던리비가 6시 15분에 출근길에 나선다. 직접 베벌리 기차

역까지 BMW를 몰고 가 주차장에 세워둔다. 8시 1분에 헬렌이 아이들을 데리고 나온다. 겨울 외투를 입을 정도로 추운 날씨는 아닌데도 헬렌은 애들을 옷으로 꽁꽁 싸맸다. 몸집에 비해 큰 파카를 입고 모자를 쓰고 목도리를 두른 아이들을 보며 레이철은 귀엽다는 생각을 한다.

"지금 미행할까요?" 피트가 묻는다.

레이철이 고개를 가로젓는다. "아무 의미 없어요. 애들을 학교에 내려주고 그 식당에 도착하면 헬렌이 어련히 알려주겠죠."

레이철과 피트는 볼보에 앉아 기다린다. 역시나 8시 15분에 헬렌이 시패어러 안에서 찍은 셀카를 페이스북에 올린다.

피트가 거리를 훑어본다. 대학생 쯤 되어 보이는 청년 하나가 거리에서 농구를 하고 있고, 길 건너편에서는 자그마한 여자아이가 집에서 나와 안전망이 둘러진 트램펄린에서 폴짝폴짝 뛰기 시작한다. "저기 좀 봐요. 현관문도 닫혀 있고, 아이 혼자 트램펄린을 뛰고 있어요. 저 아이도 완벽하겠어요."

"그렇네요. 하지만 계획과 다르잖아요."

"그렇긴 하죠? 좋아요, 지금 들어갈게요."

레이철이 피트의 손을 꼭 쥔다. "정말 그렇게까지 해야 해요?"

"이 사람들에 대해서 얻을 수 있는 정보는 다 얻어야죠. 적진을 급습할 때도 보통 며칠, 몇 주가 걸려서라도 수집할 수 있는 정보는 모두 수집해요. 하지만 우리한테는 그 정도의 시간은 없으니 최대한 빠른 시간 내에 정보를 얻어야 해요."

레이철도 그 말에 수긍이 간다.

"그래서 지금 저 집에 들어가려는 거예요. 아마도 비어 있을 테니까요. 만약 앞뒤 안 가리는 조카 바보 삼촌이 엽총을 들고 집 안에 떡하니 버티고 있으면 난 망한 거죠. 15분이 지나도 내가 안 돌아오면 레이철 먼저 가요."

"들어가서 확실히 뭘 할 건데요?"

"뭐가 됐든, 15분 안에 할 수 있는 일은 다요."

"알았어요. 15분 후면 8시 반이겠군요."

"네."

"8시 반까지 안 돌아온다는 게 무슨 말이에요?"

"어떤 식으로든 내가 노출됐다는 뜻이에요. 물론 내가 발설하는 일은 없겠지만, 레이철은 표적B로 넘어가든지 해요. 내가 모르는 표적 명단을 완전히 새로 만들면 더 좋고요."

"바깥에 무슨 문제 생기면 내가 전화할게요."

"좋아요. 하지만 아무래도 곤란하겠다 싶으면 그냥 여기서 빠져나가도록 해요."

피트가 배낭을 둘러메고 차에서 내려 보는 사람이 없는지 살핀다. 그러고는 해변가 작은 숲하고 던리비네 집 사이에 쳐진 울타리 쪽으로 달려간다. 레이철은 피트가 그 울타리를 기어올라 던리비네 뒷마당으로 넘어가는 것을 바라본다.

레이철은 누군가 비명을 지르거나 앞뒤 안 가리는 조카 바보 삼촌이 엽총을 발사하는 소리가 들리지는 않는지 귀를 기울이지만 그런 소리는 들리지 않는다.

백미러를 통해 길 건너 여자아이가 트램펄린에서 노는 모습도 지켜본다. 저 여자아이를 지켜보는 사람은 아무도 없는 듯하다. 현관문도 굳게 닫혀 있다. 사실 그냥 저쪽으로 걸어가서 저 아이를 데려가는 게 더 쉬울 것이다.

세상에, 대체 어떤 인간이 이런 생각을 할까? 너 대체 뭐가 된 거니, 레이철?

레이철은 휴대폰 화면을 켜고 시간을 본다. 8시 22분.

이제 눈을 감고 카일리를 생각한다. 간밤에 잠은 잤을까? 레이철은 카일리를 잘 안다. 밤새 엄마 아빠를 생각하며 걱정했을 게 분명하다.

오, 카일리, 엄마가 데리러 갈게. 엄마가 구하러 갈게. 앞으론 내 눈에 안 보이는 곳에 널 두지 않을 거야. 더 좋은 엄마가 될게. 널 안전하게 지켜줄게. SNS 계정도 다 없앨 거야. 아무도 안 믿을 거야. 은박지 모자도 쓸 거고.(은박지 모자를 쓰면 전자파를 막을 수 있다는 속설이 있음―옮긴이)

레이철은 다시 한번 휴대폰 시계를 본다. 8시 23분.

흰색 밴이 거리를 서행으로 지나간다. 나쁜 일을 꾸미는 데 쓰일 것처럼 생긴 낡아빠진 흰색 밴이다. 하지만 운전자는 레이철은 안중에도 없이 그냥 가던 길을 쭉 간다.

챙겨 나온 담배를 찾으려고 외투 주머니를 뒤지는데 도무지 찾을 수가 없다. 웬 개가 어딘가에서 미친 듯이 짖어대고 있다.

어디서 짖는 거지? 던리비네 집에는 개가 없는데. 그랬으면 레이철이 몰랐을 리 없다.

이웃집인가? 피트가 울타리를 넘는 장면을 옆집 개가 보고 낯선 사람인 걸 알아차렸나?

휴대폰 액정에 8시 28분이라고 뜬다.

레이철은 라디오를 튼다. 라디오를 틀 때마다 나오는 「카 토크」

재방송이다. 진행자 가운데 한 명이 폭스바겐 미니버스에 대해 열변을 토하고 있다.

8시 31분이다.

피트는 어디 있지?

개는 조금 전보다 더 시끄럽게 짖고 있다.

여자아이가 트램펄린에서 내려와 탄산음료 캔으로 보이는 것을 집어 들더니 다시 트램펄린에 오른다.

별로 좋은 생각이 아닌데 아가야. 꼬까옷 입고 그건 아니지. 레이철은 그렇게 생각한다.

8시 34분이다.

검정과 흰색이 섞인 베벌리 경찰차가 백미러에 나타난다. "아, 안 돼." 레이철이 중얼거린다. 볼보에 시동을 걸자 오래됐지만 듬직한 엔진이 웅웅 소리를 낸다.

경찰차가 거리를 따라 서행한다. 안에는 경찰관 두 명이 타고 있다. 경찰차는 곧장 레이철 쪽으로 오고 있다.

이제 8시 37분이 되었다.

개는 여전히 목청껏 짖어대고 있다.

경찰차가 점점 가까워진다.

레이철은 기어를 1단에 놓고 왼발은 클러치에 올린 채 오른발로는 엑셀을 밟을 태세를 갖춘다.

트램펄린에서 놀던 아이가 불가피한 사고를 친다. 탄산음료 캔을 거꾸로 들어 온몸에 음료를 쏟은 것이다. 아이가 비명을 지른다. 두 경찰관이 고개를 돌려 아이를 본다.

피트가 던리비네 울타리 꼭대기에 모습을 드러낸다. 이어 숲으로 뛰어내린 뒤 볼보로 달려와 뒷좌석에 올라타고는 숨을 헐떡인다.

"출발해요!"

"괜찮은 거예요?" 깜짝 놀란 레이철이 묻는다.

"괜찮아요. 아무 문제 없어요. 얼른 출발이나 해요!"

레이철이 클러치에서 발을 떼고 차를 몰아 내뺀다. 맨체스터 방향인 동쪽으로 달리다가 입스위치와 1A번 국도가 있는 북쪽으로 방향을 튼다. 경찰들은 따라오지 않는다. 피트는 뒷좌석에서 휴대폰을 만지작거리고 있다.

"다 잘된 거예요?" 레이철이 다시 한번 묻는다.

"잘됐어요."

"안에서 무슨 일이 있었어요?"

"아무 일도 없었어요. 엄청 간단히 해치웠어요. 뒤쪽 창문이 열려 있어서 2초 만에 집에 들어갔고, 아래층 서재에 컴퓨터가 켜져 있길래 거기에 웜 바이러스를 깔아놨어요. 아쉽게도 집 전화는 못 찾아서 전화기에는 도청 장치를 못 달았지만요. 뭐, 요샌 유선 전화를 안 쓰는 사람이 많으니까요. 하지만 던리비 가족이 컴퓨터를 사용하는 즉시, 이메일이며 스카이프, 페이스타임, 아이메시지 암호를 다 읽을 수 있어요."

"세상에." 레이철이 감탄한다.

"그러게 말이에요." 피트가 맞장구를 친다.

"스탠이란 친구가 다 가르쳐준 거예요?"

"대부분은요. 나한텐 약간 범죄자 같은 면이 늘 있었잖아요."

"그랬죠. 열한 살 때 자동차를 훔쳐서 캐나다까지 몰고 갔단 얘기 마티한테 들었어요."

"아뇨, 캐나다까진 못 갔어요. 그리고 열두 살이었고." 피트가 짐짓 겸손한 척하며 말한다.

"근데 아까 말한 15분 넘겼어요."

"나도 알아요. 토비 방을 찾느라고요. 조사를 조금 해봤는데, 평범한 아이더라고요. 어디 아픈 덴 없는 것 같았어요. 레드삭스, 엑스맨, 드라마 '기묘한 이야기'를 좋아하고요. 지극히 평범한 아이예요."

"그러니까, 그 아이면 충분하겠죠?"

"충분할 거예요."

두 사람은 다리를 건너 플럼섬으로 들어간다.

집에 도착할 때쯤 레이철이 하품을 한다.

"마지막으로 잠을 잔 게 언제예요?" 피트가 걱정스러운 얼굴로 묻는다.

레이철은 피트의 질문을 못 들은 체한다. "커피 좀 내릴게요. 아직 할 일이 있으니까요."

레이철이 카일리 방에서 화이트보드를 가지고 오려고 위층으로 올라간다.

방문을 열면서 지금 벌어지고 있는 이 일은 잔인하고 정신 나간 장난에 불과하고 카일리는 방 어딘가에 숨어 있는 게 아닐까 기대해본다.

방은 비어 있고, 어린 딸의 냄새가 난다. 카일리가 좋아하는 포에버21의 싸구려 향수 냄새. 조개껍데기 컬렉션, 빨래통에 가득 찬 옷, 천문학과 이집트 관련 책들. 지금까지 받은 생일 카드를 전부 담아놓은 상자. 힙합 밴드 브록햄프턴 포스터와 키이라 나이틀리

주연의 〈오만과 편견〉 포스터. 가지런히 놓인 숙제 바인더. 친구들과 가족들 사진으로 만든 포토몽타주.

몸이 휘청거릴 것 같은 느낌이다. 레이철은 화이트보드를 힘주어 꼭 쥔 다음 복도로 나와 문을 살살 닫는다.

아래층으로 내려와 피트와 함께 꼬마 토비의 일상을 순서도로 그려본다. 토비는 오늘 오후와 일요일 오후에 양궁을 한다. 7시에 양궁이 끝나고 집에 걸어간다. 그때가 바로 절호의 기회다. "양궁 연습은 베벌리 해변 근처 올드 커스텀즈 홀에서 해요. 거기서 집까지는 1케이엠도 채 안 되고요." 피트가 구글맵을 보며 말한다.

"케이엠요?"

"미안해요, 1킬로미터요. 구글 거리뷰로 그 경로를 몇 번 살펴봤는데요, 올드 커스텀즈 홀에서 리버뷰 스트리트까지 올라간 다음 스탠도어 스트리트에서 좌회전하고 포세이돈 스트리트에서 우회전하면 집에 도착해요. 토비 걸음으로는 7~8분 걸릴 거예요. 길어 봐야 10분이겠죠."

꽤 빠듯한 시간표라는 걸 두 사람 다 알고 있다.

"7시에서 7시 10분 사이에 토비를 납치해야 해요. 사실, 성공하려면 스탠도어 스트리트에 들어설 때 잡아야 돼요. 리버뷰 스트리트엔 사람이 너무 많아서 안 될 거고, 포세이돈에 있는 집 앞에선 엄마가 기다리고 있으니 불가능할 거예요."

레이철의 말에 피트가 턱을 쓱 문지른다. 절호의 기회라기엔 시간적으로나 지리적으로 너무 제한적이지만 피터는 그 생각을 입 밖에 내지는 않는다. 이 아이는 두 사람이 지금껏 세운 계획의 주인공이다. 하품을 억지로 참는 레이철을 보고 피트가 말한다. "한숨 자지 그래요? 내가 다시 가서 전체적으로 경로 훑고 올게요."

"안 자도 돼요. 같이 가요."

"지금요?"

"지금요."

두 사람은 밖으로 나와 볼보를 타고 겨우 15분 만에 베벌리에 도착한다. 베벌리는 레이철의 동네와 너무 가까워서 불안한 감이 있지만 어쩔 수 없다.

마을은 아까보다 분주해졌다. 레이철은 개를 산책시키거나 산책을 나온 인간들이 짜증날 정도로 많다는 생각을 한다. 하늘이 무너지고 있는데 어째서 저 인간들은 저토록 걱정 없이 행복한 거지? 아니 하늘이 무너졌는데. 올드 커스텀즈 홀은 해변 가까이 있어서 역시 개를 산책시키려는 사람들과 놀러 나오는 사람들한테 인기가 많다.

"일기 예보에 오늘 저녁엔 안개비 정도만 내린대요. 갑자기 걷고 싶어진 사람들을 단념시킬 정도는 내리되 토비 엄마가 토비를 데리러 갈 만큼 많이 오지는 않아야 할 텐데 말이에요." 피트가 노트북을 들여다보며 말한다.

"카일리를 되찾으면 카일리가 쉰 살이 될 때까지 어딜 가든 카일리 혼자 걸어 다니게 내버려두지 않겠어요." 소 잃고 외양간 고치는 격이라는 걸 알면서도 레이철이 중얼거린다.

두 사람은 올드 커스텀즈 홀에서 출발해 리버뷰 스트리트와 스탠도어 스트리트를 지나 포세이돈 스트리트에 이르기까지 차를 몰고 지나가본다. 3분 남짓한 예행연습 동안 평범하기 짝이 없는 뉴잉글랜드 교외를 통과한다. 스탠도어 스트리트 양쪽에 늘어선 크고 오래된 밤나무에는 아직 잎이 남아 있다. "나뭇잎 덕분에 시선을 피할 수 있겠어요." 피트가 나무를 보며 말한다.

두 사람은 차를 돌려 다시 시내 중심가로 향한다.

"좋아요, 계획은 이래요." 레이철이 조목조목 짚어본다. "하나, 올드 커스텀즈 홀까지 차로 간다. 둘, 애들이 나올 때까지 기다린다. 셋, 리버뷰 스트리트를 지나 스탠도어 스트리트까지 토비를 따라간다. 하느님 제발 토비가 혼자 있게 해주세요. 넷, 차를 토비 옆에 바짝 댄다. 다섯, 토비를 잡아서 차 안에 잽싸게 태운다. 여섯, 현장을 떠난다."

"토비는 내가 잡을까요?"

레이철이 고개를 끄덕인다. "운전은 내가 할게요."

"알았어요, 그렇게 하는 걸로 해요."

레이철이 피트를 보며 말한다. "일이 잘못될 소지가 참 많은데, 함께해줘서 다행이에요."

피트는 2012년 9월, 모든 것이 잘못되었던 배스티언 캠프에서의 밤을 떠올리고는 입술을 꽉 깨문다. "그래요, 잘될 거예요, 레이치."

"모든 게 제대로 된다고 해도, 그건 그거대로 참 끔찍한 일이겠죠." 레이철이 침통한 목소리로 말한다.

24
금요일 오전 11시 39분

카일리는 침낭 안에서 깨어난다. 여기가 어디…….

지금 자신이 어디 있는지, 무슨 일이 있었는지 기억나자 두려움이 엄습하며 숨이 턱 막힌다. 카일리는 지금 뉴버리포트 북쪽 어딘가의 건물 지하실에 있는데, 여기 있는 아줌마랑 아저씨는 카일리의 엄마가 몸값을 지불할 때까지 카일리를 붙잡아두고 있을 것이다. 목이 조여온다. 카일리는 침낭 안에서 바로 앉아 숨을 헐떡거린다. 지하실 공기는 퀴퀴하고 탁하다.

카일리는 그런 공기일지언정 허파 안으로 들이쉬며 혼신의 힘을 다해 진정하려 애쓴다. 저 사람들이 날 죽일 거야, 저 사람들이 날 죽일 거야, 저 사람들이…… 아냐. 안 죽일 거야. 저 사람들은 사이코패스가 아니야. 엄마가 저 사람들이 바라는 대로 해주면 저 사람들은 날 해치지 않을 거야. 그 경찰한테 일어난 일은 사고였어.

그리고 카일리는 아직 죽지 않았다.

카일리는 계속 계획을 추진 중이다. 스패너…… 그래 그거야!

해가 중천에 뜬 걸로 보아 늦게까지 잔 모양이다. 이 와중에 잠을 잤다니 정말 놀랍다. 카일리는 지금 소변이 마려워 죽을 지경이다. 양동이를 챙기고는 카메라를 등지고 침낭을 가림막으로 쓴다.

몇 분 후 문이 열리고 계단 위에 아저씨가 나타난다. 아저씨 뒤로는 마당과 나무 한 그루가 보인다. 아저씨가 문을 열어놓은 채로 쟁반을 들고 계단을 내려온다. 파자마 차림에 스키 마스크를 쓰고 있다. 아저씨의 숨소리가 너무 가빠서 카일리 귀에도 들릴 정도다. 계단을 내려오는 일이 아저씨한테는 그 정도로 힘든 일인 모양이다.

"안녕, 좋은 아침이야. 아직 아침이라는 가정 하에 말이야. 내 생각엔 아침인 것 같다만. 음, 그러니까, 늦은 아침을 가지고 왔어. 치리오스 시리얼이야. 치리오스 좋아하지?"

"네."

아저씨가 지하실을 가로질러 와 쟁반을 카일리 옆에 내려놓는다. 우유를 부은 치리오스, 오렌지 주스 한 잔, 생수병 하나. 총 손잡이가 아저씨의 파자마 바지 주머니 밖으로 비죽 나와 있다.

"늦어져서 미안해. 우리가 어젯밤에 너무 늦게 잤거든. 그게 말이야, 어제는 우리도 예상 못 한 일이 벌어져서…… 아무튼 배고프지? 잠은 좀 잤니?"

카일리는 애매하게 고개를 가로젓는다.

"그럴 만도 하지. 주변 환경이 이 모양이니. 내가 이런 일을 하리라고는 정말 꿈에도……."

"그런데 왜 이런 일을 하고 계신 거예요?"

카일리의 질문에 아저씨가 심호흡을 한다. "그 사람들이 우리 아들을 데려갔거든." 아저씨가 나지막하게 말하더니 고개를 절레절레 젓는다. "책 볼 틈은 좀 있었니?"

카일리는 이때다 싶어 말한다. "네. 그동안 『모비딕』은 안 읽어봤거든요. 재미없을 것 같아서요."

"그런데 재미있었구나?" 아저씨가 신이 나서 묻는다.

"네. 읽어보니까 그랬어요."

"그래 아주 재미있었을 거야. 고전이니까. 네 또래 애들이 읽기엔 앞부분이 지루할지 모르지만 일단 마음먹고 읽기 시작하면 그 다음부턴 술술 읽히지."

"네, 그렇더라고요. 문신한 남자가 마음에 들었어요."

"퀴퀘그 말이니? 정말 대단한 인물이지! 멜빌이 1년 가까이 남태평양 섬사람들이랑 살았던 경험이 있어서 그런지 그 사람들에 대한 묘사가 참 따뜻하지 않니?"

카일리는 이 말에 대꾸할 말을 생각해내려고 열심히 머리를 굴린다. 책을 미리 읽어오지 않아 수업 시간에 곤란해진 경우에도 선생님에게 잘 보일 수 있을 만한 그런 말을.

"그렇더라고요. 그리고 이 책 전체가 하나의 큰 은유잖아요?"

"그럼 그렇고말고. 아주 똑똑하구나. 너……."

"그냥 쟁반만 두고 올라오라고!" 계단 위쪽에서 고함치는 소리가 들린다.

"그만 올라가야겠다." 아저씨가 소곤소곤 말한다. "다 먹으면 푹 쉬고, 제발 쓸데없는 짓은 하지 말아줘. 나도 저 사람이 이러는 건 처음 봤거든."

"빨리 올라와!" 아줌마가 다시 소리를 지르고, 아저씨는 계단을 올라 나가면서 문을 닫는다. 카일리는 또다시 홀로 남겨진다.

이번에도 아저씨는 내려올 때 총을 가지고 왔다.

총이야말로 이번 일을 푸는 열쇠다.

25
금요일 오후 3시 13분

휴대폰에서 알람이 울린다. 가장 최근의 몸값 1회분이 비트코인 시스템의 승인을 받고 스위스 은행 계좌에 무사히 들어오면 울리도록 설정해둔 알람 소리다. 비자카드나 마스터카드, 특히 아멕스카드가 결제를 막기도 하는데, 이번엔 전액이 결제된 모양이다.

그녀의 오빠는 자잘한 것까지 다 신경 쓴다며 그녀를 놀린다. 오빠한테 체인 운영을 맡겼더니, 오빠는 자신은 할 일이 거의 없다고 주장한다. 그냥 알아서 스스로 단속하게 내버려두면 된다는 것이다. 하지만 그녀는 직접 실무에 참여하는 스타일이다. 체인은 그녀의 자식이나 다름없기 때문이다.

휴대폰을 확인한다. 역시, 추적이 불가능한 2만 5천 달러가 비트코인 세탁을 통해 들어왔다.

기분이 좋긴 하지만, 돈이 이렇게 빨리 들어왔다는 건 더 거액의 몸값도 낼 수 있었다는 뜻이다. 이건 그녀의 실수다. 그녀가 몸값 액수를 정했기 때문이다. 레이철의 은행 계좌와 소득을 살핀 후 2만 5천이면 밀어붙일 수 있겠다고 생각한 게 그녀였다. 아니, 생각해봐, 몇 주 전까지만 해도 우버 기사로 일했고 물려받은 돈도 없는 여자잖아.

저들이 감당할 수 있는 적정 금액만 우려내자는 것이 그녀의 철학이다. 돈 때문이 아니라는 헛소리와 함께.

그렇긴 해도……

휴대폰으로 레이철의 컴퓨터를 미러링해보지만 레이철은 어젯밤 이후로 맥북을 켜지 않고 있다. 지금은 다른 컴퓨터를 쓰고 있는 게 분명하다. 레이철이 완전히 바보는 아니라는 뜻이다.

창 너머 보스턴 항으로 하염없이 떨어지는 빗방울을 내다본다. 레이철이 지금 그녀를 이겨먹으려 하는 걸까? 만약 그렇다면 레이철은 정말 어마어마한 실수를 저지르는 것이다.

위커 앱을 열어 레이철에게 메시지를 보낸다. 표적으로 고른 토비 던리비는 진행할 준비 됐나?

5분 후에야 레이철이 답장을 보내온다. 네. 가능하면 오늘 저녁에 진행할 거고, 오늘 저녁에 힘들면 일요일에 진행할 계획이에요.

내일 저녁은 왜 안 되는데? 내일 아침은 왜 안 되는 거고? 그녀가 메시지를 입력한다.

그 아이가 양궁 레슨을 받고 집까지 걸어서 가는데, 양궁 가는 날이 오늘 저녁하고 일요일 저녁이거든요.

레이철의 말투가 마음에 들지 않는다. 아직 겁을 덜 먹었다. 고분고분하지도 않다. 레이철은 자기가 지금 대장한테 대드는 부하라는 사실을 모르고 있다.

난 널 끝장낼 수 있어. 내가 손가락만 한 번 까딱하면 넌 디 스트리트에서 몸이나 파는 마약 중독자처럼 죽을 수도 있어. 그녀는 그렇게 생각하며 다시 메시지를 보낸다.

그 애를 납치하는 대로 위커 앱으로 나한테 메시지 보내. 그 가족한테 첫 전화는 내가 걸 테니, 넌 5분 뒤에 걸도록. 맨 처음 해야 할 말은 이거다. '당신이 처음도 아니고 마지막도 아니라는 점을 명심하세요. 중요한 건 돈이 아니라 체인입니다.' 알아들었어?

네. 레이철이 답장을 보내온다.

이번에도 퉁명스럽고 자신만만하게 들린다. 그녀는 그게 영 마음에 들지 않는다.

그녀는 메시지를 닫고 몇 분 동안 곰곰이 생각한다.

올리는 늘 그녀에게 일이 사적인 영역까지 침투하게 두지 말라고 조언한다. 자기가 무슨 대단한 인생 선배라도 된다는 듯. 하긴, 인생 선배는 선배지, 겨우 15분이지만. 사실 그 어떤 과정도 서두를 필요가 전혀 없기는 하다. 속도가 중요한 게 아니니까. 중요한 건 계속 돌아가게 하는 것이다.

올리의 계산에 따르면, 체인에 더해지는 인원이 많아질수록 중대 결함이 생길 가능성 또한 커진다. 바로 그렇기 때문에 두려움이 중요하다. 두려움이야말로 가장 중요한 심리 요소이다.

인간은 본능의 지배를 강하게 받으며 사는 존재다. 생쥐와 다를 바 없다. 목초지의 생쥐. 그리고 그녀는 저 위에서 생쥐들의 일거수일투족을 지켜보다 휙 덮치는 송골매다.

노아 리프먼을 떠올린다. 그녀는 노아를 진지하게 여겼지만, 그는 그녀와 헤어지고 새 여자 친구와 뉴멕시코주로 가버렸다. 하지만 체인은 그럭저럭 그 고지대 사막까지 촉수를 뻗쳤다. 타오스에서 그의 인생은 처참한 국면을 몇 차례 맞았다. 여자 친구가 뺑소니 사고로 죽었고, 그는 다니던 병원에서 해고됐으며, 강도를 만나 심하게 구타당했다. 현재는 산타페에 있는 호스피스에서 박봉을 받으며 간호사로 뼈 빠지게 일하고 있다. 머리도 희끗희끗해졌고, 강도에게 구타당한 이후로는 한쪽 다리까지 전다.

그녀는 체인이 늘 나쁘기만 한 건 아니었다고 생각한다. 체인으로 도움을 받은 사람들도 있다. 정말 중요한 데 집중할 수 있게 체인이 도왔다. 어떤 면에서, 그녀는 이 목초지의 생쥐에게 호의를 베풀고 있다고 할 수 있다. 그러니까, 이제 적어도 네 목표가 무엇인지는 알게 됐잖아, 안 그래, 레이철? 사랑스러운 딸내미를 다시 보고 싶으면 무슨 일을 해야 하는지도 알게 됐고 말이야. 지금 네가 느끼고 있는 그 걷잡을 수 없는 공포? 솟구치는 아드레날린? 행동에 나서라는 명령? 그 모든 건 체인 덕분이야. 체인이 널 해방시켜준 거라고.

그녀는 노트북을 닫는다.

올리는 끼어들지 말고 내버려두라고 한다.

하지만 가끔 소소한 재미 좀 누리는 게 어때서.

그녀는 다시 한번 위커 앱을 열어서 헤더 포터에게 메시지를 보낸다. 레이철이 지불해야 할 몸값을 5만 달러로 인상. 차액은 오늘 안에 지불해야 함. 지금 당장 레이철한테 알릴 것. 2단계 작업도 오늘 완료해야 함. 자정까지 2차 몸값을 지불하고 납치를 완료하지 않으면, 카일리 오닐을 죽이고 새로운 표적을 찾을 것.

그래, 그러면 상황이 바로잡힐 거야. 이렇게 생각하자 못마땅했던 마음이 다소 풀린다.

26
금요일 오후 3시 57분

레이철은 샤워기 아래 서 있다. 데일 듯 뜨거운 물을 틀었다가 찬물도 틀어보지만 소용이 없다. 여전히 악몽 속에 갇혀 있다. 다른 사람들도 자식을 잃어버린다. 자식에게 세심한 주의를 기울이지 않는 사람들, 미시시피나 앨라배마에서 열세 살짜리 아이한테 사람 없는 한적한 버스 정류장부터 집까지 혼자 걸어오라고 하는 사람들, 그런 사람들이 자식을 잃어버린다. 이런 일은 안전한 문명 도시인 매사추세츠 북부에서는 일어나지 않는다.

레이철은 차디찬 욕실 바닥으로 나와 분노의 도리질을 친다. 바로 그런 안일하고 속물 같은 생각 때문에 그들이 그녀의 딸을 납치할 수 있었다. 머리가 몽롱하다. 왼쪽 가슴이 아프다. 현실이 믿기지 않을 뿐이다. 레이철은 이번에도 존재하지 않는 욕실 거울 속에 비친 자신의 얼굴을 본다. 말라빠지고 퀭한 데다 못생겼고 제니퍼

코닐리와는 전혀 다른 멍청한 얼굴. 거울을 없애버리다니, 얼마나 터무니없는 짓이었던가. 진실을 감출 뿐인데 말이다. 쓰레기 처리장으로 보내진 그 모든 박살난 거울들. 돌고 돌아 다시 그녀에게 돌아온 그 모든 불운.

카뮈가 말했다. "한겨울에야 나는 내 안에 아무도 꺾을 수 없는 여름이 존재한다는 걸 알았다."

순 헛소리다.

레이철이 느끼는 건 오로지 고통과 공포와 비참함밖에 없다. 그 중에서도 특히 공포. 그래, 지금은 한겨울이야, 그건 맞네. 지금은 절정기 빙하 시대고 여긴 해가 안 드는 북극이야. 내 딸이 납치를 당했고 내 딸을 되찾기 위해선 내가 귀여운 남자아이를 거리에서 납치한 다음 그 아이하고 그 아이 가족을 진심으로 협박해야 해. 그 아이를 죽이겠다고 말할 때 진심인 것처럼 들려야 해. 안 그러면 앞으로 다시는 카일리를 못 볼 테니까.

레이철은 티셔츠와 빨간 스웨터, 청바지를 입고 거실로 나간다.

피트가 컴퓨터를 보다가 고개를 든다.

피트는 레이철이 얼마나 괴로운지 모를 것이다. 또 레이철의 공포와 불신이 얼마나 큰지도 모를 것이다. 피트는 이 일을 하고 싶어 하지 않는다. 피트는 착한 사람이니까. 게다가 퇴역 군인이다. 이 일을 하기 위해 레이철은 무자비하고 냉혹한 맥베스 부인이 되어야 한다. "자, 이제 준비는 끝난 거네요." 레이철이 냉정하게 말한다.

피트가 고개를 끄덕인다. 그는 아펜젤러 부부네 집에서 막 돌아온 참이다.

"집은 어때 보여요?" 레이철이 묻는다.

"완벽해요. 지하실은 숨소리도 들릴 만큼 조용하고요. 소변 볼 양동이도 가져다놓았고, 심심하지 않게 보라고 만화책도 몇 권 가져다놨어요. 봉제 인형 몇 개랑 게임도 있고, 사탕도 좀 있고."

"지금 날씨는 어때요?"

"여전히 이슬비예요. 굵은 비는 아니고."

"지금 던리비 가족은 뭐 하고 있어요?"

"마이크는 아직 근무 중이에요. 나머지 가족들은 집에 있고요. 헬렌 던리비는 지금 자기 집 뒷마당에 있는 무화과나무에 대해서 페이스북에 장문의 게시물을 작성 중이네요. 참, 토비는 땅콩 알레르기 없어요."

"잘됐네요. 땅콩 알레르기 있는 여자랑 같은 비행기에 탄 적이 있는데, 다른 사람이 먹는 땅콩버터 샌드위치 냄새만 맡아도 난리가 나더라고요. 악몽이 따로 없었죠." 레이철이 잠시 말을 멈추더니 땅이 꺼져라 한숨을 푹 쉰다. "와줘서 고마워요, 피트. 피트가 있어서 정말 든든해요. 나 혼자선 못 했을 거예요."

피트는 마른침을 삼키며, 입을 열었다 닫았다 쉽게 말을 꺼내지 못한다. 레이철한테 털어놓을 일이 두 가지 있다. 헤로인 얘기도 털어놓아야 하고 배스티언 캠프 사건도 털어놓아야 한다. 그는 든든한 사람이 못 된다. 오히려 못 믿을 사람이다. 실패자다. 선수를 쳐서 그만두지 않았다면 군사 재판에 회부되었을 것이다. 피트가 입을 뗀다. "레이철이 알아야 할 게 있어요⋯⋯."

그때 레이철의 아이폰이 울린다. 알 수 없는 발신자다.

레이철은 피터도 들을 수 있게 스피커폰으로 통화한다. "여보세요?"

"계획이 변경됐어요." 카일리를 데리고 있는 여자가 말한다.

"그게 무슨 말이에요?"

"2만 5천 달러를 추가로 인피니티프로젝트 계좌에 넣어야 해요."

"몸값은 이미 지불했는데요. 그러면……."

"변경됐어요. 그 사람들 가끔 이것저것 바꾸기도 해요. 2만 5천 달러 더 내세요. 그리고 2단계 작업도 오늘 안에 완수해야 해요. 알 겠어요? 당신이 오늘 못 해내면, 나는 카일리를 죽여야 해요."

"안 돼요, 제발요! 지금까지 하라는 대로 했잖아요. 협조하고 있 잖아요!"

"나도 알아요. 그 사람들이 방금 나한테 메시지를 보냈어요. 우 린 그 사람들이 하라는 대로 해야 해요, 레이철. 자정까지 2만 5천 달러를 추가로 지불, 자정까지 2단계 임무 완료. 그걸 안 하면, 난 카일리를 죽여야 해요. 내가 카일리를 안 죽이면 그 사람들이 내 아 들을 죽일 테니까요. 그러니까 난 그렇게 할 수밖에 없어요."

"안 돼요, 그건 불가능해요. 최대한 협조하고 있잖아요, 시키는 대로……."

"내가 한 말 알아들었죠, 레이철?"

"네, 하지만……."

통화가 끊어진다.

오늘 2만 5천 달러를 더 내라고? 대체 어떻게?

"차 한 대가 오고 있어요!" 피트가 거실 창을 내다보며 말한다.

"여기로요?"

"네. 두 명이 타고 있어요. 남자 하나, 여자 하나. 내 트럭 옆에 주차하는데요. 요새 마티가 무슨 차를 몰죠?"

레이철이 부엌 창문 쪽으로 후다닥 달려간다. 흰색 메르세데스다. 운전석에 앉은 남자는 마티고 옆자리 여자는 분명 태미다. 태미를 본 건 카일리를 보낼 때 딱 한 번뿐이었지만, 귀여운 일자 단발의 금발 미녀로 기억한다. 지금 마티의 동승자가 바로 그 헤어스타일을 하고 있다.

"마티예요!"

피트도 부엌 창문 쪽으로 달려온다. "휴우, 마티군요. 근데 저 녀석이 여긴 왜 온 거죠? 조지아에 있다고 했잖아요."

레이철이 끙끙거린다. "금요일 저녁이잖아요. 이번 주말엔 저이가 카일리 데려가려고 오기로 했거든요."

"우리한텐 시간이 없으니, 마티를 보내버려야 해요."

"나도 알아요!"

마티가 창밖에서 레이철에게 손을 흔들어 보인다. 레이철은 넋이 나간 채로 싱크대 옆에 우두커니 서서 마티와 태미가 바깥 계단을 올라오는 모습을 보기만 한다. 마티가 부엌문을 열고 들어와 레이철에게 미소를 지어 보이며 볼에 키스를 한다. 마티는 신수가 훤해 보인다. 굉장히 잘생겼다. 영화배우 뺨칠 정도로. 살이 좀 빠지긴 했지만 뺨에 혈색도 돌고, 마침내 그의 굵은 곱슬머리를 커트할 줄 아는 이발사도 찾은 모양이다. 녹색 눈동자는 초롱초롱 빛나고 있지만 레이철을 보고는 그 숱 많은 눈썹에 걱정하는 기색이 역력히 드러난다.

레이철은 그런 마티의 품에 몸을 던져 그의 목을 끌어안고 엉엉 울고 싶다는 나약하고 본능적인 충동과 힘겨운 싸움을 벌인다. 이내 코를 훌쩍이며 정신을 가다듬고 미소를 지어 보인다.

"자기, 오늘 끝내주는데." 마티가 노련한 배우처럼 감쪽같이 거짓말을 한다. 뒤에서 작은 헛기침 소리가 들리자, 마티가 태미를 자기 앞으로 데려다 세운다. "태미 기억하지?"

키가 큰 태미는 흔하디 흔한 파란 눈동자를 지닌 미인이다. "레이철!" 태미가 레이철에게 다가와 포옹을 한다. "잘 지냈어요?"

"그럭저럭요." 레이철은 그렇게 대답하고는 심호흡을 한다.

두 사람의 등장으로 받은 충격이 가시고 나자, 이제 두 가지 목적만이 남는다. 최대한 빨리 두 사람을 내보내는 것, 카일리의 부재에 대해 의혹을 사지 않는 것.

"형은 여기 어쩐 일이야?" 마티가 묻는다.

피트가 성큼성큼 다가가 마티를 껴안는다. "안녕, 마티."

"형, 세상에, 이게 얼마만이야. 이제 아주 새까매졌네. 멋져. 태미, 여긴 우리 형, 피트."

"마침내 실물을 뵙네요." 태미가 피트의 볼에 입을 맞춘다.

"딱봐도 얼굴하고 머리 유전자는 나한테 몰빵된 것 같다니까." 마티가 놀리듯 말한다. "진짜 여긴 어쩐 일이야, 형?"

피트가 구실을 꾸며내느라 열심히 머리를 굴리는 게 레이철 눈에는 보인다. "내가 지붕 수리 좀 도와달라고 전화했거든."

"응, 지붕 때문에 왔어. 내가 처리했어." 피트가 장단을 맞춘다.

"자기야, 미안." 마티가 미안해하는 얼굴로 말한다. "전에 통화할 때 목소리가 되게 힘든 것 같았는데."

"이젠 괜찮아졌어." 레이철이 시계를 흘끔거리며 대답한다.

"자, 우리 공주님은 어디 계신 거야? 우리가 너무 일찍 왔나?" 물이 새는 지붕 때문에 벌어질 뻔한 큰 싸움을 피해 마음이 놓인 마티가 그렇게 물으며 카일리를 찾아 주위를 둘러본다.

"카일리 데리고 어디 가려고?" 피트가 태연한 척하려 애쓰며 묻는다.

"카일리 데려가서 아빠랑도 좀 놀고, 멋쟁이 아줌마랑도 좀 놀려고요. 여기서 멋쟁이 아줌마는 물론 저예요." 태미가 말한다.

"카일리!" 마티가 위층을 향해 큰 소리로 부른다.

"아 참, 깜짝할 뻔했네요. 자, 받으세요." 태미가 쇼핑백에서 샴페인을 꺼내 레이철한테 건넨다. "곧 1주년이잖아요."

"1주년요?" 레이철이 영문을 몰라 하며 머릿속 생각을 그대로 입 밖에 낸다. "우리가 이혼한 건 2월인데요."

"그거 말고요. 마지막 화학 요법 받은 지 1년 지났잖아요. 마티가 그러던데요. 1년 됐는데 재발 안 했다고."

"아, 그거요. 벌써 1년이 됐나? 세상에, 시간 참 빠르죠?" 레이철은 마티가 오기로 한 걸 깜빡한 자신에게 여전히 화가 나 있다.

"완치 1년이면 대단한 거지." 마티가 말한다. "당연히 축하해야 해. 주말 동안 푹 쉬어. 사치도 좀 부리고. 나는 한 번도 데려간 적 없는 막스 리히터 콘서트에도 가면 되겠다!"

레이철은 이제 아이러니하기만 한 샴페인 병을 조리대 위에 놓는다. 예의상 마티와 태미에게 음료라도 권해야 하겠지만 그러면 피 같은 시간을 너무 많이 잡아먹게 된다. 가슴이 몹시 벌렁거린다. 뭐라고 둘러대야 할까? 카일리가 아프다는 핑계는 안 통할 것이다. 그래도 마티는 카일리를 보겠다고 우길 테니 말이다.

"저기, 오거스타에 갔었다고?" 피트가 머뭇거리며 묻는다. 대화를 나누고 싶지는 않지만 생각할 시간을 좀 벌어보려는 것이다.

"오거스타 얘기는 좀." 태미가 그렇게 말하면서 목매다는 시늉을 한다.

"와, 진짜, 오거스타 국립 골프 클럽, 아주 끝내주더라고. 게다 가……." 마티가 말을 꺼내지만 태미가 거기서 말을 끊는다.

"카일리는 어디 있어요? 준비 중이에요?" 태미가 레이철의 손을 잡고 활짝 웃다가 딩동 알림이 울리자 휴대폰을 들여다본다.

정말이지, 요즘 젊은 애들은 대단해. 레이철은 태미의 손을 떼어내며 생각한다. 막말로, 미소 뒤에 뭘 숨기고 있을지 알게 뭐야.

그야말로 뭐든…….

레이철한테 갑자기 어떤 생각이 떠오른다.

뭔가 끔찍한 생각이.

뭔가 지독한 생각이.

"목걸이가 정말 예뻐요." 레이철이 태미에게 말한다. "나도 **체인** 하나 살까 생각 중인데. 어때요?"

태미가 휴대폰에서 고개를 든다. "네?"

"체인 하나 살까 생각 중이라고요. 그런 걸로. 중요한 건 돈이 아니잖아요? 체인이지."

"괜찮으면 이거 가져도 돼요. 필렌즈에서 샀는데 세일 중이거든요."

태미는 눈 하나 깜짝하지 않는다. 체인과 아무 관련 없는 것이다. 관련이 있을 리가 없다. 표적은 거의 무작위로 선정되기 때문이다. 그게 바로 체인이 기발한 이유다. 레이철이 전남편 쪽으로 돌아서며 말한다. "마티, 있잖아, 말하려니 너무 창피하네. 내가 어처구니없는 실수를 했어. 미리 전화했어야 했는데. 카일리 지금 집에 없어."

"없다니?"

"두 사람이 괜히 여기까지 운전해서 오게 만들어버렸네. 다 내 잘못이야. 오늘 오기로 한 걸 까맣게 잊고 있었지 뭐야. 오랜만에 강단에 서게 된 데다 지붕까지 망가져서 스트레스가 이만저만이 아니었거든. 게다가 강의안까지 작성하느라, 완전히 깜빡했어."

"카일리 어디 있는데?"

"뉴욕에 갔어."

"뉴욕?" 마티가 어리둥절해하며 되묻는다.

"응, 카일리가 요새 투탕카멘에 관한 과제에 매달리고 있었는데, 마침 메트로폴리탄 박물관에서 소규모 전시회가 열리고 있다는 거야. 카일리가 이번 학기 성적이 아주 좋았거든. 그래서 가서 보고 오라고 했지."

"뉴욕까지?"

"응. 내가 버스 태워 보냈고 엄마가 터미널로 마중 나와서 데리고 갔어. 엄마네 집에서 며칠 머물면서 이집트 구경 마음껏 하고 올 거야."

마티가 이마를 찌푸린다. "지금 11월인데, 어머니 플로리다에 내려가 계시지 않아?"

"아냐, 올해는 날이 포근해서 뉴욕에 좀 더 있을 거래."

"카일리 그럼 언제 돌아와?"

"며칠 뒤에. 엄마랑 같이 공연 보러 갈지도 모르거든. 엄마가 누구 아는 사람한테 〈해밀턴〉 뮤지컬 표를 구할 수 있다나 봐."

"그렇구나, 카일리한테 물어봐야겠어요. 정확히 무슨 요일에 갈 거래요? 내가 문자 보내볼게요." 태미가 말한다.

"카일리 전화번호를 알아요?" 레이철이 식겁해 묻는다.

"그럼요. 우리 인스타그램도 맞팔하는데요. 근데 카일리가 아직 뉴욕 사진은 안 올렸나 봐요."

"아뇨, 그게……."

"어, 이상하네." 태미가 자기 휴대폰을 뚫어져라 보며 말한다. "카일리가 어제부터 인스타그램에 아무것도 안 올렸어요. 보통 하루에 두세 번은 올리는데."

"카일리 괜찮은 거 맞아?" 마티가 걱정스러운 얼굴로 묻는다.

"그럼, 당연히 괜찮지." 레이철이 우긴다. "아마 엄마가 카일리 아이폰 압수했을 거야. 툭하면 고개 푹 숙이고 코딱지만 한 화면만 보지 말고 진짜 세상을 보라면서 뭐라고 하잖아."

마티가 고개를 끄덕인다. "어머니답네. 아니, 근데 우리한테 왜 전화를 안 해줬어? 문자만 보내줘도 됐잖아. 그럼 다들 이렇게 귀찮을 필요도 없고."

레이철은 부아가 치밀어 오른다. 무슨 자격으로 감히 저런 말을 해? 자기 딸이 납치당한 마당에 오거스타에서 골프나 치고 있던 주제에. 암 치료 중인 아내를 버리고 젊은 년 따라가버린 주제에. 정말이지…….

참자.

지금은 싸울 때가 아니다. 잘못을 인정하고 이 상황을 끝내야 한다. "정말 미안해, 마티. 내가 이런 실수를 다 했네. 정신이 나갔나 봐. 말했지만, 스트레스가 너무 심하거든. 새롭게 강의도 시작해야 하는데 지붕까지 말썽을 부리고. 진짜 미안."

레이철이 자책을 하자 마티가 적잖이 놀라는 눈치다. "그래, 알

왔어. 자기야, 괜찮아, 그럴 수도 있지 뭐."

당장 둘을 내보내! 레이철의 머릿속에서 목소리가 호통을 친다.

"저녁 먹고 갈래?" 레이철이 이판사판의 심정으로 묻는다. "여기까지 먼 길 와놓고 그냥 돌아가긴 그렇잖아. 내가⋯⋯." 레이철은 마티가 가장 싫어하는 음식을 떠올려본다. 홍합? 맞아. 마늘 넣은 홍합을 끔찍이 싫어했지. "샐러드는 만들 수 있을 것 같은데. 오늘 수산 시장에 홍합이 정말 괜찮더라고."

마티가 고개를 가로젓는다. "아냐, 됐어. 길 막히기 전에 가려면 지금 가는 게 나아."

"길이 막혀?" 태미가 어리둥절해하며 묻는다. "반대 방향이 막히지 않아?"

"우리 쪽도 막힐 거야." 마티가 우긴다.

"내가 깜빡해서 정말 미안해." 레이철이 다시 한번 사과한다.

마티가 동정 어린 얼굴로 고개를 끄덕거린다. "괜찮아. 그럼 다음 주로 할까?"

"응. 자기가 또 여기까지 안 올라와도 되게 내가 보스턴으로 데려다줄게. 그렇게라도 해야지." 레이철은 과연 카일리가 다음 주 주말까진 돌아올 수 있을까 생각하며 말한다. 카일리만 돌아오면, 무사히 돌아오기만 하면, 다른 건 아무래도 좋다. 마티가 매번 죽어라 빌어먹을 그 수족관에 카일리를 데리고 간대도 상관없다.

"그럴 것까진 없어." 마티가 문을 나서기 전에 레이철을 포옹하며 말한다. 태미도 레이철의 볼에 입을 맞춘다. 잠시 뒤, 마티와 태미는 밖으로 나가 차에 오른다.

피트와 레이철은 문 앞에서 잘 가라며 손을 흔들고는 안으로 들어와 문을 닫는다.

벌써 5시 20분이다. 시간을 너무 많이 허비했다. 양궁 레슨은 6시에 시작하고 토비 던리비는 7시가 되면 걸어서 집으로 향한다.

"그 사람들이 자정까지 2만 5천 달러를 더 보내지 않으면 카일리를 죽이겠대요." 레이철이 공황에 빠지지 않으려 애쓰며 말한다.

"그건 이미 처리 중이에요." 피트는 다크웹의 비트코인 구입 사이트에 회원 가입을 하고 있다.

"뭐 하는 거예요?"

"카드 하나는 한도가 1만 5천 달러고, 다른 하나는 1만 달러니까 문제없어요."

"그 액수를 감당할 만큼 은행에 돈이 있어요?"

"지금 그게 중요한 게 아니잖아요, 안 그래요? 카일리를 집으로 데려오기만 하면 돼요."

레이철은 피트의 목 뒤에 입을 맞추고는 피트가 계좌를 만들어 이체하는 걸 돕는다.

"시계 보고 있어요?" 레이철이 묻는다.

"거의 다 됐어요. 닷지 예열 좀 해놔요. 마스크랑 장갑 챙겼는지 확인하고요."

레이철은 밖으로 달려 나가 닷지에 오른 다음 열쇠를 꽂아 시동을 건다.

현재 시각 5시 55분.

"다 됐어요." 레이철이 다시 집으로 들어오자 피트가 말한다. 피트는 헬렌 던리비의 페이스북을 살핀다. "헬렌은 지금 양궁 클럽에 가는 중이에요. 우리도 가는 게 좋겠어요. 총은 내가 챙길게요."

"이 아이가 다치는 일이 없으면 좋겠어요."

"누굴 다치게 할 일은 없겠지만, 혹시 나타날지 모르는 착한 사마리아인을 겁 줘서 쫓아버리려면 허공에 대고 한 발 발사해야 할지도 몰라요. 나한테 총성이 어마어마하게 큰 콜트 45구경이 있는데 그거면 될 거예요." 피트가 레이철을 안심시킨다.

레이철은 고개를 끄덕이며 방금 자기가 한 말을 떠올린다. 이 아이가 다치는 일이 없으면 좋겠어요. 이 아이한테는 이름이 있다. 이 아이는 토비다. 토비 던리비. 하지만 그냥 이 아이로 생각하는 편이 마음 편할 것이다. 추상적인 대상. 특정한 인간이 아닌. 인간의 아이도 아닌. 이 아이한테 위협을 가해야 할지도 모른다. 그리고 그 위협을 실행에 옮겨야 할지도 모른다.

레이철이 몸서리를 친다. 피트가 그런 그녀를 응시한다.

"괜찮아요. 어서 가요." 레이철이 말한다.

두 사람은 닷지에 올라타고 베벌리를 향해 1번 국도를 달린다. 평소보다 통행량이 많지만 걱정되진 않는다. 25분밖에 안 걸리는 거리인 데다 양궁 레슨은 한 시간 뒤에야 끝난다.

피트가 레이철의 손을 꼭 쥐며 말한다. "혹시 마티가 어머니한테 전화해서 카일리를 바꿔달라고 할지도 모르니까 어머니한테 전화해서 말을 맞춰놓는 게 좋겠어요."

"좋은 생각이에요." 레이철이 곧바로 플로리다에 있는 엄마한테 전화를 건다.

"이제 막 브리지 시작하려던 참인데, 무슨 일이니?" 엄마가 전화를 받고는 묻는다.

"엄마, 있잖아, 내가 방금 마티한테 카일리가 뉴욕 엄마네서 자고 올 거라고 말했거든."

"뭐라고? 왜?"

"카일리가 제 아빠랑 보내는 주말이어서 마티가 데리러 왔는데, 카일리가 아빠 새 여자 친구 너무 싫다고 아빠네 집에 가기 싫다잖아. 나도 어찌해야 할지 너무 당황돼서 카일리 뉴욕 갔다고, 할머니네서 며칠 있을 거라고 말해버렸어."

"그런데 난 지금 플로리다에 있는데."

"그건 나도 알아. 어쨌든 혹시라도 마티가 전화하면 엄마 지금 브룩클린에 카일리랑 같이 있다고 말해줘야 해."

"나는 카일리랑 뉴욕에서 뭐 할 건데?"

"카일리가 메트로폴리탄 박물관에서 열리는 이집트 전시회 보고 싶어 해."

"카일리가 좋아할 만한 전시네."

"그리고 티켓이 생겨서 〈해밀턴〉도 보러 갈 거고."

"아니 어떻게 티켓이 생겼다니?"

"나도 몰라, 엄마가 아는 아줌마가 안 간다면서 줬나 보지."

엄마가 곰곰이 생각을 하느라 한동안 침묵이 이어진다. "너 때문에 나까지 거짓말을 해야 하는 거야? 이제 전 사위가 전화하면 나는 꼼짝없이 〈해밀턴〉을 본 척해야 하는 거네. 뭐라고 말해야 하지?"

"엄마가 임기응변을 좀 발휘하면 안 돼? 아 참, 엄마가 카일리 휴대폰 압수한 거야." 레이철이 톡 쏘아붙이는데 차창 밖으로 '다음 출구, 베벌리'라고 적힌 이정표가 보인다.

"내가 왜 열세 살짜리 손녀 휴대폰을 빼앗는단 말이야?"

"왜냐하면 카일리가 기껏 뉴욕까지 와서는 내내 그 조그만 화면에 얼굴 파묻고 있는 게 꼴 보기 싫어서."

"그래, 듣고 보니 말 되네." 엄마가 수긍한다.

"알았지, 엄마? 고마워, 엄마 덕분에 살았어. 이제 끊을게." 레이철은 인사를 하면서 베벌리로 들어선다.

"건강 잘 챙기고. 난 네가 걱정이야."

"난 괜찮아, 아주 잘 지내."

레이철이 전화를 끊는다. 밖에는 부슬비가 내리고 바다 쪽에서 쌀쌀한 바람이 불어오고 있다. "날씨가 불길한데요. 헬렌이 마음을 바꿔서 토비를 태우러 올지도 모르니까, 확인해보는 게 좋겠어요." 피트가 말한다.

페이스북에는 아무것도 올라오지 않았지만, 서재 컴퓨터에 심어 놓은 웜을 이용하자 헬렌이 언니에게 문자를 작성 중인 게 보인다. 지금 남편과 함께 언니가 추천해준 영화 〈아토믹 블론드〉를 보는 중이라는 내용이다.

피트와 레이철에게 기회가 생긴 것이다.

두 사람은 6시 30분에 리버뷰 스트리트에 주차를 한다. 하지만 어찌된 일인지 아이들과 어른들이 이미 올드 커스텀즈 홀에서 속속 나오고 있다.

"이게 무슨 상황이죠? 저 애들은 누구고? 젠장, 양궁 클럽 애들 같아요!" 피트가 다급하게 외친다.

"활하고 이것저것 매고 있네요. **쟤들** 맞아요! 세상에, 벌써 일이 틀어졌잖아요!" 레이철이 다급하게 말한다.

"가요! 우리가 계획했던 경로 따라서 달려요!"

피트의 말에 레이철이 기어를 넣는다. "출발할게요."

"이해가 안 되네요. 7시에 나오기로 되어 있잖아요. 왜 이렇게 일찍 나온 걸까요? 30분이나 일찍 나오다니, 말도 안 돼요!"

"어떡하죠, 어떡해요." 레이철이 몇 번이고 중얼거린다.

"괜찮아요." 피트가 침착하게 말한다. "이제 막 나오기 시작한 거니까 괜찮을 거예요."

레이철은 황급히 리버뷰 스트리트로 차를 몬다. 스탠도어 스트리트에 들어서자 도로에서 90미터 정도 떨어진 곳에 파카를 입고 체육관 가방을 들고 있는 아이가 보인다. 가방에서 비죽 튀어나온 것은 아무래도 합성궁인 듯하다. 아이는 파카에 달린 모자를 쓰고 던리비네 집 방향으로 걸어가고 있다.

"저 애가 그 아이예요?" 레이철이 묻는다.

"잘 모르겠지만, 가방에서 튀어나온 게 활 끝부분인 건 확실해 보여요. 그리고 지금 도로 양쪽에 아무도 없어요. 지금 해야 해요."

"스키 마스크 써요." 걷잡을 수 없이 두려운 마음을 들키지 않도록 안간힘을 쓰며 레이철이 말한다.

"해안 쪽도 아무도 없어요." 피트가 말한다. 두 사람은 나무나 어둠 뒤에 숨을 필요가 전혀 없다. 비가 잠재적 목격자를 모두 막아준 덕분이다. 레이철은 와이퍼를 켜고 전조등을 끈 채 차를 몰아 아이 옆에 정차한다.

"주변에 아무도 없어요." 피트가 도로 양쪽을 훑으며 말한다.

"그럼 지금 해요!"

피트가 콜트 45구경을 쥐고 조수석에서 뛰어내린다. 레이철은 피트가 아이한테 말 거는 모습을 본다. 피트가 레이철을 향해 고개를 가로저어 보인다.

뭔가 잘못되었다. 피트가 아이 없이 차로 돌아온다.

젠장, 대체 어떻게 된 일이람?

"왜 그래요?" 레이철이 따지듯 묻는다.

"여자애예요."

레이철이 스키 마스크를 뒤집어 쓰고는 차에서 내린다. 아니나 다를까, 여덟아홉 살 정도 되어 보이고 체구가 왜소한 갈색머리 여자아이다. 아이는 자기 몸집에 비해 지나치게 큰 가방을 들고 있다.

"너도 방금 양궁 클럽에서 나왔니?" 레이철이 아이에게 묻는다.

"네." 아이가 대답한다.

"오늘은 왜 이렇게 일찍 끝난 거야?" 피트가 묻는다.

"난방이 고장 나서 집에 가래요. 아줌마랑 아저씨는 얼굴에 왜 그런 걸 쓰고 있어요?"

"이름이 뭐니?" 레이철이 묻는다.

"어밀리아 던리비요."

"오빠는 어디 있니? 토비 말이야."

"오빠는 리엄 오빠네 갔어요. 오빠가 나보고 자기 가방 가지고 가랬어요."

"이제 어떻게 하죠?" 피트가 레이철한테 묻는다.

"이 애를 데려가요." 레이철이 비장하게 말한다.

"계획이랑 다르잖아요."

"이제 이게 계획이에요." 이 짓을 또다시 할 수는 없을 게 뻔하다. 게다가 오늘 이 일을 해내지 못하면, 카일리는 죽을 것이다.

"이리 와, 어밀리아. 아저씨랑 아줌마가 집까지 태워줄게."

피트가 아이를 차에 태우고 안전벨트를 매준 다음 옆에 앉아 문을 잠근다. 레이철은 유턴을 해 1A번 국도 쪽으로 차를 몬다.

"정말 이대로 가요? 이 아이 알레르기는 어쩌고요?" 피트가 묻는다.

"우리가 처리하는 거예요. 땅콩이든 땅콩 제품이든. 에피펜 주사기를 구해서…… 제기랄!" 레이철이 소리를 치며 대시보드를 주먹으로 내리친다.

"그런 말은 쓰면 안 된댔어요." 어밀리아가 말한다.

"네 말이 맞아. 미안해. 그나저나 너 몇 살이니?"

"여덟 살이에요. 12월에 아홉 살 돼요."

"요즘 같은 시대에 누가 여덟 살짜리를 저녁에 혼자 돌아다니게 내버려두는 거야? 그것도 빗속에? 대체 뭐 하는 인간이야?" 레이철이 중얼거린다.

"원래는 오빠랑 같이 집에 가기로 했어요. 저는 양궁 배우러 오늘 처음 갔어요. 저도 이제 주니어용 활을 쏠 수 있거든요. 오빠가 원래는 집에 가야 되는데 오늘 일찍 끝났다고 리엄 오빠네 갔어요."

"오빠가 너한테 혼자 집에 걸어가랬어?"

"오빠가 나도 이제 다 컸대요. 자기 가방도 들고 가랬어요."

"그래, 넌 아줌마랑 아저씨랑 가면 돼. 엄마가 괜찮다고 했어. 이제 모험을 떠나는 거야." 레이철이 아이에게 말한다.

백미러로 어밀리아가 도리질을 하는 게 보인다. "아줌마 아저씨랑 가기 싫어요. 집에 갈래요."

"집에는 못 가. 넌 우리랑 가야 돼." 레이철이 단단히 이른다.

"집에 갈래요!" 어밀리아가 울음을 터뜨린다.

어밀리아가 몸부림치며 안전벨트를 잡아당기기 시작하자 레이철은 갑자기 욕지기가 치민다.

"집에 갈래요!" 어밀리아가 큰 소리로 떼를 쓰자 피트가 솥뚜껑 같은 손으로 발버둥치는 작은 아이를 꼭 잡는다.

시내를 벗어난 뒤, 레이철은 1A번 국도 어디쯤, 베벌리와 웨넘 사이의 외진 늪지대 숲에 닷지를 끼익 세운다. 그러고는 차에서 내려 스키 마스크를 벗고 토하기 시작한다.

침을 뱉고 또다시 토한다. 입 안은 얼얼하고 목구멍이 화끈거린다. 눈물이 양 볼 위로 줄줄 흘러내린다.

더 이상 아무것도 나오는 게 없을 때까지 계속 토한다.

피트가 차문을 열고 어밀리아의 신발과 체육관 가방을 차 밖으로 던진다. "이것들은 늪 속에 가라앉히는 게 좋겠어요. 혹시라도 위치 추적기가 달려 있을지도 모르니까, 만일을 대비해서요."

레이철이 신발을 체육관 가방 속에 넣고 지퍼를 조금 열어놓은 채 늪지에 던지지만, 가방은 가라앉지 않고 늪 위에 떠 있다. 영화 〈사이코〉에서 노먼 베이츠가 차를 가라앉혔던 것 같은 장면을 연출할 시간 따위는 없기에, 레이철은 늪 가로 힘겹게 걸어가 그 빌어먹을 물건을 발로 눌러 가라앉힌다. 그러고는 스키 마스크를 다시 뒤집어쓴다.

"내가 운전할까요?" 레이철이 닷지에 다시 오르자 피트가 묻는다. 레이철은 고개를 가로젓고는 어밀리아를 돌아본다. 아이의 작은 얼굴에 눈물이 줄줄 흘러내리고 있다. 둥그렇게 뜬 눈을 보니 겁을 먹은 게 분명하다.

"괜찮을 거야, 애야. 아줌마랑 아저씨가 며칠만 데리고 있을 거야. 지금 이건 게임이야. 엄마랑 아빠도 다 알고 계셔."

"엄마랑 아빠도 같이 하는 거예요?" 어밀리아가 놀란 얼굴을 하고 묻는다.

"그럼. 같이 하지. 그러니까 괜찮을 거야. 아줌마가 약속할게." 아이를 달랜 후 레이철은 기어를 넣고 다시 차를 출발시킨다.

"있지, 이제부턴 이 눈가리개를 써야 해. 이것도 게임이야." 피트가 말한다.

"장님 놀이처럼요?"

"그렇지, 바로 그거야."

"전에 한 번 해봤어요."

아이가 눈가리개를 하자, 피트와 레이철은 스키 마스크를 벗는다.

뉴버리 외곽에 막 들어서는데 백미러에 주 경찰차가 보인다. "경찰이에요." 레이철이 침착하게 말한다.

피트가 뒤를 돌아본다. "우린 잘못한 게 하나도 없으니 그냥 쭉 가요. 과속하지 말고, 그렇다고 너무 천천히 몰지도 말고요."

"나도 알아요." 레이철이 발끈하며 말한다. "그래도 총은 줘봐요. 만에 하나 경찰이 우리를 세우면, 말로 빠져나가는 건 도저히 불가능할 테니까."

"레이철……"

"총이나 내놔요!"

피트가 45구경 권총을 건네자 레이철이 총을 받아 무릎 위에 놓는다. "어떻게 쏘는지는 알아요?" 피트가 묻는다.

"알아요. 정차하라고 하면 어떻게 해야 할지, 우리 지금 합의된 거죠?"

"그래요." 피트가 대답한 후 숨을 죽인다.

27
금요일 오후 6시 57분

경찰은 닷지 뒤를 30초 정도 바짝 따라 달리다가 천천히 옆으로 와 나란히 서더니 추월 구간에서 쌩 하고 지나간다.

당연하다.

레이철은 아무것도 잘못한 게 없으니까.

레이철은 곧장 아펜젤러 부부네 집으로 향한다.

어밀리아는 어리둥절하거나 겁을 먹었거나 둘 중 하나다. 하지만 어느 쪽이든 상관없다. 어쨌거나 고분고분하게 굴어주니 그거면 됐다. "안으로 데리고 들어가요. 나는 전화 걸게요." 레이철이 피트에게 말한다.

거리에 사람이 없는 틈을 타, 피트는 어밀리아를 닷지에서 데리고 나와 지하실로 내려간다.

레이철은 운전석에 그대로 남아 휴대폰으로 위커 앱을 열어 메시지를 보낸다. 다 됐어요.

뭐가? 답장이 온다.

어밀리아 던리비를 납치했다고요. 지금 데리고 있어요.

레이철의 휴대폰이 울린다. "잘했어, 아주 잘했어." 변조된 목소리가 말한다. "내가 지금 그 가족한테 전화할 테니. 너는 잠시 후에 전화해서 10만 달러를 요구하도록 해. 같은 계좌에 비트코인으로."

"10만 달러라뇨! 그건 좀……."

"그 집안 예금 계좌에 있는 돈의 절반밖에 안 되는 액수야. 그 정도는 쉽게 낼 수 있단 얘기지. 돈이 중요한 게 아니라고, 레이철."

"알아요, 중요한 건 체인이란 거."

"바로 그거야. 내가 지금 그 집에 전화해서 펜하고 종이 준비하라고 할 거야. 5분 뒤에 선불폰으로 그 집에 전화를 걸어. 전화기 옆에 붙어서 네 전화를 기다리고 있을 테니까."

전화가 끊긴다.

레이철이 선불폰으로 피트에게 전화를 건다.

"여보세요?" 피트가 받는다.

"잘되고 있어요?"

"애가 무서워 죽으려고 해요. 겁먹은 거죠. 우리가 엄마 아빠 친구라고 말하고 있었어요. 믿는 것 같기도 하고 안 믿는 것 같기도 하지만."

"안전하게 잘 지켜요. 애가 정신 나가지 않게요. 얼마나 예민한 아이인지는 모르겠지만 매사에 조심해야 해요. 영화에 흔히 나오는 멍청한 베이비시터는 되지 말자고요."

"그럴 일은 없을 거예요."

"아이한테 뭘 줄 땐 매번 영양성분 표를 꼼꼼히 읽어야 해요. 에 피펜도 구해놔야 할 거예요."

"그래요. 그건 내가 알아볼게요. 아마 이베이에서 구할 수 있을 거예요. 가족한테 전화는 했어요?"

"이제 하려고요."

"지금 전화 말고 다른 전화로 걸어요. 차 몰고 이 집에서 좀 떨어 진 곳으로 가서요."

"좋은 생각이네요. 그럴게요."

레이철은 서둘러 바닷가 주차장으로 차를 몰아 간 뒤, 던리비네 집 전화번호를 누른다. "여보세요?" 여자가 걱정스러운 목소리로 전화를 받는다.

"내가 당신 딸 어밀리아를 데려왔어요. 납치했다고요. 경찰에 신 고하면 안 돼요. 경찰이나 법 관련 기관에 연락하면 내가 당신 딸을 죽일 거예요. 알아들었어요?"

헬렌이 비명을 지른다.

레이철은 헬렌이 진정하지 않으면 딸아이의 머리에 총알을 박을 거라는 말로 그녀를 진정시킨다.

대화는 10분 정도 진행된다.

모든 게 끝난 후, 레이철은 차에서 나와 다시 한번 더 이상 아무 것도 나오지 않을 때까지 토한다.

해안으로 밀려와 부서지는 시커먼 바닷물을 빤히 바라본다.

모랫바닥에 앉는 순간 차갑고 세찬 비가 쏟아지기 시작한다.

머리가 아프다. 머리가 터져버릴 것처럼 너무 아프다.

5분 정도 더 앉아 있다가 일어나 선불폰을 짓밟은 후 부서진 폰을 바다로 힘껏 던진다. 고개를 뒤로 젖혀 얼굴에 쏟아지는 빗물을 맞으며 자신의 죄를 씻어달라고 애원한다. 하지만 소용없다.

또 다른 선불폰으로 피트에게 전화를 건다. "다 됐어요. 그쪽은 아무 문제 없어요?"

"별로 좋진 않아요. 아이한테 수갑을 채워서 사슬로 기둥에 묶어 놨어요. 크게 신경 쓰지는 않더라고요. 비명을 지른다든지 난리를 피우지는 않는데, 울면서 엄마만 찾네요. 그리고 자기는 부 아저씨가 꼭 있어야 한대요. 아마 곰 인형이겠죠. 여기 다른 인형도 있는데 부 아저씨만 찾아요."

"알았어요."

레이철은 차를 몰고 집으로 가서 카일리 방으로 올라간다. 카일리의 핑크색 토끼 인형 마시멜로를 찾는다. 카일리는 마시멜로도 고양이도 없이 어떻게 잠을 이룰 수 있을까?

레이철은 마시멜로를 챙기고 후드 점퍼를 걸친 뒤 빗속을 뚫고 아펜젤러 부부 집까지 달린다.

뒷문을 조용히 두드리자 피트가 문을 열어준다. 피트는 긴장한 얼굴로 통화 중이다.

"왜 그래요?" 레이철이 소곤소곤 묻는다.

"아멕스 카드사에서 본인이 사용한 내역이 맞는지 묻는 전화예요." 피트가 수화기를 손으로 가리고 말한다.

"비자도 나한테 확인 전화 했어요. 그 돈이 오늘 밤에 결제되지 않으면 그 사람들이 카일리를 죽일 거예요."

"나도 알아요. 내가 잘 처리할게요." 피트가 대답한다. 피트도 몰골이 말이 아니다. 초조해하며 땀을 비 오듯 흘리고 금방이라도 눈이 튀어나올 기세다.

"괜찮아요?"

"그럼요, 난 괜찮아요. 내가 알아서 할게요."

레이철은 스키 마스크를 쓰고 지하실로 내려간다.

어밀리아는 녹초가 되어 있다. 울다가 몸부림치다가 또 울다가 지쳐서 그저 자고 싶을 텐데 부 아저씨가 없으니 잠을 이루지 못하는 것이리라. 아이는 매트리스에 펼쳐둔 침낭 위에 앉아 있고 주변에는 레고와 이런저런 게임과 엉뚱한 인형이 빙 둘러 놓여 있다.

레이철은 아이 곁에 앉는다. "네가 얼마나 무서울지 아줌마도 알지만 겁내지 않아도 돼. 넌 안전해, 아줌마가 약속할게. 아줌마가 너한테 아무 일도 안 일어나게 할 거야."

"엄마 보고 싶어요." 어밀리아가 애원한다.

"알아. 엄마한테 금방 다시 데려다줄 거야. 있잖아, 아줌마도 부 아저씨 얘기 들었거든. 부 아저씨는 없지만 아줌마 딸이 같이 놀던 특별한 친구가 있어. 아줌마 딸이 태어난 후부터 지금까지 쭉 함께 지낸 친구야. 아주 아주 특별한 친구지. 그 친구 안에는 13년 동안 받은 사랑이 몽땅 들어 있거든."

어밀리아가 미심쩍은 눈초리로 마시멜로를 바라본다. "난 부 아저씨가 좋아요."

"부 아저씨는 없지만 마시멜로는 있어. 마시멜로는 부 아저씨랑 친구야."

"정말요?"

"그럼, 둘이 얼마나 친한데." 레이철이 마시멜로를 건네자 어밀리아가 머뭇거리다 인형을 받는다.

"아줌마가 이야기 하나 해줄까?"

"이야기 좋아요."

"너 우유랑 쿠키 좋아하니?"

"네."

"여기서 기다리고 있으면 아줌마가 어떻게 한번 해볼게."

레이철은 위층으로 올라간다. 피트는 포치에 서서 결제를 진행해달라고 아메리칸 익스프레스를 계속 설득 중이다. 피트가 카드사 설득에 실패하면, 어떤 미친 여자가 레이철의 딸을 두 시간 안에 죽일 것이다.

레이철이 부엌문을 톡톡 두드리자 피트가 뒤돌아본다. "카드사에서 뭐라고 해요?"

"아직 얘기 중이에요."

레이철은 로나 둔 쿠키 라벨을 읽은 후 신중을 기하기 위해 성분을 구글로 검색해본다. 쿠키에 견과류는 없다. 그래서 우유와 로나 둔 쿠키를 가지고 아래층으로 내려간다.

레이철이 골디락스와 곰 세 마리 이야기를 들려주자 어밀리아가 좋아한다. 어밀리아가 이미 알고 있는 이야기이기 때문이다.

계속해서 헨젤과 그레텔 이야기도 들려주었는데 어밀리아는 그 이야기도 알고 있다.

위험한 숲속에서 살아남은 어린아이들 이야기.

불쌍한 어밀리아. 오래전 다른 어밀리아(여성 최초로 대서양을 횡단 비행하고 세계일주 비행에 도전했다가 행방불명된 미국 비행사―옮긴이)처럼 사라지다니.

어밀리아는 착한 아이다. 똑똑하기도 하다. 레이철은 이 아이가 귀엽다. 어떻게 귀여워하지 않을 수 있겠는가? 어떻게 이 아이를 해칠 수 있겠는가?

30분 후, 피트가 지하실 계단 위에 모습을 나타내더니 레이철에게 엄지손가락을 들어 보인다.

"결제 진행됐어요?"

"됐어요."

"오, 하느님 감사합니다."

"어밀리아는 좀 어때요?"

"내려와서 봐요."

"자고 있네요. 어떻게 재웠어요?" 피트가 지하실 계단을 내려와 소곤소곤 묻는다.

"우유하고 쿠키, 그리고 마시멜로 덕이 컸죠."

"무슨 쿠키요?"

"로나 둔이에요. 그 쿠키는 괜찮아요. 내가 확인했어요."

"에피펜은 배송 중이에요. 이베이에서 주문했거든요."

"배송지 여기로 했어요?"

"아뇨. 뉴버리에 있는 이베이 무인 안심 택배함으로 갈 거예요."

"다행이에요."

"오늘 밤은 내가 여기 있을게요. 레이철은 집에 가요, 너무 피곤해 보여요."

"나도 있어야죠."

"아니에요, 집에 가요. 제발요, 내가 부탁할게요."

레이철은 피트와 티격태격하고 싶지 않다. 그러기엔 너무 피곤하다. 케이오 패를 당한 기분이다. 선불폰 가운데 하나로 어밀리아 사진을 찍는다. "그 사람들한테 보낼 거예요."

"가서 좀 자요, 레이철."

"난 안 피곤해요." 레이철이 고집을 부린다.

피트가 땀을 흘리며 팔을 긁는다. 멍해 보이고 안색도 좋지 않다. "피트야말로 괜찮은 거예요?"

"나요? 난 더할 나위 없이 좋죠. 얼른 집에 가요, 난 괜찮으니까."

레이철이 고개를 끄덕여 보이고 지하실 계단을 오른다. 이어 포치 계단을 내려가 해변을 따라 집으로 향한다.

얼어붙을 듯 차가운 비가 내려서 오히려 기쁘다. 그녀는 이런 불편과 불행, 고통을 당해도 싸니까. 집 앞에 서서 새로운 선불폰으로 던리비네 집에 전화를 건다.

"여보세요?" 헬렌이 두려움에 숨이 넘어갈 듯 헐떡이며 전화를 받는다.

"몸값하고 표적을 해결하시는 게 좋을 거예요. 어밀리아 사진 보낼게요. 지금 잘 자고 있어요."

"아이하고 통화하게 해주세요!"

"지금 자고 있어요. 사진 보낼게요."

사진 전송이 완료되자, 레이철은 폰을 부수고 집으로 들어간다.

커피를 한 잔 끓인 다음 미러링된 던리비네 집 컴퓨터로 그들 가족의 활동을 모니터링하기 시작한다. 경찰한테 보낸 이메일이나 문자는 없다.

자정에 레이철의 아이폰이 울린다. "여보세요?"

"레이철?" 목소리가 속삭인다.

"맞는데요."

"원래 전화하면 안 되지만 우리 아들이 한 시간 전에 풀려났다는 걸 알려주고 싶어서요. 지금 우리랑 함께 있어요!"

"아들이 돌아왔어요?"

"네. 믿기지 않네요! 너무 기뻐요. 무사히 집으로 돌아와서 지금 같이 있어요. 희망을 갖기조차 무서웠는데…… 이렇게 돌아왔네요."

"하지만…… 그럼…… 우리 카일리를 지금 풀어줄 방법이 없을까요?"

"안 돼요. 안 된다는 거 당신도 알잖아요. 체인이 이어져야 하니까요. 이 과정을 믿어야 해요. 내가 체인을 깨면, 역풍을 맞을 거예요. 나도 위험해지고, 우리 아들도 위험해지고, 당신하고 카일리도 위험해질 거예요."

"그 사람들이 허풍을 치고 있는 게 아니라면요."

"허풍을 칠 사람들이 아니에요. 모든 게 다 잘못돼서 우리가 서로를 죽이기 시작하면, 그 사람 굉장히 즐거워할걸요. 윌리엄스 가족이 무슨 일을 당했는지 당신도 봤잖아요."

"그렇죠."

"그 사람들이 말해줬는데, 오래전에 한 번 누군가 배반을 한 적이 있대요. 그 체인 앞으로 일곱 개까지 응징을 해서야 사태가 정리됐다더군요."

"젠장!"

"하지만 당신이 카일리를 되찾기까지 한 걸음 더 가까워졌다는 사실을 알려주고 싶었어요. 이제 곧 끝날 거예요, 정말이에요."

"오, 하느님, 정말 그러면 좋겠네요."

"그렇게 될 거예요."

"어떻게 한 거예요? 어떻게 다 이겨냈어요? 어떻게 힘을 냈어요?"

"나도 모르겠어요. 아마 카일리랑 다시 함께 있게 될 순간만 떠올리면 될 거예요. 당신의 일거수일투족, 당신이 내리는 선택 하나하나가 그 목적을 위한 수단이에요, 알겠어요?"

"네."

"우리가 카일리를 납치할 때 사고가 있었어요. 아주 끔찍한 사고였죠. 카일리한테 일어난 건 아니에요, 그 애는 무사해요. 아무튼 내가 아주 끔찍한 짓을 저질러야만 했는데, 예전의 나였다면 그런 짓을 저질렀다는 사실에 굉장히 괴로웠을 거예요. 그런데 지금 내 심정이 어떤 줄 알아요? 아무 느낌도 없어요. 안도감밖에는. 난 내가 해야 할 일을 했을 뿐이고 내 아들을 돌려받았으니까, 그거면 된 거죠."

"나도 알 것 같아요."

"조금만 더 버텨봐요."

"그럴게요."

28
토요일 오전 12시 7분

마이크 던리비는 욕실 바닥에 태아처럼 몸을 웅크리고 누운 채 흐느껴 울고 있는 아내를 본다. 마이크도 아내 옆에 누워 같이 울기 시작한다.

총은 옆에 내려놓는다. 지금으로서는 장전된 총을 들고 집 주위를 돌아다닐 이유가 없다.

총을 쓸 데가 없다. 죽일 사람이 없으니.

"토비는 어때?" 헬렌이 눈물을 줄줄 흘리며 묻는다.

"잠들었어. 토비한테는 어밀리아가 친구네 집에서 며칠 있다가 올 거라고 했어."

"토비가 믿어?"

"관심 없더라. 그냥 자기 활이 어디 있는지만 알고 싶어 하더라고. 활은 잘 있다고 말해줬어."

"하느님한테 도와달라고 기도를 해도 괜찮은 걸까?"

"우리, 이 일 하는 거야?"

"해야지."

"꼭 할 필요는 없어. 경찰에 신고하면 되잖아."

"우리가 경찰한테 가면 그 사람들이 어밀리아를 죽일 거야. 어밀리아를 데리고 있는 여자는 괴물이라고. 목소리로 알 수 있었어. 우린 미국에서 가장 형편없는 부모야. 자기 차 앞좌석에서 약물 하는 그런 사람들 있지? 우린 그런 사람들보다 더 멍청해."

헬렌이 또다시 흐느끼기 시작한다. 아주 잘하는군, 죽을 것처럼 숨넘어가게 질질 짜기나 하고. 마이크는 욕실 창문을 통해 들어오는 희미한 불빛 속에서 헬렌의 얼굴을 본다.

헬렌은 부서질 듯 나약해 보인다. 완전히 어찌할 바를 모르는 듯하다. 마이크로서도 뭐라고 해줄 말이 없다.

"부 아저씨도 없는데 어밀리아가 어떻게 잘 수 있을까?" 헬렌이 묻는다.

"나도 모르지."

"우린 어밀리아를 되찾을 거야, 그렇지? 우리 딸 되찾을 거라고 말해줘." 헬렌이 애원한다.

"우리 딸 되찾을 거야. 무슨 짓을 해서라도. 그 쓰레기 같은 놈들을 모조리 죽여서라도 우리 딸 되찾을 거야."

29
토요일 오전 5시 38분

밖은 아직 어둡지만 아마 동쪽은 여기보단 조금 밝을 것이다. 카일리는 잠을 잘 수가 없다. 간신히 스패너를 손에 넣은 뒤로 한숨도 못 잤다.

밤새 아드레날린이 솟구쳐서 잠을 자는 게 불가능했다. 이걸로 딱 한 번의 기회가 생겼고, 그 기회를 받아들일 참이다.

계획은 간단하다. 최고의 계획은 하나같이 모두 간단하다. 그렇지 않은가?

배에 타서, 고래를 찾은 다음 고래를 죽여라.

배에 타서, 상어를 찾은 다음 상어를 죽여라.

아저씨나 아줌마가 시리얼과 오렌지 주스를 챙긴 쟁반을 들고 저 계단을 내려올 것이다. 아저씨가 됐든 아줌마가 됐든 쟁반을 내려 놓으려면 허리를 숙일 것이다. 그런 다음 시리얼과 오렌지 주스를 쟁반에서 내려놓을 것이다.

　바로 그때 카일리는 스패너로 아저씨나 아줌마를 치려고 한다.

　정수리를 겨냥해서 최대한 세게. 두 손으로 가격하면 아저씨나 아줌마는 의식을 잃을 것이다.

　누가 됐든 바닥에 쓰러져 일어나지 못하게 될 것이다. 카일리한 테 운이 따라준다면, 그 사람한테 수갑 열쇠가 있을 것이다. 카일리는 수갑을 풀고 계단을 뛰어 올라가 가장 가까운 도로로 향할 것이다. 만약 수갑 열쇠가 없으면, 총이 개입될 것이다. 총이 결정적인 부분이다. 어김없이, 여기 내려올 때마다 매번, 아줌마와 아저씨는 무기를 소지하고 있었다.

　열쇠가 없으면, 카일리는 총을 빼앗고 아저씨나 아줌마가 깨어날 때까지 기다렸다가 머리를 겨눈 채 나머지 한 사람을 부르게 해서 말할 것이다. 수갑 열쇠를 주지 않으면 쏘겠다고.

　카일리가 진짜 쏠 거라고 믿지 않을 경우, 카일리는 누가 됐든 어느 한 사람 무릎에 총을 쏠 것이다. 피트 삼촌하고 사냥하러 숲에 몇 번 간 적이 있기 때문에, 리볼버를 어떻게 쏘는지 알고 있다. 안전장치를 풀고, 약실을 확인한 다음 방아쇠를 당기면 된다. 그러면 나머지 한 명이 열쇠를 가져다줄 것이다. 하지만 둘 중 어느 한쪽이 거부하면, 카일리는 모종의 거래를 할 것이다. 집에 가서 엄마를 만나도 어디에 갇혀 있었는지 기억이 안 난다고 얘기하겠다고. 하루 내내 기억을 못 할 것이라고. 그러면 아줌마 아저씨한테 24시간이 생기니까 그동안 해외로 도피하면 될 것이라고.

　카일리는 이 계획이 너무 뿌듯하다. 논리적이고 합리적이라서 성공하지 않을 이유가 전혀 없다. 가장 어려운 부분이 첫 단계일 텐데, 그건 순식간에 끝날 것이다. 넌 할 수 있어, 카일리. 넌 정말 할 수 있다고. 카일리는 스스로에게 되뇐다. 하지만 현실은 침낭 안에서 두려움에 벌벌 떨고 있다.

벌벌 떤다는 말은 딱 맞는 어휘는 아니다. 경련이라는 말이 더 어울릴 것이다. 하지만 용기는 집안 내력이다. 카일리는 모든 항암 치료를 겪어낸 엄마를 생각한다. 할아버지가 제자와 눈이 맞아 도망친 후에도 교수 사택에서 계속 지낼 수 있도록 몇 년 동안이나 뉴욕 대학에 맞서 싸운 할머니를 생각한다. 가족들을 어르고 달래 당나귀 수레에 태우고는 후퇴 중인 구소련 적군(赤軍)을 따라 동쪽으로 가서, 타슈켄트라는 낯선 돔의 도시로 가는 수송 열차에 태운 억척스러운 소녀였던 증조할머니를 생각한다. 가족들은 땡전 한 푼 없는 추방자로 4년을 그곳에서 보내다가 1945년 독일이 패망한 뒤, 벨라루스에 있는 유대인촌으로 돌아갔다. 가서 보니 거기 남았던 사람들은 누구 할 거 없이 다 독일군한테 살해당하고 없었다. 증조할머니의 용기가 없었다면, 카일리는 지금 이 세상에 존재하지도 못했을 것이다.

그게 바로 지금 카일리한테 필요한 것이다. 증조할머니와 엄마와 할머니가 발휘했던 용기와 결단력. 그 옛날부터 지금까지 모든 여성들이 발휘했던 용기와 결단력. 카일리는 스패너를 다시 한번 자세히 살핀다. 묵직하다. 길이는 20센티미터 정도. 누군가 보일러를 고치고 나서 그곳에 놔뒀을 것이다. 이 집 주인보다는 수리공일 공산이 더 크다. 아줌마 아저씨는 보일러 수리공처럼 보이진 않는다. 이 정도 크기의 스패너라면 사슬을 끊는 데 도움이 되진 않더라도 누군가의 머리를 깨는데는 충분할지 모른다.

두고 보면 곧 알게 될 것이다.

30
토요일 오전 6시 11분

레이철은 앰버 경보(미성년자가 실종 및 유괴된 것으로 추정되면 48시간 동안 집중 수색을 하는 조치—옮긴이)와 경찰 신고와 실종 아동 관련 속보가 없는지 살피는 한편, 던리비네 컴퓨터도 미러링을 통해 계속 주시하고 있다.

자정이 지난 새벽. 로버트 로웰의 「스컹크의 시간」. 너무 늦은 시간. 너무 피곤한 시간.

잠들지 말자, 잠들지 말자, 잠들지 말자……

레이철은 아주 짧은 순간 눈을 감는다.

텅 빈 느낌.

햇빛.

새소리.

젠장.

오늘이 무슨 요일이지?

한 시간 한 시간이 1년 같고, 하루하루가 10년 같다. 이 빌어먹을 악몽을 대체 몇 천 년이나 꾸고 있는 걸까?

또 아침이 밝았다. 또 두려워 가슴이 벌렁거리고, 또 공포감에 속이 뒤틀리는 아침. 무언가 혹은 누군가 때문에 자식이 위험에 처하는 일을 당해봐야 비로소 공포를 경험했다고 말할 수 있는 것이다. 죽음은 인생 최악의 일이 아니다. 인생 최악의 일은 자식에게 변고가 생기는 것이다. 자식이 생기면 계속해서 어른이 될 수밖에 없다. 부조리란, 의미를 열망하지만 이 세상에서 의미를 못 찾아내면서 생기는 존재론적 모순이다. 자식을 잃어버린 부모는 누릴 수 없는 사치다.

레이철은 거실 테이블에 앉는다. 고양이 일라이가 옆에 와서 야옹 하고 운다. 일라이는 이틀 가까이 사료를 못 먹었다.

레이철은 일라이의 밥그릇에 사료를 채워주고 차게 식은 커피를 마신 뒤 데크로 나간다. 외투를 걸쳐 입으면서 분지 오솔길을 따라 아펜젤러 부부 집까지 걸어간다.

대서양과 섬 동쪽에 있는 대저택들 위로 태양이 얼굴을 드러내고 있다. 레이철의 아이폰이 울린다. **알 수 없는 발신자.** 가슴이 철렁 내려앉는다. 또 뭐지? "여보세요?"

"레이철이 있어야겠어요! 빨리 이쪽으로 와요." 피트가 다급하게 외친다.

"2분이면 돼요."

"뛰어 와요! 문제가 생겼어요."

레이철은 분지 오솔길을 따라 노던 대로까지 전력 질주한다. 떨리는 가슴을 부여잡고 해변으로 난 길을 달려 내려가 아펜젤러 부부의 집 뒷문 계단을 오른다.

불길하게도 문이 열려 있다.

레이철은 안으로 들어간다.

식탁 위에 피트의 45구경 권총과 마약처럼 보이는 봉지가 놓여 있다. 대체 이게 어떻게 된 거지? 피트가 마약 중독자인가? 오만가지 생각이 머릿속에 떠오른다.

피트를 믿어도 될까? 젠장, 피트도 그들과 공범인가?

레이철은 자신이 피트를 안다고 생각하지만 누군가를 정말로 안다는 게 가능하긴 할까? 카일리라면 죽고 못 사는 피트지만 얼마 전에 경찰에 체포를 당하지 않았던가? 해병대를 제대한 후, 여태껏 뭘 하며 지냈을까?

레이철은 고개를 젓는다. 아냐, 피트잖아, 제발. 이게 다 내 편집증 때문이야. 체인은 태미하고도 무관하고, 피트하고도 무관해.

하지만 마약은? 그건 심각한 문제다. 어쩌면⋯⋯.

"레이철! 내려와요! 스키 마스크 쓰고."

레이철은 스키 마스크를 쓰고는 지하실 계단을 뛰어 내려간다.

피트는 수건에 감싸인 채 몸부림치며 벌벌 떠는 어밀리아를 안고 있다. 바닥에는 온통 시리얼이 쏟아져 있다.

"어떻게 된 거예요?"

"라이스 크리스피를 줬어요. 괜찮을 줄 알고! 작은 글자를 놓쳤어요. 소량의 견과류를 함유할 수 있다고 쓰여 있더라고요."

"맙소사!"

"에피펜은 오늘 오전 늦게야 올 거예요." 피트가 완전히 겁에 질려 말한다.

어밀리아는 입술이 부풀어 올랐고 안색은 시체처럼 창백하다. 입가에는 거품 자국이 있고 호흡이 거칠고 얕다.

레이철이 어밀리아의 이마를 손등으로 짚어본다.

열이 있다.

어밀리아의 셔츠를 들춰 살펴본다.

두드러기가 났다.

어밀리아의 입도 벌려 안을 들여다본다. 이물질은 없다. 혀도 부풀어 오르지 않았다. 아직은.

"숨 쉬기 힘드니, 어밀리아? 숨 쉴 수 있겠어? 대답 좀 해볼래?"

레이철의 물음에 어밀리아가 고개를 끄덕인다.

"네가 이렇게 됐을 때 엄마는 어떻게 해줘?"

"의사 선생님."

땀에 흠뻑 젖은 어밀리아는 이제 숨 쉬는 것조차 점점 힘겨워지려 한다.

"병원에 데려가야 해요." 피트가 말한다.

레이철이 피트를 돌아본다. 대체 무슨 생각인 거지? 병원이라니? 병원에는 절대 데려갈 수 없다. 병원에 가면 볼 장 다 보는 거고, 그럼 카일리는 죽는다.

"안 돼요."

"알레르기 반응을 보이고 있잖아요."

"나도 알아요."

"의사한테 보여야 해요. 우리는 에피펜이 없으니까."

"의사는 안 돼요. 애는 내가 안을게요."

레이철이 고집을 피우며 피트의 품에서 아이를 데려가 안는다. 피트도 마침내 알아듣는다. "진심이에요?"

"진심이에요. 난 마음을 정했어요."

끔찍한 결정이지만 레이철로서는 체인 때문에 어쩔 수 없다.

이 아이는 지금 여기, 그녀의 품에서 죽든지, 어떤 식으로든 낫든지, 둘 중 하나다.

"내가 여기 있을 테니, 어떻게 해서든 에피펜을 구해 와요!"

"어떻게요?"

"약국을 털든지 하란 말이에요! 난들 알아요. 어서요!"

피트가 위층으로 뛰어 올라가 주방에서 외친다. "총은 놔두고 갈게요."

"알았어요. 빨리 가기나 해요!"

레이철은 뒷문이 쾅 닫히는 소리를 듣는다.

어밀리아를 품에 안은 채.

"의사 선생님." 어밀리아가 말한다.

"알았어, 아가야." 레이철이 대꾸한다.

의사도, 병원도 없을 것이다.

아이가 죽으면, 그녀와 피트는 이 집을 버리고 다시 시도할 것이다. 경찰은 작은 여자아이가 사슬로 기둥에 묶인 채 죽어 있는 걸 발견하게 될 것이다. 인형과 장난감과 게임에 둘러싸여 침과 토사물에 뒤덮인 아이를. 경찰은 이제껏 목격한 범죄 현장 중 가장 사악한 현장이라 여길 것이다.

어밀리아의 얼굴이 창백하고, 눈에는 생기가 없다. 이제 콜록콜록 기침까지 한다.

병원에 가면 아이를 살릴 수 있을 것이다.

뉴버리포트 소방서에서 구급 대원이 출동하면 아이를 살릴 수 있을 것이다.

하지만 레이철은 구급 대원도, 의사도, 병원도 찾지 않을 것이다. 그런 선택은 카일리를 죽음으로 몰아넣을 테니까. 어밀리아와 카일리 중에서 선택을 해야 한다면, 레이철은 단연 카일리를 선택할 것이다.

레이철은 울기 시작한다. 울면서 어밀리아에게 말한다. "숨을 좀 더 천천히 쉬어볼래? 천천히, 침착하게, 깊게 숨을 쉬어봐."

어밀리아의 맥을 짚어본다. 점점 약해지고 있다. 어밀리아의 낯빛은 이제 녹색이다. 방금 목욕을 마치고 나오기라도 한 듯 온몸이 땀에 흠뻑 젖었다. "아빠 보고 싶어요." 어밀리아가 끙끙거리며 겨우 말한다.

"도와줄 사람이 올 거야, 아줌마가 약속할게."

레이철은 아이를 품에 안고 달랜다. 아이는 죽어가고 있다. 어밀리아는 다 죽어가는데 레이철은 할 수 있는 일이 아무것도 없다.

항히스타민제를 먹이면 나아질까? 욕실 약품 수납장에 그 정도는 있을지 모른다.

레이철은 휴대폰을 집어 들고 구글에서 **땅콩 알레르기와 항히스타민제**를 검색한다. 가장 먼저 뜨는 기사는 중증 알레르기 반응을 보이고 있는 아이에게 항히스타민제를 주지 말라는 내용이다. 항히스타민제는 과민증 치료제가 아니기 때문에 상태가 더 악화될 수 있다고.

"피트, 서둘러요." 레이철이 큰 소리로 혼잣말을 한다. "빨리 좀 오라고요."

어밀리아는 기운이 하나도 없고 열이 펄펄 끓는 데다 입가에 거품이 부글부글 생기는 중이다.

"엄마." 어밀리아가 다시 끙끙 앓는다.

"괜찮아. 괜찮을 거야." 레이철이 거짓말을 한다.

레이철은 이 작은 아이를 꼭 껴안는다.

시간은 똑딱똑딱 흘러가는데 어밀리아는 좋아지기는커녕 나빠지기만 한다.

집 안은 조용하다.

갈매기 소리, 바다 소리, **똑똑** 문을 두드리는 소리…….

응?

레이철은 매트리스에서 상체를 곧추 세우고 귀를 기울인다.

똑똑. 문 두드리는 소리가 또 한 번 들린다.

이게 무슨 상황이지?

"일레인?" 누군가 부른다.

누군가 현관문을 두드리고 있다.

누군가 지금 위층에 있다.

여자다.

레이철은 어밀리아를 매트리스에 누인 다음 소리 죽여 지하실 계단을 달려 올라가 복도를 기어간다.

똑똑. 또다시 문 두드리는 소리가 들린 후 누군가가 부르는 소리도 들린다. "일레인? 집에 있어요?"

레이철은 복도 바닥에 몸을 바짝 붙인다.

"일레인? 안에 누구 있어요?"

어밀리아의 가냘픈 목소리가 열린 지하실 문을 지나 위층까지 올라온다. "엄마……"

"일레인? 집에 온 거예요?"

레이철은 복도를 엉금엉금 기어 부엌으로 간다.

약 봉지는 사라지고 없지만 피트가 두고 간 45구경은 거기 있다.

레이철은 식탁 위에 놓인 총을 챙겨 쥐고 다시 복도로 조용히 기어간다.

지금 밖에 서 있는 여자는 멍청하기 짝이 없다. 설령 일레인이 집에 있다고 해도 새벽 6시 반에 남의 집 문을 두드리면 좋아할 리가 없지 않은가.

"아파." 어밀리아가 앓는 소리가 들린다.

조마조마해진 레이철은 지하실 계단을 기어 내려가다가 미끄러져 하마터면 목이 부러질 뻔한다. 젠장. 곧장 어밀리아에게 달려가 입술에 손가락을 댄다.

"쉿." 레이철이 조용히 시킨다.

"일레인, 집에 있는 거예요, 없는 거예요?" 현관문 앞에서 목소리가 따지듯 묻는다. "안에서 돌아다니는 거 본 것 같은데!"

어밀리아가 더 크게 끙끙거리자 레이철은 하는 수 없이 이 어린 소녀의 입을 손으로 틀어막는다. 코로만 숨을 쉬려니 어밀리아는 숨을 제대로 쉴 수가 없다. 레이철의 손아귀에서 벗어나려 몸부림을 치지만 너무 약해서 레이철을 이겨낼 수가 없다.

"쉬." 레이철이 속삭인다. "진정해. 괜찮아, 괜찮을 거야."

레이철이 아이를 꼭 끌어안는다.

위층에서는 이제 더 이상 아무 소리도 들려오지 않는다.

더 체인

10초.

15초.

20초.

30초.

"아무도 없나 보네." 여자가 그렇게 말하는 소리가 들린다.

여자가 포치 계단을 내려가는 소리가 나고 조금 더 있다 무거운 대문이 철컥 닫히는 소리가 들린다. 레이철이 어밀리아의 입에서 손을 떼자, 이 가냘픈 어린아이는 거칠게 숨을 몰아쉰다.

레이철은 잽싸게 2층 창문으로 달려가 밖을 내다본다. 방금 전의 참견쟁이는 덧신 장화에 보라색 우비 차림을 한 노부인이다. "휴." 레이철이 한숨을 내쉰다.

완전히 녹초가 되어 바닥에 주저앉아 경찰이 등장하기를 기다린다.

경찰이 오지 않자, 지하실의 어밀리아에게 돌아간다.

아까보다 조금은 나아진 것 같다. 아니, 희망사항인 걸까?

피트에게 전화를 걸어보지만 받지 않는다.

2분간 기다렸다 다시 전화를 걸어본다. 역시 받지 않는다.

피트는 대체 어디 있는 거지? 어디서 뭘 하고 있는 거야?

그 약 봉지는 뭐였을까? 약에 취한 건가? 피트가 작년에 우스터에 있는 보훈 병원을 들락날락했다는 건 레이철도 알지만 그 이유까지는 모른다. 피트는 결코 자기 속내를 드러내는 사람이 아니고 레이철도 굳이 캐묻고 싶지 않았기 때문이다.

피트는 지금 어디에 있을까?

우릴 버린 걸까?

어밀리아는 이제 옆으로 누워 콜록거리고 있다.

레이철은 어밀리아를 침낭으로 단단히 덮어준 다음 엄마처럼 두 팔을 둘러 안아준다. 그러고는 이마를 쓰다듬으며 달래본다.

"괜찮을 거야, 아가." 레이철이 부드럽게 속삭인다. "아가야, 아줌마가 약속할게. 몇 시간만 있으면 괜찮아질 거야."

아이를 안은 채 그렇게 말하다 보니, 레이철은 자신이 세상에서 가장 역겨운 저질 사기꾼이 된 기분이다. 5분이 슬로모션으로 느릿느릿 흘러간다. 레이철은 아이가 다 죽어가는데도 이제껏 눈 하나 깜빡하지 않았다. 아마 아이가 그냥 죽게 내버려둘 것이다. 더 심해진대도 그냥 죽게 내버려둘 것이다…….

똑똑.

똑똑.

똑똑.

레이철은 또다시 지하실 계단을 살금살금 오른다.

똑똑.

똑똑.

똑똑.

2층 침실까지 까치발로 계단을 올라 창밖을 내다본다.

뉴버리포트 경찰관이 왔다.

일레인을 찾던 노부인이 경찰을 부른 것이다.

"계십니까?" 경찰이 다시 한번 문을 두드리며 묻는다.

레이철은 숨을 죽인다. 만약 어밀리아가 어떻게 해서든지 비명을 지른다면, 경찰 귀에 들어가고 말 것이다.

"아무도 안 계신가요?" 경찰이 재차 묻는다.

경찰이 우편물 투입구를 통해 안을 들여다보고 창문들을 살핀다. 레이철은 움찔하며 커튼 뒤로 숨는다. 수상쩍다고 판단되면, 경찰은 문을 부술 것이다. 그다음엔 어떻게 될까?

레이철이 경찰을 총으로 쏜다고 해서 문제가 해결되지는 않을 것이다. 더 많은 경찰이 조사를 하러 올 테고, 인원은 계속 늘어날 것이다. 레이철의 납치 행각이 경찰에게 발각되고 카일리는 납치범 손에 죽을 것이다. 하지만 저 경찰이 어밀리아를 발견하고 레이철을 체포해도 카일리는 죽을 것이다.

경찰이 몇 걸음 뒤로 물러나더니 집의 측면을 살핀다. 최근에 창문에 판자를 덧댄 부분을 발견하기라도 하면…….

레이철은 계단을 나는 듯 내려간다.

어밀리아는 지하실에서 끙끙 앓고 있다. 숨이 막혀 듣기에도 괴로운 소리를 낸다.

지금쯤 정말 심정지에 접어들고 있을지도 모른다. 레이철은 청바지 뒤춤에 45구경을 쑤셔 넣고 급히 부엌을 살핀다. 어떻게 해서든 저 경찰을 제지해야 한다. 비밀이 탄로 나면 카일리는 죽는다. 두말하면 잔소리다.

레이철은 뒤쪽 현관을 재빠르게 내려가 모랫길을 따라 집 정면까지 전력 질주한다.

"안녕하세요!" 레이철은 거리 쪽에서 온 척한다.

경찰이 레이철을 돌아본다. 레이철이 아는 얼굴이다. 입스위치에 있는 아이스크림 가게에서 두어 번 본 적이 있다. 레이철과 마티가 아이스크림 가판대에서 소화전 가까이에 차를 대는 바람에 이 경찰에게 딱지를 끊긴 적이 있다. 나이는 20대 중반이고 이름이 케니 아무개였다.

"안녕하세요." 케니가 인사를 건넨다.

"혹시 제 신고 전화 때문에 나오신 건가요?" 레이철이 묻는다.

"신고하신 분인가요?"

"일레인 아펜젤러 씨가 플로리다에 가 있는 동안 저한테 집 좀 들여다봐달라고 부탁을 했거든요. 그런데 제가 왔더니 어떤 애들이 안에서 놀고 있는 거예요. 그래서 그 애들한테 얼른 꺼지지 않으면 경찰에 신고하겠다고 했죠. 그런데 그게……."

"그 애들이 꺼지지 않았군요?"

"네, 그랬죠. 그런데 보시다시피 지금은 없네요. 경찰이 출동해서 그런가 봐요. 죄송해요, 제가 뭘 잘못한 건 아니죠? 걔네들이 무단 침입을 한 거잖아요? 그거 불법 아닌가요?"

"그 애들 인상착의가 어땠죠?"

"어머, 아니에요, 사소한 일로 크게 소란 피울 것까지는 없잖아요. 겨우 열 살 정도 되어 보이는 애들이었는걸요. 아이고, 정말 죄송해요. 경찰에 신고하겠다는 건 그냥 겁주려고 한 말이었는데, 걔네들이 그 또래 남자애들이 쳐다볼 법한 눈으로 절 쳐다보는 거예요. 그래서 '아줌마 지금 번호 누르고 있다'고 말하다가 정말 눌린 것 같네요."

케니가 미소를 짓는다. "아주 잘하셨어요. 열 살짜리 애들이 가중 처벌이 가능한 범죄성 침해를 저질렀다는 사실을 입증할 수 있을지는 저도 모르겠지만, 어려서 말리지 않으면 그다음 단계는 주거 침입이거든요. 이렇게 크고 오래된 여름 별장 중에 비수기에 무단 침입을 당하는 집이 얼마나 많은지 알면 놀라실걸요."

더 체인

"정말요?"

"그럼요. 물론 대개는 애들 소행이고 실제 강도를 당하는 경우는 극소수지만요. 심심풀이로 마약을 하러 오거나, 비도덕적인 목적으로 오는 애들도 꽤 있어요."

"비도덕적인 목적요?"

케니의 양 볼이 갑자기 새빨개진다. "섹스 말이에요."

"아."

두 사람은 서로를 응시한다.

"자, 그럼 저는 집 앞뒤 문이 잘 잠겨 있는지만 확인하고 가봐야겠네요."

그건 안 되지. 뒷문을 열어보는 순간, 비밀이 폭로될 테니까.

레이철은 저 아래 지하실에 있는 어밀리아가 아직도 살아 있을까 생각한다. 동시에 지금의 자기 자신이 어떻게 그토록 대수롭지 않게, 냉정한 태도로 그런 생각을 할 수 있는지 궁금하다. 과거의 레이철이었다면 비탄에 잠겼을 테지만, 과거의 레이철은 죽고 이 세상에 없다.

빨간 스웨터의 풀린 올을 잡아당기던 레이철의 손이 뒤춤에 찔러넣은 45구경 권총에 닿는다. 경찰의 총은 총집에 들어 있다. 경찰에게 총을 겨눠 집 안으로 끌고 들어가서 처형한 다음 어밀리아를 데리고 안전한 다른 집으로 이동하면 될 것도 같다.

"입스위치에 있는 화이트 팜스 아이스크림 가판대에서 몇 번 뵌 적 있는 것 같은데, 맞죠?" 레이철이 묻는다.

"네, 저도 몇 번 갔었어요."

"전 버터 크런치 파예요. 어떤 맛 제일 좋아하세요?"

"라즈베리요."

"전 라즈베리는 한 번도 안 먹어봤어요."

"맛있어요."

"지금까지 한 번도 시도는 안 해봤는데 꼭 먹어보고 싶은 맛이 있거든요. 아웃레이저스라고, 모든 맛이 조금씩 다 들어간 거예요."

"아, 그거 알아요. 이상할 것 같더라고요."

"저기 혹시, 지금 안 바쁘시면……." 레이철이 미소를 지으며 말을 건넨다.

레이철의 의도를 즉시 알아차리지 못하는 것으로 보아, 어느 정도 매력이 있는 연상의 여자가 그에게 들이대는 일이 날이면 날마다 있는 건 아닌 듯하다. 하지만 그도 이내 레이철이 자신에게 수작을 걸고 있다는 사실을 알아차린다. 사실, 그는 레이철이 이 우연한 만남을 성사시키려고 마당에 아이들이 얼씬거렸다는 이야기를 꾸며냈다고 생각할지 모른다.

"전화번호를 주시면, 제가……."

"드릴게요. 이번 주는 좀 힘들지만 다음 주는 괜찮아요…… 많이 안 바쁘시면…… 어디 한잔하러 가도 좋고요. 뭐, 너무 춥지만 않으면 아이스크림이라도." 레이철이 애교 만점 미소를 짓는다.

케니도 레이철에게 미소를 지어 보인다.

"펜하고 종이 있어요?" 레이철은 없을 것을 뻔히 알면서 묻는다. "차에는 있죠?"

레이철은 우연인 척하면서 일부러 케니의 팔에 두어 번 손을 얹어가며 그를 경찰차까지 데려간다. 전화번호를 적어주면서 출동해줘서 고맙다는 인사도 건넨다. "문이 잘 잠겨 있는지는 내가 확인할게요. 어쨌거나 들어가서 물고기 밥도 줘야 하거든요."

"제가 같이 가드릴게요."

레이철이 고개를 가로젓는다. "아니에요, 괜찮아요. 제가 사자 심장이거든요……. 그래서 보스턴 동물원에 평생 출입 금지라니까요."

한 번도 못 들어본 농담인지 케니가 웃는다. 레이철은 경찰차에 올라탄 케니에게 다시 한번 미소를 지어 보이고는, 차가 출발하자 손을 흔들어 인사한다.

케니가 시야에서 사라지자마자 레이철은 스키 마스크를 쓰면서 지하실 계단을 달려 내려간다. "조금만 버텨, 아가야! 조금만!"

어밀리아는 두드러기와 땀으로 뒤덮여 있지만, 놀랍게도 아직 살아 있다.

간신히.

"하느님 맙소사, 아가, 조금만, 조금만 더 참아."

어밀리아의 입에서는 침이 흘러나오고 호흡은 점점 얕아진다.

레이철은 어밀리아를 침낭에서 안아 올린다.

아이는 몸이 불덩이 같고, 눈꺼풀이 바르르 떨린다.

아이의 호흡이 점차 느려지더니 잠시 후 완전히 멈춰버린다.

"어밀리아?"

아이가 숨을 안 쉰다. 맙소사! 심폐소생술? 그거 어떻게 하는 거지…….

마침내 심폐소생술 하는 법을 기억해낸 레이철이 아이에게 입으로 인공호흡을 시작한다.

숨을 깊이 들이쉬었다가 어밀리아에게 불어넣는다. 한 번, 두 번.

이어 어밀리아의 흉부를 강하고 빠르게, 서른 번 압박한다.

소녀는 숨은 돌아왔지만 도움이 필요하다. 레이철은 휴대폰 키패드에서 911을 터치하지만 통화 버튼을 누르지는 않는다.

전화 한 통이면 응급 구조 대원이 와서 어밀리아의 목숨을 구해줄 것이다.

그 사람들은 어밀리아를 구하고 레이철의 딸을 죽음으로 몰아넣을 것이다.

휴대폰을 너무 꼭 쥔 나머지 강화 유리에 금이 갈 것만 같다.

어밀리아의 얼굴.

카일리의 얼굴.

안 돼. 그녀는 전화를 걸지 않을 것이다. 차분하고 싸늘하게, 레이철은 휴대폰을 내려놓는다.

31
토요일 오전 7시 27분

지하실 문이 열린다.

"오늘 아침은 제시간에 가져왔어." 아저씨가 오렌지 주스, 토스트, 시리얼을 가지고 계단을 내려온다. 총이 어디 있나, 아 저기, 바지 앞쪽에 끼워져 있네. 피트 삼촌이 총기는 저렇게 가지고 다니면 절대 안 된다고 했는데.

"일어났니?" 아저씨가 묻는다.

"네." 카일리가 침낭에서 바로 앉으며 대답한다.

"그래. 너 마멀레이드 좋아하니? 아저씨는 굉장히 좋아하는데. 몇 년 전에 런던에 갔을 때 처음 먹어봤어. 아침에 토스트에 발라 먹었지."

"저도 좋아해요. 엄마가 가끔 줘요."

"세모나게 자른 토스트에, 메인주 버터, 물론 신선한 풀을 먹고 자란 소에서 얻은 버터지, 그리고 코코팝 시리얼이랑 오렌지 주스. 이거면 한동안은 버틸 거야."

아저씨가 쟁반을 바닥에 내려놓는다.

카일리는 일부러 『모비딕』을 바닥에 놓았다. 5분의 3쯤 읽은 척 책을 펼쳐 뒤집어놓았다. 아저씨가 대견하게 여기며 책을 집어 들 것임을 알기 때문이다.

"세상에, 너 어려운 책도 척척 읽는구나. 벌써 반 넘게……."

아저씨가 허리를 숙인 틈에, 카일리가 스패너로 아저씨의 머리를 내려친다. 아저씨가 스키 마스크를 쓰고 있는 덕분에 그나마 쉬웠다. 안 그랬으면 뻔히 사람을 치면서 사람이 아닌 것을 치는 척할 수 없었을 테니까. 아저씨가 신음 소리를 내고, 카일리는 한 번 더 내려친다.

아저씨가 앞으로 고꾸라지더니 가련하게 쿵 소리를 내며 매트리스 모서리로 떨어진다.

머리 어느 부분을 친 건지는 모르겠지만, 아무튼 성공했다. 아저씨가 의식을 잃은 걸 보면.

카일리는 이제 시간과 경주를 벌여야 한다.

아저씨 몸을 뒤집어 주머니에서 열쇠를 꺼내 수갑을 푼 다음 계단을 뛰어 올라가야 한다.

마당에 나가면 개나 아줌마가 있을 수도 있고 다른 무언가가 있을 수 있다. 그러니 총이 있어야 한다. 총을 쏘아야 할 것이다. 만약 바깥에 아무도 없다면 최대한 빨리, 곧장 담장을 향해 달려야 한다. 지금 위치가 뉴햄프셔라면, 짐작하기로는 그럴 것 같은데, 늪이 많을 것이다. 하지만 계속 동쪽으로 가다 보면, I-95번 고속도로나

1번 국도, 또는 해안에 닿을 것이다. 아줌마랑 아저씨가 멈추라고
소리치더라도 멈춰선 안 된다.

아저씨는 몸집이 크지만 카일리는 양파 냄새가 나는 아저씨의 가
슴과 겨드랑이를 밀어 간신히 뒤집어 똑바로 눕힌다.

허리춤에서 총을 꺼낸 후, 수갑 열쇠를 찾으려고 주머니란 주머
니는 모조리 뒤진다.

지갑도 없고, 신분증도 없고, 아무것도 없는 가운데 하필 열쇠도
없다.

카일리는 확인 차 다시 한번 뒤진다. 아저씨가 입고 있는 유행에
뒤진 갈색 바지는 주머니가 깊은데, 아무리 뒤져봐도 아무것도 없
다. 바지에는 뒷주머니가 없고, 셔츠 가슴에 주머니가 하나 있다.
수갑 열쇠를 숨기기에 더 없이 좋아 보인다.

그러면 그렇지! 하지만 그 주머니에도 열쇠는 없다. **젠장.**

차선책으로 가자. 카일리는 총을 자세히 살핀다. 탄창에 총알이
여섯 개 들어 있다. **좋아, 아저씨만 깨어나면 돼,**

1분.

2분.

맙소사, 내가 아저씨를 죽인 건가? 스패너로 치기만 했는데.
영화에 보면 그런다고 사람이 죽지는 않던데. 죽이려던 건 아니
었…….

아저씨의 의식이 돌아오기 시작한다.

"아, 내 머리." 아저씨가 힘없이 미소를 짓는다. "머리를 아주 제
대로 쳤구나. 아저씨가 멋지게 당했어."

아저씨가 몇 초 간 끙끙거리더니 몸을 일으켜 앉아 카일리를 바

라본다. 카일리는 손에 총을 쥐고 있다. 장전된 총을.

"아저씨를 뭘로 친 거니?" 아저씨가 그렇게 묻고는 끙끙거리며 스키 마스크 속으로 손을 넣어 눈을 비빈다.

"바닥에서 스패너를 발견했어요."

"무슨 스패너?"

카일리가 왼손으로 스패너를 들어 보인다.

"대단한데. 우리가 어떻게 그걸 못 봤지?"

"보일러 뒤에 있었어요."

"말도 안 돼! 내가 여기를 샅샅이 확인했는데."

"특정 시간대에 특정한 지점에 있어야 보이거든요. 하워드 카터가 투탕카멘 무덤을 발견했을 때 한 말이 기억났어요. 그냥 보기만 할 게 아니라 바라봐야 한다고 했어요."

아저씨가 고개를 끄덕인다. "그 말, 아저씨도 마음에 드네. 아주 똑똑하구나, 카일리. 자, 이제 네 계획에 따르면 다음엔 어떻게 되는 거니?"

"제가 아저씨 몸수색을 했거든요. 아저씨한테 수갑 열쇠가 없으니까 **아줌마**한테 있겠죠. 아저씨가 아줌마를 불러서 수갑 열쇠를 가져오라고 하세요."

"안 하면 어떻게 할 거니?"

"안 하면 아저씨를 쏠 거예요."

"정말 날 쏠 수 있을 것 같아?"

"네. 쏠 수 있어요. 저희 삼촌이 사격 연습장에 몇 번 데리고 갔거든요. 그래서 어떻게 쏘는지 알아요."

"그래도 종이 과녁을 쏘는 거랑 사람을 쏘는 건 다르잖아?"

더 체인

"빈말이 아니라는 걸 보여주기 위해서 먼저 아저씨 다리에다 쏠 거예요."

"그런 다음엔?"

"아줌마가 수갑 열쇠를 주면 전 도망쳐야죠."

"아줌마가 너한테 열쇠를 왜 주는데?"

"안 그러면 제가 아저씨를 쏠 거니까요. 하지만 아줌마나 아저씨 둘 다 지금 이런 일을 하고 싶어서 하는 게 아니라는 거 아니까 저도 약속 하나 할게요. 여기서 벗어나면 엄마한테 하나도 기억 안 난다고 말할게요. 24시간 기다렸다가 경찰한테 여기가 어디라고 알릴 거예요. 그럼 아줌마 아저씨한테 하루가 주어지니까 어디든 비행기 타고 도망치시면 되잖아요. 어디가 됐든, 음, 그 뭐더라……."

"범인 인도 조약 말이니?"

"네."

아저씨가 처량한 얼굴로 고개를 가로젓는다. "유감이야, 카일리. 노력은 가상했지만 넌 상황을 잘못 판단했어. 헤더는 나 따위는 안중에도 없거든. 네가 날 쏘게 내버려둘 거야. 네가 몇 발을 쏴도 가만있을걸."

"그럴 리가요! 아줌마 부르세요. 아줌마한테 열쇠 가지고 오라고 하세요!"

"싫다." 아저씨가 한숨을 푹 쉰다. "그 여자는 오래전부터 날 좋아하지 않았어. 좋아한 적이 있기나 한지 모르겠네. 재러드는 첫 번째 결혼에서 얻은 아들이야. 말하자면 나는 임시방편 같은 존재였을 거야. 어쩔 수 없이 떠안게 된 존재 같은 거 말이야. 난 그 여자를 사랑하지만 그런 감정이 양방향이었던 적은 없는 것 같아."

카일리는 아저씨가 멍한 상태에서 자기도 모르게 발설한 이름 두 개를 머릿속에 새겨둔다. 헤더와 재러드. 그 정보는 나중엔 유용할지 몰라도 지금은 일단 빠져나가는 게 먼저다.

"그런 건 나하고 상관없어요. 난 여기서 나가고 싶다고요! 지금 괜히 폼만 잡는 거 아니에요."

"내가 보기에도 그래. 정말 단단히 마음을 먹은 것처럼 보이거든. 그 방아쇠를 당겨야 할 거야."

"진짜 당길 거예요."

"그래, 어서 당겨."

카일리는 일어서서 리볼버를 아저씨의 무릎뼈에 겨누고는 피트 삼촌이 가르쳐준 대로 방아쇠를 힘껏 당긴다.

공이치기가 뇌관 위로 떨어진다. 찰칵, 그리고 정적. 카일리는 다시 한번 방아쇠를 힘껏 당긴다. 약실이 돌아가면서 공이치기가 제자리로 갔다가 또 다른 뇌관 위로 떨어진다. 또다시 찰칵, 그리고 더 무거운 정적. 카일리는 네 번 더 방아쇠를 당겨 총에서 총알 여섯 개를 전부 내보낸다.

"이해가 안 돼요." 카일리가 말한다.

아저씨가 손을 뻗어 카일리에게서 총을 빼앗는다. 아저씨가 리볼버를 찰칵 하고 열어 카일리에게 보여준다. 아저씨가 집어넣었던 텅 빈 황동 탄피 여섯 개가 반짝이는 게 보인다.

32
토요일 오전 7시 35분

주방에서 무슨 소리가 들린다.

피트가 돌아왔나?

레이철은 총을 집어 들고 지하실 계단 위를 향해 겨눈다. "거기 누구예요?"

총을 조준하고, 숨을 죽인다.

피트가 계단을 뛰어 내려온다.

"에피펜 구했어요. 무인 택배함에 도착했더라고요!"

"정말 다행이에요."

레이철이 물러나자 피트가 어밀리아 다리에 주사를 놓는다. 주사는 거의 즉시 효력을 발휘한다. 빌어먹을 기적이 따로 없다. 어밀리아가 숨을 헉 들이마시고 기침을 한다.

기침을 하고 공기를 빨아들이고 또다시 기침을 한다.

어밀리아는 피트가 먹여주는 물을 마신 뒤 쌕쌕거린다.

피트가 어밀리아의 손목을 잡아 맥을 확인한다. "맥박이 정상으로 돌아오고 있어요. 숨도 잘 쉬고 있고."

레이철은 고개를 끄덕이고는 위층으로 올라가 아펜젤러 부부의 주류 선반을 찾아 큰 잔에 스카치위스키를 따른다.

잔을 비우고, 다시 채운다.

20분 뒤, 피트도 위층으로 올라온다. 레이철이 묻는다. "아이는 좀 어때요?"

"많이 좋아졌어요. 열도 내리고."

"아깐 상태가 정말 안 좋았어요. 호흡도 멈췄었고."

"내 탓이에요. 시리얼 성분을 확인 안 하는 바람에."

"난 저 애가 죽어도 가만히 있었을 거예요."

피트는 고개를 젓지만 사실은 레이철이 정말 그랬을 거란 사실을 안다. 아마 피트 역시 그랬을 것이다.

"나도 그 사람들과 한패가 됐어요." 레이철이 중얼거린다.

두 사람은 잠시 서로를 응시한다. 두 사람의 눈동자에는 똑같은 감정이 담겨 있다. 수치심, 피로, 공포.

"피트가 나가고 나서, 어떤 여자가 저 문으로 와서 일레인 아펜젤러를 찾았어요. 그 여자는 물러갔는데 경찰을 불렀더라구요."

"여기 경찰이 왔어요?"

"네."

"우리 들킨 건가요?"

"안 들켰을 거예요. 내가 경찰한테 추파를 던졌거든요. 경찰하고 데이트하려고 쓸데없이 신고 전화를 건 웬 발정 난 늙은 아줌마라고 생각할 거예요."

"레이철은 늙은 아줌마는 아니잖아요." 피트가 분위기를 띄워보려고 미소를 지으며 말한다.

나 지금 죽어가고 있는지도 몰라요, 피트. 그런데 어떻게 늙은 아줌마가 될 수 있겠어요? 레이철은 생각한다. "그러니까 어밀리아는 괜찮은 거죠?"

"회복 중이에요."

"내가 내려가서 한번 볼게요."

어밀리아는 숨을 쉬고 있고, 안색은 30분쯤 더 지나서야 완전히 정상으로 돌아온다. 극히 적은 양의 견과류만으로도 아이가 이렇게 된 걸 보면, 견과류에 완전히 노출될 경우 죽고도 남을 것이다.

"아줌마는 왜 얼굴에 계속 그걸 쓰고 있어요?" 어밀리아가 묻는다.

"네가 엄마한테 가서 아줌마가 어떻게 생겼는지 말해줄 수 없게 쓰고 있는 거야."

"우리 엄마가 아줌마 어떻게 생겼는지 몰라요?"

"응."

"아줌마가 엄마랑 페이스북 친구 하면 엄마가 알게 될 거예요." 어밀리아가 똑똑히 말한다.

"그럴지도 모르겠네. 주스 마실래?"

"사과 주스예요?"

"응." 레이철이 어밀리아에게 사과 주스를 건넨다.

"난 사과 주스 진짜 싫어해요. 내가 사과 주스 싫어하는 거 모르는 사람 없어요." 어밀리아가 투덜거리며 사과 주스를 밀쳐내더니 가지고 놀던 레고 말도 던진다. 레고 말은 여섯 조각으로 박살난다.

"여기도 싫고 아줌마도 미워요!"

"그렇게 크게 말하면 안 돼, 아가야." 레이철이 말한다. 피트와 함께 방음 작업을 꽤 잘해놓긴 했지만 그래도…….

"왜요?"

"네가 계속 크게 말하면, 널 조용히 시키기 위해서 네 입에 테이프를 붙여야 할지도 모르거든."

어밀리아가 깜짝 놀란 얼굴로 레이철을 바라본다. "그러면 어떻게 숨을 쉬어요?"

"코로 쉬어야지."

"진짜 그렇게 할 거예요?"

"응."

"아줌마 너무 나빠요."

레이철은 고개를 끄덕인다. 이 꼬마의 말이 옳다. 그녀는 나쁘다. 어찌나 나쁜지 아이가 여기서 죽도록 내버려둘 작정이었다.

레이철이 가방에서 선불폰을 꺼낸다. "엄마하고 통화하고 싶니?"

"네!" 어밀리아가 얼른 대답한다.

레이철이 헬렌 던리비의 번호로 전화를 건다.

"여보세요?" 헬렌이 전화를 받는다. 정신없고 지친 데다 겁에 질린 목소리다.

"어밀리아하고 통화하시겠어요?"

"네, 제발요."

레이철은 스피커 모드로 바꾼 후 전화기를 아이에게 건넨다.

"아가, 엄마 목소리 들리니?"

"엄마, 나 언제 집에 갈 수 있어?"

"조금 있으면 올 수 있어, 금방이야."

"나 여기 싫어. 어둡고 무서워. 아빠 나 언제 데리러 올 거야? 나 아파. 심심해."

"조금 있다가. 아빠가 곧 데리러 갈 거야."

"나 학교도 많이 빠져야 돼?"

"그럴 거야. 엄마도 잘 모르겠어."

"나 손에 이 사슬 너무 싫어. 진짜 싫어!"

"엄마도 알아."

"이제 그만 엄마한테 인사할까?" 레이철이 휴대폰으로 손을 뻗으며 말한다.

"나 이제 끊어야 돼." 어밀리아가 말한다.

"안녕, 아가! 사랑해!"

레이철은 휴대폰을 돌려받은 후, 지하실 계단을 오르며 말한다. "목소리 들으신 대로 아이는 아주 잘 있어요. 일단 지금은. 1단계하고 2단계 진행하셔야죠."

레이철은 지하실을 나와 문을 닫고 부엌으로 간다.

"돈은 오늘 밤에 이체할 수 있을 것 같아요."

"지금 당장 보내세요! 그다음에 표적을 찾아요. 불가피한 상황이 되면 우린 어밀리아를 죽일 거예요. 내 딸을 얼른 되찾고 싶은데 당신 때문에 늦어지잖아요." 레이철은 휴대폰 뒷면을 분리해 심 카드를 제거하고 폰이 두 동강 날 때까지 계속 짓밟는다. 휴대폰의 잔해는 피트가 부엌에 둔 쓰레기봉투에 던져 넣는다.

레이철은 분노와 좌절감에 바들바들 떨며 그 자리에 서 있다.

공중을 부유하는 먼지가 덧문을 단 창문 틈으로 들어오는 햇살 속에 긴 띠 모양으로 비춰 보인다. 100미터 전방 해변에서 파도가 부서지는 소리가 들리고, 저 아래에서는 꼬마 여자아이가 혼자 콧노래를 흥얼거린다.

레이철은 숨을 들이마셨다 내쉬기를 반복한다. 인생은 현재의 시간들이 의미나 목적 없이 층층이 떨어지는 폭포와도 같다. 그 많은 철학자들 중에서 이제껏 쇼펜하우어만이 그걸 꿰뚫어 보았다.

"난 집에 좀 다녀올게요." 레이철은 피트에게 알린 다음, 해변에 아무도 없는 것을 확인하고 뒷문으로 슬쩍 빠져나와 모래 언덕길로 향한다. 울고 싶은 기분이지만 이미 울 만큼 다 울어버렸다. 이젠 돌이 되었다. 지브롤터 암벽처럼. 또다시 어제의 레이철은 이제 이 세상에 없다는 생각이 든다. 맥베스 부인처럼 오래전에 눈물을 다 쏟아버린 레이철은 이제 전과는 다른 사람이다.

33
토요일 오전 7시 41분

몇 분쯤 지나 아저씨가 다시 침착을 되찾는다.

카일리는 믿기지 않는다는 표정으로 아저씨를 노려본다.

1차 계획도 사라지고, 2차 계획도 사라졌다.

3차 계획은 있지도 않다.

"이해가 안 돼요. 왜 총을 장전하지 않은 거예요?" 카일리가 급기야 그렇게 묻는다.

"내가 어린애한테 장전한 총을 겨눌 인간으로 보인 거야? 내가? 내가 평생 해온 일이…… 아, 머리야. 그런 일이 벌어졌는데…… 널 납치하다가 그런 일이 벌어졌는데 그건 안 될 말이지. 아유. 아직도 욱신거리네. 두 번 내려친 거야? 진짜 대단하구나. 이제 얌전히 그 스패너 내놓을래?"

아저씨는 카일리가 건네는 스패너를 받아 쟁반에 올려놓는다.

"이 말은 꼭 해주고 싶네, 카일리, 아저씨는 네가 정말 존경스러워. 넌 기지도 뛰어나고 결단력도 있고 용감하기까지 해. 상황이 달랐다면, 난 너한테 응원을 보냈을 거야."

"그럼 제발 절……."

"하지만 네가 날 만만한 사람으로 보거나 내 말을 농담으로 여기지 않으면 좋겠어. 난 죽을 만큼 진지하니까. 우린 이제 거의 마지막 단계에 다다랐어. 산전수전 다 겪은 끝에 말이야. 그러니까 유감스럽지만 네가 다신 이런 짓을 못 저지르게 벌을 줘야 할 것 같네."

"다신 안 그럴게요. 더는 그럴 수도 없고요."

"그런 약속을 하기엔 좀 늦은 감이 없지 않니?"

아저씨가 몸을 앞으로 내밀더니 카일리의 뺨을 철썩 세차게 때린다. 어찌나 세게 쳤는지 카일리의 몸이 홱 돌아가며 콘크리트 바닥으로 내동댕이쳐져 사슬이 팽팽하게 당겨진다.

머리가 핑 돈다.

눈앞에 하얀 점이 떠다닌다.

암흑.

시간의 사라짐.

다시 하얀 점.

통증.

코와 입에서 피가 흐른다.

여기가 어디지?

어딘가 곰팡내 나는 곳.

다락방인가?

지하실?

아니면…….

아 맞다.

대체 얼마동안 의식을 잃고 있었던 거지? 1분? 2분? 하루?

눈을 뜨니 아저씨는 가고 없다. 아저씨가 스패너와 총을 가져갔다. 아침 식사 쟁반은 그대로 있다.

얼굴이 얼얼하고 머리가 멍하다.

카일리는 일어나 앉는다. 일어서려고 하다가는 다시 쓰러지고 말 것이다.

눈에 초점도 잘 잡히지 않는다. 지하실 반대쪽 벽이 하나의 기다란 얼룩으로 흐릿하게 보인다.

코에서 피가 뚝뚝 떨어진다.

뚝뚝. 뚝뚝. 뚝뚝.

반짝거리는 나일론 침낭 위에 진홍색 피가 고이면서 남아메리카 지도 모양이 된다.

카일리는 시리얼 그릇에 든 우유 속에 손가락을 담가본다. 아직 차갑다. 그렇다면 의식을 잃은 시간은 몇 분에 불과할 것이다.

카일리는 울기 시작한다. 너무 외롭고 너무 무섭다. 번뜩이는 생각도, 희망도, 계획도 없이 온 세상에게 버림받은 기분이다.

34
토요일 오후 4시

레이철은 차를 몰고 뉴햄프셔에 있는 쇼핑몰로 가 구급상자, 인형, DVD, 공주 놀이 텐트, 보드게임을 사가지고 돌아온다. 순전히 죄책감 때문이다. 이미 저질러놓고 느끼는 죄책감. 어밀리아는 이제 전보다 얌전히 군다. 피트와 보드게임도 했고 햄샌드위치도 먹었다.

레이철과 피트는 공주 놀이 텐트를 세워주고, 〈겨울왕국〉을 휴대용 DVD 플레이어로 틀어준다. 어밀리아가 영화 보는 모습을 한 시간 정도 지켜보고 있는데 레이철의 휴대폰에서 위커 앱 알림이 울린다. 레이철은 메시지를 읽으러 위층으로 올라간다.

2348383hudykdy2가 보낸 메시지다.

던리비의 몸값이 지불되었음. 메시지는 간단명료하다.

레이철은 전원을 켜놓은 선불폰을 하나 꺼내 던리비네 집에 전화를 건다.

"여보세요?" 헬렌이 전화를 받는다.

"몸값이 지불됐네요. 다음은 어떻게 해야 하는지 아시겠죠."

"어떻게 그런 일을 해요? 그건 미친 짓이에요. 불가능하다고요." 헬렌이 말한다. 저쪽에서 잠시 실랑이가 벌어지고 다른 목소리가 들린다. "안 돼."

마이크 던리비가 통화를 시도한다. "이봐요……."

마이크가 입을 열자마자 레이철이 즉시 말을 끊어버린다. "아내 분을 바꿔주지 않으면 당신 딸은 죽어요."

"내가 알고 싶은 건 누가……."

"당장 아내 바꾸라고, 이 멍청한 작자야! 지금 어밀리아 머리에 총을 겨누고 있다고!"

즉시 헬렌이 다시 전화를 받는다. "죄송해요……."

"후회하게 될 거야, 이 멍청한 년아. 해야 할 일을 하지 않으면 다신 어밀리아를 못 볼 줄 알아. 표적 목록을 작성한 다음 위커로 연락원한테 보내서 최종 승인을 받아." 레이철은 딱딱거리며 말하고는 전화를 끊는다.

심 카드를 빼내 박살내고 휴대폰도 부엌 바닥에 던져 부순다. 부서진 휴대폰은 쓰레기봉투행이다.

몇 분 뒤, 레이철이 피트의 노트북으로 던리비네 컴퓨터를 미러링한다. 아니나 다를까, 던리비 부부가 페이스북과 인스타그램을 샅샅이 훑고 있다. 옳지, 요즘 같은 시대엔 그렇게 하는 거야.

피트가 위층으로 올라온다. "새로운 소식 있어요?"

"몸값 냈대요."

"그럴 여유가 있는 사람들이었나 봐요. 그럼 이제 2단계인데……."

"그러게요. 우리 꼬마 아가씨는 좀 어때요?"

"괜찮아요. 아직도 디즈니 영화 보는 중이에요. 이따가 같이 오퍼레이션(아픈 사람의 병을 고쳐주는 컨셉의 어린이용 보드게임―옮긴이) 게임 하기로 약속했어요."

레이철이 멍하니 고개를 끄덕인다.

"저기요, 레이치, 집에 가서 좀 쉬어요. 내가 여기 있으면 되니까."

"아니에요, 오늘 밤은 내가 어밀리아랑 있을게요." 레이철이 고집을 피운다.

"어밀리아가 나한테 같이 있어 달랬어요, 레이치 말고." 피트가 조심스럽게 말한다.

"왜요?"

"아이가 아줌마는 무섭대요."

"아."

"내가 남는 게 나아요. 난 불편한 데서 많이 자봐서 익숙해요. 바닥에 침낭 깔고 자는 건 나한텐 일도 아니에요."

레이철이 고개를 끄덕인다. "그렇다면 뭐, 그렇게 해요."

"그래요."

두 사람은 서로를 바라보며 아무 말도 하지 않는다. 레이철은 피트를 자세히 살핀다. 어딘가 석연치 않은 건 알겠는데, 그게 뭔지 딱 꼬집어낼 수가 없다. 마약일 것으로 추정되는 물질이 든 봉지와 관련 있는 걸까?

"괜찮은 거죠, 피트?"

"난 괜찮아요."

"내가 피트만 믿고 있는 거 알죠?"

"난 괜찮다니까요. 믿어도 좋아요."

레이철이 알고 있다는 걸 피트도 안다. 하지만 지금 다시 한번 조제가 필요하다. 피트한테는 그것이 필요하다. 피트의 몸이 그것을 몹시 필요로 하고 있다. 이번 일을 기회 삼아 마약을 억지로라도 끊으면 어떨까 생각했지만, 그렇게 간단하지가 않다. 마약이 중독성 기호품으로 불리는 데에는 다 이유가 있다.

마침내 레이철이 일어선다. "무슨 일 있으면 전화해요."

"그럴게요."

레이철은 슬픈 얼굴로 손을 살짝 흔들어 인사하고 나간다.

바다가 모래 언덕을 후려치고, 살을 엘 듯 매서운 바람이 레이철을 공격한다. 빗줄기는 바람에 날려 사선으로 내리고, 앤 곳에서 멀리 떨어진 해안 바위에는 번개가 내리꽂힌다.

집에 도착한 레이철은 냉장고에서 새뮤얼 애덤스를 한 병 꺼내지만, 맥주는 그다지 도움이 되지 않을 듯하다. 보드카를 컵에 반 정도 따른 후 토닉 워터를 가득 채운다. 맨 처음 전화를 걸어온 알 수 없는 발신자를 생각한다. 그때 그 목소리. 살아 있는 자도 죽은 자의 한 종에 불과하다던 말. 대학 신입생 때, 레이철도 친구들에게 그 비슷한 말을 한 적이 있다. 젊은이다운 얄팍한 관념. 체인의 배후 인물은 어쩌면 그녀 또래이거나 더 어린지도 모른다. 그러면서 쉰 살 쯤 먹은 지혜로운 어른인 척하는 것이다.

예전의 레이철이라면 평생을 바쳐야 사람이 그렇게 사악해질 수 있을 거라고 생각했겠지만, 이제는 아니다. 그러는 너 자신은 어때,

레이철? 납치범에 아동 학대범에, 무능한 엄마. 이게 다 너잖아. 속으론 너도 알고 있어, 어밀리아가 죽도록 그냥 내버려뒀을 거란 사실을. 그럴 의도가 분명 있었고, 그거야말로 도덕 철학, 법, 인생에서 중요한 거잖아.

네 타락은 현기증이 날 정도로 빠르게 진행됐지. 넌 지금 지옥으로 곤두박질치는 우리에 갇혀 있어. 그런데 앞으론 더 나빠질 거야. 늘 그런 식이잖아. 처음엔 암, 그다음엔 이혼이었지. 그러더니 딸이 납치됐고 넌 괴물이 됐어.

35
일요일 오전 2시 17분

마이크 던리비와 헬렌 던리비는 딱 레이철이 바라는 대로 해주었다. 토요일 아침에는 겁에 질려 어쩔 줄 모르고 질질 끌더니 오후에는 정신을 차린 모양이었다.

두 사람은 이스트프로비던스에 사는 헨리 호그란 아이를 골랐다. 휠체어를 타는 아이인데, 아빠가 정유 회사 부사장이어서 15만 달러 정도는 거뜬히 낼 수 있을 집이었다. 저녁에 헨리의 아빠가 보스턴에서 열린 로터리 클럽 정찬에 참석해서, 헨리의 새엄마가 세 블록 떨어진 곳에 있는 친구네 집으로 헨리를 데리러 갔다. 새엄마 혼자 프로비던스 거리를 따라 헨리의 휠체어를 밀기 시작했다.

던리비 부부는 헨리가 집에 도착하지 못하도록 만들었다.

카일리는 이런 사실을 전혀 몰랐지만, 일요일 자정이 지난 후 지하실 문이 열리더니 아줌마가 카일리를 깨웠다.

레이철은 일요일 새벽 2시 17분에 휴대폰이 울리고서야 이 사실을 알게 된다.

소파에서 몸을 웅크린 채 자다 깨다를 반복하던 참이다. 레이철은 엉망진창이다. 먹는 것도, 몸을 씻는 것도 그만두었다. 몇 분 이상은 잠을 잘 수도 없다.

머리가 끊임없이 지끈거린다. 왼쪽 가슴이 아프다.

그녀 옆에는 『역경(易經)』이 펼쳐져 있다. 육효 중 뇌수 해(雷水解) 해방 부분이다. 손가락이 점괘를 훑는다. 당신은 벌판에서 여우 세 마리를 죽이고 노란 화살을 받게 됩니다. 노란 화살은 카일리가 무사하다는 전조일까?

명한 상태에 있던 레이철은 벨소리에 화들짝 놀라 정신을 차리고는 휴대폰이 구명조끼라도 되는 듯 움켜잡는다.

알 수 없는 발신자.

"여보세요?"

"레이철, 굉장히 기쁜 소식이 있어요." 카일리를 데리고 있는 여자가 말한다.

"네?"

"카일리는 한 시간 안에 풀려날 거예요. 카일리한테 선불폰을 줄 거고, 카일리가 그걸로 당신한테 전화할 거예요."

레이철은 와락 울음을 터뜨린다. "하느님 맙소사! 농담 아니죠?"

"그럼요. 카일리는 무사해요. 다친 데도 하나도 없고요. 하지만 당신이나 카일리나 아직 큰 위험에 처해 있다는 점을 명심하세요. 체인에서 오케이 할 때까지 납치한 아이를 데리고 있어야 해요. 체인을 배반하려고 하면 그 사람들이 당신을 죽일 거예요. 윌리엄스 가족 잊지 마세요. 나한테 당신하고 카일리를 죽이라고 명령할 수도 있어요. 내 아들을 보호하기 위해서라면 나는 그 명령에 따를 거고요. 내가 따르지 않으면, 체인에서 내 앞에 있는 사람들을 시켜서 나, 당신, 그리고 애들까지 죽이라고 할 거예요. 한다면 하는 사람들이에요. 사악하기 이를 데 없죠."

"나도 알아요."

"우리 아들이 무사히 집에 도착했을 때 카일리를 풀어주고 싶은 걸 참느라 혼났어요. 이 일을 빨리 끝내버리고만 싶었거든요. 하지만 내가 카일리를 풀어주면, 카일리하고 당신, 나하고 우리 아들 모두 위험에 빠졌을 거예요."

"우릴 위험에 빠뜨릴 짓은 안 한다고 약속할게요. 우리 카일리는 지금 어디 있어요?"

"카일리한테 눈가리개를 씌워서 차에 태운 다음 45분 쯤 돌다가 휴게소 근처에 내려줄 거예요. 휴대폰을 줄 예정이니까 카일리가 자기 위치를 당신한테 알려줄 거예요."

"고마워요."

"고마워요, 레이철. 일을 망치지 않아줘서. 우리 둘 다 지독히 운이 나빴지만, 이젠 다 끝났어요. 지나간 건 지나간 대로 두고 당신 밑의 사람들이 일을 그르치지 않게 잘 관리하자고요. 잘 있어요, 레이철."

여자가 전화를 끊는다.

레이철은 아펜젤러 부부 집에 있는 피트에게 전화를 걸어 이 소식을 전한다. 피트는 기뻐 어쩔 줄을 모른다. "믿겨지지가 않네요. 사실이어야 할 텐데."

"나도 같은 심정이에요. 그래서 지금 기도 중이에요."

"나도 기도할게요."

"어밀리아는 어때요?"

"공주 놀이 텐트에서 자고 있어요."

"그만 끊어야겠어요."

"나한테도 진행 상황 알려줘요."

한 시간이 흐른다.

한 시간 15분.

한 시간 20분.

한 시간 25분.

"혹시 무슨 일이……."

레이철의 아이폰이 울린다. 알 수 없는 발신자.

"여보세요?"

"엄마!" 카일리다.

"카일리, 지금 어디야?"

"몰라. 아줌마 아저씨가 잠깐 기다리라 그러고 눈가리개 벗겨줬어. 아줌마 아저씨는 갔고, 나 혼자 도로에 있어. 깜깜해."

"뭐 보이는 거 없어?"

"저 아래로 내려가면 큰길이 나올 것 같아."

"그럼 그쪽으로 걸어가. 오, 카일리, 너 진짜 풀려난 거 맞지?"

"응, 맞아, 엄마. 빨리 나 데리러 와!"

"지금 어디야? 어딘지만 알면 엄마가 바로 갈게."

"던킨도너츠 간판이 보이는 것 같아. 어, 던킨 맞아. 주유소 휴게소야. 저기 보여!"

"문 열었어?"

"응, 그런 거 같아."

"거기로 가서 사람들한테 위치가 어떻게 되냐고 물어봐. 전화 끊지 말고, 길 건널 때 조심하고, 계속 통화하면서 가."

"안 돼, 끊어야 돼. 폰 충전이 거의 안 돼 있어서 지금 배터리 한 칸밖에 안 남았어. 주유소에서 다시 걸게, 엄마."

"안 돼! 카일리! 전화 끊지 마! 제발!"

전화는 이미 끊겼다.

"안 돼!"

긴장감이 감도는 고요가 5분간 이어진 끝에 벨이 다시 울린다.

"엄마, 여기 101번 국도에 있는 서노코 주유소 던킨도너츠야."

"어느 도시?"

"그건 몰라. 또 물어보기 싫어. 한밤중에 갑자기 나타나서 자기가 어디에 있는지도 모르면 너무 이상해 보이잖아."

"젠장, 카일리, 그냥 물어봐."

"엄마, 있잖아, 구글에서 찾아봐. 나 I-95번 바로 옆 101번 국도 위 뉴햄프셔에 있대."

레이철은 구글 검색을 해본다. "엑서터 근처에 있는 서노코야?"

"응. 엑서터라고 쓰인 표지판이 있어."

"20분 정도 걸릴 거야! 20분 기다릴 수 있지?"

"응, 엄마."

"뭐 사 먹을 돈 없으면 물이라도 마시고 있어."

"아냐, 아줌마 아저씨가 돈 줬어. 도너츠하고 콜라 사 먹을게. 내 휴대폰 돌려달라고 했는데 아줌마 아저씨도 안 가지고 있다네."

"네 휴대폰은 찾았어." 레이철이 차로 달려가며 알려준다.

"지금 가져올 수 있어?"

"이따 집에 와서 봐. 엄마 벌써 차에 탔어."

"스튜어트한테는 뭐라고 했어?"

"스튜어트한테는 너 아프다고 했고, 네 아빠한테는 뉴욕에 갔다고 했어. 세상에, 카일리, 진짜 너 맞는 거지? 엄마한테 돌아오는 거 맞는 거지?"

"진짜 나 맞아, 엄마. 나 배고파. 가서 도너츠 하나 사먹을래. 아니 두 개. 이제 전화 끊고 도너츠 사러 갈게."

"끊지 마! 엄마 금방 갈 거야." 레이철이 절박하게 말하지만 카일리는 이번에도 벌써 전화를 끊었다.

I-95번 고속도로는 몇 분 거리에 있다. 레이철은 이 볼보의 최대 속도나 다름없는 시속 130킬로미터로 전력 질주한다.

구글맵이 안내하는 대로 101번 국도 분기점으로 가니 바로 앞에 서노코 주유소가 나온다.

카일리는 던킨도너츠 창가 자리에 혼자 앉아 있다. 갈색 머리, 주근깨투성이 얼굴, 앙증맞은 은색 머리띠. 정말 카일리다!

적나라한 조명 아래, 카일리는 한없이 작고 연약해 보인다.

"카일리!" 레이철이 목청껏 소리를 지른다. 볼보를 주차장에 아무렇게나 세우고 차에서 내려 던킨도너츠로 달려 들어간다.

두 사람은 서로를 끌어안고 울음을 터뜨린다.

카일리도 울고 레이철도 운다.

현실이다.

생시가 맞다.

레이철의 어린 아기가 돌아왔다. 『역경』은 모든 게 마무리될 때 노란 화살을 받을 거라 약속했다.

그 어디에도 노란 화살은 보이지 않지만, 카일리가 그녀의 세상으로 돌아와 함께 있다.

하느님, 감사합니다. 정말 감사합니다, 하느님. 너무너무 감사합니다.

"다신 엄마 못 보는 줄 알았어." 카일리가 말한다.

레이철은 믿을 수가 없다. 지금 자신이 느끼는 안도감과 기쁨이 너무나 커서 이 세상에 다 담기지 않을 것만 같다. "엄만 널 다시 볼 수 있을 거라고 믿었어! 널 되찾을 줄 알았어!" 레이철이 카일리를 꼭 껴안는다. 숨이 막힐 정도로. 딸아이의 냄새가 난다. 오들오들 떨고 있는 차가운 카일리. 카일리는 지금 배도 고프고, 너무너무 무서울 것이다.

눈물이 줄줄 흘러나온다.

안도감과 행복감이 물밀듯 밀려온다.

이상하고 불안정하고 찜찜한 기쁨.

"배고프지?"

"아니. 방금 도너츠도 한 개 먹었고 거기 있는 동안 아줌마 아저씨가 먹을 것도 줬어."

"아줌마 아저씨가 뭐 줬는데?"

"그냥 평소 먹던 거. 시리얼, 통밀 크래커."

"어서 집에 가자. 피트 삼촌도 와 있어."

"삼촌이?"

"응, 삼촌이 엄마 도와줬어."

"아빠한테는 말 안 한 거야?"

"응."

"태미 때문에?"

레이철이 고개를 끄덕인다.

"아줌마랑 아저씨가 그러는데, 내가 무슨 말이라도 했다간 우리 모두 위험해질 거래."

"나한테도 그렇게 말했어. 자, 어서 엄마랑 집에 가자."

"화장실 좀 갔다 올게."

"엄마랑 같이 가."

"아냐, 엄마. 아무 일 없을 거야."

"이젠 네가 내 눈에 안 보이는 일 없게 할 거야."

"엄마, 나는 엄마가 화장실까지 따라오게 하지는 않을 거야. 잠깐이면 돼."

레이철은 던킨도너츠 화장실 앞까지 함께 간 다음 문 밖에서 기다린다. 흔해 빠진 남녀 공용 한 칸짜리 화장실이고 안에 아무도 없으니 누군가 창문이나 어디 다른 틈으로 카일리를 끌고 갈 일은 없겠지만, 그래도 레이철은 단 몇 초라도 카일리를 눈에서 놓치는 게 죽을 만큼 싫다.

중년의 계산원이 레이철의 눈에 들어온다.

"딸이에요?" 여자가 묻는다.

"네."

"경찰을 부르려던 참이었어요. 가출 청소년인줄 알았거든요."

레이철은 여자에게 미소를 지어 보인 뒤 피트에게 카일리가 무사하다는 문자를 보낸다.

"10대에 접어들면 애들을 잘 감시해야 해요. 힘든 시기거든요.

내가 좀 알죠. 딸이 넷이라.”

“애는 제 전부예요.”

레이철의 말에 여자가 고개를 끄덕거린다. “애들을 눈에서 놓으면 안 돼요.”

“맞아요.”

카일리가 화장실에서 나오자 레이철이 카일리를 껴안는다. 두 사람은 손을 잡고 주유소에서 나와 주차장으로 향한다.

“집에 가면 뜨거운 물로 오래오래 샤워하고 싶다.” 차에 올라타며 카일리가 말한다.

“그렇게 해. 하고 싶은 거 뭐든지 해.”

“나 너무 더러운 거 같아.”

“너 괜찮아? 그 사람들이 너한테 손댄 건 아니지? 어디 다치게 한 거 아니지?”

“응…… 아니, 어제 아저씨가. 오늘이 무슨 요일이지?”

“일요일 아침일 거야.”

“탈출하려고 했다가 아저씨한테 따귀 맞았어.” 카일리가 무덤덤하게 말한다.

“세상에. 아저씨가 널 때렸어?”

“응. 근데 웃긴 건, 그 아저씨는 나쁜 사람이 아니었다는 거야. 아줌마가 나쁜 사람이었지. 아줌마가 너무 무서웠어.” 카일리는 그렇게 말하고는 다시 울음을 터뜨린다.

레이철은 카일리를 품에 꼭 안는다.

“빨리 집에 가자. 집에 가고 싶어. 일라이도 보고 싶고, 삼촌도 보고 싶어.”

레이철은 차에 시동을 걸고 전조등을 켠 다음 집으로 차를 몬다.

"하나 말 안 한 거 있어, 엄마."

"뭔데?" 레이철은 최악을 예상하며 묻는다.

"확실한 건 아닌데, 아줌마랑 아저씨가 경찰한테 총을 쏜 거 같아. 경찰이 우리가 타고 있던 차를 세웠는데, 내 생각엔 아줌마가 그 경찰한테 총을 쏜 것 같아."

레이철이 고개를 끄덕인다. "목요일 오전에 뉴햄프셔주 경찰이 총에 맞았다는 뉴스가 나오긴 했어."

카일리가 놀라 헉 숨을 들이마신다. "그 경찰 죽었어?"

"엄마도 그거까지는 잘 모르겠네." 레이철이 거짓말을 한다.

"우리 경찰서에 가야 돼."

"안 돼! 너무 위험해. 그 사람들이 우리 모두를 죽일 거란 말이야. 끝까지 추적해서 우릴 찾아낼 거라고. 너, 엄마, 피트 삼촌, 네 아빠, 우리 전부. 아무 말도 하면 안 되고, 아무 일도 하면 안 돼, 카일리."

"그럼 우리 이제 어떻게 해?"

"우린 가만히 있을 거야. 입 닫고 이 일을 잊는 거야."

"안 돼!"

"그래야 돼, 카일리. 미안하지만 그럴 수밖에 없어."

10분 뒤, 플럼섬에 도착하니 피트가 두 사람을 기다리고 있다. 카일리가 차에서 내리자 피트가 카일리를 번쩍 들어 올리고 빙글빙글 돈다.

"무사했구나!" 피트가 카일리를 집 안으로 데리고 들어간다.

일라이가 소파 위로 뛰어올라 카일리 옆에 앉자, 카일리가 일라이를 안아 올려 입을 맞춘다.

"좀 어때요……." 레이철이 피트한테 귓속말로 묻는다.

"자고 있어요. 5분만 있다가 다시 갈 거예요. 카일리 보려고 잠깐 왔어요."

"삼촌." 카일리가 피트를 부르며 다시 한번 안아달라는 듯 두 팔을 앞으로 내민다.

레이철과 피트는 카일리를 사이에 두고 소파 양 끝에 앉는다. 일라이는 카일리의 다리 위에 자리를 잡았다. **이건 기적이야, 이런 게 바로 기적이지**, 레이철은 생각한다. 집으로 돌아오는 아이들도 더러 있지만, 대개는 돌아오지 못한다. 특히 여자아이들은 더더욱.

"삼촌도 무슨 일이 있었는지 다 알아?" 카일리가 피트한테 묻는다.

"알아, 삼촌이 엄마 도왔거든."

"우리 단체 포옹하자." 카일리가 또다시 울음을 터뜨리며 말한다.

피트가 두 팔로 레이철과 카일리를 안는다.

"믿어지지가 않아. 거기서 백만 년은 있게 되는 줄 알았거든." 카일리가 말한다.

세 사람 다 그렇게 서로를 안은 채 앉아 있다가 잠시 뒤 카일리가 고개를 들고 두 사람을 향해 씩 웃는다. "나 배고파."

"먹고 싶은 거 뭐든 말해." 레이철이 말한다.

"피자."

"지금 당장 데워줄게."

레이철이 일어나 부엌으로 가려 하지만, 카일리가 레이철을 놓아 주지 않는다.

"너 괜찮은 거지, 카일리? 그 사람들이 어디 다치게 한 건 아니고?" 피트가 묻는다.

"내가 아저씨를 때리고 탈출하려고 하니까 아저씨가 날 때렸어. 진짜 아팠어."

"젠장." 피트가 두 주먹을 불끈 쥐며 분노한다.

"얼마나 무서웠을까." 레이철이 말한다.

카일리가 이야기를 하는 동안 피트와 레이철은 가만히 듣는다.

카일리는 두 사람에게 모든 걸 빼놓지 않고 말한다.

두 사람은 카일리가 마음껏 털어놓게 한다. 카일리가 얘기하고 싶은 것이 있으면, 두 사람은 그렇게 하도록 내버려둘 것이다. 카일리는 과묵한 아이가 아니고, 레이철은 그 점을 감사히 여긴다. 레이철은 카일리의 머리를 쓰다듬으며 딸의 용기에 미소를 보낸다.

레이철이 피자를 데우는 동안 피트는 어밀리아를 살피러 아펜젤러 부부네 집으로 돌아간다.

카일리는 방으로 올라가 자기 물건들을 둘러본다.

"엄마, 나 이제 스튜어트랑 다른 친구들이랑 문자해도 돼? 괜찮을까?"

"괜찮아. 대신 스튜어트한테는 장염에 걸렸었다고 말해야 돼, 알았지?"

"알았어. 그럼 아빠한테는 뭐라고 해?"

"아이고, 그건 또 다른 얘긴데, 아빠한테는 뉴욕에 갔었다고 해야 돼." 레이철은 아빠와 태미와 외할머니가 얽힌 상황을 모두 설명해준다.

"내 휴대폰!"

레이철이 카일리의 휴대폰을 건넨다. "너인 척하면서 문자를 보내거나 그러진 못했어. 폰 비밀번호를 몰라서."

"비번 엄청 쉬운데. 2194."

"그게 뭔데?"

"해리 스타일스(1994년 2월 1일 생 영국 가수—옮긴이) 생일이잖아! 어머나, 웬일, 메시지가 백만 개나 와 있네."

"너 애들한테 아팠었다고 해야 돼."

"알았어. 그런데 월요일엔 학교에 가고 싶어. 내일이 무슨 요일이지?"

"월요일."

"학교에 가고 싶어."

"별로 좋은 생각이 아닌 것 같은데. 엄만 네가 병원 가서 검사부터 받아보면 좋겠어."

"난 괜찮다니까. 학교에 가고 싶단 말이야! 친구들 보고 싶어."

"정말?"

"또다시 어디 갇혀 있긴 싫어."

"그럼 앞으로 스쿨버스는 타지 마. 엄마가 무슨 생각이었던 건지 모르겠다."

"참, 내 토끼 어디 있어? 마시멜로 어디 간 거야?"

"오늘 밤에 바로 다시 가져다줄게."

"잃어버린 거 아니야?"

"아냐."

카일리는 자고 있을 게 분명한 친구들한테 문자를 보낸다. 그런 뒤 두 사람은 침대에 함께 누워 카일리가 좋아하는 유튜브 동영상을 본다. 아하의 「테이크 온 미」 뮤직비디오, 몬티 파이선의 물고기 따귀 춤, 랩 그룹 브록햄프턴의 동영상들, 영화 〈스파이 대소동〉에서 그루초가 거울에 비친 자기 모습을 수상쩍게 바라보는 장면.

샤워를 하고 나온 카일리는 혼자 있고 싶어 한다. 30분 후 레이철이 살피러 가보니 카일리는 곤히 잠들었다. 레이철은 소파에 주저앉아 엉엉 운다.

피트가 새벽 6시에 다시 온다. 벽난로에 장작을 넣는 피트에게 레이철이 묻는다. "거긴 아무 문제 없어요?"

"어밀리아는 아직 자고 있어요."

피트가 커피를 끓여 오고 두 사람은 함께 난롯가에 앉는다.

모든 게 예전으로 돌아온 듯하다. 메리맥강으로 향하는 낚싯배. 라디오 채널 WCRB에서 흘러나오는 레너드 번스타인의 음악. 비닐에 단단히 넣어 배달된 《글로브》.

"카일리가 집에 있다는 게 안 믿겨요. 그 애를 영영 잃어버릴 거라고 생각한 순간도 있었는데."

두 사람은 장작이 타서 하얘지다가 숯으로 변하는 것을 지켜본다. 그때 레이철의 휴대폰이 울린다. **알 수 없는 발신자**. 스피커폰으로 전화를 받는다.

변조 음성이다. 체인이 직접 그녀에게 전화를 건 것이다. "네가 무슨 생각을 하고 있는지 알아. 사랑하는 사람을 돌려받으면 다들 하는 생각이지. 인질을 풀어주고 빨리 끝내고 싶을 거야. 하지만 중요한 건, 전통에 맞서 싸워선 안 된다는 거야. 전통이 뭔지 알아?"

"무슨 말이죠?"

"전통은 살아 있는 자들끼리 벌이는 공방이지. 오래전에 시작된

관습을 두고 산 자들끼리 벌이는 공방 말이야. 우리 전통이 딱 그 격이거든. 체인한테 까불면, 체인은 반드시 너와 네 가족을 찾아갈 거야. 이 나라를 떠나 사우디아라비아로 가든, 일본으로 가든, 그 어디를 가든 찾아갈 거라고. 이름을 바꿔도, 신분을 세탁해도, 우린 널 찾아낼 거야."

"알아요."

"알아? 그래, 그래야 할 거야. 왜냐하면 아직 끝난 게 아니거든. 네가 끌어들인 사람들이 실수 없이 임무를 해내야, 또 그 사람들이 끌어들인 사람들이 실수 없이 임무를 해내야 끝나는 거거든. 최근 몇 년 동안은 체인에 이탈이 없었지만, 간혹 이탈이 일어나기는 해. 사람들은 자기들이 시스템을 무너뜨릴 수 있다고 생각하거든. 하지만 그건 불가능해. 그럴 수 있는 사람은 아무도 없고 그건 너도 마찬가지야."

"윌리엄스 가족 말이죠."

"그 가족 말고도 이탈을 시도한 자들이 더 있었지. 이제껏 아무도 성공하지 못했지만."

"난 약속대로 할 거예요."

"반드시 그래야 할 거야. 오늘 아침에 네 계좌로 1만 달러 입금했어. 던리비 부부가 지불한 몸값의 10퍼센트. 던리비 부부가 입금한 비트코인 계좌에서 빼낸 돈이야. 네가 그 돈을 연방 기관에 어떻게 해명할 수 있을지 모르겠네. 우리가 보낸 암살범은 그럭저럭 피한다고 해도, 뭐 이제껏 아무도 그러지 못했지만, 우리가 이 정보를 모조리 공개하면 넌 감옥에 가게 될 거야. 네가 악질적인 납치단의 배후에 있는 숨은 천재라는 사실을 보여줄 증거는 널렸거든. 넌 똑똑하니까 큰 그림을 볼 수 있을 거야, 그렇지?"

"그래요, 볼 수 있어요."

"좋아. 우리가 다시 통화하게 되는 일은 아마 없겠지. 잘 있어, 레이철. 너와의 거래 정말 즐거웠어."

"나도 마찬가지라고는 못 하겠네요."

"더 심할 수도 있었어. 훨씬 심할 수도 있었다고."

통화가 끝나자 레이철은 바들바들 떤다. 피트가 레이철의 어깨를 감싸 안아준다. 레이철은 너무나 창백하고 야위어서 금방이라도 부서질 듯하다. 심장이 너무 빨리 뛰고 있다. 언젠가 다시 날 수 있기를 바라며 구두 상자에 넣어 지극 정성으로 보살피던 다친 새 같다.

36
일요일 오후 4시

카일리가 마침내 위층에서 내려온다. 한 손에는 아이패드를, 한 손에는 아이폰을 들고 어깨에는 일라이를 얹고 있다.

"페이스북, 인스타그램, 트위터 알림이 100개가 넘어." 카일리가 최대한 명랑한 목소리로 말한다.

레이철은 미소를 짓는다. 은박지 모자를 쓰고 SNS를 완전히 끊어버리겠다는 생각은 접기로 했다. 카일리도 엄마의 미소에 답을 보낸다. 우리 둘 다 상대방을 위해 허세 부리고 있어, 레이철은 생각한다. "너 친구들한테 인기 많구나."

"스튜어트하고 통화했는데, 다들 내가 아프다는 말을 그대로 믿은 것 같아. 할머니한테도 문자 보냈어. 할머니 괜찮으시대. 그리고 아빠한테는 이메일도 보냈어."

"그렇게까지 하다니, 엄마가 미안한데."

카일리는 고개를 끄덕거린다. **괜찮다**는 말은 하지 않는다. 딸에게 친구들하고 가족한테 거짓말을 하게 만든 건 괜찮은 일이 아니니까.

"말 가려서 했지?"

"당연하지."

"SNS에 한마디라도 하는 날엔, 온 세상이 알게 되는 거야."

"나도 알아, 엄마. 아무한테도 말하면 안 되는 거잖아?"

"응…… 너 괜찮은 거야?" 레이철이 카일리의 얼굴을 쓰다듬으며 묻는다.

"사실은 안 괜찮아. 거기 있을 때 너무 무서웠거든. 그런 생각이 들 때가 있었어. 내가, 그러니까 뭐라 그래야 되나, 사라지겠구나 하는 그런 생각? 왜 있잖아, 다른 사람들이 방에서 나가면 그 사람들은 더 이상 그냥 존재하지 않는 사람이라고 생각하는 거."

"유아론 말이니?"

"그 지하실에 있을 때 든 생각이 그거였어. 아무도 내 생각을 안하니까 내 존재는 사라지겠구나 하는 그런 생각."

레이철이 카일리를 으스러지도록 껴안는다. "엄만 자나 깨나 네 생각만 했는데! 매일, 1분 1초도 네 생각을 안 한 순간이 없어."

"그러다 또 아줌마랑 아저씨가 날 거기 그냥 내버려두고 떠날지도 모른다는 생각도 들었어. 아줌마랑 아저씨가 들킨 줄 알고 가버리는 바람에 음식도 물도 바닥나서 내가 죽을지도 모른다는 생각."

"엄마가 그렇게 되도록 내버려두지 않았을 거야. 엄마가 어떻게 해서든 널 찾아냈을 거야."

카일리가 고개를 끄덕거리지만 진짜로 믿는 건 아니라는 걸 레이철도 안다. 대체 어떻게 찾겠는가? 레이철은 카일리를 못 찾았을 것이다. 그녀의 딸은 그 지하실에 영원히 갇혀 있었을 것이다.

카일리가 방충망 출입문을 열고 바깥 분지를 내다본다.

"네가 신은 조리에서 쫄쫄 소리 난다." 레이철이 분위기를 바꾸려 우스갯소리를 한다.

카일리가 레이철을 돌아본다. "엄마?"

"왜?"

"아줌마랑 아저씨가 그랬는데, 엄마가 체인을 이어야 나를 풀어줄 수 있다고 했거든."

레이철이 고개를 떨군다.

"엄마?"

레이철이 마른침을 삼킨다. 이번엔 거짓말을 할 수가 없다. 그랬다간 오히려 상황이 나빠질 게 분명하다. "맞아."

"잠깐, 그럼 엄마도 이미……." 카일리가 충격에 휩싸여 묻는다.

"미안해. 그게, 나도, 그러니까, 어쩔 수 없었어."

"엄마도 누굴 납치한 거야?"

"어쩔 수 없었다니까."

"아직 데리고 있어?"

"응. 체인이 이어져야 풀어줄 수 있어."

"맙소사! 어디 있어?" 카일리의 눈이 휘둥그레진다.

"우리가…… 아니 내가 분지 반대쪽에 있는 빈집을 찾았어. 지하실이 있는 집을."

"그럼 지금 거기 있는 거야? 혼자?"

"삼촌이 가 있어."

"남자애야, 여자애야?"

"넌 모르는 게 나아."

"나도 알고 싶어!"

"여자애." 수치심이 레이철의 온몸을 휩쓴다.

시럽처럼 끈적끈적한 수치심이 물밀듯 밀려온다.

"그 아이 그냥 보내주면 안 돼?"

레이철은 토할 것만 같다. 달아나고 싶은 마음을 겨우 물리치고 불가피한 현실을 직시한다. 카일리의 눈을 똑바로 쳐다보며 고개를 가로젓는다.

"그냥 FBI에 가서 우리 보호해달라고 하고 새 신분 만들면 안 돼?"

"그렇게 단순하지가 않아. 우린, 아니 난 실제로 사람을 납치했어. FBI에서 엄마를 감옥으로 보낼 거야. 그리고 너도 안전하지 못할 거고. 체인을 끊는 데 성공한 사람이 없다는 말, 엄만 믿어. 우리가 어딜 가든, 그 사람들이 우릴 찾아낼 거야. 그런 위험을 감수할 수는 없어."

"그 여자애 봐도 돼? 말 걸어도 돼?"

카일리를 이 일에 깊이 연루시킨다는 생각만으로도 레이철은 온몸에 소름이 돋는다. "안 돼, 넌 학교로 돌아가. 이 일은 우리가 알아서 할 테니까. 엄마하고 피트 삼촌이 말이야."

"걔 이름이 뭐야?"

"넌 모르는 게 좋아."

"마시멜로 걔한테 있는 거야?"

"응." 레이철이 카일리를 안으려고 하지만 카일리는 레이철을 밀친다.

"내 몸에 손대지 마!" 카일리가 소리친다.

"마시멜로는 다시 가지고 올 수 있어. 엄만……."

"그게 중요한 게 아니잖아! 마시멜로 때문에 이러는 게 아니라고. 엄마가 저지른 짓 때문이지. 어떻게 애를 납치할 수가 있어? 엄마가 어떻게 그런 짓을 할 수가 있냐고?"

"나도 몰라. 어쩔 수 없었어."

"그 여자애 아프게 했어?"

"아니. 설마." 레이철은 또다시 거짓말과 수치심의 강에서 허우적대며 대답한다.

"어떻게 엄마가 그런 짓을 할 수가 있어?"

"나도 모르겠어."

한 발짝, 또 한 발짝 뒷걸음질을 치던 카일리는 방충망 출입문에 부딪힌다.

지저분한 손톱을 내려다보던 레이철의 눈에 유리잔에 비친 자신의 모습이 들어온다. 그녀의 모습은 흡사 사이비 교주 같다. 갑자기 정신을 차리고 빠져나간 신도를 다시 무리로 끌어들이려 애쓰는 정신 나간 말라깽이 사이비 교주. 아니, 그렇지 않다. 그보다 더 흉한 모습이다. 자신과 함께 자기 딸도 죽음의 세계로 끌고 들어가는 악마. 착하고 선량한 데메테르와 정반대되는 존재. 그녀는 카일리가 거짓말을 하게 만들었다. 카일리를 공범으로 만들었다. 두 사람 사이의 균열은 걷잡을 수 없이 벌어질 것이다. 그 무엇도 다시는 전과 같을 수 없을 것이다.

레이철은 배신감으로 눈물에 젖은 카일리의 두 눈을 응시한다.

유황 냄새가 나는 것만 같다. 아니지, 아직 지옥에서 탈출 못 했잖아. 탈출 하려면 몇 달, 어쩌면 몇 년이 걸릴지도 몰라.

카일리가 흐느끼기 시작한다. "날 되찾으려면 그 방법밖에 없었던 거야?"

"응."

"엄마하고 삼촌이?"

"응."

카일리가 문을 밀어 열자 분지에서 찬바람에 들이닥친다.

"우리 밖에 나갈까?" 카일리가 묻는다.

"너무 추워."

"이불 뒤집어쓰고 나가면 되잖아. 안에 있기 싫어."

두 사람은 데크로 나간다.

"우리 딸, 엄마가 안아도 될까?" 레이철이 망설이다 묻는다.

"응." 말 잘 듣는 카일리가 대답한다.

카일리는 담요로 몸을 둘둘 감싼 채, 야외용 안락의자 위 엄마 무릎에 앉아 있다. 레이철의 가운 끈이 마치 탯줄처럼 두 사람을 감고 있다. 두 사람은 아무 말도 하지 않는다. 그렇게 앉아만 있다.

하루가 점점 끝을 향해 가면서 붉은빛과 노란빛으로 이루어진 띠가 메리맥 계곡 주변을 따라 길게 이어진다. 점점 어두워지다가 별이 뜨고 밤이 나타나 모녀를 집어삼킨다. 실로 길고 끔찍한 밤이 될 터였다.

37
일요일 오후 10시 45분

그녀의 본능이 옳았다. 체인이 끊어지려 한다. 아니, 사실 그녀의 본능이 **전적으로** 옳은 건 아니었다. 문제의 근원이 레이철 클라인은 아니기 때문이다. 헬렌 던리비도 아니다. 문제는 시머스 호그다. 통상적인 스파이웨어 기술을 써서 그 가족의 전화를 미러링하고 시머스의 이메일을 읽었다. 시머스는 코네티컷주 스탬퍼드에 살고 있는 삼촌 토머스 앤더슨 호그에게 내일 아침 10시 스탬퍼드에 있는 스타벅스에서 만날 수 있냐고 묻는 이메일을 보냈다.

토머스 앤더슨 호그는 은퇴한 연방 보안관이기 때문에 이건 가벼이 넘길 문제가 아니다.

시머스가 밀고를 하려 한다.

그것도 경찰도 아닌 빌어먹을 연방 보안관한테.

그녀는 레이철 관련 데이터를 다시 한번 본다. 지금까지는 시시하지만 놀라울 정도로 유능한 고리였다. 모든 일을 제대로 해냈다. 최초의 몸값도 신속하게 지불했고, 뛰어오른 몸값도 마찬가지였고, 납치도 성공적으로 해냈다.

레이철은 유능하고 착하다. 전남편의 형이 그녀를 돕고 있다. 또 한 명의 흥미로운 인물. 그는 해병대에서 명예 제대했지만 2012년 9월 배스티언 캠프에서 벌어진 사건의 책임을 일부 떠안았다. 그래서 연금도 없고, 재향 군인 수당도 최저액만 받는다. 2017년 매사추세츠주 우스터에서 브라운 타르 헤로인을 1그램 소지한 죄로 체포당한 적이 있다. 기소는 즉각 기각되었다. 범죄 기록부 사진 속 얼굴은 불안하고 완고하며 노화가 빠른 중년 남성처럼 보인다.

전남편도 돕고 있을까?

구글에서 레이철의 전남편, 마티 오닐을 검색해본다.

오호, 잘생긴 남자군. 굉장히 잘생겼어. 이제껏 한 번도 마주치지 못한 게 놀라울 정도다. 보스턴에서 일등 신랑감 후보군은 신기할 정도로 얼마 안 된다. 하버드를 졸업한 변호사가 매력 없는 금발과 데이트를 하다니. 우스터 출생, 현재 보스턴 거주, 법률 회사 배너 앤드 위트코프의 파트너 변호사. 이 남자가 이 집에서 가장 머리가 좋은 사람인 건 맞네.

자, 이제 이 사람들이 다 같이 힘을 모아서 커브볼을 어떻게 처리할지 두고 보자고.

위커 앱에 로그인해 레이철에게 메시지를 보낸다.

시머스 호그가 배신하려 함. 그자가 밀고할 것임. 연방 보안관 출신 삼촌에게 이메일을 보내서 내일 오전 10시 코네티컷주 스탬퍼드에서 만날 예정. 당연히 이 만남은 성사되어서는 절대로 안 됨. 던리비 부부가 일을 망쳤음. 못 믿을 표적을 골랐음. 그 부부의 실책은 곧 당신의 실책임. 인질을 죽이고 다른 표적을 고르든지 이 만남을 저지하든지, 던리비 부부와 호그 가족에게 그들이 체인의 일부임을 일깨워줄 것. 이중 아무 일도 하지 않으면, 역풍은 당신과 당신 가족에게 불어닥칠 것임. 우린 당신이 어디 살고 있는지 알고 있음. 당신이 어디를 가든 우리가 못 찾아낼 곳은 없음.

38
일요일 오후 10시 59분

새카만 대서양. 새카만 하늘. 빛을 잃은 별들이 간간히 떠 있는 밤. 레이철이 담배를 피우며 데크에 앉아 있는데 휴대폰에서 위커 앱 알림음이 울린다. 메시지가 왔다.

메시지를 읽고, 그 뜻을 이해하고 나니 패닉에 빠진다. 마음을 가라앉힌 후 선불폰을 꺼내 아펜젤러 부부 집에 있는 피트에게 전화를 걸어 메시지를 읽어준다.

"이 일은 던리비 부부가 처리해야 하는 거 아닌가요?" 피트가 묻는다.

"체인 그 개자식들이 나한테 연락을 했잖아요. 이게 그자들이 말하던 역풍이에요. 피트. 호그가 다 망쳐버린다는 건 던리비 부부가 망쳤다는 뜻이 되는데, 그럼 난 어밀리아를 죽이고 새로운 표적을 골라야 해요. 안 그러면 놈들이 날 잡으러 올 거예요."

"잠깐 기다려요, 내가 바로 그쪽으로 갈 테니까. 어밀리아는 자고 있어요."

레이철이 헬렌 던리비의 번호를 누르지만 신호가 가다가 음성사서함으로 넘어간다. 다시 걸어보지만 아무도 받지 않는다. 잠깐 기다렸다가 다시 걸어도 여전히 응답이 없다. 이 멍청한 년이 죽은 게 아니라면 전화기를 꺼놓은 것이다.

던리비네 컴퓨터 역시 꺼져 있다. 전자 기기를 사용한 흔적이 전혀 없다. 대체 어떻게 된 거지? 어쩌라고?

레이철은 위커 앱에 로그인해 2348383hudykdy2에게 메시지를 보낸다. 던리비 가족이 전화를 안 받아요.

곧바로 답장이 온다. 그건 우리 문제가 아니야, 네 문제지.

이어 피트가 도착한다. "던리비 부부가 뭐래요?"

"전화를 안 받아요. 그 멍청한 작자들이 전화를 꺼놨어요."

"그럼 이제 어떻게 해야 하죠?"

"난 어밀리아를 죽이고 다시 시작할 마음이 없어요."

"그야 당연하죠."

피트는 레이철이 자신의 흐리멍덩한 눈을 못 알아보길 바란다. 15분 전쯤 투약을 한 상태다. 오늘 밤 상황이 종료된 줄 알고, 그의 몸은 아편을 달라고 아우성이었다. 결국 굴복하고 아펜젤러네 부엌에서 투약을 할 수밖에 없었다.

"피트?" 레이철이 부른다.

"난 아이디어가 다 떨어졌어요." 피트가 멍하니 대답한다.

"지금 던리비네 집에 가서 그 집 아들을 대기시키라고 말하는 거예요."

"전화로 말해요."

"전화는 이미 해봤다고요! 그 사람들이 안 받는다니까요. 내 말 듣고 있는 거예요?"

"딸이 납치된 마당에 어떻게 전화를 꺼놓을 수가 있죠?" 피트가 의아하게 여긴다.

"어쩌면 그 사람들 벌써 죽었을지도 몰라요. 그 역풍이란 게 그 사람들을 죽이고 지금 우리한테 오는 중일지도 모르죠."

"그럼 지금 우리를 죽이러 오고 있을지도 모르겠네요."

"카일리 데리고 아펜젤러 집으로 가야겠어요. 우리 말고 그 장소를 아는 사람은 없으니까." 레이철이 제안한다.

"일단 내가 가서 준비해놓을게요."

레이철은 카일리의 방으로 간다. 카일리는 아직 안 자고 아이패드를 보고 있다. "미안, 아가, 오늘 밤 우리 집은 너한테 안전하지 않을 거 같아. 체인에 무슨 일이 생겼거든."

카일리는 겁에 질린 얼굴이다. "무슨 일? 그 사람들이 우리 잡으러 오고 있는 거야?"

"아니, 아직은. 해결해야 할 일이 생겼어. 널 분지 맞은편 그 집으로 데려가려고. 거긴 안전할 거야."

"그 사람들 우리 잡으러 오고 있는 거 맞구나?"

"아냐, 그런 게 아냐. 넌 안전해. 괜찮아. 그냥 예방책일 뿐이야. 네 삼촌하고 엄마가 다 알아서 할 거야. 자, 짐 싸자."

레이철은 카일리와 함께 차를 타고 아펜젤러 부부의 집으로 가서 뒷문으로 몰래 들어간다. 피트가 자신의 45구경과 레이철의 엽총을 가지고 부엌에서 기다리고 있다.

카일리는 무기를 보고 깜짝 놀라는가 싶더니 피트를 껴안는다.

"그 꼬마 애 여기 있어?"

레이철이 고개를 끄덕인다.

"어디 있는데?"

"지하실에. 자고 있어." 피트가 대답한다.

"삼촌하고 엄마는 나가야 돼. 어밀리아가 잠에서 깰 것 같지는 않지만, 혹시 지하실에 내려갈 거면 너도 이거 써." 레이철이 검은 색 스키 마스크를 카일리한테 건넨다.

"그 애가 내 얼굴을 알아보면 안 되니까." 카일리는 신기하기도 하고 무섭기도 한 표정이다.

"엄만 네가 더 이상 엮이지 않길 바랐지만, 혹시 어밀리아가 울려고 하면 네가 내려가서 좀 달래줘야 할 것 같아. 아이가 너무 큰 소리를 내면 안 되니까."

"아침까지 잘 것 같기는 해. 한 시간 동안 줄넘기를 시켰거든."

"엄마랑 삼촌은 어디 가는 건데?" 카일리가 엄마한테 묻는다.

"삼촌하고 엄마는 비상사태를 해결해야 돼."

"무슨 비상사태?"

"별일 아니야, 나쁜 일은 아니지만 삼촌하고 엄마가 같이 가야 하니까, 넌 여기 어밀리아랑 같이 있어."

"무슨 일인지 나한테도 말을 해줘야지!"

레이철은 고개를 끄덕인다. 카일리도 마땅히 알아야 한다. "우리 아래쪽 체인 중 어느 한 가족이 경찰한테 가려고 해. 그 사람들을 막아야 돼. 그 사람들이 경찰한테 가면, 우리 모두 위험해지니까."

"그래서 지금 어디로 가는데?"

"프로비던스."

"거기까지 가서 그 사람들한테 몸값 내고 엄마가 한 것처럼 하라고 말해주려고?"

"응."

"만에 하나…… 엄마랑 삼촌이 안 돌아오면 어떻게 해?"

"아침까지 우리가 안 돌아오면, 아빠한테 전화해서 데려가달라고 해. 이 집에 있어야 해. 우리 집엔 절대 가지 말고. 아빠가 이 집으로 데리러 오면 아빠한테 다 말해줘. 그때까지는 네 휴대폰 꺼놓고 있고."

카일리가 비장한 얼굴로 고개를 끄덕인다. "아침 몇 시?"

"엄마한테든 삼촌한테든, 어디 보자, 11시까지 아무 소식도 안 오면, 그건 아마 우리가 망했다는 의미일 거야." 피트가 말한다.

"죽은 거라는 뜻이야?" 카일리의 입술이 바르르 떨린다.

"꼭 그런 뜻은 아니야. 뭔가 잘못됐다는 거지." 레이철 역시 죽을 가능성이 가장 높다고 생각하면서도 말은 다르게 한다.

카일리가 엄마와 삼촌을 포옹한다. "난 괜찮을 거야. 그리고 그 애도 잘 지켜볼게."

이제 자신의 딸 또한 납치 행각에 가담하게 되었다는 생각에 레이철은 분하기도 하고 화도 난다. 하지만 앞으로 아주 오랫동안 이런 감정을 억제해야 할 것이다. 시간이 흘러가고 있다. 볼 위로 주르륵 흘러내린 눈물을 훔치며 레이철이 피트에게 말한다. "자, 어서 작전이나 개시하죠. 운전은 내가 할게요."

39
일요일 오후 11시 27분

왼쪽으로는 늪이, 오른쪽으로는 습지가 펼쳐진다. 상향등을 켠다. 총기의 기름 냄새, 땀, 두려움. 두 사람 다 아무 말도 하지 않는다. 운전은 레이철이 하고 피트는 조수석에 탔다.

매사추세츠주, 베벌리.

오래된 목조 주택들. 참나무. 간간히 보이는 아파트 건물. 정적. 텔레비전과 도난 경보기에서 흘러나오는 파란 불빛.

교외의 밤답게 단조롭다. 이 얼마나 좋은가. 길에 참견쟁이들이 거의 없으니.

포세이돈 스트리트.

던리비네 집에는 불이 꺼져 있다.

"이 블록을 한 바퀴 돌아요. 정차하지 말고."

레이철은 피트 말대로 한 뒤, 거리 하나를 더 가서 주차한다.

조용한 동네다. 인적이 없다. 그리고 딱 한 가지 의문. 어째서 헬렌 던리비는 빌어먹을 전화를 받지 않는가?

레이철의 머릿속에 온 가족이 목이 베인 채 식탁 의자에 묶여 있는 장면이 떠오른다.

"숲 쪽에 있는 저 울타리를 넘은 다음에, 뒷문으로 들어가면 돼요." 피트가 말한다.

"어떻게 들어가요?"

피트가 잠금 장치를 따는 전용 도구 세트와 스패너를 들어 보인다. "무슨 일이 있어도 이 일을 할 거라면 말이죠."

"해야죠. 이제 제대로 되든 안 되든 끝까지 가는 수밖에 없어요."

제대로 되든 안 되든 끝까지 간다는 말은 사실 약과다. 이제부터 그녀는 있는 힘껏 맥베스 부인처럼 나가야 할 것이다. 행동에 옮기고 믿어버려야 한다. 받아들여야 한다. 피트를 위해, 그녀 자신을 위해, 카일리를 위해. 가족의 목숨이 달린 일이다.

"전파 방해 장치도 가지고 왔어요. 만약 방범 시스템이 있으면 이 장치가 차단해줄 거예요. 집 안에 들어가서는 권총을 쓰자고요." 피트가 조수석 사물함에서 38구경 권총을 꺼내 레이철에게 건넨다. 그는 45구경과 함께 9밀리미터 권총도 챙긴다.

권총. 잡목 숲.

피트가 버둥거리며 던리비네 집 북쪽 울타리를 넘는다. 레이철은 피트를 뚫어져라 바라본다. 왜 저러지? 무슨 약을 먹었거나, 숨기고 있는 부상이라도 있는 걸까? 레이철에게는 컨디션 최상의 피트가 필요하다.

"괜찮은 거예요, 피트?" 레이철이 엄하게 묻는다.

"그럼요, 난 괜찮아요. 레이철은 괜찮아요?"

레이철은 암흑 속에서 피트를 노려본다.

"빨리 움직여야 할 것 같은데요?" 피트가 말한다.

"당연하죠."

던리비네 집 뒷마당. 장난감, 정원용 가구, 그네. 부엌으로 이어지는 뒷문.

"따봐요." 레이철이 말한다.

손전등을 켜고, 전파 방해 장치도 켠다.

피트가 문손잡이를 만지작거린다. 오른손이 살짝 떨리는 게 보인다.

"딸 수 있겠어요?"

"그럼요. 전에도 해봤어요. 계속 공략하면 얼마 못 버틸 거예요, 한번 믿어봐요."

3분. 4분.

"정말 할 수 있는 거예요?"

마침내 잠금이 풀린다. 피트가 손잡이를 돌린다. 안전 체인은 없다. 방범 장치도 울리지 않는다.

"우리 아무 문제 없는 거 맞죠?" 레이철이 묻는다.

"그럼요."

두 사람은 스키 마스크를 쓰고 부엌으로 들어간다. 레이철이 손전등을 켜서 실내를 휙 훑는다.

시체도 없고 암살범도 없다.

"어디로 가야 할지 혹시 알아요?" 레이철이 소리 죽여 묻는다.

"알아요. 따라와요."

레이철은 피트를 따라 위층으로 향한다.

바닥에는 카펫이 깔렸고 벽에는 사진이 걸려 있다. 계단을 다 올라가니 커다란 시계가 놓여 있다. 거울도 하나 놓여 있는데, 그 거울에 총을 든 사람이 비쳐 레이철은 순간 혼비백산한다.

"왼쪽 첫 번째 방이에요." 피트가 속삭인다.

문틈으로 체취와 술 냄새가 새어나온다. 침대 위에서 여자가 코를 골고 있다. 손전등으로 방 구석구석을 전부 비춰본다. 여자 외에는 아무도 없다. 피트가 발끝으로 살금살금 다가가 침대 옆에 무릎을 꿇은 다음 손으로 여자의 입을 막는다. 여자가 피트의 손 아래에서 비명을 지르자 피트가 여자를 제압한다.

피트가 솥뚜껑 같은 손으로 여자의 비명 소리를 틀어막고 있는 동안, 레이철은 침실에 딸려 있는 욕실을 확인한다.

"아무도 없어요."

"당신이 헬렌 던리비예요? 맞으면 고개만 끄덕여요." 피트가 묻는다.

여자가 고개를 끄덕인다.

"남편은 어디 있어요? 한 단어로 답해요. 작게. 큰 소리 내면 죽습니다."

"지하실." 헬렌이 쉰 목소리로 답한다.

"당신한테 전화했었어요. 내 목소리 알겠어요?" 레이철이 묻는다.

"당신이 어밀리아를 데리고 있잖아요." 헬렌이 울음을 터뜨린다.

"그 애는 어디 있어요? 헨리 호그?"

"지하실에요."

"남편하고 같이요?"

"저하고 교대로 보고 있어요……."

레이철은 피트를 흘낏 보며 말한다. "남편을 여기로 데려와요. 이 여자는 내가 지키고 있을 테니까."

레이철이 전등을 켠 후 38구경을 헬렌한테 겨누자, 피트가 아래층으로 내려간다.

"휴대폰은 대체 어떻게 된 거예요?" 레이철이 성난 얼굴로 묻는다. "왜 꺼놨어요? 이런 상황이라면 보통은 베개 밑에 두고 자지 않아요?"

"나, 나도 모르겠어요. 화장대 위에 있지 않아요?" 헬렌이 되레 묻는다. 헬렌의 얼굴은 초췌하고 겁에 질려 있다. 눈은 빨갛게 충혈되었고 퀭하다. 정말 대단한 여자다.

레이철이 화장대 위의 폰을 슬쩍 들어 본다. 배터리가 없다. "충전이 안 되어 있잖아요."

"그게, 나도 몰랐어요."

"딸이 인질로 잡혀 있는데 잠이 와요? 엄마가 어떻게 그래요?"

"난, 그냥……." 헬렌이 해명하려는데 방문이 열린다.

마이크 던리비가 양손을 머리 위로 올린 채 들어온다. 온라인이나 페이스북에서 본 사진과 전혀 다른 얼굴이다. 훨씬 늙어 보이고, 흰머리도 많고, 뚱뚱한 데다 멍청해 보이기까지 한다. 돈 많고 똑똑한 남자 아니었나? 눈앞의 마이크 던리비는 자신이 애들을 데리러 학교에 가는 날인 걸 까먹어서 뒤늦게 나타나는 멍청한 아빠, 딱 그런 아빠처럼 보인다. 이 얼간이들이 일을 망쳤다는 게 놀랍지 않을 지경이다. 이 사람들, 정말 누굴 납치하기는 한 걸까? 어쩌면 납치했다고 거짓말을 한 걸지도 모른다.

"지하실에 애가 있어요?" 레이철이 피트에게 묻는다.

"있더라고요." 피트가 그렇게 대답하고는 바로 짧게 휘파람 소리를 낸다. 저 아래 상황이 그다지 좋지는 않다는 의미 같다.

"당신들이 어밀리아를 데려간 자들이야?" 마이크가 영국 억양이 살짝 섞인 말씨로 묻는다.

"우리가 데리고 있어요."

"우리 애는 괜찮아요?" 헬렌이 절박하게 묻는다.

"괜찮아요. 우리가 잘 돌보고 있어요."

"여긴 왜 온 거예요? 당신들이 시키는 건 다 했는데." 마이크가 묻는다.

"아뇨, 당신들이 망쳤어요. 아까부터 계속 전화를 걸었는데 전화기도 꺼져 있고 컴퓨터도 꺼져 있더군요."

헬렌은 이제 레이철을 이상하다는 듯 바라보고 있다. 만약 헬렌이 당신이 누군지 알 것 같아요 같은 말이라도 하면…… 젠장, 그럼 이 자리에서 당장 저 여자를 쏴버려야 하잖아.

"호그 가족 때문에 이러는 거예요? 그 사람들이 무슨 짓을 저질렀는데요?" 헬렌이 묻는다.

"이미 저지른 게 아니라 곧 저지를 거예요." 피트가 대답한다.

"맙소사! 그 사람들이 무슨 짓을 저지르려고 하는데요?"

"시머스한테 연방 보안관 출신 삼촌이 있는데, 내일 스탬퍼드에서 그 삼촌을 만날 거래요." 레이철이 헬렌에게 알려준다.

"그게…… 그게 뭘 의미하는데요?" 헬렌이 어리둥절한 표정으로 묻는다.

"원칙적으로는, 당신이 꼬마 헨리를 죽이고 처음부터 다시 시작하거나, 우리가 어밀리아를 죽이고 처음부터 다시 시작해야 된다는 의미예요. 아주 간단하죠. 하지만 나는 체인이 우리 가족 근처에 얼씬도 못 하게 할 거예요. 이제 무슨 뜻인지 알겠어요?" 레이철이 씩씩거리며 말한다.

"분명 뭔가 다른……." 마이크가 입을 뗀다.

"방법이 있기야 하죠. 우리 셋이 프로비던스로 내려가서 호그 가족한테 직접 설명을 해주는 거예요."

"우리 셋이라고요?" 피트가 묻는다.

"네, 우리 셋요. 이 얼간이들을 못 믿겠어요."

레이철이 헬렌 쪽으로 돌아선다. "당신은 여기 남아서 아이를 감시해요. 당신 남편은 우리랑 같이 가고요. 당신네 차를 타고 갈 거예요. BMW 맞죠?"

"맞아요." 마이크가 대답한다.

"빨리 달려야 하거든요. 젠장, 얼른 신발이나 신어요. 아 참, 가서 부 아저씨 좀 가지고 와요. 부 아저씨가 있어야겠어요."

"부 아저씨라뇨?" 마이크가 의아한 얼굴로 되묻는다.

"어밀리아의 곰 인형 말이에요. 아이가 그 인형을 찾아요."

헬렌이 부 아저씨를 건네준다.

"우리가 나가고 나서 경찰을 부르거나 호그 가족한테 귀띔을 해주거나, 여하튼 허튼수작 부리면, 어밀리아는 죽을 줄 알아요. 그 사람들이 어밀리아를 죽인 다음 당신하고 토비도 죽이러 올 거라고요. 내 말 알겠어요?" 레이철이 단단히 이른다.

헬렌이 고개를 끄덕인다. 세 사람은 바깥으로 나가 검은색 최신형 BMW로 향한다. 스탠다드차타드 은행에서 실적 왕한테 줄 법한 그런 차다. 호화롭고 편안하며 빠른 차.

마이크가 레이철에게 자동차 열쇠를 건넨다. 레이철이 운전석에 오른다.

피트는 마이크와 함께 뒷좌석에 오른다.

레이철이 시동을 걸자 차가 부르릉거린다.

레이철은 백미러를 본다. 피트는 여전히 살짝 멍한 상태다. 마이크는 넋이 나갔다. 이 둘을 통솔할 수 있는 건 레이철뿐이다. 레이철이 이 두 사람을 통솔할 것이다.

"안전벨트 매요."

40
일요일 오후 11시 59분

레이철은 차량 행렬에 합류한다.

고속도로가 윙윙거린다. 고속도로가 노래하듯 윙윙거린다. 고속도로가 차가운 빛을 발한다.

고속도로는 남쪽으로 움직이는 살모사다.

디젤과 가솔린.

물과 빛.

나트륨등과 네온등.

자정의 95번 고속도로. 생명선과 운명, 서로 무관한 이야기들을 이어주는 미국의 척추.

고속도로는 표류한다. 고속도로는 꿈을 꾼다. 고속도로는 스스로를 돌아본다.

이처럼 추운 한밤중에 얽히게 될 그 모든 운명의 가닥들.

남쪽으로 향하는 길에 있는 다른 도시와 출구를 지나칠 때마다 다른 가능성이, 다른 경로가 사라진다. 피바디, 뉴턴, 노우드.

자기만의 열두 별자리를 만들어가고 있는 구글맵.

포터켓.

프로비던스.

브라운 대학 방면 출구. 러브크래프트의 고장. 이스트프로비던스 방향으로 나 있는 옛 기찻길. 대저택들. 그 대저택들보다 더 큰 대저택들.

메이플 애비뉴. 블러프 스트리트. 내러갠싯 애비뉴.

"여기예요." 마이크가 말한다.

"여기요?"

"네."

크고 못생긴 데다 허접한 튜더 양식 저택이다. 2000년대에 비슷비슷한 집들로 꽉 찬 거리에서 볼 수 있던 전형적인 저택.

세 사람은 그 집을 지나쳐 좀 더 올라가서야 차를 세운다.

"현관으로 가요, 뒷문으로 가요?"

"애매한데요." 피트가 중얼거린다. "개가 있는지, 경보기가 있는지, 그런 걸 모르잖아요."

"그럼 뒷문으로 해요." 레이철이 정한다.

세 사람은 BMW에서 내려 건물을 빙 돌아 뒷마당으로 간 다음, 철제 울타리를 오른다. 그들을 향해 돌진하는 개는 없다. 번쩍하고 투광 조명이 들어오지도 않는다. 한밤중에 빵 하고 굉음을 내며 울려 퍼지는 엽총 소리도 없다.

집 뒷문은 견고해 보이지만 옆에 일종의 머드룸(흙 묻은 우비나 장화를 벗어두는 곳―옮긴이) 같은 공간이 있고 거기에도 문이 나 있다. 그 문은 판유리 안쪽에 걸쇠만 달려 있을 뿐이다. 피트가 전파 방해 장치를 켠 후 유리를 깬다.

세 사람은 어떤 반응이 있을지 기다려본다. 비명 소리가 들릴지, 갑자기 불이 켜질지.

아무런 반응이 없다.

피트가 깨진 유리 안으로 손을 넣어 걸쇠를 푼다.

다 함께 머드룸으로 들어간다. 외투와 장화가 가득한 좁은 목조 공간이다.

손전등을 켠다.

머드룸에서 부엌으로, 부엌에서 식당으로.

벽에 사진이 걸린 식당.

레이철의 손전등 불빛에 가족사진이 포착된다. 남자는 짙은 흑발에 키가 크다. 여자는 아담하고 통통하고 인상 좋아 보인다. 아이들은 둘 다 10대 초반이다. 그중 한 명은 휠체어에 타고 있다. 던리비 부부는 왜 하필 휠체어에 탄 아이를 납치했을까? 왜 사서 고생을 하는 걸까?

대체 어떤 인간이 장애가 있는 아이를 납치하지?

하긴, 대체 어떤 인간이 견과류를 먹으면 중증 알레르기 반응으로 죽을지 모르는 아이를 납치하지?

아니, 대체 어떤 인간이 아이를 납치하지?

세 사람은 게임룸으로 들어간다. 당구대, 다트판, 닌텐도 위가 갖춰져 있다. 어쨌든 돈은 좀 있는 집안인 모양이다.

"이건 당신이 들고 있는 게 낫겠어요." 피트가 멍한 얼굴로 마이크에게 9밀리 권총을 건넨다.

레이철은 어안이 벙벙해 피트를 본다. 대체 왜 그걸······.

마이크가 뒤를 돌더니 권총을 레이철한테 겨눈다.

"이 못돼먹은 년아, 넌 천벌을 받을 거야. 오늘 밤 당장 어밀리아를 풀어주지 않으면······."

"풀어주지 않으면 뭐?" 레이철이 날카롭게 말한다. "설마 우리가 장전된 총을 넘겨줄 정도로 멍청하다고 생각하는 거야?"

마이크가 총을 노려본다. "난······."

레이철이 마이크의 손아귀에서 권총을 홱 낚아채 피트에게 돌려준다. 피트는 그제야 자신이 실수를 저질렀다는 사실을 깨달은 듯하다.

레이철이 38구경의 총열로 마이크의 볼을 찌른다.

"일이 어떻게 돌아가는지 아직도 이해를 못 하셨나 보네, 응? 설사 우리가 당신한테 어밀리아를 돌려보낸다고 해도 그게 끝이 아니라고. 체인이 계속 이어져야 되거든. 그렇게 되도록 기획이 되어 있다고. 안 그러면 그 사람들이 당신하고 어밀리아, 당신 아내하고 토비를 죽일 거야. 당신들을 모조리 죽인 다음 처음부터 다시 시작할 거라고. 나하고 내 가족도 죽일 거고."

마이크가 고개를 절레절레 흔들며 무슨 말인가를 하려 한다. "하지만 난······."

레이철이 권총으로 마이크의 얼굴을 때린다. 마이크가 움찔하면서 비틀비틀 수조 쪽으로 뒷걸음질을 친다. 레이철은 마이크가 넘어지지 않도록 그의 재킷 자락을 움켜잡는다.

레이철이 마이크를 바짝 잡아당긴다. "이젠 이해가 돼?"

"그런 것 같아요." 마이크가 꺼져가는 목소리로 대답한다.

레이철이 권총을 마이크의 턱 밑에 들이댄다. "이해가 되냐고?" 레이철이 재차 묻는다.

"이해돼요." 마이크가 우는 소리를 내더니 이내 정말로 울기 시작한다.

레이철이 마이크의 스키 마스크를 벗긴 후 권총을 옆구리 쪽으로 내린다. 그러고는 마이크에게 시선을 고정한 채 그대로 1초, 2초, 3초 노려본다.

"눈 감아." 레이철이 명령한다.

마이크가 눈을 감자, 레이철도 스키 마스크를 벗고는 마이크의 얼굴을 아래로 누르더니 자신의 이마를 마이크의 이마에 맞댄다.

"모르겠어? 내가 당신을 구해주고 있는 거야." 레이철이 부드럽게 말한다. "내가 당신하고 당신 가족을 구해주고 있는 거라고."

마이크가 고개를 끄덕인다.

마이크도 이제는 이해했다. 이마를 맞대고서. 피해자이자 공범이다. 공범이자 피해자다.

"아무 일 없을 거야." 레이철이 속삭인다.

"정말 그럴까요?" 마이크가 묻는다.

"그럴 거라고 약속하지."

레이철은 스키 마스크를 다시 쓴 다음 마이크에게도 마스크를 돌려준다.

레이철이 피트를 잡아먹을 듯 쏘아본다. "대체 무슨 생각으로 그런 거예요? 정신 좀 차려요."

옆문에서 개 한 마리가 나타난다. 황갈색 셰퍼드다. 개는 세 사람을 보고 얼어붙는다. "착하지." 피트가 말한다. 개가 피트에게 다가와 킁킁거리며 손 냄새를 맡는다. 냄새가 마음에 드는 듯하다.

피트가 개의 머리를 쓰다듬는다. 개는 레이철과 마이크에게도 코를 킁킁거리고는 흡족한지 부엌 쪽으로 향한다.

정면에 있는 방에서 텔레비전 소리가 요란하게 들려온다.

세 사람은 텔레비전 소리를 따라 가족사진이 더 많이 걸린 복도를 내려간다.

거실에는 덩치 큰 남자가 폭스 뉴스를 틀어놓은 채 안락의자에서 선잠을 자고 있다. 턱살이 두툼하고 힘세 보이는 남자가 이런저런 사건으로 쓰러지기라도 한 듯 축 처져 누워 있다. 마치 걸리버처럼.

성경을 읽고 있던 모양이다. 성경책이 남자 옆 바닥에 떨어져 있다. 무릎에는 총이 놓여 있다.

레이철이 피트에게 고개를 끄덕여 신호한다.

피트가 조심조심 총을 집어 들어 외투 주머니에 넣는다. "저 사람이 시머스 호그예요?" 레이철이 귓속말로 묻는다.

마이크가 고개를 끄덕인다.

레이철이 바닥에서 성경책을 주워 든다.

신명기를 읽던 중이었나 보다.

이제, 이 남자한테 새로운 종교를 가르쳐줄 때가 되었군.

41
월요일 오전 4시 17분

텅 빈 해변. 무심한 하늘. 차갑고 시커먼 바다에서 끊임없이 밀려오는 파도.

레이철은 아펜젤러 집의 뒤쪽 계단을 오른다.

바깥에서 보면 아무도 없는 집처럼 보인다.

부엌을 통과한다.

지하실 계단 앞에 서 있다.

"카일리?"

아래쪽에서 목소리가 들려온다.

불안하다. 레이철의 얼굴이 굳는다. 맙소사. 또 뭐지?

레이철은 38구경 권총을 꺼내 앞쪽을 겨눈 채 계단을 내려간다.

카일리와 어밀리아는 공주 놀이 텐트 안에 있다.

둘은 오퍼레이션 게임을 하고 있다. 카일리는 스키 마스크를 쓰고 있지 않다. 두 사람 앞에는 감자 칩이 놓여 있고, 어밀리아는 자지러지게 웃는 중이다.

처음 들어보는 어밀리아의 웃음소리다.

레이철은 지하실 계단에 앉아 총을 치운다.

지시를 따르지 않은 카일리한테 화를 내고 싶지만 그럴 수가 없다. 카일리는 인간이 다른 인간을 돌볼 때 마땅히 보여야 할 태도로 어밀리아를 돌보고 있을 뿐이다.

카일리는 레이철보다 훨씬 공감을 잘한다. 카일리는 레이철보다 훨씬 용감하다.

레이철은 다시 계단을 오른다.

식탁 위에 총을 올려놓고는 의자에 앉는다.

자기혐오와 자괴감이 주체할 수 없을 정도로 밀려온다. 그녀가 좀 더 좋은 엄마였다면, 지금 겪고 있는 일 중 그 어느 것도 일어나지 않았을 것이다.

한 순간, 저 권총의 총열을 입 속에 넣으면 어떤 느낌일까 궁금해진다. 저 차가운 탄소강이 마치 제자리를 찾았다는 듯 혓바닥 위에 자리를 잡으면 어떤 느낌일까. 생각만으로도 두려워진 레이철은 권총을 멀리 치운다.

"언제 끝이 날까?" 레이철은 어둠에 대고 속삭인다.

어둠은 잠자코 있을 뿐 답을 알려주지 않는다.

42
월요일 오후 6시

시머스 호그는 철저한 교육을 받았다. 이제는 그도 알아들었다. 계획을 짜서 신속하게 실행에 옮긴다. 누가 봐도 호그는 유괴 분야의 천재다. 그는 코네티컷주 엔필드로 차를 몰고 가서는 풋볼 경기장 밖에서 게리 비숍이라는 이름의 열네 살짜리 소년을 기다린다. 게리는 디펜시브 태클 포지션이다.

풋볼에 대해서는 아는 것이 별로 없는 레이철도 디펜시브 태클이 대단한 역할이라는 건 안다. 그 점이 마음에 걸리지만, 저 표적은 위커 연락원의 승인을 받았다. 그 사람들은 도대체 어느 정도 신중을 기해 심사하는 걸까? 일이 다 틀어져도 신경도 안 쓰는 거 아닐까? 가끔은 일이 다 틀어지라고 기도도 하는 건 아닐까? 괴물은 대체 어떤 심리일까?

레이철은 창밖 너머로 수위표 위에 달린 시계를 본다.

저녁 6시 1분이다.

바깥으로 나와 데크에서 기다린다.

카일리는 거실에서 숙제를 하고 있다. 모든 게 정상인 척 거실에 앉아 수학 공부를 하지만 희미하게 훌쩍거리고 있다. 레이철은 카일리와 함께 앉고 싶지만, 카일리가 싫다고 할 게 뻔하다. 레이철은 유리를 통해 카일리를 지켜본다. 학교에서는 아무 문제 없었다고 한다. 몰골이 말이 아니어서인지 그동안 아팠다는 말을 다들 곧이 곧대로 믿어주었다고.

피트는 어밀리아와 함께 있으려고 아펜젤러 집으로 간다. 어밀리아는 지금 공주 놀이 텐트 안에서 혼자 오퍼레이션 게임을 하고 있다. 어밀리아는 레이철을 싫어한다. "그 아줌마 안 왔으면 좋겠어요. 너무 싫어요." 어밀리아가 피트한테 그렇게 말했다고 한다.

레이철은 어밀리아가 조금도 원망스럽지 않다.

자신의 휴대폰과 그 옆에 놓인 선불폰을 보니 7시 15분이다.

이번에도 일이 다 틀어질 경우, 던리비 부부가 헨리 호그를 죽이고 다시 시작할 거라고 믿어도 될까?

그 사람들이 못하면, 레이철이 아펜젤러 집에 가서 어밀리아를 죽여야 하는 걸까? 두려움과 슬픔과 외로움에 빠진 그 어린아이를 죽여야 할까? 38구경 권총은 가운 주머니에 들어 있다. 그녀가 나서야 할 것이다. 피트한테 시키는 건 책임 회피가 될 테니까 말이다. 레이철은 알고 있다. 피트가 실제로 사람을 쏴본 적이 있다는 사실을. 아마 사람을 죽여본 적도 있을 것이다. 아프가니스탄에서 몇 번 총격전을 겪었고 이라크에서는 셀 수 없을 만큼 여러 번 겪었다고 했으니까.

하지만 피트를 끌어들인 건 레이철이다. 그러니 그녀가 나서야 한다. 선택의 여지가 없다.

피트한테는 부엌에서 기다리라고 하고 그녀가 신발을 벗고 지하실 계단을 내려갈 것이다. 어밀리아는 레이철이 콘크리트 바닥을 가로질러 자신에게 다가오는 소리를 듣지도 못할 것이다. 레이철은 어밀리아가 놀고 있는 동안 뒤통수를 쏠 것이다. 그러면 어밀리아는 자신이 어떤 일을 당한지 절대 모를 것이다. 그런 식으로 존재에서 비존재가 될 것이다.

아이를 죽이는 것, 누구도 할 수 없는 최악의 행동이다.

하지만 카일리를 다시 이런 일에 휘말리게 하는 것보다는 낫다.

레이철은 울기 시작한다. 고통과 분노가 해일처럼 몰려온다. 그 사람들은 이런 걸 보고 웃는 걸까? 선량한 사람들한테 끔찍한 짓을 억지로 시키고는 그걸 지켜보면서? 인간이라면 누구든 자신의 가장 뿌리 깊은 믿음과 원칙을 어쩔 수 없이 어기게 되는 걸까? 그렇다면 정말 웃기지 않은가?

레이철은 7시 25분까지 기다렸다가 던리비 부부한테 전화를 건다. "어떻게 됐어요?"

"방금 시머스 호그하고 통화했어요. 납치 성공했대요. 애가 말썽을 거의 안 부려서 무사히 잡았대요."

"잘됐네요."

"어밀리아는 어때요?"

"어밀리아는 잘 있어요. 오퍼레이션 게임을 또 하네요. 무사히 지내고 있어요."

레이철은 전화를 끊고 침실로 가 침대에 걸터앉는다.

38구경 권총을 화장대 위에 올려놓고 공이치기를 살살 뒤로 당긴 후, 안전장치를 다시 걸고 탄창을 찰칵 열어 총알을 빼낸 다음 화장대 서랍에 넣고 숨을 내쉰다.

한 시간 후, 레이철의 휴대폰에서 위커 앱 알림이 울린다. 그녀의 연락원이 이제 어밀리아 던리비를 풀어줘도 좋다고 통보한다.

아주 잠깐의 말썽 후, 체인은 아무 일도 없었다는 듯 다시 씩씩하게 앞으로 나아간다.

레이철은 선불폰으로 헬렌 던리비에게 전화를 건다.

"여보세요?"

"앞으로 30분 안에 어밀리아를 풀어줄 거예요. 다시 전화해서 지사 사항을 알려줄게요." 레이철은 할 말만 하고 전화를 끊는다.

레이철은 아펜젤러 집에 가서 스키 마스크를 쓰고, 피트와 함께 어밀리아에게 채워놓은 사슬을 푼 다음 지하실에서 데리고 나온다. 피트와 레이철은 장갑 낀 손으로 어밀리아한테 지문이 묻지 않은 새 청바지와 스웨터를 입힌다. 해변에 아무도 없는 것을 확인하고, 어밀리아의 머리 위에 수건을 드리운 후 피트의 픽업트럭으로 데려가 뒷좌석에 태운다.

두 사람은 롤리 공원 운동장으로 차를 몰고 가서 어밀리아를 차에서 내려준다. 어밀리아한테는 숫자를 60까지 세기 전에 수건을 벗지 말고, 그다음엔 엄마가 데리러 올 때까지 그네를 타고 있으라고 당부한다. 두 사람은 구석구석 닦은 부 아저씨와 지하실에 있는 동안 어밀리아가 특별한 애착을 보인 장난감 문어를 두고 간다.

닷지를 공원 맞은편 거리에 세운 후, 레이철은 던리비 부부한테 전화를 걸고 피트는 망원경으로 어밀리아를 지켜본다. 레이철은 던리비 부부한테 체인과 역풍에 대해, 그리고 피해자를 일찍 풀어주거나 누구에게든 이 일을 발설할 경우 따를 수 있는 끔찍한 결과에 대해 경고한다. 던리비 부부는 그 얘기를 이미 체인한테서 직접 들었다면서 레이철한테도 일을 제대로 처리하겠다고 약속한다.

레이철은 어밀리아가 어디 있는지 알려주고 전화를 끊는다.

레이철과 피트는 닷지 램에서 기다린다.

21세기 초 미국에서 날은 점점 어두워지는데 혼자 그네에 남겨진 꼬마 여자아이. 얼마나 무서울까?

5분이 흐른다.

어밀리아가 심심해한다.

어밀리아가 그네에서 내려 1A번 국도 쪽으로 걸어간다. 차들이 굉음을 울리며 시속 80킬로미터로 쌩쌩 지나가고 있다.

"젠장!" 피트가 나지막이 욕설을 내뱉는다.

레이철은 조마조마해서 어쩔 줄을 모른다.

이제 공원에는 다른 사람도 있다. 모자 달린 점퍼를 입은 10대 남자애 두 명이다. "저러다 애가 죽겠어요." 피트가 말한다.

"내가 해결할게요." 레이철은 다시 스키 마스크를 쓰고는 차에서 내려 어밀리아가 있는 곳까지 달린다. "어밀리아, 이 길은 위험해. 아줌마가 그네에서 기다리라고 했잖아! 엄마랑 아빠가 5분 안에 올 거야."

"그네 타기 싫어요." 어밀리아가 퉁명스럽게 말한다.

"지금 그네 있는 데로 안 가면, 엄마랑 아빠한테 네가 데리러 오지 말랬다고 말할 거야. 그럼 엄마 아빠가 안 올걸!"

"정말 그렇게 말할 거예요?" 어밀리아가 덜컥 겁이 나 되묻는다.

"그럼! 그럴 거야. 자 이제 그네에 가서 놀아."

"아줌마는 심술쟁이야! 아줌마 미워!"

어밀리아가 뒤돌아 공원 쪽으로 걷는다.

레이철이 잽싸게 다시 길을 건너려는데 남자애들이 스키 마스크를 포착하고는 수상쩍게 여긴다. 그 아이들이 레이철을 더는 쳐다보지 않는다는 것을 확인한 후에야 레이철은 닷지에 오른다.

어밀리아는 시무룩하게 그네에 앉고, 10대 소년 둘은 공원의 장난감 집으로 들어간다. 보나마나 마리화나를 피우려는 것이다.

시간이 느릿느릿 기어간다.

마침내 던리비 부부가 나타나 차를 세우고는 딸한테 달려가 끌어안고 통곡을 한다.

이제 끝이다.

이제 스포트라이트는 레이철 가족을 비추지 않는다. 앞으로 체인을 이어갈 사람들이 일을 그르치지 않기를, 체인이 다시 그들을 찾는 상황이 없기를 바랄뿐이다.

레이철과 피트는 일단 집으로 가서 카일리를 살핀 다음 곧장 아펜젤러 집으로 가서 그곳에 머물렀던 흔적을 모조리 제거한다. 지하실을 말끔히 청소하고 창문에 덧대었던 판자도 떼어낸다. 매트리스도 위층에 도로 가져다놓은 다음 지문을 박박 닦아낸다. 뒷문도 마찬가지로 뒤처리를 하고 최대한 표시가 나지 않게 잠근다. 아펜젤러 부부가 봄에 돌아오면 뭔가 잘못됐다고 느낄 것이 분명하지만 봄은 아직 먼 얘기다.

두 사람은 쓰레기를 로웰에 있는 하치장까지 차로 실어 나른다. 집에 돌아왔을 땐 꽤 늦은 시간이지만, 카일리는 안 자고 기다린다.

"이제 끝났어. 그 애는 지금 자기 엄마 아빠랑 같이 있어." 레이철이 말한다.

"정말 끝난 거야?" 카일리가 묻는다.

레이철은 자신의 목소리에 깃든 의심을 모조리 쫓아버린 후 카일리의 갈색 눈동자를 똑바로 응시하며 말한다.

"응."

카일리가 울음을 터뜨리자 레이철이 카일리를 안아준다.

그들은 피자를 주문하고 레이철은 카일리가 잠들 때까지 옆에 함께 누워 있는다. 카일리가 마침내 잠이 들자 레이철은 주치의한테 아침에 전화하겠다는 문자메시지를 보낸다. 죽어가고 있는 게 아니기만을 바랄 뿐이다. 만약 죽어가고 있다면 이 모든 일이 뜻하지 않은 결말을 맞게 될 것이다.

레이철은 아래층으로 내려간다. 피트는 밖에서 땀을 뻘뻘 흘리며 장작을 패는 중이다. 높이가 2미터 정도 되는 장작더미가 여섯 개나 생겼다. 겨울을 나기에, 아니 좀비 때문에 세상이 한두 번 망한다고 해도 끄떡없을 양의 장작이다. 피트가 장작 한 무더기를 가지고 들어와 벽난로에 불을 지핀다.

레이철이 새뮤얼 애덤스를 한 병 가져다주자 피트가 뻥 하고 뚜껑을 딴 다음 소파로 가 레이철 옆에 앉는다. 피트가 장작 패는 모습을 보는 동안, 무언가가 레이철의 마음을 흔들어놓았다. 말도 안되게 바보 같고 원초적인 그 무언가가.

레이철은 피트를 제대로 알고 지낸 적이 없기 때문에 피트한테 반할 일도 없었다. 피트는 늘 어딘가 멀리 나가 있었다. 이라크, 르준 캠프, 오키나와, 아프가니스탄, 혹은 여행. 피트는 마티와 전혀 다르다. 키가 더 크고, 더 말랐고, 성격은 어둡고, 쓸쓸하고, 말수도 적다. 마티가 50배는 더 잘생겼다. 피트는 첫인상이 좋다기보다는 알고 지낼수록 서서히 좋아지는 유형의 사람이다. 형제는 외모도 행동도 닮지 않았다. 피트는 내향적인데 반해, 마티는 외향적이다. 마티는 파티의 분위기 메이커지만 피트는 구석에서 책꽂이를 살피다 조용히 빠져나갈 기회를 노리며 시계나 흘끔거릴 유형이다.

피트는 맥주를 단숨에 비우더니 한 병 더 가지고 온다. 레이철은 마티가 변호사 시험을 준비할 때 비상용으로 숨겨둔 말보로를 한 개비 꺼내 피트에게 불을 붙여준다. "우리한테 이것도 있어요." 레이철이 보모어 12년산을 내밀어 보이고는 잔 두 개에 따른다.

"이거 좋은데요." 피트는 이 느낌을 좋아한다. 술기운이 돌면서 살짝 들뜬 기분. 그동안 이런 느낌을 잊고 지냈다. 아편으로 들뜬 느낌과는 전혀 다르다. 헤로인은 자신에게 뒤집어씌우는 보호막이다. 세상에서 가장 아름다운 보호막이자, 고통을 덜어주고 가을의 풍요에 흠뻑 빠질 수 있게 해주는 보호막.

술은 나를 나답지 않게 해준다. 아니 나를 더 나답게 해주는 걸까. 그렇기는 해도 피트는 이런 느낌을 완전히 신뢰하지는 않는다.

"문단속하고 올게요." 피트가 헛기침을 하며 벌떡 일어나 가방에서 9밀리 권총을 꺼내 들고 주변을 살핀 후 문을 잠근다.

해야 할 일을 다 마친 피트는 다시 소파로 돌아가야 한다. 피트는 마음을 정한다. 이제 레이철한테 자신에 대해 사실대로 털어놓을 때다. 중대한 비밀 두 가지 모두. "레이철이 나에 대해 알아야 할 게 있어요." 피트가 머뭇머뭇 말문을 연다.

"뭔데요?"

"해병대 시절에 관한 거예요. 사실…… 명예 제대를 하기는 했지만 내가 선수 친 거나 다름없어요. 배스티언 사건으로 군법 재판에 회부될 뻔한 걸 피하기 위해서요."

"그게 무슨 말이에요?"

"2012년 9월 14일." 피트가 단조로운 어조로 말한다.

"이라크에서요?"

"아프가니스탄, 배스티언 캠프에서요. 탈레반이 미군복을 입고 경계 울타리로 침투해, 우리 기지로 잠입한 다음 전투기와 막사에 대고 총을 쏘기 시작했죠. 그때 나는 22번 격납고 공병 부대 당직 장교였어요. 그게, 음, 당직은 안 서고 있었지만요. 내 막사에서 취해 있었거든요. 그냥 마리화나였지만, 그래도 뭐 마약은 마약이죠. 게다가 당직은 선임한테 맡겨두고서요."

레이철이 고개를 끄덕인다.

"현장으로 달려갔더니 아수라장이 따로 없었어요. 예광탄에 RPG 수류탄에, 혼돈 그 자체였죠. 영국 공군 쪽 위병들이 우리 해병 대원을 쏘고, 우리 해병 대원들은 부대원들을 쏘고. 어쩌다 거기 있던 민간 군사 업체 요원들이 끔찍한 대학살을 막아줬어요. 탈레반이 무더기로 그렇게 기지 깊숙이 침투할 수 있으리라고는 꿈에도 생각 못 했죠. 영국 해리 왕자도 그날 밤 거기 와 있었어요. 총격전이 벌어진 곳에서 불과 200미터 떨어진 VIP 구역에요. 엄청난 재앙이었고, 짐작이 가겠지만, 내 책임이 컸어요."

"피트, 6년 전이잖아요." 레이철이 감싸듯 말한다.

"레이치는 이해 못 해요. 우리 해병 대원들이 죽었는데, 내가 거기 일조했다고요. 군형법 15조에 따라 나를 처벌하기는 했지만, 바

끝에 알려질까 봐 그 정도에 그친 거지, 아니면 종합 군법 회의에 넘겼을 거예요. 어쨌거나 그러고 몇 년 뒤에 해병대를 나왔죠. 20년 근속을 6년 앞둔 시점에. 그래서 연금도 수당도 없어요. 난 한심하기 짝이 없는 놈이에요."

레이철이 몸을 앞으로 내밀어 그의 입술에 가볍게 입을 맞춘다.

"괜찮아요."

그 키스에 피트는 숨이 멎었다.

당신은 아름다워요. 이렇게 말하고 싶지만 그는 그럴 수 없다. 레이철은 지칠 대로 지친 상태고 너무 야윈 데다 부서질 듯 약해 보이지만 여전히 눈부시게 아름답다. 그건 사실이다. 문제는 그 감정을 입 밖에 내는 것이다. 얼굴이 새빨개진 것 같아, 피트는 시선을 돌려버린다.

레이철이 피트의 주름 잡힌 이마로 흘러내린 검은 머리카락 한 가닥을 뒤로 넘겨준다.

그녀는 피트에게 다시 한번 입을 맞춘다. 이번엔 훨씬 진지하게. 그녀가 내내 바라던 일이다. 그래서 키스 후 실망할까 봐 걱정이다.

그런데 실망스럽지가 않다.

피트의 입술은 부드럽지만 키스는 강력하고 강렬하다. 그에게서는 커피, 담배, 스카치위스키, 이런저런 좋은 것에서 날 법한 맛이 난다.

그도 그녀에게 맹렬히 키스를 하다가 순간 멈칫한다.

"왜 그래요?"

"잘 모르겠어요." 그가 나지막하게 말한다.

"그게 무슨 말이에요? 내가 별로……."

"그런 게 아니에요. 전혀. 당신은 놀라울 정도로 매력적이에요."

"나는 뼈만 남았잖아요. 게다가······."

"아니에요, 레이치는 멋져요. 그런 이유가 아니에요."

"그럼 뭐 때문인데요?"

"내가 안 한 지가······ 너무 오래돼서······." 피트가 솔직히 털어놓는다. 거짓말이 아니다. 그는 지금 중대한 비밀 2번, 즉 헤로인을 생각하다가 자신이 과연 거사를 치를 수 있을지 궁금해졌다.

"끄떡없을 거예요." 레이철이 피트를 침실로 이끌며 말한다.

레이철이 옷을 벗고 침대에 눕는다.

피트는 레이철이 정말 섹시하다고 생각한다. 레이철 자신은 모르고 있지만 말이다. 갈색 머리, 기다란 다리.

"어서 와요. 당신 주머니에 그거, 권총이에요? 아니면 혹시······ 아, 정말 권총이구나." 레이철이 장난스럽게 말한다.

피트는 9밀리 권총을 침대 옆 협탁에 놓고 티셔츠를 벗는다.

피트가 운동복 바지를 쭉 내리고 보니, 놀랍게도 모든 게 제 기능을 하고 있다.

"와우!" 레이철이 감탄한다.

피트가 씩 웃는다. **다행이군** 하고 생각하며 침대 위 레이철 옆으로 올라간다.

순전히 재난에서 살아남은 남녀가 할 법한 섹스이다.

열광과 걱정과 절망과 허기가 뒤섞인 섹스.

20분 후, 레이철도 피트도 모두 절정에 다다른다.

수개월의 가뭄 끝에 극적으로 발견한 오아시스.

"정말······." 피트가 머뭇거린다.

"그러게요." 레이철이 동의한다.

레이철이 담배와 스카치위스키를 가지고 온다. "저기, 좀 이상하기도 했어요. 좀 변태 같다는 생각마저 들었어요. 그러니까 내 말은, 두 형제하고…… 그런 사람이 누가 있겠어요?"

"우리 아버지만 멀리하면 돼요. 아버지 심장이 감당을 못 할 것 같거든요."

"그건 너무 엽기적인데요."

피트가 일어나더니 거실로 나가 레이철의 레코드판 컬렉션을 훑어본다. 주로 모타운(미국의 음반 회사. 음악을 통한 인종 간 화해와 결합을 추구했음—옮긴이)과 재즈 음반이다. 시디는 전부 다 막스 리히터와 요한 요한손과 필립 글래스의 음반이다.

"세상에, 레이철, 혹시 로큰롤이란 말 들어보기는 했어요?"

피트가 샘 쿡(미국의 싱어송 라이터로 '소울의 왕'으로 불림—옮긴이)의 앨범 『나이트 비트』를 튼다.

피트가 침대로 돌아왔을 때, 레이철은 피트의 팔뚝에 난 주삿바늘 자국을 똑똑히 본다.

놀랄 일도 아니다. 내내 의심하던 일이기 때문이다. 레이철은 주삿바늘 자국을 어루만지다가 피트에게 다정하게 입을 맞춘다.

"여기 있고 싶다면 마약은 끊어야 해요."

"그래요."

"아뇨, 피트, 난 진지해요. 어밀리아한테는 먹으면 안 되는 음식을 줬고, 마이크 던리비한테는 총을 주기도 했죠. 피트, 그 망할 것에서 벗어나야 해요."

피트는 레이철의 강렬한 눈빛이 몸에 닿는 것을 느낀다.

자신이 너무 부끄럽다.

"미안해요. 내가 정말, 정말 미안해요. 맞는 말이에요. 레이치도 소중하고, 카일리도 소중하니까요. 이제 더 이상 나만의 문제는 아니에요. 꼭 끊을게요."

"약속해줘요, 피트."

"약속해요."

"항암 화학 요법은 그것과 다르지만, 나도 힘든 시기를 극복했잖아요. 내가 곁에서 도와줄게요."

"고마워요, 레이치."

"어젯밤에는 어떻게 된 거예요? 시머스 호그 집에서 말이에요. 그때도 약에 취해 있었던 거예요?"

"아뇨. 취한 것까지는 아니었지만⋯⋯."

"아니었지만요?"

"막바지였어요. 마이크 던리비한테 총을 건네줬을 땐 내가 정말 정신이 없었나 봐요. 미안해요. 그놈이 우릴 죽일 수도 있었죠."

"하지만 안 죽였잖아요."

"그랬죠."

레이철이 피트의 가슴에 기대 누워 그의 눈을 들여다본다.

"피트가 없었다면 이번 일은 못 끝냈을 거예요, 진심이에요." 레이철이 피트의 입술에 키스를 한다.

"아니, 레이치가 해낸 거예요. 가족을 구한 건 바로 레이차라고요. 레이치는 뭐든 할 수 있는 사람이니까."

"하하! 요 몇 년 동안 내가 얼마나 루저 같았다고요. 마티가 변호사 시험 공부할 수 있게 나는 웨이트리스니 뭐니 온갖 허드렛일만

했잖아요. 그전에도 마찬가지였죠. 피트도 알죠, 내가 마티한테 로 스쿨 입학시험 과외 해줬던 거. 그때 모의시험에서 난 170점을 받 았죠. 마티는 159점이었고요. 나는 그런 잠재력을 가지고 있었어 요. 다 날려버렸지만."

"어쨌든 지금은 다 좋은 쪽으로 돌려놨잖아요. 카일리를 되찾기 위해 레이치가 해낸 일은 정말이지 놀라움 그 자체예요."

피트의 말에 레이철이 고개를 절레절레 흔든다. 카일리와 다시 함께 있을 수 있게 된 건 기적이지만, 기적을 자기 공으로 여기는 건 교만이나 다름없다.

레이철은 피트의 가슴에 손을 얹고 피트의 심장박동을 느낀다. 차분하고 느리면서 느긋하다. 지금 보니 피트는 몸에 세 개의 문신 이 있다. 우로보로스, 해병대 로고, 그리고 로마 숫자 V.

"5는 뭘 의미하는 거예요?" 레이철이 묻는다.

"다섯 번의 파병."

"우로보로스는요?"

"하늘 아래 새로운 일은 없다는 걸 명심하려고요. 더한 상황에서 도 사람들은 살아남았잖아요."

레이철은 한숨을 내쉬고 피트에게 또다시 키스한다. 몸 아래서 피트가 흥분하는 게 느껴진다. "이 순간이 영원히 계속됐으면 좋겠 어요."

"그렇게 될 거예요." 피트가 밝은 목소리로 말한다.

그렇게 안 될 거예요, 레이철은 생각한다.

2부

미궁 속
괴물

43

뉴욕주 크리트에 있는 진흙투성이의 히피 공동체. 때는 1980년 대 말. 잔뜩 흐린 하늘에서 비가 부슬부슬 내리는 초가을 아침이 다. 이 공동체는 낡아빠진 농장 건물들을 중심으로 조성되었다. 1974년 여름 이후 지금까지 줄곧 축산업이나 농업, 하다못해 기본 적인 생계유지 능력이라도 있는 사람을 영입하려고 애써왔지만, 그 런 능력이 있는 사람은 아무도 없었다.

이 공동체의 이름은 15년에 걸쳐 몇 차례 변경되었다. 아스테리 온의 자식들, 유로파의 자식들, 사랑의 자식들 등등. 하지만 이름은 중요한 게 아니다. 그 어느 가을 아침에 벌어진 사건이 《뉴욕 데일 리 뉴스》 1면을 장식하게 될 터였다. 기사 제목은 간결하다. '북부 에서 일어난 마약과 섹스 컬트 대학살.'

하지만 일단 지금은 모든 게 평온하다.

두 살쯤 된 남자아이 문빔이 쌍둥이 여동생 머쉬룸과 함께 밖에 나와 있다. 다른 아이들과 닭과 개도 옹기종기 모여 있다. 아이들은 지켜보는 어른도 없이 농장 마당 안쪽 진흙 바닥에서 놀고 있다. 다들 땀투성이에 지저분하지만 행복해 보인다.

헛간에는 젊은이들 열두어 명이 LSD로 환각에 빠진 채 둥그렇게 모여 앉아 있다. 70년대 말이라면 이 자리에 30~40명쯤 있었겠지만, 그건 대안적인 삶에 대한 이런 유의 실험이 전성기를 맞았을 때 얘기고, 그런 시절은 지나간 지 오래다. 80년대는 분위기가 전혀 달랐고 이 공동체는 슬슬 죽어가고 있다.

오늘 일어날 사건은 이 공동체에 있어 잔인하기 짝이 없는 마지막 장이 될 것이다.

스테이션왜건 한 대가 농장으로 다가와 정차한다. 차 안에서 두 남자가 시선을 주고받더니 스키 마스크를 뒤집어쓴다. 둘 다 총신이 짧아 볼품없게 생긴 싸구려 38구경 리볼버로 무장한다.

두 남자는 헛간으로 들어가 환각에 빠진 청년들에게 얼리샤는 어디 있냐고 묻는다.

얼리샤가 어디 있는지, 아니 얼리샤가 누군지조차 아는 사람이 없는 듯하다.

"집을 뒤져보자." 늙은 남자가 말한다.

두 사람은 헛간을 나와 녹슨 트랙터를 지나 크고 오래된 농가로 들어간다.

실내는 장애물 미로 코스나 다름없다. 여러 장의 매트리스, 가구, 옷가지, 이런저런 장난감과 게임이 여기저기 널려 있다. 두 남자는 무기를 뽑아 들고 1층과 2층에 있는 방을 모두 확인한다.

이어 3층으로 이어지는 계단을 올려다본다. 저 위 어딘가에서 음악 소리가 들려오기 때문이다.

젊은 남자가 들어보니 롤링 스톤스의 앨범 『스티키 핑거스』다. 얼리샤가 가장 좋아하는 앨범.

계단을 오를수록 음악 소리는 점점 더 요란해진다. 두 사람이 커다란 안방에 들어서는 순간 노래가 「시스터 모르핀」에서 「데드 플라워스」로 넘어간다.

두 사람은 얼리샤를 찾아낸다. 젊은 금발 여인 얼리샤는 또 다른 젊은 여자 한 명과 연한 적갈색 턱수염이 있는 빨간 머리 남자와 함께 나체로 있다. 세 사람은 기둥이 네 개 달린, 오래되고 낡은 커다란 침대 위에 누워 있다. 얼리샤와 콧수염 남자는 약에 취했고, 다른 여자는 깊은 잠에 빠진 듯하다.

늙은 남자가 침대 옆에 무릎을 꿇고 얼리샤가 정신을 차리게 뺨을 세게 때린다. "얼리샤, 애들은 어디 있어?" 남자가 묻지만 얼리샤는 대답하지 않는다.

젊은 남자가 얼리샤를 흔들며 똑같은 질문을 하지만, 이번에도 얼리샤는 아무 대답이 없다.

결국 두 남자는 묻기를 단념한다.

늙은 남자가 베개를 홱 집어 젊은 남자한테 건넨다.

젊은 남자는 고개를 가로젓는다.

"확실히 하려면 이 길밖에 없어. 변호사는 애들을 애한테 돌려줄 거야."

젊은 남자는 한참 고민하다가 고개를 끄덕인다. 처음에는 머뭇거렸지만 이내 점차 끓어오르는 분노를 그대로 실어 베개로 얼리샤의 얼굴을 힘껏 누른다. 얼리샤는 남자의 손을 손톱으로 할퀴고 양다리를 버둥거리며 몸부림친다.

어느새 정신을 차린 콧수염 남자가 옆에서 벌어지고 있는 일을 목격한다.

"이봐, 형씨!" 콧수염 남자가 외친다.

늙은 남자가 리볼버를 꺼내 콧수염 남자의 머리에 대고 쏜다. 콧수염 남자는 즉사한다.

젊은 남자가 베개를 떨어뜨리고 38구경을 꺼낸다.

"톰?" 얼리샤가 숨을 몰아쉰다.

늙은 남자는 얼리샤의 머리도 총으로 쏜다.

이 모든 소란의 와중에도, 또 다른 젊은 여자는 깨어나지 않는다. 아니 어쩌면 계속 잠든 척을 하고 있는지도 모른다. 늙은 남자는 어쨌거나 그 여자도 쏘아버린다.

깃털이 사방에 날리고 이불이 피로 흠뻑 젖는다.

욕실 문이 열리더니 벌거벗은 젊은 남자가 두루마리 휴지를 쥔 채 욕실에서 나온다.

"무슨 일이야?" 벌거벗은 남자가 따지듯 묻는다.

늙은 남자가 어리둥절해하는 남자의 가슴에 대고 총을 발사한다. 심장에 명중했으니 십중팔구 죽었을 텐데도 늙은 남자는 방을 가로질러 가 머리에도 총을 쏘아 확인 사살을 한다.

"세상에, 난장판이 따로 없네." 톰이 말한다.

"여긴 내가 처리할 테니 넌 가서 애들을 찾아봐."

10분 후, 톰은 헛간 뒤에서 흙장난을 하고 있는 문빔과 머쉬룸을 찾아낸다. 톰은 아이들을 스테이션왜건으로 데려간다.

늙은 남자는 보위 나이프로 얼리샤의 왼손 손가락 네 개를 잘라낸다. 톰을 할퀼 때 톰의 DNA가 남았을 손가락이다.

늙은 남자는 플라스틱 휘발유통을 발견하고는 농가 구석구석을 다니며 휘발유를 뿌린다. 그러고는 손수건으로 휘발유통을 쓱쓱 문질러 닦고 부엌 싱크대로 가서 물을 한 잔 따라 마신다. 물을 마신 후에는 유리잔도 문질러 닦아 지문을 없앤다.

방충망 출입문을 통해 밖으로 나와 문이 닫히지 않게 발로 고정하고, 종이 성냥을 그어 부엌 바닥에 휙 던진다.

새빨간 불길이 리놀륨 바닥을 순식간에 가로지른다.

늙은 남자도 톰처럼 스테이션왜건에 오른다.

그들은 차를 몰고 공동체를 빠져나간다. 늙은 남자가 운전대를 잡고 톰은 뒷좌석에 아이들과 함께 타고 있다.

농장을 벗어나는 좁다란 도로를 달리는 동안 다른 차와 한 번도 마주치지 않는다. 모두에게 다행인 일이다.

톰은 백미러를 통해 불길에 휩싸인 농가가 폭발하는 모습을 지켜본다.

자동차로 40분을 달리다가 저수지를 발견한다. 늙은 남자가 차를 세우고 내려 권총과 보위 나이프를 손수건으로 쓱쓱 문질러 닦는다.

늙은 남자는 얼리샤의 손가락이 담긴 종이봉투에 보위 나이프를 넣고 봉투에 구멍을 낸 후, 피스톨 두 자루와 함께 거울같이 잔잔한 저수지로 던진다.

물건은 바로 가라앉는다.

저수지 수면에 생겨난 잔물결 세 개가 신석기시대 유럽의 널길무

덤 벽화에서 볼 수 있을 법한 세 개의 소용돌이처럼 짧은 순간 서로 만난다.

소용돌이는 사라지고 시커먼 물은 다시 고요해진다.

"자, 어서 가자." 늙은 남자가 말한다.

44

눈보라. 추위. 그녀의 발치에 있는 덩어리들은 얼어 죽어 나무에서 떨어진 새들이다. 눈발에 얼굴이 따끔거리지만 신경 쓰지 않는다. 그녀는 여기 있지만 동시에 여기 있지 않다. 그녀는 지금 자백이라는 영화 속 자신의 모습을 관람 중이다.

그녀가 지금 안간힘을 쓰는 이유는 단 하나, 우체통에서 집으로 돌아가기 위해서다. 하지만 눈보라 때문에 올드포인트 로드는 반투명한 흰색 세상이 되어 잘 보이질 않는다.

길을 잘못 들어 늪지를 헤매긴 싫다. 실내용 슬리퍼와 가운 차림으로 한 발 한 발 조심스럽게 내딛는다.

어째서 이렇게 헐벗은 차림이냐고? 준비도 없이? 대책도 없이?

습지는 그녀가 빈자리를 메워주길 기다리고 있다. 네 딸을 돌려받았으니 넌 그 광막한 공간에 목숨을 빚진 셈이잖아.

물 위에서 오리 떼가 경고하듯 꽥꽥거린다. 뭔가가 그곳, 조수 분지 끝에 숨어서 지켜보고 있다.

바람이 소용돌이치며 그녀 앞으로 눈발을 나른다. 대체 무엇에 홀려 이런 날씨에 바깥에 나온 걸까?

순백의 대지가 정체 모를 형상으로 어두워진다. 어떤 남자다. 코트에 달린 모자의 곡선 때문에 남자에게 뿔이라도 달린 것처럼 보인다.

어쩌면 남자는 정말 뿔을 달고 있을지도 모르겠다. 어쩌면 인간의 몸에 황소의 얼굴을 한 남자일지도 모르겠다.

남자가 가까이 다가온다.

아니, 그냥 남자다. 검은색 롱코트를 입고 총을 들었다. 총은 그녀의 가슴을 겨누고 있다. "난 카일리 오닐을 찾고 있다."

"그 애는 집에 없어요. 그 애는, 그, 그게, 그러니까, 뉴욕에 갔거든요." 레이철이 더듬더듬 말한다.

남자가 총을 들어올린다…….

레이철은 깜짝 놀라 눈을 뜬다.

침대가 비어 있다. 피트는 가고 없다. 집 안이 조용하다. 전에도 꾼 적이 있는 꿈이다. 똑같은 주제가 변주되어 나온다. 이런 악몽은 천재가 아니더라도 해석할 수 있다. 너에겐 빚이 있다. 넌 늘 빚에 허덕일 것이다. 넌 빚을 지고 살아간다. 한번 체인에 소속되면 영원히 이어진다. 감히 벗어나겠다는 생각만 해도 역풍을 맞을 것이다.

그건 마치 암과도 같다.

그것은 늘 같은 자리, 눈에 띄지 않는 곳에 숨어 그녀의 남은 평생에 도사리고 있을 것이다. 그들 모두의 남은 평생 동안 내내.

암.

그래, 맞아.

베개를 보니, 갈색과 검은색 머리카락이 잔뜩 보인다. 게다가 아주 끝내주게도 이젠 흰머리까지 적잖이 섞여 있다.

운명이 걸린 그 화요일 아침, 마침내 병원에 갔을 때, 담당의 리드는 레이철을 즉시 MRI 검사실로 보냈다. 검사 결과는 리드가 그날 오후 당장 외과 수술을 하자고 권할 정도로 우려스러웠다.

매사추세츠 종합병원의 바로 그때 그 크림색 병실이었다.

마취과 의사도 그때 그 텍사스 출신 의사였다.

외과 의사도 장난기라고는 찾아보려야 찾아볼 수 없는 그때 그 헝가리 출신 의사였다.

심지어 배경 음악조차 그때 그 쇼스타코비치의 교향곡이었다.

"환자분, 다 쾌차할 거예요. 이제 10부터 거꾸로 셀게요." 마취과 의사가 말했다.

참나, 요새 누가 '쾌차한다'는 말을 쓴담, 레이철은 생각했다.

"10, 9, 8······."

수술은 성공적이라는 말을 들었다. '보조 화학 요법만 딱 한 번' 받으면 될 거라고. 그걸 겪어본 적 없는 리드는 그런 말을 쉽게 한다. 자기 혈관 안에 독을 야금야금 넣는 일을 그녀는 안 당해봤으니까.

그래도 네 달 동안 2주에 한 번 정도면 레이철이 감당할 수 있는 수준이다. 딸이 다시 돌아온 지금은 모든 게 그렇게 끔찍하지만은 않다.

레이철은 베개에서 머리카락을 떨어버리며 나쁜 꿈도 마음속에서 떨어버린다. 위층에서 카일리가 샤워하는 소리가 들린다. 예전엔 샤워할 때 노래를 불렀는데, 이제는 노래를 하지 않는다.

레이철은 블라인드를 올리고 피트가 침대 옆에 챙겨주고 간 커피를 집어 든다. 상쾌한 아침처럼 보인다. 레이철은 밖에 눈이 쌓이지 않은 걸 보고 깜짝 놀란다. 어젯밤 꿈이 너무 현실적이었다. 침실이 조수 분지를 바라보는 동향이다. 레이철은 커피를 홀짝이며 유리문을 밀어 열고 데크로 나간다. 산뜻하고 선선하다. 개펄에는 새들이 한가득 모여 있다.

하버캠프 박사가 집 앞 모래 언덕을 지나가는 게 보인다. 하버캠프가 손을 흔들어서 레이철도 손을 흔든다. 하버캠프는 널따란 비치플럼 숲 뒤로 사라진다. 이 섬 이름도, 뉴욕에 있는 섬 이름도 바로 이 비치플럼에서 나온 것이다. 비치플럼은 이제 다 익었다. 작년 가을에는 과일로 병조림을 만들어서 농산물 직거래 장터에 내다 팔기도 했다. 레이철과 카일리는 판매 수익금을 나눠가졌다. 병에는 손수 만든 라벨에다 카일리가 지은 이름을 적었다. **바인랜드 잼 주식회사.** 카일리는 바이킹처럼 위험천만한 해적들이 플럼섬같이 아주 먼 남쪽까지 내려왔을지 모른다는 사실에 굉장히 매료되어 있다.(바인랜드는 노르웨이 바이킹들이 개척한 아메리카 대륙 식민지임—옮긴이) 그 시절은 아주 안전한 곳에서도 위험을 갈망하던 때였다.

레이철은 잠옷 가운의 벨트를 조여 매고 거실로 나간다. "우리 딸, 엄마가 아침으로 뭐 만들어줄까?"

"토스트 만들어주라." 카일리가 위층 어딘가에서 대답한다.

레이철은 터벅터벅 주방으로 가 식빵 두 개를 토스터에 넣는다.

"즐거운 추수감사절 보내세요." 뒤에서 웬 목소리가 들려온다.

"젠장!" 레이철이 몸을 휙 돌리면서 빵 칼을 집어 든다.

스튜어트가 웃길 요량으로 양손을 허공으로 번쩍 쳐든다.

"스튜어트, 미안. 네가 온 줄 몰랐어." 레이철이 사과한다.

"이제 그 칼은 내려놓으셔도 될 것 같은데요, 아줌마." 스튜어트가 겁에 질린 척하며 말한다.

"거친 말 한 것도 미안. 너희 엄마한테 이르면 안 돼."

"괜찮아요. 그 말은 전에도 다양한, 음, 맥락에서 몇 번 들어봤을 걸요."

"토스트 먹을래?"

"아뇨, 괜찮아요. 아줌마랑 카일리랑 출발하기 전에 인사나 할까 하고 들른 거예요."

레이철은 고개를 끄덕이면서도 스튜어트 몫의 토스트를 만든다. 레이철과 카일리, 피트는 추수감사절을 보스턴에서 보낼 예정이다. 항암 화학 요법을 받는 화요일 바로 이틀 뒤가 추수감사절이어서, 마티가 챙겨준답시고 세 사람을 자기 집으로 초대했다.

괜찮다. 다 괜찮다.

레이철은 토스트 두 장을 더 만들어서 접시에 놓는다.

피트가 달리기를 마치고 들어온다. 숨은 헐떡거리지만 행복해 보인다. 피트는 지난 2주 동안 달리기를 꽤 많이 해서 전보다 강해졌다. 우스터의 재향 군인회가 메타돈을 이용한 마약 중독 치료 프로그램에 넣어준 덕분에 피트는 체내의 아편을 점진적으로 줄여가고 있다. 지금까지는 경과가 좋다. 앞으로도 경과가 좋아야 할 것이다. 레이철한테는 가족이 최우선이다. 피트도 그 점을 알고 있다.

피트가 레이철의 입술에 키스를 한다.

"잘 달리고 왔어요?"

피트가 레이철을 바라본다. 피트는 단번에 알 수 있다. "악몽 꿨어요?" 피트가 귓속말로 묻는다.

레이철이 고개를 끄덕인다. "또 똑같은 악몽이에요."

"누군가하고 얘기해봐요."

"그럴 수 없는 거 알잖아요."

자신들이 앨리스처럼 거울 나라를 지나 악몽이 현실이 되는 세계에 다녀왔다는 말을 아무에게도 해서는 안 된다.

피트는 커피를 가지고 거실 테이블로 가 레이철 옆에 앉는다.

피트가 들어와 살아도 되냐고 정식으로 물은 적은 없다. 그냥 우스터로 차를 몰고 가서 필요한 물건 몇 가지만 챙겨 와 눌러앉았다.

세 사람 중에서 제일 선방하고 있는 사람은 아마 피트일 것이다.

악몽을 꿔도 그는 나머지 두 사람에게 말하지 않을 것이다. 약에 대한 갈망은 메타돈이 막아주고 있다.

세 사람 중에서 제일 고전하고 있는 사람은 아무래도 카일리일 것이다.

아펜젤러 집에서 보낸 그날 밤, 카일리는 꼬마 어밀리아를 보러 내려갔다. 어밀리아가 잠에서 깨자 카일리는 어밀리아를 달래면서 다 잘될 거라고 말해주었다. 하지만 중요한 건 그게 아니다. 중요한 건 카일리가 거기 내려갔다는 사실이다. 카일리도 어밀리아를 인질로 잡아두기 위한 비밀 작전에 가담한 것이다. 그런 식으로 카일리는 피해자 겸 가해자가 되었다. 그들 모두와 마찬가지로, 피해자이자 공범인 것이다. 그게 바로 체인이 벌이는 짓이다. 사람을 고문한 다음 다른 사람을 고문하는 데 연루시킨다.

카일리는 네 살 이후 이불에 오줌을 싼 적은 없지만, 이제 거의 매일 아침 시트가 흠뻑 젖어 있다.

꿈을 꿔도 늘 같은 꿈만 꾼다. 지하 감옥에 던져져 거기서 홀로 죽는 꿈.

플럼섬에서의 모든 게 변했다. 카일리는 학교든 상점이든, 그 어디든 혼자 걸어다니지 않는다.

전에는 문을 잠그는 일도 드물었지만, 이젠 늘 문단속을 한다. 피트가 집 안의 모든 잠금 장치를 보강하거나 바꿔버렸고, 레이철의 전자 기기에서 스파이웨어를 제거했다. 피트의 친구 스탠이 와서 집에 설치된 도청기를 완벽하게 제거하고, 카일리의 신발에 동전 크기의 GPS 위치 추적기도 심어주었다. 레이철과 피트는 카일리가 어디를 가든 지속적으로 모니터링한다. 특히 시내에서 아빠랑 머물 때는 더욱 철저히 한다.

카일리도 제 아빠한테 자신이 당한 일을 말해선 안 된다는 걸 안다. 아빠한테도, 스튜어트한테도, 학교 상담 선생님한테도, 할머니한테도 안 된다는 걸, 아무한테도 안 된다는 걸 알고 있다. 하지만 마티도 바보가 아니라서 카일리한테 뭔가 문제가 있다는 정도는 인지하고 있다. 남자애랑 관련된 문제라고 생각하려나? 아무튼 마티는 털어놓으라고 강요하지는 않을 것이다. 마티한테도 이런저런 문제가 있으니까 말이다. 태미가 최근에 사고를 당한 어머니를 돌보겠다면서 갑자기 캘리포니아로 돌아가버렸다. 태미는 장거리 연애를 즐기는 유형이 아니었다. 짤막한 이메일을 몇 통 보내더니 어느 날 갑자기 이별을 통보했다.

피트는 별로 놀라지 않았다. 마티가 태미를 파산에서 구제해주고 신용도 회복해주고 법적 고민거리도 해결해줬더니, 얼마 후 태미는 정말 고마웠어, 난 이제 캘리포니아로 갈게라고 말한 것이다. 태미가 인생 교육 한번 제대로 시켜줬군. 그게 피트의 생각이다. 피트는 태미 같은 유형을 전에 본 적이 있다. 아니 사실은 거의 태미와 판박이 같은 여자와 결혼까지 했었다. 물론 피트는 남자판 태미도 다수 알고 있다.

카일리가 마침내 아래층으로 내려온다. 잠옷에서 추리닝 바지와 티셔츠로 갈아입은 모습이다.

그게 무슨 의미인지 레이철은 안다. 카일리의 잠옷이 빨래 바구니에 들어갔다는 뜻이다.

"어, 안녕, 스튜어트." 카일리가 인사를 건넨다.

카일리는 굉장히 슬퍼 보인다. 추수감사절을 계기로 뭔가 다른 데 정신이 팔리기만을 바랄 뿐이다. 레이철은 철학책을 훑는 척하면서 카일리를 지켜본다. 스튜어트가 말하는 동안 카일리는 애매하고 미적지근한 대답만 하고 있다.

마침내 스튜어트가 작별 인사를 한다. 레이철과 피트, 카일리는 함께 아침 식사를 한 다음 옷을 갈아입는다.

1시에 피트가 운전하는 차를 타고 롱우드에 있는 마티의 새집으로 간다. 롱우드는 펜웨이 파크에서 홈런을 치면 공이 날아올 만한 거리에 있다. 좋은 동네다. 변호사들, 의사들, 회계사들이 많은 동네. 흰색 페인트를 칠한 말뚝 울타리와 잘 관리된 잔디밭이 있는 동네. "마티가 양육비를 얼마를 부르든 꼭 더 달라고 해요." 피트가 닻지를 세우며 말한다.

마티는 요리를 해보려는 시도조차 하지 않았다. 모든 걸 고급 음

306

식 배달 앱으로 주문했지만 상관없다. 집에 가구도 거의 없고, 태미 뒤를 이을 새로운 여자 친구도 아직 없다. 레이철은 그 점에 적잖이 놀랐다. 마티는 늘 플랜 A와 플랜 B를 갖춘 것처럼 보였기 때문이다.

마티는 태미가 갑자기 떠난 전후사정과 일 얘기를 들려준다. 태미가 문자로 이별을 통보하고 캘리포니아에서 잠수를 타버려 굉장히 화가 나긴 했지만, 그런 일로 풀이 죽을 마티가 아니다. 이런저런 고객 얘기를 신나게 떠들어낸 후, 재미있었던 유언장 공개 사연을 들려주고 변호사 관련 농담도 쏟아낸다.

마티는 카일리의 학교생활에 대해서는 묻지 않는다. 성적이 급하락했다는 걸 이미 알고 있기에 그 주제를 꺼내지 않는 게 좋겠다고 생각한 것이다.

카일리는 멍하니 있고 레이철은 너무 지쳐 아무 말도 못 하는 가운데, 이번만은 피트가 대화 담당을 맡아 역할을 톡톡히 해낸다. 카약을 타고 대서양 연안 내륙 대수로를 일주할까 생각 중이란 얘기를 꺼내면서 케이프코드 운하와 체서피크 구간의 복잡함에 대해 말한다.

레이철의 엄마가 플로리다에서 전화를 해오자 마티가 자신도 통화하겠다고 우긴다. 마티가 〈해밀턴〉에 대해 묻는 소리에 가슴을 졸였지만, 주디스는 말을 맞추기로 한 걸 잊지 않았다.

주디스가 레이철과 따로 통화를 하면서 끔찍한 오닐 가족과는 깨끗이 갈라서야 한다고 당부한다. 레이철은 알겠다고 한 후, 추수감사절 즐겁게 보내라는 인사와 함께 전화를 끊는다.

"작년 추수감사절엔 뭐 했어, 삼촌?" 카일리가 묻는다.

"싱가포르에서 여행 중이었지. 별로 많이 돌아다니지는 못했어. 칠면조도 못 먹었고."

"마지막으로 집에서 제대로 추수감사절을 보낸 게 언제예요? 가족하고?" 이번엔 레이철이 묻는다.

피트가 곰곰이 생각해본다. "몇 년 됐어요. 오키나와 버틀러 캠프에서 보낸 추수감사절이 마지막이었던 것 같네요. 그때 식당에서 칠면조하고 매시트포테이토가 나왔죠. 꽤 괜찮았어요."

레이철이 피트의 말에 미소를 짓는다. 그러곤 테이블 밑으로 카일리의 손을 잡은 채, 접시 위 음식을 끼적거리며 먹는 척한다. 카일리를 보니 제 삼촌의 농담에 웃고는 있지만 평소처럼 금방이라도 울음을 터뜨릴 것 같은 얼굴이다. 이번엔 피트를 본다. 생각에 잠긴 듯 조용한 얼굴이지만 대화를 계속 이어가려고 죽을힘을 다하고 있다. 이번엔 마티를 본다. 잘생기고 에너지가 넘치는 데다 재미도 있다. 태미는 바보다. 마티 같은 남자를 손에서 놓다니.

레이철은 양해를 구하고 화장실로 간다.

복도 거울에 비친 자신의 모습을 본다.

또다시 시들어가고 있다. 배경 속으로 사라지고 있다. 화장실에 들어가 가장 좋아하는 빨간색 스웨터에서 삐져나와 거슬리는 올을 뽑는다.

양손에 고개를 묻고 변기 위에 앉아 생각을 한다.

그때 휴대폰 알림이 울린다. 암호화된 위커 앱에 새로운 메시지가 떴다. 위커로 메시지를 보내오는 사람은 한 명뿐이다. 알 수 없는 발신자. 체인.

메시지를 연다.

올해에는 감사할 일이 참 많겠어, 레이철. 우리가 네 딸을 돌려줬
잖아. 네 목숨도 돌려주고. 우리가 자비를 베풀었으니까 고마운 줄
알고, 한 번 체인에 들어오면 영원히 소속된다는 사실을 잊지 말도
록 해. 네가 처음도 아니고 마지막도 아니라는 사실도. 우리가 지켜
보고, 듣고 있어. 어느 때고 널 잡으러 갈 수 있다고.

휴대폰을 떨어뜨린 레이철은 비명이 나오려는 걸 꾹 참는다.

와락 눈물이 쏟아진다. 영원히 끝나지 않을 것이다. 절대로.

바닥에 주저앉은 그녀는 잠시 뒤에야 잊고 있던 숨을 쉰다.

눈물을 흘리던 레이철은 세수를 하고 변기 물을 내린 후 심호흡
을 하고 다시 식사 자리로 돌아온다.

모두 레이철을 바라본다. 다들 레이철이 울었다는 것을 안다. 그
중 두 명은 그 이유도 알고 있다.

45

매사추세츠주, 보스턴, 프루트 스트리트 55번지.

오지 말라고 말해두었다. 와주었으면 하고 바라지만 매번 오지 말라고 한다. 물론 피트는 운전을 해주어야 하지만 카일리와 마티까지 올 이유는 없다.

일반적인 전남편들에 비하면, 마티는 꽤 괜찮은 편이다.

가족들은 치료실 바깥의 보호자 대기실에서 기다린다.

보호자 대기실은 훌륭하다. CNN에 채널이 맞춰진 텔레비전도 있고 자그마치 1960년대 판까지 산처럼 쌓인《내셔널 지오그래픽》도 있다. 창밖으로는 보스턴 항도 내다보이고, USS 컨스티튜션호(1797년에 건조된 전함으로, 현존하는 가장 오래된 군함―옮긴이)도 보인다.

간호사가 케모 포트를 삽입할 때나, 그 독한 약이 몸속으로 들어와 오한이 들고 구역질이 나면서 병실 안이 빙글빙글 돌 때, 너무 아파 숨도 제대로 못 쉬는 모습을 가족들이 지켜보지 않아서 너무 다행이라고 레이철은 생각한다.

항암 화학 요법은 궁극의 죽음을 들이지 않기 위해 맞이한 작은 죽음과 같다.

굴욕과 최대한 괴로움을 넘기고 나면, 휠체어에 태워 회복실로 데려다준다. 가족들이 레이철에게 미소를 지어 보인다. 카일리와 피트가 포옹을 해준다. 마티는 쉴 새 없이 지껄인다.

삶에서 필요한 건 바로 그런 것들이다. 가족. 친구. 응원.

담당의 리드는 치료에 만족하고 있다. 예후도 좋다. 궤적도 차트의 우측 상단을 가리키고 있다.

하지만 무시무시한 숨겨진 진실은, 레이철이 그다지 잘해내고 있지 않다는 것이다.

그녀의 몸은 죽어가고 있다.

점점 약해지고 있다.

레이철은 알고 있다. 그녀를 야금야금 갉아먹고 있는 게 암이 아니라는 사실을. 범인은 몸속의 'C'가 아니다.

암(Cancer)이 아니다.

범인은.

체인(Chain)이다.

46

한 가족이 지금 막 메릴랜드주 베데스다로 이사를 마쳤다. 고된 하루였지만 이삿짐센터 직원들은 돌아가고 이삿짐 상자도 빠짐없이 집 안으로 들였다.

가족은 새집 앞에서 사진을 찍으려 포즈를 취한다. 햇살 좋은 교외의 행복한 가족. 로버트 벡틀의 그림 〈폰티액 61〉을 1990년대 초 버전으로 그리되, 두 아이의 나이만 똑같게 그린 듯한 장면이다. 쌍둥이니까. 아빠 톰 피츠패트릭은 키가 작고 단정하며 머리색이 짙고, 흰 셔츠에 검정색 좁은 넥타이를 맸다. 악의 없어 보이는 인상이다. 그의 새 아내 셰릴은 임신 중이다. 길고 곧은 금발에 예쁘장한 갈색 눈 위로 5센티미터 정도 되는 앞머리가 살짝 흘날린다.

소년 문범의 이름은 이제 올리버다. 통통하고 천진한 얼굴이지만 어딘가 모르게 살짝 섬뜩하리만큼 겁이 없어 보인다. 소녀 머쉬룸의 이름은 이제 마거릿이다. 소녀 역시 겁이 없어 보이지만 곱슬곱슬한 빨간 머리와 쉴 새 없는 장난과 익살 때문에 그런 점이 그다지 두드러지지 않는다. 톰이 기꺼이 아이들을 정신과 의사한테 데려가는 부류였다면, 마거릿은 분명 ADHD 치료제를 처방받았을 테지만, 톰은 의사를 그다지 좋아하지 않는 사람이다. 그는 그 정도로 구식이다. "약이 필요 없는 병도 있는 법이지." 톰의 아버지도 그렇게 말하곤 한다.

이사 온 지 이틀 후, 가족은 이웃을 모두 불러 집들이 파티를 연다. 이 거리에는 의원 보좌관도 살고 국무부, 재무부 직원도 산다.

이 집에서 동시에 세 개의 파티가 열린다. 먼저 남자들이 서로를 알아가는 파티. 톰은 그럭저럭 잘해내고 있다. 톰은 군인 같은 헤어스타일에 셔츠 주머니에는 주머니 보호 케이스를 따로 넣고 다니며 냉장고에 쿠어스 라이트 맥주를 꽉 채워놓은, 고지식하고 재미없는 남자로 보인다.

여자들의 파티도 있다. 셰릴은 예쁘고 둔하고 살짝 모자라 보인다. 셰릴은 자기만의 꿈이 있었지만 내조하려고 꿈을 포기한, 전형적인 교외 지역 주부다. 셰릴에게 가장 행복한 기억은 잭슨 애비뉴에서 보낸 여름이다. 온 세상 사람들이 잠에서 깨기 전, 자전거를 타고 빵집으로 가서 할아버지를 도와 그날의 첫 빵을 굽곤 했던 여름.

마지막으로 텔레비전이 있는 방에서 열리는 아이들의 파티가 있다. 아이들의 파티가 가장 흥미롭다. 남자아이들은 모아놓은 레코드판을 보면서 망작 선고를 내리는 중이다. 존 덴버, 린다 론스태트, 주스 뉴턴, 카펜터스. 여자아이들은 가족의 비밀을 폭로 중이다. 테드네 아빠는 술주정꾼이고 비서와 바람이 났다. 메리네 엄마는 2년 전에 교통사고를 내서 자전거를 타고 가던 여자를 죽였다. 재닌네 엄마는 인도인 가족이 이사를 오는 바람에 동네 수준이 바닥으로 떨어졌다고 생각한다.

파티는 아이들의 취침 시간을 훌쩍 넘겨서까지 계속되고, 올리버는 제츠와 자이언츠 둘 다 형편없지만 자이언츠는 레드스킨스와 같은 디비전에 속하므로 자이언츠가 더 형편없다는 말을 듣는다.

올리버는 자신은 사실 풋볼을 별로 좋아하지 않는다고 말한다. 열 살짜리 소년 재커리가 올리버에게 냄새 나는 게이 같다고 말한다. 올리버의 엄마가 창녀처럼 보인다는 말도 덧붙인다.

올리버는 재커리에게 자신의 엄마는 죽었다고 태연하게 말한다. 살해당한 후 토막 난 채 불태워졌다고.

재커리의 얼굴이 창백해 보인다. 마거릿이 어디선가 주워 온 맥주 반 캔을 재커리에게 내밀며 마실 수 있냐고 도발할 예정인 1분 후보다 더 창백해 보인다. 재커리는 맥주 캔을 단숨에 비우면서 전에도 취해본 적이 있다고 허풍을 떤다. 그 말이 사실일지도 모르지만, 구토제가 한 숟가락 첨가된 맥주는 아니었을 것이다.

재커리가 폭포처럼 토사물을 쏟아내고, 실질적으로 그것이 계기가 되어 파티는 끝이 난다.

47

레이철은 컴퓨터 화면을 뚫어져라 바라본다. 빈 페이지, 깜빡이는 커서.

얼어붙을 듯한 12월의 어느 아침, 만조 한 시간 후. 조수 분지에는 거위와 솜털오리가 빼곡히 모여 겨울을 나고 있다.

레이철은 심호흡을 하고 타이핑을 시작한다.

2회 차 강의: 실존주의 개론. 실존주의자들은 우리의 삶이 실은 아무 의미도 없는 존재에 의미를 부여하려는 시도라고 믿었다. 실존주의자들에게 이 세상은 우로보로스다. 패턴은 반복된다. 진보란 없다. 문명은 심연 위에 아슬아슬하게 놓인 줄다리다.

레이철은 고개를 절레절레 흔든다. 어조가 이상하다. 삭제 키를 눌러 어렵게 쓴 결과물이 순식간에 사라지는 걸 지켜본다.

카일리가 새로 산 빨간 코트를 입고 아래층으로 내려온다. 오늘은 기분이 좋아 보인다. 제 엄마처럼 카일리도 행복한 척하는 데 점점 도가 트고 있다. 한쪽 입꼬리를 살짝 위로 올리고 목소리를 억지로 밝게 꾸민다. 하지만 눈은 다른 말을 하고 있다.

카일리는 최근 걸핏하면 위경련을 일으킨다. 의사들도 원인을 찾지 못했다. 으레 스트레스 때문일 거라고만 한다. 너무 아파 몸을 웅크리게 하고 악몽으로 침대에 오줌을 싸게 하는 스트레스.

카일리는 아무렇지 않은 척하지만 레이철은 알고 있다.

"엄마, 우리 지금 나가?"

"그러자. 어차피 지금 일도 잘 안 되는데." 레이철이 노트북을 닫으며 말한다.

"난 샤워할 시간 5분만 주면 나갈 수 있어." 피트가 말한다.

"우리 늦으면 안 될 거 같은데." 카일리가 대꾸한다.

"삼촌이 5분이라 그러면 진짜 5분이야." 레이철이 말한다. 못 믿을 남자들(자기 가족을 버리는 남자들, 젊은 여자랑 눈 맞아서 도망치는 남자들)만 가득한 이 지구상에서, 피트는 누군가를 실망시키지 않을 사람이다. 그렇기는 해도, 레이철은 딸이 마약 중독자와 한 집에 살도록 하지는 않을 작정이기 때문에 피트가 메타돈 프로그램을 성실하게 따르고 있는지 반드시 확인한다. 피트는 프로그램은 프로그램대로 착실히 따르면서, 책임감 있는 부양자가 되어야 한다는 통념에 따라 경비 일을 받아들여 갑자기 생긴 거액의 카드 빚을 갚아나가는 중이다.

정확히 5분 뒤, 세 사람은 볼보를 타고 시내로 이동한다. 스타벅스에 주차한 후, 레이철이 창가 좌석에 앉아 뜨거운 차가 담긴 컵을 꼭 쥐고 있는 동안 카일리와 피트는 몇 가지 물건을 사러 나선다.

토요일 아침이라 뉴버리포트는 현지인과 관광객으로 붐빈다. 잠시 후면 마티가 새로 사귄 여자 친구를 대동하고 카일리를 데리러 올 것이다. 당연하게도 마티에게는 새 여자 친구가 생겼다. 마침내 플랜 B를 실행한 것이다. 그들은 플럼섬 대신 훨씬 안전하고 중립적인 뉴버리포트 스타벅스에서 만나기로 했다.

카일리가 시야에서 벗어나자마자, 레이철은 휴대폰을 꺼내 카일리의 신발에 달린 GPS 위치 추적기 앱을 확인한다. 역시, 하이 스트리트까지 올라간 다음 왼쪽으로 꺾어 쇼핑몰 태너리로 가고 있다. 부모의 자식 걱정은 끝이 없다지만, 모든 부모가 이토록 뼈저리게 그 사실을 깨치지는 않을 것이다.

쇼핑백을 잔뜩 들고 길을 건너는 피트의 모습이 레이철의 시야에 들어온다. 레이철이 손을 흔들자 피트가 스타벅스로 들어와 레이철의 볼에 입을 맞춘다.

"뭐 샀어요?"

"카일리 주려고 이것저것 좀 샀어요."

"돈 너무 많이 써서 어떡해요, 지금까지 들어간 돈만 해도……."

"이번 생에서 나한테 큰 즐거움 중 하나가 바로 조카 선물 사주는 거라고요."

두 사람은 창가 자리에 앉아 대화를 나누며 마티를 기다린다. 마티는 역시나 늦는다.

"마침내 주인공이 납시네요." 피트가 시계를 톡톡 두드리며 자리에서 일어난다. "물론 이번 애인도 미인이겠죠. 맙소사, 지난번보다 더 어리기까지 하잖아."

마티가 싱글벙글 웃으며 들어선다. 빛바랜 청바지에 회색 브이넥 티셔츠, 아르마니 가죽 재킷 차림이다. 머리는 짧게 깎았고 어디선가 선탠을 하고 온 듯한 피부색이다.

여자는 삐죽삐죽한 금발에 작고 아담하다. 태미와 달리 마티보다 키가 작지만 그래도 매력적이다. 사랑스러운 들창코와 짙푸른 눈동자, 보조개까지. 고등학교를 갓 졸업한 것처럼 보인다.

소개가 오가고 악수를 나눈다. 레이철은 굳이 이름을 새겨듣지도 않는다. 몇 주 후면 저 여자는 딱 저렇게 생긴 다른 여자로 대체될 것을 알기 때문이다.

카일리가 들어와 제 아빠를 껴안고 아빠의 새 여자 친구와 악수를 한다.

새로운 여자 친구는 카일리가 입은 빨간색 울코트를 보며 굉장히 포근하고 세련돼 보인다고 말한다. 카일리는 그 말에 뿌듯해한다.

모두 짤막한 이야기를 주고받는 가운데 미소만 짓고 있는 레이철의 존재는 점차 희미해진다. 너무 마르면 이렇게 쉽게 투명인간이 되는구나! 나를 존재할 수 있게 해주는 게 오로지 혈관 속 독극물밖에 없으면 이렇게 되는구나!

"이제 가봐야겠네." 마티의 말에 모두 또다시 껴안고 입을 맞춘 후, 마티와 새 여자 친구는 카일리를 데리고 흰색 메르세데스를 타고 떠난다.

"카일리는 괜찮을 거예요." 피트가 저녁을 먹으며 말한다. "카일리가 제 아빠 새 여자 친구가 마음에 드나 봐요."

"나라면 그 여자한테 정 안 붙이겠어요. 다음 주에 훨씬 어린 다른 여자가 생길 게 뻔하니까요." 다소 신랄한 대꾸에 레이철 스스로도 깜짝 놀란다.

저녁 식사 후, 피트와 레이철은 GPS로 카일리가 마티네 집에 있는 걸 확인한 뒤, 페이스타임으로 카일리한테 전화를 건다.

잠시 후, 피트는 메타돈을 먹으려고 욕실로 간다. 밤을 견디는 데 도움이 될까 해서, 메타돈 프로그램에 멕시코산 브라운 타르 헤로인을 소량 혼합하기 시작했다.

레이철은 그 사실을 까맣게 모른다. 하지만 레이철도 요즘엔 수면 유도제 두 알과 스카치위스키 30밀리리터를 마셔야 조금이라도 잠을 잘 수 있다. 컴퓨터 앞에 앉아 강의안을 다시 작성하려고 애써보지만 앞으로 나아가지 못한다. 급기야 유튜브를 시청하기에 이른다. 콜 포터 노래를 부르는 엘라 피츠제럴드 영상을 봐도 기분은 전혀 나아지지 않는다.

화면 위의 빈 페이지. 깜빡이는 커서.

레이철은 일단 고양이 밥을 주고 나서 청소를 하기로 한다. 더러운 집에서 누가 일이 손에 잡히겠어?

카일리의 방으로 올라가 침대 이불을 들어올린다. 시트는 흠뻑 젖어 있고 매트리스는 축축하다. 오늘 아침에 바로 갈아야 했는데. 이제 이건 밤마다 일어나는 일상이 되었다. 아무도 잠들지 못한다. 다들 악몽을 꾼다. 카일리는 아빠가 알아차리지 못하게 하려고 아빠네 집에서는 비치 타월 두 장을 깔고 잔다.

레이철은 카일리의 침대에 걸터앉아 얼굴을 양손에 파묻는다. 침대 발치 바닥에 카일리의 몰스킨 노트가 보인다. 노트를 주워 들어 훔쳐보고 싶은 충동과 힘겨운 싸움을 벌인다. 이건 카일리만의 신성하고 사적인 공간이다.

보면 안 돼, 보면 안 돼, 보면 안 돼…….

레이철은 노트를 펼치고 페이지를 획획 넘긴다. 그림도 있고, 일기도 있고, 좋아하는 노래와 영화 목록도 있고, 앞으로 키울지 모르는 개 이름 후보도 있고, 이것저것 많다. 올해 초에 시작한 기록이다. 그 모든 게, 납치 당일에 멈췄다. 그 이후에는 마구잡이로 그린 폭력적인 낙서가 나오다가 전부 새카맣게 칠한 페이지도 보이더니, 카일리가 감금당했던 지하실 그림과 납치범에 관한 정보가 나온다. **아저씨는 아마도 교사. 아줌마 이름은 헤더. 아들 이름은 재러드.** 미리 받은 크리스마스 선물인 후디니의 궁극의 마술 세트 이야기와 수갑 탈출 요령도 적혀 있다. 새까만 페이지가 좀 더 이어진다. 어떤 페이지는 급기야 너무 진하게 칠한 나머지 찢어지기까지 했다. 겨우 이틀 전에 쓴 마지막 일기에는 고통 없이 자살하는 법을 공유하는 웹사이트 주소도 있다. **알약? 익사?** 카일리는 페이지 여백에 이렇게 휘갈겨 써놓았다.

레이철은 숨이 막힌다.

"절대 끝나지 않을 거야."

레이철은 혼잣말을 내뱉은 뒤 아래층으로 내려와 다시 노트북 앞에 앉아 카일리에게 문자를 보낸다. 좋은 시간 보내고 있어? 30분 후, 카일리는 잘 있다고 답장을 보내온다. 아빠와 아빠의 새 여자친구와 다 같이 〈메이즈 러너〉를 보고 있다고.

레이철은 노트북을 덮고 바깥의 어둠을 내다본다.

"난 꼭 하고야 말겠어." 어둠에 대고 속삭인다.

웜과 스파이웨어를 말끔히 제거하기는 했지만, 그래도 레이철은 피트의 컴퓨터를 쓰기로 한다. 안티바이러스와 안티멀웨어 프로그램이 모두 문제없이 돌아가고 있는지부터 확인한다. 제대로 돌아가고 있다. 레이철은 자신의 IP 주소를 숨겨주는 프로그램을 실행시킨 다음 토르에 로그인한다. 토르에서 구글로 들어가 아이디를 새로 하나 만든다. TheGirlCalledAriadne@gmail.com. 아리아드네란 이름이 들어간 다른 아이디는 이미 누군가 사용하고 있어서 어쩔 수 없이 길어졌다.

구글의 블로거 플랫폼을 찾아 새로 만든 이메일 주소로 로그인을 한다. 템플릿을 최소한만 써서 블로그를 하나 만든다. 블로그 이름은 체인에 관한 정보다.

웹 주소는 간단하다. TheChainInformation.blogspot.com.

블로그 설명에는 이렇게 써놓았다. 이 블로그는 체인으로 알려진 실체에 관하여 익명의 제보나 정보를 남겨주실 분을 위한 공간입니다. 댓글을 남기실 공간은 아래에 열려 있습니다. 댓글은 반드시 익명으로 부탁드립니다.

체인이 그녀를 추적할 방법이 있을까? 레이철은 없을 거라고 생각한다. 기껏해야 그녀가 방금 만들어낸 가짜 회원이나 발견할 것이다. 구글조차 그녀가 누군지 모른다. 블로그를 만드시겠습니까? 구글이 묻는다.

레이철은 예를 클릭한다.

48

다시 이사 날이다. 때는 1997년. 쌍둥이한테는 이제 꼬마 남동생 앤서니가 생겼다. 이번에 이사하는 곳은 애너하임이다. 톰이 승진을 한 덕이다. 뭔가를 책임지게 되었다고 한다. 마약이랑 관련된 거라나. 말로는 스트레스가 심한 일일 거라고 하지만 별로 걱정하지 않는 기색이다.

올리버와 마거릿은 겉보기에는 정상적인 아이들로 자랐다. 마거릿은 주근깨가 있고, 오렌지색이 도는 붉은 머리는 할아버지를 닮았다. 하지만 제 어미가 공동체에서 같이 자던 남자도 오렌지 빛 붉은 머리였으니 그 남자도 닮은 셈이다. 올리버는 통통한 몸집에 피부는 굉장히 창백하고 머리색은 훨씬 검붉다. 아기 때 이후로 사람들을 줄곧 불안하게 만든, 눈 한 번 깜빡이지 않는 부담스러운 시선도 여전하다.

애너하임의 거리는 베데스다 거리의 복사판에 가깝다.

꼬마 앤서니가 새로 사귄 친구들과 보도 위에서 놀고 있다.

올리버와 마거릿은 위층 창문에서 내려다보는 중이다. 둘은 또래 아이들과는 별로 어울리지 않는다. 마거릿은 사교적이지만 쌍둥이 형제를 버리면서까지 다른 아이들과 어울리고 싶어 하지는 않는다.

셰릴은 방에서 쌍둥이를 찾아낸다.

"자자, 이제 동생처럼 밖에 나가 놀아야지."

쌍둥이는 꿈쩍도 하지 않는다.

셰릴은 집에 혼자 있고 싶다. 그래야 디아제팜 몇 알 털어 넣고 보드카 토닉을 마실 수 있으니까.

"밖에 나가기 싫은데요." 올리버가 말한다.

"디즈니랜드에 가기 싫어?" 셰릴이 묻는다.

"가고 싶어요."

"그럼 지금 당장 밖에 나가서 좀 정상적인 애들처럼 놀아!"

쌍둥이가 새로 이사 온 거리에 나가 논 첫 날은 순조롭지 않다.

건너편 집에 사는 여자아이 제니퍼 그랜트는 이 동네 골목대장인데 마거릿을 괴롭히고 울린다. 마거릿을 못생겼다고 놀리고 줄넘기 노래를 하나도 모른다며 비웃는다.

올리버는 여자애를 때리면 안 된다는 건 알지만 그래도 제니퍼를 때린다. 제니퍼가 쪼르르 집으로 달려 들어가고 제니퍼 오빠가 나온다. 제니퍼 오빠가 올리버의 목덜미를 잡아 들어 올려서는 마구잡이로 흔드는 바람에 올리버는 목이 조인다. 올리버는 숨을 쉴 수도, 비명을 지를 수도 없다. 올리버보다 나이 많은 그 아이가 올리버를 아스팔트 바닥으로 내팽개치자 제니퍼가 집 밖으로 나와 팔짱

을 끼고는 깔깔거린다. 다른 아이들도 따라서 깔깔거린다. 꼬마 앤
서니조차. 하지만 다수의 편에 섰다고 앤서니를 비난할 수는 없는
법이다.

딱 옛날 어린이용 시트콤에나 나올 법한 장면이다. 비현실적인
것 같지만 현실이다. 게다가 순식간에 지나간다. 아이들은 금방 싫
증을 느끼고 다른 데 정신을 빼앗기기 때문이다.

쌍둥이는 슬그머니 다시 집으로 들어가 아빠가 퇴근할 때까지 차
고에 숨어서 기다린다.

아빠는 늦게 귀가한다. 윌셔 대로에 있는 FBI 지사에서 근무하는
데, 통근 거리가 만만치 않기 때문이다.

그날 저녁 식사 자리에서 쌍둥이는 그 사건을 언급하지 않고, 앤
서니는 그 사건을 까맣게 잊었다. 톰은 할 얘기가 아주 많다. 새로
맡은 임무, 새로 얻은 기회에 대해 말하느라 정신이 없다. 셰릴이
아이들에 관해 뭐 할 말 없냐며 톰한테 살짝 힌트를 준다. 톰이 씩
웃으며 아이들에게 이번 주 토요일에 디즈니랜드에 가고 싶지 않으
냐고 묻는다. 아이들은 모두 가고 싶다고 대답한다.

하지만 토요일 당일, 톰은 일을 해야 해서 디즈니는 다음 주말로
미루자고 한다.

"절대 못 갈 게 뻔해." 그날 밤 마거릿이 방에서 예언이라도 하듯
말한다.

"맞아, 우린 못 갈 거야." 올리버가 맞장구를 친다.

"목 아직도 아파?" 마거릿이 묻는다.

"아니." 올리버는 부인하지만, 거짓말이라는 걸 마거릿은 안다.

마거릿은 침대에 앉아 『베이비시터 클럽』 시리즈를 읽는 중이다.

지금 읽는 부분에서 메리 앤이 흔해 빠진 행운의 편지를 받는데, 마거릿은 그게 너무 짜증난다. 메리 앤의 친구들은 메리 앤한테 행운의 편지를 찢어버려도 나쁜 일은 일어나지 않을 거라고 말한다.

메리 앤은 결국 그 편지를 찢어버린다. 나쁜 일은 일어나지 않는다. 그게 바로 행운의 편지의 문제점이다.

마거릿한테 아이디어가 하나 떠오른다.

일단 나쁜 일이 정말 일어나야만 한다.

다음 주 화요일, 제니퍼 그랜트의 토끼가 토끼장에서 탈출해 달아나버린다.

그다음 날 학교에서 제니퍼는 도시락 통에 끼워진 쪽지를 발견한다. **점심시간에 네가 네 몸에 포도 주스를 쏟지 않으면 네 토끼는 죽을 것이다.**

구내식당 안, 모두가 지켜보는 앞에서, 제니퍼는 포도 주스를 자기 몸에 쏟는다.

쪽지는 계속 이어진다.

요구 사항은 점점 가혹해진다.

제니퍼는 수업 시간에 자리에서 벌떡 일어나 "쌍"이라고 말한다. 어떤 수업 시간에는 화장실에 다녀와도 되냐고 다섯 번이나 묻는다.

제니퍼한테 떨어진 가장 골치 아픈 명령은 새벽 6시에 벌거벗고 집 앞에 나가 10초 동안 서 있으란 내용이다. 그렇게 하면 토끼를 돌려받을 수 있다고 했다.

제니퍼는 벌거벗은 채 집 앞에 10초 동안 서 있다 들어온다. 그러고는 방에서 죽은 토끼를 찾을 수 있는 위치가 적힌 쪽지를 발견

더 체인

한다.

마거릿과 올리버는 자신들이 찍은 제니퍼의 알몸 폴라로이드 사진을 방에 있는 서랍장 아래에 숨겨둔다. 언젠가 요긴하게 쓸 날이 분명 올 것이다.

삶은 평상시처럼 계속된다. 앤서니는 새로 전학 간 학교와 새로 사귄 친구들한테 잘 적응하고 있다. 쌍둥이도 마침내 자리를 잡은 것처럼 보인다.

셰릴은 외롭고 심심하다. 엄마한테 전화를 하니까 엄마는 징징거리지 말고 그냥 살라고 한다. 너보다 심한 사람도 널렸다면서. 셰릴은 디아제팜과 보드카 토닉과 칵테일 쿠바 리브레로 자가 치유를 계속해나간다.

LA 작전에 투입된 지 두 달, 톰은 인사불성이 되어 귀가한다. 톰은 차를 들이받은 일로 화가 나 있다. 셰릴과 톰은 크게 다툰다. 톰이 손찌검을 하자 셰릴이 심하게 나동그라진다.

꼬마 앤서니는 엉엉 소리 내어 울지만, 올리버와 마거릿은 냉담한 태도로 구경만 한다.

49

상담 치료실은 브루클라인에 있다. 맞춤 우산을 파는 가게 건너편에 새로 들어선 사무실 건물이다. 정말이지 힙스터가 따로 없군.

레이철은 호화로운 대기실에서 기다리는 동안 초조하게 《보그》 영국판을 훑고 있다.

빗줄기가 유리창을 후려치고, 개조한 골동품 시계의 분침이 느릿느릿 움직인다. 마네의 〈거울 앞에서〉 모작을 뚫어지게 쳐다본다. 어떤 여자가 거울을 보고 있는데, 우리는 그 여자 얼굴을 볼 수가 없다. 레이철 자신이 거울 공포증이 있어서인지 왠지 그 여자 얼굴을 못 본다는 게 타당하게 생각된다. 지금 흘러나오는 음악은 마일즈 데이비스 후기 앨범 가운데 하나에 수록된 곡이다. 앨범 이름이 아마 '당신을 체포하겠습니다'였을 것이다. 현재 처지를 고려해볼 때 이 얼마나 아이러니한 제목인가.

레이철은 카일리가 무슨 얘기를 하고 있을지 궁금하다. 카일리한테는 체인이나 최근에 겪은 일을 언급해선 안 된다고 일러두었지만, 상담 치료사가 자살 충동과 야뇨, 불안에 대처할 수 있는 전략을 알려주면 좋겠다.

레이철도, 카일리도 소용없을 줄은 알지만 그래도 시도는 해봐야 한다. 달리 뭘 어쩌겠는가?

50분 뒤, 상담 치료사가 나와 레이철에게 힘내라는 듯 고개를 살짝 끄덕여 보인다. 나이는 20대로 보인다. 고작 20대가 인간의 정신, 아니 그게 아니라도 무엇인들 제대로 알고 있다는 거지? 레이철은 속으로 그런 생각을 하며 미소로 화답한다.

차를 타고 집으로 가는 동안, 카일리는 말이 없다.

플럼섬 다리에 진입해 유료 고속도로를 타고 집 방향 차로에 오른다. 레이철은 아무것도 강요하고 싶지는 않지만 카일리가 아무 말도 하지 않으니 어쩔 수가 없다.

"어땠어?" 레이철이 먼저 입을 연다.

"혹시 성 학대를 당하고 있냐고 물어봐서 아니라고 했어. 학교에서 왕따를 당하냐고 해서 아니라고 했고, 남자 친구 때문에 고민이냐고 해서 그것도 아니라고 했어. 내가 신체적 외상을 당한 사람들한테서 나타나는 징후를 보이고 있대."

"맞는 말이네. 그 사람들이 실제로 널 때렸으니까."

"그렇지. 하지만 그 말은 하면 안 되는 거잖아, 그치? 그 얘긴 아무한테도 하면 안 되니까. 그냥 거기 앉아서 전형적인 10대들이 하는 고민이 있고 고등학교 진학 때문에 스트레스가 심하다고 둘러댔어. 내 앞에서 경찰이 살해당했다는 말도, 사람들이 내 얼굴에 총구를 겨누고 나랑 엄마를 죽이겠다고 협박했단 얘기도 하면 안 되니까. 우리 엄마가 납치해 온 여자애랑 같이 바닥에 누웠던 얘기도 하면 안 되고, 또 우리가 한마디라도 내뱉는 날엔 그 사람들이 언제라도 우리를 잡으러 올지 모른단 얘기도 못 하잖아." 카일리가 말하다가 울기 시작한다.

레이철이 카일리에게 손을 뻗는다. 빗방울이 볼보 지붕을 때리고 앞 유리로 쏟아져 내린다.

"우린 덫에 갇혔어, 그렇지, 엄마? 경찰에 가면 엄마랑 피트 삼촌이 유괴죄로 감옥에 가게 되잖아. 그리고 그 사람들이 우릴 죽이려 할 거고, 맞지?"

레이철은 해줄 수 있는 말이 없다.

레이철과 카일리가 집 안에 들어가자 한기가 돈다. 피트가 난로를 고치고 있다가 묻는다. "어떻게 됐어요?"

레이철이 고개를 가로젓는다. 그 얘긴 꺼내지 마요, 레이철이 입 모양으로 알린다.

조용한 저녁 식사 자리. 카일리는 접시 위에서 음식을 이리저리 굴리기만 한다. 레이철 역시 음식이 넘어가질 않는다. 피트는 이런 두 사람이 걱정돼 죽을 지경이다.

피트와 카일리가 잠자리에 들자, 레이철은 블로그에 접속한다. 새로운 댓글이 달렸다는 알림이 있다. 익명이 남긴 글. 레이철은 화면을 스크롤해 댓글을 읽는다.

그 사람들이 보기 전에 당장 블로그를 없애고, 《보스턴 글로브》의 개인 광고란을 예의주시할 것.

두말하면 잔소리. 레이철은 블로그에 로그인한 다음 블로그 삭제를 클릭한다.

이 블로그와 블로그의 모든 컨텐츠를 정말로 삭제하시겠습니까?

레이철은 예를 클릭한 다음 로그아웃한다.

50

수요일 오전 5시. 레이철은 잠을 이루지 못한다.

침대에서 일어나 익숙한 빨간 스웨터를 입고 가운을 걸친 다음 커피를 끓인다. 얼마간 어두운 거실에 우두커니 앉아 분지 저편에 있는 집들에서 흘러나오는 불빛을 바라본다.

잠시 후, 레이철은 바깥으로 나가 기다린다. 스웨터에서 풀려 나온 올을 뽑는다. 고양이 일라이가 무슨 일인가 살피러 곁으로 온다. 두어 번 쓰다듬는 건 참아주는가 싶더니 레이철의 손아귀를 벗어나 갈대가 우거진 모래밭으로 가서는 주머니쥐들과 싸움을 벌인다.

순간 경각심이 들면서 목덜미의 신경 말단에 불이 번쩍 켜진다. 이건 억만년 전부터 존재해온 반응이다. 인간은 포식자이자 피식자인 것이다.

빠르게 두근거리는 심장. 사지에서 느껴지는 불가사의한 떨림.

오늘은 중요한 날이 될 것이다.

3막의 커튼이 열릴 것이다.

아침 해가 떠오르며 희미한 빛을 발한다. 공기는 차갑지만 매서운 정도는 아니다.

습지 냄새.

새소리.

올드포인트 로드를 달리는 자전거의 노란 전조등 불빛.

폴 웨스턴이 레이철의 집 쪽으로 곧장 달려온다. 요즘은 《글로브》를 집으로 배달시키는 사람이 거의 없다. 폴이 자전거를 타고 좁은 길을 내려온다. 레이철은 폴이 깜짝 놀랄까 봐 현관 입구 계단에서 미리 손을 흔들지만 폴은 그래도 기겁을 한다.

"맙소사, 아줌마! 간 떨어질 뻔했잖아요."

"미안, 폴. 잠이 안 와서 신문이나 기다릴까 했지."

폴은 원래 대충 던져놓고 가려했지만, 레이철 앞으로 와서 신문을 직접 건넨다.

"안녕히 계세요!" 폴이 인사를 하고는 자전거를 몰아 떠난다.

레이철은 집 안으로 들어가 거실 테이블 위에 신문을 펼치고 불을 켠다.

머리기사는 무시하고 곧장 개인 광고와 세 줄 광고가 실린 부분으로 간다. 각종 정보 커뮤니티 사이트와 이베이가 있는 세상이지만, 《보스턴 글로브》는 여전히 매일 세 줄 광고를 수십 건 싣는다.

부고와 애인 구하는 광고와 자동차 광고를 훑은 끝에 마침내 기타 광고란에서 레이철이 찾던 광고를 발견한다.

체인 사고팝니다. 1-202-965-9970.

레이철은 피트를 깨워 그 광고를 보여준다.

피트가 고개를 가로젓는다. "난 잘 모르겠는데요."

"우리 이거 해요." 레이철이 우긴다.

"왜요?"

"우리가 무슨 수를 쓰지 않는 한, 이 일은 절대 끝나지 않을 테니까요. 그게 카일리를 죽이고 있고, 지금 이 순간에도 저 밖에서 우릴 스토킹하면서 놔주지 않고 있고, 다른 가족, 다른 엄마들, 다른 애들까지 끌어들이고 있잖아요."

"체인이 무슨 생명체라도 되는 것처럼 말하네요."

"바로 그거예요. 체인은 며칠에 한 번씩 인간 제물을 요구하는 괴물이라고요."

"난 잘 모르겠어요, 레이철. 자고 있는 개를 건드려도 될지."

"자고 있질 않잖아요. 그게 문제라고요. 선불폰으로 이 번호에 전화 걸어볼래요."

"내가 거는 게 나을지도 모르겠어요. 체인 쪽에 내 목소리를 아는 사람은 없을 테니까. 혹시 알아요, 덫일지?"

"목소리를 바꿀 거예요. 우리 할머니 억양을 쓰려고요."

피트가 옷장에서 선불폰이 든 가방을 꺼내온다. 두 사람은 그중 아무거나 집어 들고 카일리를 깨우지 않도록 데크로 나간다. 피트는 시계를 본다. 새벽 6시 반밖에 안 됐다. "전화 걸기엔 너무 이른 시간 아닐까요?"

"카일리가 일어나기 전에 통화하고 싶어요."

피트가 고개를 끄덕인다. 전혀 내키지 않지만, 레이철이 주도한 일이니 그냥 따를 수밖에 없다. 레이철이 번호를 누른다.

어떤 남자가 즉시 전화를 받는다. "여보세요?"

"신문에 난 광고 보고 전화했는데요." 레이철이 할머니와 비슷한 억양으로 말한다.

"그래서요?" 남자가 묻는다.

"제가 체인 때문에 고생을 했는데 혹시 그쪽도 똑같은 고생을 하고 있다면 우리가 서로 도울 수 있지 않을까 해서요."

남자는 한참 동안 아무 말이 없다.

"그 블로그 주인인가요?" 남자가 낮은 바리톤 목소리로 묻는다. 남자의 억양에도 살짝 사투리가 섞였다.

"맞아요."

또다시 기나긴 침묵.

"그쪽을 믿어도 될지 모르겠네요. 그쪽도 무턱대고 날 믿으면 안 되고요. 개인 정보는 하나도 발설하지 마요, 알겠어요?" 남자가 말한다.

"알았어요."

"그 사람들이 듣고 있을지도 몰라요. 사실, 당신이 그 사람들일 수도 있죠. 내가 그 사람일 수도 있고. 알아들었어요?"

"네."

"진짜로 알아들은 거예요? 정말 위험한 일이라고요."

"나도 알아요. 코앞에서 봤잖아요." 이제 레이철은 꾸며낸 억양이고 뭐고 없다.

잠시 후 남자가 말한다. "그쪽이 자칭 아리아드네라니까, 내 이름은 테세우스로 하죠. 어쩌면 우린 함께 미궁 속으로 들어가야 할지도 몰라요."

"그래요."

"그쪽이 바보가 아니어야 할 텐데요, 아리아드네. 그 블로그는 정말 어리석었어요. 이 전화도 마찬가지고요."

"바보는 아닐걸요. 그냥 이 일을 끝장내고 싶은 사람일 뿐이지."

"야망 한번 끝내주네요. 대체 무슨 근거로 본인이 이 집단을 막을 수 있을 거라고 생각하는 거죠?"

레이철은 피트를 바라본다. "내가 몇 가지 알아낸 게 있거든요."

"과연 그런 걸까요? 좋아요. 자, 아리아드네가 할 일을 말해줄게요. 오늘 정오에 로건 공항으로 가요. 도착지가 어디가 되었든 A터미널에서 출발하는 국내선 표를 사고, 보안 검색대를 통과한 다음 출발 라운지에서 기다려요. 지금 이 휴대폰 번호를 가지고 있을 테니, 이 휴대폰 가지고 와요. 내가 전화를 걸지도 모르니까. 물론 안 걸 수도 있고요. 아무도 믿지 말고, 특히 나는 더더욱 믿지 마요. 명심해요, 미궁은 숨기 위해서가 아니라 숨어서 기다리려고 짓는 거라는 사실을요."

전화가 끊어진다.

"어쩔 셈이에요?" 피트가 묻는다.

"갈 거예요."

"아무도 믿으면 안 돼요. 그 남자도 마찬가지고."

"끝장을 내야 해요. 난 갈 거예요."

"안 돼요. 가지 마요. 미친 짓이라고요."

피트는 진심으로 걱정하지만, 사실 걱정의 일부분은 그 자신이 겪고 있는 곤경 때문이기도 하다. 레이철은 메타돈의 치료 효과가 기대만큼 발휘되지 않고 있다는 사실을 모른다. 멕시코 고지대의 순수 골든 브라운 헤로인을 끊으면 메타돈은 상담사가 생각하는 것만큼의 해결책이 되어주지 못한다.

피트는 신경과민에 귀도 웅웅거려서 생각을 똑바로 하지 못한다. 지금 상태에서 새로운 일에 착수한다고? 그것도 항암 치료를 받고 있는 레이철과?

정신 나간 짓이다. 그들은 빠져나왔다. 그러니 그냥 잊는 게 상책이다.

"피트, 나한테 이래라저래라 하지 마요. 그러는 건 이제 신물이 난다고요!"

"이번엔 당신 목숨이 달린 일이라고요. 카일리의 목숨까지도."

"나도 알아요! 내가 그걸 모를 것 같아요? 지금 우리 모두의 목숨을 구하자고 이러는 거잖아요!" 레이철이 피트의 손을 잡고는 목소리를 낮춰 덧붙인다. "우린 이 일 해야 해요, 피트."

피트는 레이철을 본다.

레이철은 격주로 프루트 스트리트 55번지에서 말 그대로 독을 투여받고 있다.

레이철은 살아남을 것이다. 레이철은 이겨내고 있다. 레이철은 아직 살아 있다.

"좋아요. 단, 나도 가요." 피트가 말한다.

51

레이철은 로건 공항을 좋아한 적이 없다. 이곳에서는 사람들 신경이 늘 곤두서 있다. 9·11이 여기에서 시작된 탓이다. 기나긴 줄. 험악한 분위기. 레드삭스 상품.

레이철과 피트는 델타 카운터로 가서 클리블랜드행 티켓을 산다.

두 사람은 보안 검색대를 통과한 후 기다린다. 레이철은 선글라스를 끼고 양키스 야구 모자를 푹 눌러쓰고 있다. 그게 무슨 도움이나 된다는 듯.

정오가 되고, 이내 지난다.

"이제 어떻게 하죠?" 피트가 묻는다.

"나도 몰라요."

"아까 그 번호로 전화를 걸어보지 그래요?"

레이철은 5분을 더 기다리다 전화를 건다.

"지금 거신 번호는 없는 번호이오니." 녹음된 목소리가 흘러나온다.

12시 30분이 되자, 마침내 레이철의 선불폰이 울린다.

"델타 셔틀 게이트 근처에 있는 리걸스 테스트 키친에 가서 크툴루 블랙 에일 하나랑 조개 스프를 주문하세요. 혼자 오시고요." 목소리가 말한다.

"같이 온 사람이 있어요. 그 사람도 도왔거든요. 이번 일도 같이 할 거예요."

"흠…… 좋아요. 그럼 크툴루 에일 두 병 시키고 조개 스프도 2인분 주문하세요. 73번 테이블에 앉으면 될 거예요. 왼쪽 칸막이 좌석이에요."

"그다음에는요?"

"그다음엔 두고 보면 알겠죠, 안 그래요?"

레이철과 피트는 리걸스로 가서 73번 테이블에 앉아 맥주 두 병과 조개 스프 2인분을 주문한다. 누군가 지켜보는 것 같은 느낌을 지울 수가 없다. 물론 느낌만은 아닐 것이다.

"누구일 것 같아요?" 레이철이 다른 손님과 직원을 빙 둘러보며 묻는다. 식당 안은 만원이다. 레이철 쪽을 흘끔거리는 사람이 한둘이 아니다. 그러니 누가 그 사람인지 알아내는 건 불가능하다.

레이철은 모자를 더 푹 눌러쓴다.

"아무래도 생각 잘못한 것 같아요. 이제 그쪽에선 우리가 누군지 아는데 우린 그쪽이 누군지 모르게 됐잖아요." 피트가 투덜거린다.

레이철도 고개를 끄덕인다. 본능은 그 사람을 믿으라고 했지만, 사실 믿어야 할 이유가 뭐가 있단 말인가? 기본적으로는 피트의 편

집중적 태도를 따르는 게 더 안전했을 것이다.

하지만 레이철은 카일리가 너무 걱정돼 죽을 것 같다. 내리는 선택마다 악수가 된다. 행동도 악수. 무행동도 악수. 전형적인 추크츠방(체스에서 상대가 어떤 수를 두든 불리한 상황이 되게 만들어서 상대가 악수를 둘 수밖에 없도록 하는 것—옮긴이) 상황이다. 낙하산에서 내리니까 지뢰밭인데 심지어 출구도 없는 형국이다. 어쩌면 오늘 일은 체인이 사람들을 시험하는 방식일지 모른다. 누군가를 미끼로 내보내 잠재적 배신자를 가려낸다? 여기 있는 누구라도 체인의 대리인일 가능성이 있다. 이제 레이철과 피트는 아무래도…….

선글라스를 낀 덩치 큰 남자가 발을 끌며 느릿느릿 걸어와 두 사람이 앉아 있는 칸막이 좌석에 앉는다. "정말 여길 오다니, 엄청난 위험을 감수하셨네요." 남자가 동유럽 억양이 살짝 섞인 목소리로 말하며 털북숭이 손을 내민다. "난 용감무쌍한 테세우스겠죠. 그쪽은 재기 넘치는 아리아드네일 테고요."

"맞아요." 레이철이 남자와 악수를 한다.

남자는 덩치가 굉장히 좋다. 키는 2미터 가까이 되는 듯하고, 몸무게도 130킬로그램 정도는 나갈 것 같다. 나이는 50대 초반 정도로 보인다. 길게 기른 머리는 숱이 온전한 편이고 아무렇게나 헝클어져 있다. 꾀죄죄한 수염은 하얗게 세기 시작했다. 빛바랜 갈색 청바지에 컨버스 스니커즈를 신고, 『선과 모터사이클 관리술』 책표지가 프린트된 티셔츠 위에 코듀로이 재킷, 또 그 위에 트렌치코트를 껴입었다. 악마같이 사악하기 짝이 없는 체인의 배후 인물처럼 보이지는 않는다. 하지만 아무도 모를 일이다. 남자의 손에 들린 잔에는 더블 스카치나 더블 버번으로 보이는 것이 담겨 있다.

피트가 손을 내밀자 남자가 악수를 하며 묻는다. "같이 오신 분인가요?"

피트가 고개를 끄덕인다.

남자는 복잡한 미소를 짓는다. 너무 약해서 상처받기 쉬운 것 같기도 하고, 어딘가 후회하는 것 같기도, 겁에 질린 것 같기도 한 미소다. 남자가 잔에 남은 술을 벌컥벌컥 들이켠다. "흠, 보안 검색대를 통과했으니까 총이나 칼, 신경가스 같은 걸 소지하고 있을 리는 없겠지만, 그거야 뭐 어차피 닥칠 일을 조금 미루는 것에 불과하겠죠, 안 그런가요? 댁들이 체인 쪽 사람이라면 이제 내가 누군지 아니까 난 죽은 목숨일 거잖아요. 하지만 내가 체인 쪽 사람이라면 당신들이 누군지 내가 아니까 당신들이 죽은 목숨이겠죠."

"과연 우리가 누군지 정말 알 수 있다고 생각해요? 체인을 겪은 사람은 도대체 얼마나 될까요? 분명 수백 명은 될 거예요." 피트가 말한다.

"당신 말이 옳아요. 수백 명은 되겠죠. 어쩌면 수천 명. 그걸 누가 알겠어요? 내 말은, 지금쯤이면 당신들한테 내 사진이 있을 테니까 데이터베이스에서 대조한 다음에 내가 공항을 나서자마자 나를 죽이라고 지시할 수도 있단 거죠. 그게 누가 됐든, 지금 현재 체인 활동 중인 사람이 나랑 관련된 임무를 지시받아서 나하고 내 딸을 죽이겠죠. 누구든 그럴 수 있잖아요. 동기만 충분하면 대통령이든, 왕이든, 법정 추정 상속인이든, 그 누구든 죽일 수 있으니까요."

남자가 선글라스를 벗어 테이블 위에 놓는다. 담갈색 눈동자가 예리하고 지적이면서 슬퍼 보인다고 레이철은 생각한다. 남자한테서는 교수나 성직자의 느낌이 풍긴다. 어쩌면 저 담갈색 눈동자는 믿어도 되는 눈동자일지 모른다.

"우린 서로를 믿어야만 해요." 레이철이 말한다.

"왜죠?"

"왜냐하면 그쪽도 내가 겪은 일을 똑같이 겪은 사람처럼 보이니까요."

남자가 레이철을 꼼꼼히 살피더니 고개를 끄덕이고는 이번에는 피트에게 묻는다. "그러면 그쪽은?"

"난 조력자였어요. 막판에만. 이 여자분 전남편의 형이에요."

"보아하니 군인 같은데, 그놈들이 허락했다니 놀랍네요. 아니면 그놈들 몰래 끼어든 건가요?"

"이미 전역했고, 그놈들이 괜찮다고 했어요. 게다가 나한테는 피트 말고 진짜 아무도 없었거든요." 레이철이 설명한다.

"체인은 늘 가장 약한 새를 노리는 새장이죠." 남자가 중얼거리더니 지나가던 웨이터를 불러 세워 더블 버번을 한 잔 더 주문한다.

"둘 중에서 혹시 보간법이나 매트릭스 프로그래밍, 회귀 분석 같은 거 해본 사람 있나요?" 남자가 묻는다.

"보간법이라뇨?" 레이철은 남자가 대체 저런 걸 왜 묻는지 의아해하며 되묻는다.

"가우시안 프로세스 회귀라는 건데요, 통계 분석 도구죠. 해보셨나요?"

피트와 레이철 둘 다 고개를 가로젓는다.

남자가 테이블 번호를 톡톡 두드리며 묻는다. "73이라는 숫자는 두 분한테 어떤 의미인가요?"

"존 해너요. 패트리어츠의 공격 라인맨." 피트가 먼저 대답한다.

"양키스 데뷔 경기에서 게리 산체스 등번호가 잠깐 73번이었어요." 레이철도 대답을 내놓는다.

남자가 고개를 절레절레 흔든다.

"당신한테는 무슨 의미인데요?" 레이철이 묻는다.

"73은 21번째 소수죠. 숫자 21의 소인수는 7과 3이고요. 기가 막힌 우연의 일치 아닙니까! 저쪽 77번 테이블이 비어 있군요. 물론 77은 소수는 아니지만 처음 여덟 개의 소수를 더한 수이고 이리듐의 원자 번호예요. 공룡이 어떻게 멸종되었는지, 그건 내가 어렸을 때 정말 엄청난 수수께끼였는데, 이리듐으로 입증하기도 했죠. 백악기와 제3기 경계층에 이리듐이 존재한 덕분이었어요. 원자 번호 77은 공룡 멸종의 전조였던 셈이죠. 그러니 77은 종말의 숫자예요. 모든 책은 77번째 장에서 끝나야 하는데, 하지만 절대 그러지 않죠. 한편 우리는 여기서 뭔가 시작하려는 거 아닌가요? 그러니까 73번 테이블이 77번 테이블보다 좀 더 타당하다고 봐야겠죠?"

레이철과 피트가 어리둥절한 얼굴로 서로를 쳐다본다.

남자가 한숨을 쉰다. "알았어요, 알았어. 보아하니 수학이 두 분의 특기는 아니네요. 하지만 뭐 그건 중요한 게 아니니까요. 스토리가 테크닉보다 훨씬 중요한 거지. 얼마나 됐어요?"

"뭐가요?"

"빠져나온 지 얼마나 됐냐고요."

"한 달 정도요."

남자의 얼굴 위에 굶주린 듯한 표정이 어린다. 곧이어 소름끼치는 미소. "딱 좋아요. 내가 바라던 대로네요. 난 3년 반 돼서, 내 넘새는 완전히 사라졌죠. 아직 냄새가 남은 사람이 필요하거든요."

"왜죠?"

주문한 버번이 오자 남자는 단숨에 들이켠다. 그러더니 자리에서 일어나 테이블에 50달러짜리 지폐를 올려놓으며 레이철에게 말한다. "당신 말이 맞는 것 같아요. 우리가 서로 믿어야 할 것 같네요. 남자 쪽은 마음에 안 들어요. 도무지 속을 알 수가 없어서요. 하지만 당신은, 거짓말쟁이가 아니에요. 가죠."

피트가 고개를 가로젓는다. "제 생각에는 여기도 괜찮은 것 같은데요."

남자가 헝클어진 머리카락을 손으로 쓸어 넘겨 뒤로 묶는다. "자, 지금부터 내 말 잘 들어요. 나는 약 45분 후, 케임브리지 매사추세츠 애비뉴에 있는 포 프로빈시즈 술집에 있을 거예요. 술집 안쪽에 있는 룸에요. 내가 거기 단골이니까 아마 룸을 빌려줄 거예요. 거기서 보도록 하죠. 못 볼지도 모르겠지만 뭐, 아무튼 마음대로 해요."

"여긴 뭐가 어때서요?" 레이철이 묻는다.

"공개된 장소에서는 내 이야길 들려주기가 좀 그렇거든요. 우리 계획을 짜기에도 그렇고."

"우리 계획이라뇨?"

"댁들이 여기 온 이유 말이에요."

"그게 뭔데요?" 피트가 묻는다.

"뭐긴 뭐예요, 체인을 끊는 거지."

52

그들은 또다시 이사를 한다. 이번엔 다시 동쪽으로 간다. 고향인 보스턴과 좀 더 가까운 곳이다. 상자에 짐을 싼다. 가져갈 물건과 기증할 물건, 내다버릴 물건을 정한다. 꼬마 앤서니와 톰은 LA를 그리워하겠지만, 쌍둥이와 셰릴은 여기에 하나도 적응을 못 했다.

어쩌면 보스턴이 좀 더 수월할지 모른다. 톰의 아빠가 근처에 사는데 손자 손녀를 애지중지하기 때문이다.

아무튼 또다시 이사하는 주말이 되었다.

셰릴이 쌍둥이 방에 있던 서랍장을 옮긴다.

셰릴은 올리버가 찍은 제니퍼의 나체 폴라로이드 사진을 발견한다. 제니퍼가 자기 집 앞에 서 있는 걸로 보아 쌍둥이 방에 있는 2층 침대에서 찍었을 것이다.

셰릴은 올리버에게 사진을 보여주며 해명하라고 다그친다. 올리버는 아무런 변명도 생각해낼 수가 없다. 자기가 찍은 폴라로이드라는 사실은 부인하지 않는다. 셰릴은 머리에 피도 안 마른 게 벌써 변태 짓이냐며 올리버의 뺨을 때린다. "아빠 오면 두고 봐." 셰릴이 으름장을 놓는다. 상자를 구하러 슈퍼마켓에 갔던 톰이 돌아온다. 꽤 오래 걸렸다. 중간에 술집에 들른 탓이다.

올리버와 마거릿은 위층에서 기다리고 있다. 두 아이는 셰릴이 톰한테 고자질하는 소리를 듣는다. 톰이 이렇게 말하는 것도 듣는다. "망할 것들. 빌어먹을!"

톰이 위층으로 올라와 올리버의 먹살을 움켜잡더니 침대 위층에서 끌어내려 벽에 내동댕이친다.

"이 미친 새끼! 너 아빠가 무슨 생각하는지 알아? 그 새끼들이 네 이유식에 마약을 처넣었을 거야. 하긴 누가 알겠어? 네가 빌어먹을 내 자식이 아닐지도 모르지!" 톰이 고래고래 소리를 지른다.

앤서니도 위층에 올라와 이 재미난 광경을 구경한다. 문간에 선 마거릿은 씩 웃고 있는 앤서니를 본다. 장차 앤서니의 목숨을 앗을 미소를.

"그냥 장난이었어." 올리버가 변명한다.

"장난이 어떤 건지 내가 알려줄게." 톰이 올리버의 먹살을 잡아쥐고 욕실까지 질질 끌고 가서는 샤워실에 처넣고 찬물을 튼다.

물줄기가 닿자 올리버가 비명을 지른다.

"재밌어 죽겠지?"

톰은 찬물을 몇 분 간 틀어놓았다가 마침내 잠근다.

올리버는 죽기 살기로 비명을 질러댄다. 톰이 고개를 절레절레 흔들며 앤서니의 어깨에 팔을 둘러 앤서니를 데리고 아래층으로 내려간다.

올리버는 샤워실 구석에 널브러진 채로 계속 흐느낀다. 마거릿이 샤워실로 들어가 올리버의 손을 잡는다. 올리버는 눈물을 흘린 것도, 지금 벌어진 일도 다 창피하기만 하다.

"저리 가." 올리버가 말한다.

하지만 진심은 아니다. 진심이 아니란 걸 마거릿도 안다.

올리버의 흐느낌은 훌쩍임으로 변한다. 낮이 길어졌다. 해가 오렌지 애비뉴로 넘어가면서 롱비치 공항에 착륙하는 비행기들의 윤곽이 드러난다.

"괜찮아." 마거릿이 부들부들 떨고 있는 쌍둥이의 손을 꼭 쥔 채 위로한다. "같이 복수하자."

53

세 사람은 케임브리지에 있는 술집의 프라이빗룸에 있다.

레이철과 피트는 덩치 큰 남자와 마주 보고 앉았다. 술집은 신나는 분위기지만 룸 안은 아니다. 기네스 파인트 세 잔과 더블 스카치 위스키 세 잔이 각자 앞에 놓여 있다. 술을 한꺼번에 시킨 덕분에 한동안은 종업원의 방해를 받지 않을 것이다. 레이철은 야구 모자를 벗어 파인트 잔 옆에 놓는다. 피트를 바라보지만 피트는 아무 반응이 없다. 그는 이 자리를 어떻게 시작해야 할지 잘 모르고 있다.

레이철이 시계를 확인한다. 2시 15분이다. 카일리가 수업을 마치고 스튜어트네 집에 가기로 해서 스튜어트 엄마가 두 아이를 태우러 갈 것이다. 스튜어트네 엄마는 냉철한 변호사라 마음 놓고 맡길 수 있는 사람이다. 스튜어트네 아빠는 육군 출신이고, 지금까지도 매사추세츠주 방위군 소속으로 재택근무 중이다. 마티를 제외하고 레이철이 카일리를 안심하고 맡길 수 있는 사람은 스튜어트의 엄마 아빠밖에 없다. 하지만 그래도 시간은 쏜살같이 흐르고 있다. 레이철은 어두워지기 전에 집에 돌아가고 싶다. "우리 중 누군가 한 사람이 먼저 시작해야 할 것 같네요."

커다란 덩치에 느릿느릿 거북이 같고 슬픈 눈을 가진 남자가 고개를 끄덕인다. "맞아요. 내가 당신한테 연락을 했죠. 제일 중요한 일부터 챙깁시다. 보안 문제 말인데요, 블로그, 이메일, 흔적이 남는 서류는 일절 금하기로 해요. 만날 땐 미행이 없는지 반드시 확인하고요. 영화 〈프렌치 커넥션〉처럼 기차를 타고 아무 정거장에서나 내리는 걸로요. 미행이 없다는 걸 알게 될 때까지 몇 번이고 갈아타는 거죠."

"그래야죠." 레이철이 멍하니 대답한다.

남자의 표정이 어두워진다. "아니, **그래야죠**라고 하면 안 되죠. **그래야죠** 가지고는 어림도 없다고요. 반드시라고 해야죠. 목숨이 달린 일이잖아요. 당신은 엄청난 위험을 무릅쓰고 공항에서 날 만났어요. 그리고 여기까지 따라왔죠? 내가 댁들을 여기로 유인한 다음둘 다 죽이고 뒷문으로 몰래 빠져나가려고 했을지도 모르는 일이잖아요?"

"공항에선 무기가 없었지만 지금은 있다고요." 피트가 재킷 주머니를 툭툭 두드리며 반발한다.

"아니, 아니! 지금 요점을 놓치고 있잖아요!"

"요점이 뭔데요?" 레이철이 조용히 묻는다.

"절대 방심해선 안 된다는 거예요. 몇 주 전에는…… 글쎄요, 나도 설명하기 어렵긴 한데, 내 사무실에 도둑이 들었어요. 내 사무실

뿐 아니고 다른 사무실 대여섯 군데도 그랬지만, 그건 뭔가를 위장하려고 그런 걸 수도 있잖아요. 내 나름대로 신중하게 행동했다고는 하지만 풍파를 일으키고 있었던 거죠. 잔잔한 호수에 파문을 일으켰을지도 몰라요. 어쩌면 아예 휘젓고 다녔던 건지도 모르고요. 내가 감시 대상일지도 모르겠어요. 표적 말이에요. 나도 몰라요. 더 중요한 건, 당신들도 모른다는 거예요. 당신들은 내가 누군지 전혀 모른다고요."

레이철이 고개를 끄덕인다. 몇 주 전이라면 레이철은 이런 대화를 정신 나간 편집증 환자의 망상이라고 여겼을 것이다. 하지만 지금은 아니다.

남자가 땅이 꺼져라 한숨을 쉬더니 우비 주머니에서 너덜너덜해진 노트를 꺼낸다.

"이건 체인에 대해 기록한 내 세 번째 일기장이에요. 내 본명은 에릭 론로트예요. 저기서 일하고요." 남자가 엄지손가락으로 자기 뒤쪽을 가리킨다.

"주방 말인가요?" 피트가 묻는다.

"MIT요. 수학자예요. 케임브리지로 온 건 나한테나, 우리 가족한테나 최악의 행보였죠."

"무슨 일이 있었는데요?" 레이철이 묻는다.

에릭이 기네스를 벌컥벌컥 들이켠다. "처음부터 시작할게요. 난 모스크바에서 태어났지만 열세 살 때 가족과 함께 미국으로 이민을 왔어요. 주로 텍사스에서 자랐어요. 텍사스 농공대에 들어갔고, 거기서 수학 박사학위를 따고 아내 캐럴린도 만났어요. 아내는 화가였어요. 커다란 캔버스에 주로 종교를 주제로 한 그림을 그렸죠. 스탠퍼드에서 위상수학을 연구하던 중에 딸아이가 태어났어요. 행복한 시절이었죠."

"그러다가 여기로 오신 거군요."

"2004년에 케임브리지로 이사를 왔어요. 종신 재직권이 있는 부교수 자리를 제안받았거든요. MIT에서 그런 조건을 내거는데 누가 거절하겠어요? 2010년까진 모든 게 순조로웠어요. 그러다……." 목이 메는지 남자의 목소리가 잠겨든다. 남자는 술을 한 모금 더 마시고 기운을 내어 말을 잇는다. "아내가 뉴턴에 있는 작업실에서 자전거를 타고 집에 오다가 차에 치였어요. 그 자리에서 죽었죠."

"세상에, 정말 힘든 일을 당하셨네요."

남자는 레이철에게 보일 듯 말듯 희미한 미소를 지어 보이며 고개를 끄덕인다. "끔찍했죠. 나도 죽고 싶었지만 나한테는 딸아이가 있잖아요. 결국 우린 극복해냈어요. 그런 일을. 못 할 것 같지만 다 되더라고요. 5년이 걸렸어요. 자그마치 5년이. 이제야 상황이 좀 나아지나 보다 했는데……."

"체인이군요." 피트가 말한다.

"2015년 3월 4일이었어요. 학교에서 집까지 걸어오던 애나를 그놈들이 잡아간 날이. 케임브리지에서, 그것도 훤한 대낮에 말이에요. 집까지 네 블록밖에 안 남았었죠."

"우리 딸은 스쿨버스 정류장에 있다가 잡혀갔어요."

에릭이 지갑을 꺼내 사진을 보여준다. 청바지와 티셔츠 차림에 곱슬머리를 한, 아주 밝아 보이는 여자아이다.

"애나는 열세 살이었지만 숫기가 없는 편이고 또래에 비해 더 아기 같았죠. 만만했을 거예요. 그 아이를 되찾기 위해 내가 해야 하는 짓을 들었을 땐, 진짜 믿기지가 않았어요. 인간이 어떻게 그런 짓을 생각해낼 수 있죠? 그렇지만 난 나한테 주어진 일을 했어요. 애나는 나흘 동안 어두컴컴한 지하실에 갇혀 있다가 풀려났어요."

"세상에."

"우리 아이는 그 사건에서 회복되지 못했어요. 발작을 일으키고 환청을 듣기 시작했고, 1년 뒤에는 욕조에서 손목을 그어 자살을 시도했어요. 지금은 버몬트에 있는 정신병원에 있고요. 면회를 가도 나조차 몰라볼 때가 있어요. 내 딸이 말이에요. 상태가 좋은 날도 있고 나쁜 날도 있고 왔다 갔다 해요. 아주 나쁜 날도 있고요. 예쁘고 똑똑하던 우리 딸 애나가 턱받이를 하고 플라스틱 숟가락으로 떠먹여주는 이유식을 먹고 있다고요. 체인이 내 인생도, 내 딸 인생도 망쳐놨어요. 나는 그 이후로 체인을 박살낼 방법이 없나 그것만 궁리해요."

"방법이 있기는 해요?" 레이철이 묻는다.

"아마도? 이제 그쪽이 얘기할 차례예요. 당신 사연은 뭐죠?"

피트가 고개를 가로젓는다. "아니, 이게 주거니 받거니 할 일은 아니잖아요. 당신 말대로 우린 당신이 누군지 전혀 모르고……."

"그놈들이 내 딸을 데려갔어요. 나도 다른 누군가의 어린 딸을 데려와야 했고, 그 이후 지금까지 악몽에 시달리고 있어요. 우리 딸도 상태가 아주 안 좋아요."

"당신은 암에 걸렸고요?" 에릭이 추측한다.

레이철은 미소를 지으며 자기도 모르게 숱이 줄고 있는 머리카락을 만진다. "예리하시네요."

"그리고 뉴욕 출신이고요."

"그냥 양키스 팬일 수도 있죠."

"당신은 둘 다예요. 심지어 용감무쌍한 양키스 팬이죠. 이 동네 사람들이 기분 나쁜 시선으로 쳐다봐도 개의치 않잖아요."

"기분 나쁜 시선뿐이라면 얼마든지 받겠네요." 레이철이 가까스로 미소를 지으며 말한다.

"체인의 실체에 대해 조사를 한 지는 꼬박 1년이 넘었어요." 남자가 노트를 레이철과 피트에게 건넨다. 두 사람은 고무 밴드를 풀어 노트를 펼친다.

노트에는 이런저런 날짜와 이름, 차트, 관찰 사항, 추정한 내용, 일기 등이 빼곡히 적혀 있다.

"처음엔 아무것도 없었죠. 두려움 때문에 사람들이 입을 열지 않으니까요. 좀 더 깊이 파헤치다보니까 신문의 익명 개인 광고란에 체인이란 말이 게재되어 있더라고요. 여기저기서 애매한 힌트 한두 가지를 알아볼 수 있었어요. 말이 안 되는 이상한 범죄 보도도 한 건 있었고요. 내가 시브 맵 분석, 통계 회귀 분석, 마르코프 체인 모델링, 시간적 사건 분석을 해봤어요. 결과를 수집 분석해서 회귀 추정해본 끝에 몇 가지 결론에 도달했어요. 많지는 않지만 몇 가지는 알 수 있었죠."

"그 결론이 뭔데요?" 레이철이 묻는다.

"체인은 2012년에서 2014년 사이에 시작됐을 거예요. 회귀 분석을 해보니까 중앙 날짜가 2013년으로 되돌아가더라고요. 물론 그 놈들은 체인이 수십 년, 심지어 수백 년 동안 꼬리 잡히지 않은 전통 있는 조직이라고 주장하지만 그건 거짓말 같아요."

"기원이 오래됐다고 하니까 더 천하무적처럼 보이더라고요."

"바로 그거예요. 하지만 그렇게 오래되진 않았다는 게 내 생각이에요." 에릭이 맥주를 또 한 모금 마신다.

"내 생각도 그래요."

"또 다른 결론은 뭐죠?" 피트가 묻는다.

"두말하면 잔소리겠지만, 체인을 고안해낸 사람은 굉장히 똑똑해요. 대학 교육을 받았고 IQ가 천재 수준일 겁니다. 책도 많이 읽었을 거예요. 내 또래의 백인 남성일 가능성이 높아요."

레이철이 느릿느릿 고개를 가로젓는다. "내 생각은 달라요."

"내가 조사를 좀 해봤는데, 이런 약탈자들은 대개 동일한 인종 집단 내에서 움직여요. 피해자를 선택할 때는 의사 난수 요소까지 감안하고요. 내 또래거나 많아 봐야 나보다 조금 많을 거예요."

레이철은 다시 고개를 저을 뿐 아무 말도 하지 않는다.

"체인은 자기 영속적 구조고, 조직의 목적은 조직 자체를 보호하고 창시자한테 돈을 벌어다주는 거예요. 내 생각에 체인을 고안해낸 자는 40대 후반 백인 남자고, 모르긴 몰라도 40대 초반에 불경기나 금융 위기를 겪으면서 체인을 만들었을 거예요. 라틴아메리카 쪽에서 자기 가족을 대체할 피해자를 납치하는 일이 종종 일어나는데, 그걸 본떴을 가능성이 커요."

레이철은 기네스를 한 모금 마신다. "언제 생겨났는가에 대해서는 당신 말이 옳을지 몰라도 연령과 성별은 틀렸어요."

에릭과 피트가 깜짝 놀란 얼굴로 레이철을 바라본다.

"그 여자는 겉으로 드러내는 것만큼 나이가 많지도 않고 자기 생각만큼 똑똑하지도 않아요. 철학 얘기를 꺼내면서 나한테 허세를 부리던데, 철학이 전문 분야는 아니더라고요."

"왜 여자라고 생각하는 거죠?"

"꼭 집어 말할 순 없지만 분명해요. 나랑 통화한 사람은 음성 변조기를 쓰는 여자였어요."

에릭이 고개를 끄덕이더니 노트에 뭔가를 적으며 묻는다. "당신도 선불폰하고 위커 앱으로 연락 받았어요?"

"그랬어요."

에릭이 미소를 짓는다. "체인은 아주 똑똑한 방법으로 보안을 했어요. 선불폰으로 거는 익명의 전화, 몇 주 동안만 존재하다가 사라지는 비트코인 익명 계좌, 아이디가 주기적으로 바뀌는 익명의 암호화 위커 앱. 지저분한 일은 대리인을 고용했고요. 굉장히 똑똑해요. 완벽에 가깝게요."

"가깝다고요?"

"그중 일부는 정말 난공불락이에요. 체인의 고리들을 끝까지 역추적해서 시초를 찾아내는 건 거의 불가능할 거예요. 이건 물론 피해자를 선정할 때 들어가는 의사 난수 때문이죠. 내가 그랬던 것처럼 당신도 표적을 마음대로 고를 수 있었고, 그 앞사람도, 그 앞앞사람도, 맨 처음까지 쭉 그랬겠죠. 그 흔적을 추적해서 처음을 알아내겠다는 건 소용없을 거예요. 내가 알아요, 해봤으니까."

"그럼 체인을 운영하는 사람들을 어떻게 찾는다는 거죠?" 피트가 묻는다.

에릭이 노트를 집어 들고 휘리릭 넘긴다. "조사하는 내내 사실 해결책이라고 할 만한 건 거의 발견하지 못했어요. 그게⋯⋯."

"설마 지금 이 만남이 시간 낭비에 불과하다는 말을 하려는 건 아니겠죠?" 피트가 말을 자르며 묻는다.

"아니죠. 그놈들 방법이 훌륭하긴 해도 행위자가 인간인 이상 실수는 필연이죠. 기량을 완벽하게 구현하는 인간은 없어요. 적어도 내 생각은 그래요."

"체인이 어떤 실수를 했는데요?"

"어쩌면 그놈들이 살짝 무사안일주의에 빠져서 게을러졌을 수도 있어요. 두고 보자고요. 그놈들하고의 마지막 접촉이 어땠는지 들려주시죠."

레이철이 입을 열려는 찰나, 피트가 그녀의 팔을 붙잡는다. "더는 아무것도 알려주지 마요."

"우린 서로를 믿어야 해요."

"아뇨, 레이치, 그래야 되는 건 아니에요."

피트는 자기 실수를 인식하지 못하지만 레이철과 에릭은 알아차린다. 에릭이 노트를 가져다가 추측건대 레이철이라고 적는다.

이 지경까지 왔군, 레이철은 그렇게 생각하고는 입을 연다. "한 달도 안 됐어요. 11월 첫 주였으니까."

"그놈들이 당신한테 전화를 했나요?"

"네."

"위커 앱을 썼고요?"

"그랬어요. 그게 중요한가요?"

"위커하고 비트코인의 암호화 수준이 시중에서 접할 수 있는 것 중 가장 높은데 그걸 깨려면 슈퍼컴퓨터로도 수백만 시간은 걸리거든요. 그래서 적어도 초창기에는 안전에 안전을 기하려고 위커 앱 아이디를 주기적으로 바꿔줬을 거라고 확신해요. 물론 중복 계정하고 가짜 계정도 여러 개 있을지 모르죠. 하지만 그렇더라도 내 생각엔 그놈들 커뮤니케이션 방법에서 허점을 하나 발견한 것 같아요."

"어떤 허점요?"

종업원이 불쑥 문을 열고 얼굴을 들이민다. "혹시 더 필요하신 거 있어요?" 스코틀랜드 억양이다.

"아뇨." 에릭이 쌀쌀맞게 대답한다.

종업원이 문을 닫자, 에릭이 코트를 입기 시작한다. "처음 보는 여자예요. 난 처음 보는 사람은 마음에 안 들어요. 갑시다."

54

보스턴 공원. 항구에서 차가운 바람이 쌩쌩 불어온다. 세 사람은 로버트 굴드 쇼와 54연대원 기념비 맞은편 벤치에 앉아 있다. 주변에는 사람이 별로 없다. 조깅하는 사람과 대학생과 유모차를 끌고 가는 사람 몇 명이 전부다.

레이철은 에릭을 보며 기다린다. 마침내 안전하다고 느낀 에릭이 말을 계속한다. "의사 난수 암호화 함수의 표준 구축은 보통 유출 위험이 적다고 여기지만 내 생각은 안 그래요. 솜씨가 조잡하면 나 같은 사람한테는 크게 어렵지 않아요."

"무슨 말인지 모르겠어요." 피트를 보니 마찬가지로 전혀 못 알아듣는 눈치다. 소프트웨어 쪽 경력이 있는 피트조차.

"그놈들이 우리한테 연락하는 방법이 두 가지인데, 내 생각엔 그 두 가지 다 암호를 풀 수 있을 것 같다는 거죠."

더 체인

"어떻게요?"

"선불폰은 다들 생각하는 것처럼 마냥 안전한 건 아니에요. 설령 패러데이 새장 안에서 새 선불폰으로 건다고 해도 말이에요. 사람들은 그런 방법으로 전화를 걸면 추적이 완전히 불가능하다고 생각하죠." 에릭이 씩 웃으며 말한다.

"하지만 당신은 그걸 해킹할 방법을 알아냈다는 거군요?" 피트의 말에 에릭의 입꼬리가 더 올라간다.

"그게 작년부터 내가 주력한 연구 분야거든요."

"그 방법이란 게 뭐죠?"

"이론적으로는 스마트폰에 까는 소프트웨어를 통해 출력 레벨이나 안테나 패턴을 측정하는 게 가능해요. 그러면 그 폰으로 걸려오는 전화를 실시간으로 분석할 수 있게 되죠."

"그걸 실제로 해봤다고요?" 피트가 대단하다는 듯한 표정을 지으며 묻는다.

"그런 개념을 가지고 이것저것 해보고 있는 중이에요."

"선불폰에서 건 전화를 추적할 수 있다고요?"

"아뇨, 하지만 그 휴대폰의 기지국, 그러니까 가장 가까운 무선전신탑은 찾을 수 있을 거란 얘기죠." 에릭이 조심스럽게 말한다.

"해봤군요! 맞죠?" 피트가 집요하게 묻는다.

"우리한테도 알려주세요." 레이철이 애원한다.

에릭은 조깅하는 사람이 지나가기를 기다렸다가 말을 잇는다. "지금 한창 헌터킬러 애플리케이션 설계를 마무리하고 있는데, 휴대폰에 전화가 걸려오면, 패러데이 새장 안에서 선불폰으로 걸어온 전화라 해도, 가장 가까운 기지국을 찾아주는 앱이에요. 일단 기지국 위치를 정확히 찾아내고 나면 그 휴대폰의 신호 주파수 범위를 좁히는 게 가능해지죠. 그러면 그 기지국에서 휴대폰까지의 벡터를 대충 알게 되는데, 한 200~300미터 이내라고 보면 돼요."

레이철은 자신이 모두 제대로 알아들었는지 잘 파악이 되지 않아 묻는다. "그래서 그게 뭘 의미하는 거죠?"

"그 실을 쫓아 미궁 한가운데로 들어갈 방법이 있을지 모른단 얘기죠."

"그러면 위커 앱은요? 그게 그놈들이 주로 쓰는 연락 수단이잖아요."

"그것도 크게 다르지 않아요. 헌터킬러 알고리즘으로 메시지의 암호화를 깨거나 발신자를 찾을 수는 없지만, 그 메시지가 발신된 곳에서 가장 가까운 이동통신 기지국은 찾을 수 있어요. 물론 그놈들이 뉴욕 타임스스퀘어에서 보낸다면 가망이 없겠지만, 자기 집에서 보내는 거면 추적이 가능할지도 몰라요."

"왜 직접 안 해봤어요?" 피트가 묻는다.

"나는 그놈들하고 마지막으로 연락한 게 3년 반이나 됐거든요. 나한테 전화걸 때 쓴 선불폰은 진작 폐기됐을 거고, 나하고 연락을 주고받던 위커 아이디도 변경됐을 거예요. 그러니 내 쪽에서는 말을 냄새가 없어요. 반면 당신은……." 에릭이 레이철을 쳐다본다.

"저는요?"

"내가 그놈들 수법을 제대로 파악한 거라면 당신한테 연락할 때 계속 같은 아이디를 쓸지도 모른다는 거죠."

"맞아요. 추수감사절에 나한테 메시지를 하나 보냈어요."

"아주 좋아요!" 에릭이 흥분한다.

"그거 어떻게 작동하는 건데요?"

"당신이 일단 그놈들을 도발하거나 위협하거나 걱정시켜야겠죠. 당신하고 연락하고 싶어 할 정도로. 그러면 놈들이 당신한테 메시지를 보내거나 선불폰으로 전화를 걸 거예요. 후자가 더 좋겠죠. 놈들이 통화를 길게 하면, 소프트웨어를 돌려서 그놈들 전화가 접속하는 기지국을 삼각 측량으로 알아낼 수 있을 거예요."

"만약 놈들이 타임스스퀘어에 있거나 운전 중이거나 어떤 식으로든 이동 중이라면요? 놈들을 찾을 가망도 없이 괜히 열만 받게 하는 꼴이 되잖아요. 그럼 우린 등 뒤에 과녁을 그린 거나 마찬가지가 되고, 놈들이 우리를 추적할 수 있게 되겠죠!" 피트가 따지고 든다.

"이 계획에 위험이 없진 않죠."

"우리만 위험해지죠. 순전히 우리만. 당신은 위험할 게 하나도 없고." 피트가 지적한다.

"내가 뭘 하면 되죠, 정확히?" 레이철이 묻는다.

"안 돼요! 레이철, 꼭 하겠다고 할 필요는……." 피트가 말리려 든다.

"내가 뭘 하면 되냐고요?" 레이철이 다시 한번 묻는다.

"위커로, 아니 이왕이면 전화 통화로 우리의 알 수 없는 발신자하고 대화를 해요. 그놈들이 당신하고 연락하는 동안 내가 실시간으로 추적을 할 수 있게 말이에요."

"놈들하고 대화를 하라고요?"

"최대한 길게, 질질 끌어야 해요. 위커 앱을 추적하는 건 정확도가 좀 떨어져서 소프트웨어를 아직 손보고 있어요. 하지만 걸려온 전화를 추적한다면, 2~3분 정도 대화가 지속되는 동안 휴대폰을 추적한다면, 그러면 더없이 좋을 거란 말이죠."

"그러면 어떻게 되는 건데요?"

"내가 헌터킬러 알고리즘으로 놈들을 추적하는 거죠. 운이 따라준다면 그 전화가 걸려온 기지국을 찾게 되는 거예요."

"유선 전화에도 효과가 있나요?" 피트가 묻는다.

"그놈들이 유선 전화로 우리한테 연락할 정도로 멍청하다면 2초면 잡아낼 수 있겠죠."

"그런데 그렇게 하면 놈들이 날 골칫거리로 여기게 될 것 같아요. 그렇게 길게 통화하면 말이에요. 나하고 우리 가족이 이목을 끄는 꼴이 되잖아요." 레이철이 우려한다.

"그렇죠. 사실대로 말하자면 헌터킬러는 아직 실험 단계니까 기능이 완전한 건 아니에요. 미국 전역 어디에서 걸려오는지 모르는 휴대폰을 추적하려면 어마어마한 연산 능력이 필요하고요."

"만약 특정 지역에만 초점을 맞춘다면요?"

"그럼 훨씬 쉬워지겠지만, 그렇게 할 수가 없죠. 놈들이 어디서 전화를 걸어오는지 모르잖아요. 심지어 해외일 수도 있고. 난……."

"그 여자 보스턴 출신이에요. 그리고 체인은 주로 뉴잉글랜드에서 운영되는 것 같더라고요. 가까운 곳일 거예요. 인근을 벗어나지 않고 있어요. 나였어도 혹시 문제가 발생할 경우에 대비해서 그렇게 하겠어요."

"'그 여자'가 보스턴 출신인지 어떻게 알아요? 보스턴 억양을 쓰는 것 같지도 않던데."

"일부러 보스턴 억양을 감춘 거예요. 음성 변조기를 써서 굉장히 천천히 말하지만, 그렇다고 억양을 깡그리 없앨 수는 없잖아요? 아무래도 의심이 가서 언젠가 한 번은 통화하던 중에 시험을 해봤죠. 보스턴 경찰 얘기를 하면서 내가 보스턴 경찰은 빙 유턴만 해도 체포할 거란 말을 했더니, 그 여자가 웃었어요. 그 말을 이해했으니까 웃은 거잖아요. 나는 여기로 이사 오기 전엔 한 번도 들어본 적 없는 표현이거든요. 보스턴 이외 지역에도 그 말을 알아들을 사람이 있겠지만, 내 직감에 따르면 그 여자는 보스턴 사람이에요."

에릭이 고개를 끄덕인다. "요긴한 정보군요. 뉴잉글랜드 이외 지역은 탐색할 필요가 없다고 하면 앱 효율이 훨씬 높아질 테니까요. 계산 차수 효율도 높아질 테고요. 북미 인구가 50억에 전화선은 수십억 개거든요. 뉴잉글랜드 인구는 아마 천만 쯤일 거예요."

"그럼 앱의 작동이 50배는 빨라지겠네요."

에릭이 고개를 끄덕인다. "아마도요."

"하지만 분명 다른 방법도 있을 거예요. 우리가 요주의 인물이 되지 않는 방법이." 피트가 끼어든다.

"지금까지 내가 생각해낸 것 중에는 없었어요. 아직 그놈들하고 직접 연락을 하신다니, 조금 위험할 순 있어도 그렇게 무모하지만은 않을 거예요. 앱을 돌려서 그놈들 위치를 알아낸 다음, 경찰에 익명으로 제보하는 거죠. 그놈들이 우리하고 통화한 일과 체포당한 일을 서로 연관 지어 생각하지 못하도록 한 달 정도 기다려야 할 수도 있고요."

"난 별로 내키지 않네요." 피트가 말한다.

"시간이 핵심이에요. 시간이 더 지나서 그놈들이 위커 아이디를 변경하면 우리가 놈들한테 직접 연락할 수단이 없어지니까요. 게다가 최근에는 그런 불법 침입 사건까지 있어서 이 일이 중단된 상태고요." 에릭이 노트를 찢어 뭔가를 적는다. "내 새로운 선불폰 번호예요. 결정을 내리려면 좀 서둘러주면 좋겠어요."

레이철은 번호를 받아 들고 에릭을 보다가 에릭 너머 전쟁 기념비 쪽을 본다. 시 한 구절이 떠오른다. 거품을 타고 있는 쇼 대령이 '축복의 파열을 고대한다'는 그 구절이.

우리 모두 거품을 타고 있어, 그녀는 생각한다. **우리 모두 축복의 파열을 고대하고 있는 거야.** (로버트 로웰의 시 「죽은 연합군을 위하여」 속 한 구절을 변용—옮긴이)

레이철이 에릭에게 악수를 청하자, 에릭이 응한다.

레이철은 벤치에서 일어서며 말한다. "생각 좀 해볼게요."

55

에릭은 기분 좋게 MIT에 있는 사무실로 돌아간다.

마침내 희망이 조금 보이는 듯하다. 그를 뼛속까지 공허하게 만들던 기나긴 정보 가뭄 끝에 이룬 쾌거다. 이건 기회다. 이제 게임이 본격적으로 시작되면 그 개자식들은 된통 당할 것이다.

《뉴욕타임스》에 광고를 내서 체인이 연락하게 만들어야 할까, 아니면 놈들의 범죄 행위를 폭로해버릴까 생각한 적도 있다. 하지만 그놈들은 광고에 응답하기는커녕 광고를 낸 사람이 누군지 신속하게 밝혀낼 게 뻔하다. 그렇게 되면 그와 딸의 목숨이 큰 위험에 빠지게 된다.

레이철이 체인에 맞서는 데 불안해하는 건 당연하지만, 자신보다는 레이철이 나서는 게 나을 것이다. 생각이 거기에 미치자 그는 이내 죄책감을 느낀다.

이건 우리와 그놈들의 대결이야. 우리 모두와 말이야. 레이철을 만난 건 생각지도 못한 행운이었어. 게다가 똑똑하기까지 하고, 통찰력도 대단해. 물론 그 또한 보스턴에 초점을 맞춰야 했다. 가지고 있는 데이터 포인트가 대부분 뉴잉글랜드에 있기 때문이다. 콜로라도와 뉴멕시코에서 발견한 잠재적 적중 지점은 이상치(異常値)인 것이다.

그렇다. 이번엔 진짜 진전이다.

에릭은 가벼운 발걸음으로 다 낡아빠진 고물 쉐보레 말리부에 올라타 MIT 주차장을 빠져나간다.

스트레스에 시달린 듯 보이는 여자가 차 앞 유리 너머로 지켜보고 있다는 사실을 에릭은 알아차리지 못한다. 뉴턴에 있는 집으로 향하는 내내 미행당한다는 사실도 알아차리지 못한다.

어쩌면 에릭은 너무 불안해하지 않아도 될지 모르겠다. 미행을 당하고 있는 사람이 에릭만은 아니기 때문이다.

에릭은 꼭 해야 할 일 1순위에는 아직 도달하지 못했다. 며칠 쉬거나 휴가를 떠난다면 안전할지도 모르겠다.

하지만 유감스럽게도 에릭은 지금 열의에 불타는 나머지 자신의 움직임, 그중에서도 특히 구글 검색이 모니터링 및 기록되어 체인으로 전달되고 있다는 사실을 까맣게 모르고 있다.

56

톰, 셰릴, 올리버, 마거릿, 그리고 꼬마 앤서니는 톰이 선임 특수 수사관으로 승진한 것을 기념하기 위해 카리브해 크루즈를 타고 여행 중이다.

톰을 비롯하여 보스턴 지사의 조직범죄부 전체가 언론으로부터 긍정적인 평가를 받았다. 원래 프로비던스에서 시작해 한때 보스턴에서 막강했던 패트리아카 범죄단이 밀고, 도청, 함정 수사로 무력화됐다. 윈터힐 갱단은 끝장이 났고, 두목 화이티 불저는 도주 중이다. 톰은 수사국의 총아나 다름없다. 물론 욱하는 성질이 문제가 되기는 하지만 욱하는 성질이 없는 사람이 어디 있는가. 톰은 열심히 일했으니 이번 휴가를 누릴 자격이 충분하다.

톰은 가족을 위해 산책 갑판 근처에 있는 주니어 스위트 선실을 예약했다. 무슨 이유인지 꼬마 앤서니는 침대를 혼자 쓰고, 마거릿과 올리버는 나이가 더 많은데도 침대 하나를 함께 써야 한다.

마거릿과 올리버가 그 점에 별로 개의치 않아 해서 앤서니의 잘난 체는 가볍게 무시된다.

배는 바하마 나소에 들렀다가 해 질 녘에 불꽃놀이와 함께 떠난다. 크루즈 여정이 거의 막바지에 이르고, 배는 증기의 힘으로 마이애미를 향해 나아가는 중이다. 참으로 대단한 항해였다.

앤서니는 한밤중에 누군가의 손이 팔에 닿는 것을 느낀다. 마거릿이다.

"쉿." 마거릿이 속삭인다. "갑판에 진짜 끝내주는 게 있는데 너한테도 보여주고 싶어서."

"뭔데?" 앤서니가 잠에 취한 채 묻는다.

"깜짝 쇼. 비밀이란 얘기지. 근데 진짜 끝내줘."

"그러니까 그게 뭔데?"

"아니다, 넌 그냥 도로 잠이나 자야겠다. 사실 다 큰 애들만 볼 수 있는 거거든. 올리버는 지금 올라가 있어."

"고래야?"

"따라오면 보여줄게."

마거릿은 앤서니를 선미로 데려간다. 올리버가 정말 거기서 두 사람을 기다리고 있다.

"뭔데?"

"저기." 올리버가 어둠 속을 가리키며 말한다. "이리 와봐, 내가 올려줄 테니까 잘 봐봐."

"아냐, 난······." 앤서니는 거절하지만 이미 늦었다.

마거릿과 올리버는 수개월에 걸쳐 이 일을 꾸며왔다. 두 아이는 그들이 탈 배가 CCTV 카메라가 없는 구형인 것을 확인했다. 앤서니가 우스꽝스럽게도 잠결에 여기저기 돌아다니더라는 허위 보고도 미리 두어 차례 해두었다.

두 아이는 앤서니를 난간 위로 들어 올려 배 뒤로 하얗게 이는 포말 속으로 밀어버린다.

57

뉴버리포트 스타벅스에서 또 한 번 카일리를 보내는 자리. 마티
의 여자 친구는 지난번 그 여자다. 아담한 금발 여인. 이번에는 관
심을 갖기로 마음먹은 레이철은 카일리가 복잡하기 짝이 없는 자
신의 주문 음료를 찾아오는 동안 여자의 이름이라도 알아두기로
한다.

"레이철은 지금 대학 강사야." 마티가 여자 친구에게 말한다.

"우와, 대단하시네요." 아담한 금발 머리가 말한다.

"물어보기 정말 미안한데, 이름이 뭐라 그랬죠? 여러 번 말해줬
겠지만 짐작하다시피 내가 요즘에 좀 정신이 없었거든요."

마티는 레이철의 말을 듣고 정말 걱정하는 얼굴이 된다. 화가 나
기는커녕 레이철의 정신 건강이 진심으로 걱정된다. 항암 화학 요
법이 사람을 망치는 양상은 정말 각양각색이기 때문이다. "진저

야." 마티가 자상하게 알려준다.

"무슨 일을 한다고요?" 레이철이 또 묻는다.

"믿기 힘들겠지만, 연방수사국에서 일해." 마티가 이번에도 진저의 대변인 노릇을 한다.

피트와 레이철은 휘둥그레진 눈으로 서로를 바라본다. 이 정보는 지금 처음 언급된 것이 분명하다. 피트 역시 레이철 못지않게 놀란 모습이기 때문이다. 카일리에게서도 이 얘기는 못 들었는데, 그건 별로 놀랄 일이 아니다. 카일리한테는 그들이 법 집행 기관과 조금의 관계도 맺어선 안 된다는 점을 주입시켜놓았기 때문이다.

"FBI요?" 레이철이 묻는다.

"네, FBI요." 진저가 영화 예고편에 나오는 목소리처럼 낭랑하고 굵직한 목소리로 대답한다.

"그냥 요원이 아니고, 보스턴 대학에서 범죄 심리학 박사과정도 밟고 있어. 아주 바쁜 분이지." 마티가 덧붙인다.

"내가 원한 건 아니었어. 수사국이 등 떠밀어서 하게 된 거지." 진저가 매력적인 보스턴 억양으로 겸손을 떨며 말한다.

"박사과정이라고요? 그럴 나이가 아직……." 레이철은 이 여자가 혹시 '천재 소년 두기' 같은 사람일까 의아해하며 말을 꺼낸다.

"지금 서른이야." 마티가 말한다.

레이철은 마티가 지금 진저의 나이를 밝히면서 자신에게 미안해하는 건지, 자랑을 하는 건지 알 수가 없다. 마티가 자기 또래 여자를? 게다가 어엿한 직업을 가진 어른스러운 여자를? 자랑이 맞겠군, 레이철은 생각한다. "열여덟도 안 돼 보이는데요?" 레이철이 불쑥 말한다. "분명……." 어떻게 말을 끝맺어야 할지 몰라 목소리가 점점 작아진다.

"매일 밤 처녀들의 피로 목욕을 하고 있을 거라고?" 마티가 레이철 대신 끝을 맺어준다.

"그런 말을 하려던 건 아니었는데." 그러나 레이철의 소극적인 항변은 왁자지껄한 진저의 웃음소리에 파묻히고 만다. 레이철은 마티의 유머 감각에 감탄한다.

"피부 관리를 잘한 덕이죠." 진저가 말한다.

"둘이 어디서 만났다고요?" 비로소 진저에게 관심이 생긴 피트가 묻는다.

"공원에서 조깅하다가 진짜 말 그대로 부딪칠 뻔했어." 마티가 말한다.

"전에도 그러더니. 그거 폭행이란다, 동생아. 언젠가 그게 안 통하는 날이 오면 너 큰집에 갈 거다."

진저는 그 말에도 깔깔 웃는다. 두 형제가 다 재담꾼이라고 생각하는 모양이다.

예쁘고 어린 데다 유머 감각도 뛰어나고 똑똑하기까지. 돈 많은 집안 출신이기도 하다면, 마티는 거의 고민 없이 결혼을 마음먹겠구나, 레이철은 생각한다. "이 지역 출신이에요?"

"맙소사, 제 억양이 그렇게 심하게 티 나요?"

"아뇨, 그것 때문에 물어본 건 아니에요. 그냥 어느 고등학교를 나왔는지 궁금해서요. 아마 저 빼고 다 같은 고등학교에 다녔을걸요. 전 이 지역 출신이 아니라서요."

마티가 고개를 가로젓는다. "아냐, 진저는 인스머스 고등학교를 나왔어." 레이철은 처음 듣는 이름이다. "깡시골이야." 마티가 덧붙인다.

"전 진짜 촌뜨기였어요. 거기서 빠져나왔으니 운이 좋았죠." 진저가 말한다.

어련하시겠어요. 레이철은 속으로 생각한다. **진짜** 촌뜨기들은 보스턴 대학교에서 박사과정 안 밟거든. 아니야, 아무 말 말아야지. 나도 하버드 나왔잖아. 부분 장학금도 받았고.

"FBI에서 무슨 일 하세요?" 레이철이 피트를 잠깐 흘끔거리고는 묻는다.

"프로파일링이겠죠?" 피트가 짐작해본다.

진저가 웃는다. "역시 그렇게 생각하시네요. 저는 행동 분석팀을 노리고 있는데, 도대체 왜인지 모르겠지만 수사국에선 절 지능 범죄팀에 붙잡아두고 있어요."

"일은 재미있어요?" 레이철이 묻는다.

사악한 은행 간부들 이야기를 조금 나누던 그들 사이의 대화가 잠시 중단된다. 그 틈에 마티가 카일리의 학교생활을 묻는다. 레이철이 고개를 가로젓는다. "요즘 스트레스가 좀 심해."

"카일리 담임 선생님이 보낸 이메일은 읽어봤어?"

"읽어봤지. 근데 이 얘긴, 저기 그러니까, 여기선 하면 안 될 것 같아."

"그래, 물론 안 되지. 다만, 음…… 카일리가 뭔가 고민이 있으면, 진저가 심리학자랑 심리 치료사랑도 같이 일을 하고 있으니까……."

"심리 치료사 쪽은 이미 시도해봤어. 상황이 좀 복잡해."

"제가 진짜 실력 좋은 사람들을 알고 있거든요." 진저가 거든다.

"수사국 내외부에 다 있어요."

"그만! 카일리 온다." 피트가 말한다.

가족들의 우려에도 불구하고, 카일리는 만면에 웃음을 띠고 있다. 크림과 초콜릿을 화려할 정도로 잔뜩 올린 음료를 들고서.

"우리 이제 가야 되는데." 마티가 말한다.

"진짜? 잠깐만 그냥 다 같이 앉아 있으면 안 돼?" 카일리가 애원하듯 말한다.

그들이 창가에 앉아 이야기를 나누는 동안 하늘은 금세라도 눈을 뿌릴 조짐을 보인다. 마티는 가장 크리스마스다운 크리스마스를 보낼 수 있는 곳은 단연 뉴잉글랜드라는 의견을 내놓는다.

레이철은 미소를 지으며 대화에 끼려고 노력하지만 피트는 레이철이 지쳐가고 있다는 걸 눈치챈다. 다들 인사를 나누고, 피트가 레이철을 집으로 데리고 간다.

그날 밤, 레이철은 구토를 한다.

잠도 못 이룬다.

레이철은 차갑게 식은 차가 담긴 찻잔을 들고 침대에 앉아 있다.

또다시 그 생각을 하며 자책한다. 그녀가 1년 전에 암에 굴복했더라면, 이 모든 일은 일어나지 않았을 것이다.

58

여전히 물러가지 않는다. 그 꿈. 눈 속의 남자. 공포. 야뇨. 위경
련. 카일리는 하루하루 약해지고 있다. 아무렇지 않은 척하지만 레
이철 눈에는 보인다. 레이철은 알고 있다. 레이철 역시 약해지고 있
다는 사실을. 점차 시들어가고 있다. 암 치료가 길어질수록 회복 과
정도 길어진다.

이제 결단을 내려야 할 때다.

피트는 그 계획에 가담하지 말라고 한다. 피트한테도 피트만의
고뇌가 있다. 통증이 돌아오고 있기 때문이다. 게다가 갈망까지. 피
트 역시 약해지고 있다.

카일리의 악몽. 레이철의 악몽. 방문 안에서 울고 있는 카일리.
혼자 있으려고 몰래 닷지 램에 오르는 피트. 레이철의 머리카락이
뭉텅이로 빠지고 있다. 카일리는 아무에게도 들키고 싶지 않아서

친구들과의 밤샘 파티도 거절한다. 그들 모두 이상한 나라의 앨리스가 마신 '나를 마셔요' 병을 홀짝홀짝 마셨다. 그들 모두 빨간색 실타래(그리스 신화에서 미노타우로스가 괴물을 죽인 뒤 미궁에서 빠져나올 수 있게 도와준 빨간 실—옮긴이)를 풀었다. 그들 모두 거울을 통과해버렸다.

레이철과 피트는 집 뒤쪽 쌀쌀한 데크에 앉아 있다.

대서양의 흰 파도. 초승달. 무심하고 냉담한 겨울 별자리들.

피트는 레이철의 결정을 기다리는 중이다.

레이철은 스카치위스키를 다 비우고 나서 양팔로 몸을 감싼다.

"우린 이번 일 해야만 해요."

피트가 고개를 젓는다. "그 빌어먹을 것 꼭 안 해도 된다고요."

"에릭이……."

"에릭이야 할 수 있죠. 에릭은 위험할 게 없으니까."

"에릭 혼자선 못 해요. 우리가 없으면, 내가 없으면. 피트도 알잖아요."

"우린 손 떼는 거예요. 가까스로 빠져나왔잖아요. 우린 운이 좋았어요. 우리 다 거의 죽을 뻔했다고요."

레이철은 피트를 바라본다. 다섯 번이나 파병을 다녀온 해병대 장교가 할 법한 말로 들리지 않는다. 의심이 그를 무력하게 만들고 있는 것이다. 아니면 이제 그에게는 잃을 것, 즉 가족이 생겨서 전보다 몸을 사리게 된 걸지도 모른다. 하지만 그들이 아무것도 하지 않으면 바로 그 가족을 잃게 된다는 사실을 피트는 모르고 있다.

"그게 아니에요, 피트. 체인은 신화가 아니라고요. 자기 영속적인 것도 아니에요. 체인은 인간이에요. 인간이 지휘하는 거니까, 우리 모두와 마찬가지로 체인도 오류가 있고 약점이 있을 거라고요. 우리가 해야 할 일은 그 중심에 있는 인간의 심장을 찾아 파괴하는 거예요."

피트가 한참 동안 생각하더니 마침내 고개를 끄덕이며 나직이 말한다. "알았어요. 좋아요."

레이철이 에릭이 준 번호로 전화를 걸어 말한다. "할게요."

"언제요?"

"우리 딸을 멀리 좀 보내놔야겠어요. 안전을 기하기 위해서."

"그래서 언제요? 시간이 얼마 없어요. 놈들이 프로토콜을 바꾸기 전이어야 되니까."

마티랑 마티 여자 친구가 주말에 카일리를 데리고 가주면 되겠지, 레이철은 생각한다. "토요일요."

"아침 10시에 전화할게요. 그놈들을 도발해야 해요. 당신한테 다시 전화를 걸어올 정도로."

"알아요."

"위험할 거예요."

"그것도 알아요."

"그럼 토요일을 기다립시다."

59

마티는 웃음을 터뜨리며 반색한다. "카일리 데려가라고 하면 나야 좋지. 사실 좋은 정도가 아냐. 진저가 이번 주말에 자기네 할아버지 보러 가자고 했거든. 카일리 공주님 데려가야겠다."

레이철은 순간 심장이 철렁한다. "와우, 벌써 그 단계야? 부모님 만나는 단계?" 농담인 척, 속편한 척하려 애쓰지만 사실 전혀 농담할 기분이 아니다. 마티는 태미 같은 여자랑은 결코 결혼하지 않았겠지만, 똑똑한 FBI 요원이라면? 게다가 아직 젊어서 마티가 늘 바라 마지 않는 아들까지 안겨줄 수 있는 여자라면?

"그런 거 아냐. 진저한테 청혼하려는 것도 아니고, 아버지가 아니라 할아버지야. 진지한 자리도 아니고. 그냥 얼굴이나 보려는 거야. 진저 쌍둥이 오빠도 올 거래. 난 카일리가 같이 갔으면 좋겠어. 당신도 와도 좋고. 피트 형도. 강가에 오래돼서 다 쓰러져가는 큰 집이 한 채 있다는데, 분명 그네도 있고 놀기 좋은 숲도 있을 거야. 날씨 운이 따라줘야 하겠지만."

"나도 가고 싶긴 하지만 이번 주말엔 그냥 쉬려고."

"컨디션 괜찮으면 재미있는 일 좀 하지 그래? 스파도 가고. 청구서는 나한테 보내."

"그래, 그래야겠다. 알지? 전남편 치고 당신 나쁘지 않다는 거."

"칭찬하는 척하면서 욕하는 거잖아."

레이철은 전화를 끊고 카일리한테 주말 일정을 알려주러 위층으로 올라간다.

"엄마, 뭐야. 주말에 스튜어트가 우리 집에 와서 자기로 했잖아. 걔네 엄마 아빠 이번 주말에 누나 졸업식 참석하러 애리조나 간다고."

"젠장, 망했다."

레이철은 마티한테 다시 전화를 건다. "안 되겠어. 나 바본가 봐, 미안. 스튜어트가 이번 주말에 우리 집에서 자고 가기로 했거든. 걔네 엄마가 피닉스에 갈 거라서."

"스튜어트? 그 주근깨 많고 이상한 남자애? 걔도 같이 오면 되지. 진저도 괜찮다고 할 거야."

"걔네 엄마한테 물어봐야 할 거 같아. 허락을 해줄지 모르겠네. 날 그다지 믿지 않거든. 그러니 연좌제로 당신도 안 믿을 거야."

"아니지, 그 반대일 수도 있지. 걔네 엄마가 나는 믿을 만한 쪽이라는 걸 알아볼 거야. 걔네 엄마 번호 문자로 찍어줘, 내가 전화해볼게."

레이철이 번호를 보내주자 마티는 스튜어트네 엄마에게 자신의 매력을 십분 발휘한다. 주말은 이제 레이철만의 시간이다.

항암 화학 요법을 받는 다른 환자라면 그 소중한 시간을 푹 쉬면서 건강을 회복하는 데 쓸 것이다.

하지만 레이철은 괴물의 소굴을 추적하는 데 쓸 것이다.

레이철은 아래층으로 내려가 피트를 찾는다.

"그러니까, 이론적으로 맞는 말이잖아요? 우리가 에릭의 앱으로 그놈들을 찾아도, 그놈들이 우리를 추적하거나 그럴 일은 없는 게?" 레이철은 피트가 안심시켜주길 바라며 그렇게 묻는다.

"놈들을 너무 열 받게만 안 하면 우리도 괜찮을 거예요. 전화 추적을 할 뿐이잖아요. 놈들은 우리가 자기들을 찾고 있다는 사실조차 모르겠죠. 과연 놈들을 찾을 수 있을지는 모르겠지만, 찾게 되면 관계 당국에 맡기자고요. FBI에 익명으로 제보를 하는 것도 좋을 거예요."

"그럼 우린 안전하겠죠?" 레이철이 다시 한번 묻는다. 자신보다는 카일리가 더 마음에 쓰여서다.

피트가 고개를 끄덕거린다.

"좋아요." 레이철은 혹시라도 부정이 타는 걸 막으려고 나무 테이블을 똑똑 두드린다.

60

1990년대 말, 매사추세츠주 워터타운의 어느 집. 스필버그 영화 속에 나올 법한 흔하디흔한 교외 마을이다. 농구를 하고, 자전거를 타고, 길거리 하키를 하는 아이들이 가득한 그런 마을. 스포츠를 하면서 상대를 약 올리려고 내뱉는 말, 줄넘기 노래, 웃음소리…….

하지만 서머 스트리트 17번지는 기쁨의 집이 아닌 슬픔의 집이다.

나소에서 크루즈 여행을 마치고 돌아온 지 6개월이 지났지만, 셰릴은 극복하지 못했다. 그런 일을 어떻게 극복할 수 있겠는가?

셰릴은 상담도 다니고 몇 가지 항불안제도 복용 중이다. 하지만 그중 어느 것도 소용이 없다.

그나마 도움이 되는 건 감각을 죽이는 것이다.

매일 아침, 톰과 쌍둥이가 집을 나서자마자, 셰릴은 보드카 토닉을 만든다. 토닉은 거의 들어가지 않는다. 그런 다음 텔레비전을 틀고 항불안제인 클로노핀과 자낙스를 삼킨다. 그러면 멍해진다.

오전이 느릿느릿 흘러간다.

11시 반에 우편물이 도착할 것이다. 어렸을 땐 하루에 두 번 우편물이 왔지만, 지금은 11시 반에 한 번만 온다.

셰릴은 집배원이 무엇을 가져다줄지 알고 있다.

청구서 몇 개, 광고 우편물 약간, 그리고 한 통의 편지.

셰릴은 눈을 감는다. 다시 눈을 뜨니 태양이 하늘을 저만치 가로질렀다. 우편물을 확인할 시간이다.

광고 우편물과 청구서는 무시하고 자기 앞으로 온 편지를 뜯는다. **갈보에게.** 편지는 이렇게 시작된다.

이어지는 문장은 셰릴이 헤픈 여자이며 아들을 죽게 한 형편없는 엄마라고 비난하는 내용이다.

이미 열세 번째 편지다. 편지는 전부 검정색 볼펜으로 대문자로만 쓰여 있다.

셰릴은 그 편지를 먼저 온 편지들과 함께 이불장 안 구두 박스에 넣는다.

보드카 토닉을 한 잔 더 만든다. 칵테일용 우산 장식이 보여서 그걸 유리잔에 띄운다. 〈우리 생애 나날들〉을 조금 보다가 위층으로 올라간다.

셰릴은 욕실 바닥에 앉아 넴뷰탈 병을 연다. 한 알을 입에 넣고 술 한 모금을 마신다. 또 한 알을 입에 넣고 또 한 모금을 마신다.

넴뷰탈 한 병을 다 삼키고는 욕실 바닥에 눕는다.

4시, 마거릿과 올리버가 집에 온다.

둘은 학교에서 집까지 알아서 걸어오는 데 익숙해졌다.

올리버가 텔레비전을 튼다. 마거릿은 책을 읽으러 위층으로 올라간다. 마거릿은 훌륭한 독서가다. 두 학년이나 월반을 했다. 지금은 어슐러 르 권의 『아투안의 무덤』을 읽는 중이다. 너무 흥미진진하지만 그렇다고 화장실을 참을 수는 없는 노릇이다. 마거릿은 화장실에 갔다가 바닥에 누워 있는 셰릴을 발견한다.

입가에는 거품이 있고 동공은 확대된 상태지만 아직 숨은 쉬고 있다. 마거릿이 올리버를 위층으로 데려온다. 두 아이는 셰릴을 빤히 내려다보기만 한다.

"편지네." 마거릿이 말한다.

"편지야." 올리버가 맞장구를 친다.

두 아이는 한동안 셰릴을 본다. 셰릴의 낯빛은 톰의 서재에 발라놓은 벽지색이 되었다. 옅은 노랑 비슷한 색이다.

톰은 7시 반이 되어서야 귀가한다. 아이들은 텔레비전 앞에 앉아 전자레인지에 데운 피자를 먹고 있다.

"엄만 어디 있어?" 톰이 묻는다.

"나갔나 봐. 우리 집에 왔을 때부터 없었어." 마거릿이 대답한다.

"차는 건너편에 주차되어 있던데?"

"그래?" 마거릿은 그 한마디만 던지고 계속 텔레비전을 본다.

"셰릴!" 톰이 위층에 대고 소리쳐 부르지만 응답이 없다. 톰은 쿵쾅거리며 부엌으로 가 냉장고에서 새뮤얼 애덤스를 한 병 꺼내들고 온다. 톰도 피자를 한 입 베어 문다.

톰이 마침내 위층으로 올라갔을 땐, 이미 늦었다. 넴뷰탈이 호흡부전을 일으켜 결국 심정지를 일으켰다.

톰은 털썩 무릎을 꿇고 싸늘하게 식은 아내의 손을 잡는다.

그러고는 울기 시작한다.

"내가 무슨 짓을 했다고 이런 일을 당해야 하는 거지?" 톰이 절규한다.

그 순간 톰은 떠올린다.

61

에릭은 밤새 매달렸다. 지금 무려 다섯 잔째 커피다. 현재는 익명
과 가짜 아이디라는, 여섯 겹짜리 마트료시카 속에 들어가 있다. 이
런저런 흔적들을 없앤 다음 새 맥북으로 저 멀리 오스트레일리아
멜버른이라고 위치가 뜨는 가짜 IP 주소를 쓰는 중이다. 미궁 속 깊
이 들어가 있지만 안전하다. 사실 안전하다고 착각할 뿐이지만.

에릭은 자신의 연구 결과가 뿌듯하다. 모든 구성 요소가 준비되
었다. 아니 준비는 늘 되어 있었다.

카루시 쿤 터커 조건은 최적화되어 있다. 어디를 어떻게 봐야 할
지만 알면 정보를 찾을 수 있을 것이다. 그 모든 힌트들, 그 모든 개
인 광고들, 그 모든 자백들. 체인에 신규 구성원이 들어올 때마다
불안정성이 기하학적으로 증가한다. 오랫동안 붕괴 직전의 아슬아
슬한 상황이었다. 데이터포인트들을 연결해서 어떠한 형태를 만들

어낼 방법만 남았다.

에릭은 커피를 홀짝이며 마리아 슐트, 일리야 시나이스키, 프란체스코 페트루치오네가 저술한 흥미로운 논문을 읽는다. 양자 컴퓨터에서 선형 회귀 분석으로 예측하는 방법에 관한 논문이다. 그들의 알고리즘은 정말 황홀하다.

아마존 AI 알렉사가 오늘 밤 세 번째로 '피지컬 그래피티'를 틀어준다. 에릭은 잠시 하던 일을 멈추고 「발아래 짓밟힌」의 전주에 귀를 기울인다.

아내와 딸과 함께 뉴욕 현대 미술관 앞에서 찍은 사진을 바라본다. 아내가 세상에서 제일 좋아하던 곳이다. 사진 속 그는 짜증이 난 것처럼 보이는 반면 아내와 딸아이는 환하게 웃고 있다.

에릭은 고개를 흔들어 눈물을 삼키고는 노트에 요약 정리해야 할 중요 항목들이 떠 있는 모니터를 바라본다.

이 정도면 괜찮다. 앱을 완벽하게 시험해보지는 않았지만 제대로 **돌아갈** 거라고 생각한다. 레이철을 위해서도 그래야 한다.

에릭은 모니터에 뜬 목록을 재배열한다. 이 항목들은 이제 그가 상당히 확신하고 있는 것들이다.

1. 적어도 2인. 두 가지의 각기 다른 특징과 운영 방식. 가족 구성원. 아마도 형제자매?
2. 근거지는 보스턴
3. 조직범죄는 아님
4. 법률 집행 관련 경험

「발아래 짓밟힌」이 끝나고 「카슈미르」가 시작된다.

여자는 지금 90초째 에릭에게서 시선을 떼지 않고 있다. 심장이 너무 쿵쾅거려 터질 것만 같다.

지시 사항은 명확하다. 에릭을 죽이고 그의 노트를 가져올 것.

체인이 왜 자신을 골랐는지 그녀는 알고 있다. 무단 침입 전과 2범이기 때문이다. 그쪽에선 그녀를 전문가로 생각한다. 사실은 그렇지 않지만. 그 일은 10대 시절 저지른 철없는 짓에 불과했다. 지금은 아이들에게 사랑받는 5학년 담임이다. 어쨌든 그녀가 운이 좋은 모양인지, 이 집 뒷문의 잠금장치는 구닥다리였다. 딱히 기술을 발휘할 필요도 없었다.

그녀는 운이 좋았다.

에릭은 운이 나빴다.

사실 그녀는 전에도 생명을 죽여본 경험이 있다. 케이프 코드 쪽 도로에서 개를 죽였다. 차로 쳤는데 개가 죽지 않아서 눈삽으로 안락사를 시켜야 했다.

어쩌면 지금 에릭에게 하려는 일도 안락사인지 모른다.

그의 부인은 죽었고 딸은 정신병원에 있으니까.

맞아, 여자는 그렇게 생각하고 그의 등에 총구를 겨눈다.

62

새벽 5시. 피트의 휴대폰 알람이 울린다. 피트는 레이철이 깰세라 얼른 알람을 끄고 잽싸게 침대에서 나온다.

온몸의 피부와 눈과 내장이 주사를 놔달라고 아우성이다. 꼬박하루 동안 참았다. 지금까지 약을 끊은 기간 중 최장 시간이다. 피트는 점진적 단약이라는 방법을 시도 중이다. 프로그램을 같이 받고 있는 사람들 중 일부가 추천해준 방법이다. 다음 주사를 놓기까지의 간격을 최대한 길게 늘려가는 것이다. 처음에는 꼬박 하루, 그다음에는 하루 반나절, 또 그다음에는 이틀. 시계를 보니 25시간 5분이 지났다. 오르고 있다. 최고 기록에 근접했다. 컨디션도 괜찮다. 지금까지는.

커피를 끓이고 팔굽혀펴기를 몇 번 한 다음 화장실로 가서 문을 잠근다. 평상시의 절반만 하면 어떻게 될까? 그런 식으로 약을 끊을 수 있을까? 그런 방법이 먹힐까? 하지만 절반은 턱없다. 3분의 2는 되어야 할 것 같다.

피트는 평상시 용량의 3분의 2를 숟가락에 덜어 물에 개어 가열하고는 주사기로 빨아들여 그 좋은 걸 몸에 주입한다.

소파에 눕자 아름다운 꿈이 한 시간 동안 그를 붙잡고 놓아주지 않는다.

다시 깨어난다.

더 길게 갈 수도 있었다. 아무튼 지금 컨디션은 좋다.

피트는 커피를 더 끓이고 샤워를 하고 팬케이크 반죽을 만든다. 문득 총이 트럭에 잘 숨겨져 있는지 걱정돼 확인하러 간다. 이번이 벌써 세 번째다. 다행히 잘 숨겨져 있다. 사냥용 소총, 45구경, 레이철의 산탄총, 9밀리 모두 자세히 살핀다.

어제 네 자루 모두 사격 연습장으로 가지고 갔는데 연습이 아주 잘됐다. 해병대에서는 기관사이긴 했지만, 보직이 뭐가 됐든, 모든 해병은 기본적으로 보병이다.

레이철이 피트 다음으로 일어난다.

잠을 못 잔 모습이다.

레이철은 한밤중에 구토를 했다.

마지막으로 화학 요법을 받은 지 11일이나 지났지만 가끔씩 이렇게 안 좋을 때가 있다. 아니, 그냥 두려워서 그럴 수도 있다.

테세우스라 불리는 남자가 아리아드네라 불리는 여자한테 10시 정각에 전화를 걸 것이다.

레이철은 침실에서 나와 거실 테이블에 앉는다.

피트가 레이철의 정수리에 입을 맞춘다. "또 못 잤어요?"

"잤어요. 조금. 또 꿈을 꿨어요."

피트는 무슨 꿈이었냐고 묻지 않아도 안다.

또 악몽이었을 것이다.

또 미래를 슬쩍 들여다보았을 것이다.

마지막으로 카일리가 8시에 일어나고 스튜어트가 8시 반에 온다.

"팬케이크 먹을 사람?" 피트가 묻는다.

피트가 팬케이크 반죽을 프라이팬에 막 부었을 때 마티와 진저가 마티의 흰색 메르세데스를 타고 도착한다.

피트는 가스레인지 불을 줄인 후, 레이철과 카일리와 함께 두 사람을 맞으러 밖으로 나간다.

"아니 이거 릴리, 로즈메리, 그리고 하트의 잭(밥 딜런의 노래 제목. 여자 둘에 남자 한 명임을 빗댄 농담―옮긴이) 아니야." 마티가 피트의 등짝을 찰싹 때리고는 레이철과 카일리에게 키스를 한다.

"아니 이거……." 피트도 대꾸하려 하지만 마땅한 말이 떠오르지 않는다.

말주변 유전자는 마티 혼자 물려받은 게 분명하다.

참 보기 좋은 한 쌍이야, 레이철은 그런 생각을 한다. 지난번 염색 후 머리가 자라서 염색을 아예 빼버린 진저의 머리색은 이제 구릿빛이다. 훨씬 더 잘 어울린다. 마티의 눈동자는 왠지 전보다 더 푸른색으로 보인다.

"피트가 팬케이크 만드는 중이고, 나는 베이컨 좀 구우려고." 레이철이 말한다.

그들은 거실 테이블에 둘러앉아 아침 식사를 한다.

"이거 맛있네. 믹스로 만든 거지?" 마티가 피트에게 묻는다.

피트가 고개를 가로젓는다. "난 마크 비트먼(《뉴욕타임스》요리 칼럼니스트—옮긴이) 말에 찬성하는 사람이야. 팬케이크 믹스는 문명이 몰락하고 있다는 징조라고."

"나 어렸을 때도 형은 딱 저랬어." 마티가 진저와 카일리를 보며 말한다. "아무 생각 없이 뭘 물어보잖아? 그럼 세상이 다 틀려먹었다는 일장 연설을 늘어놓는 거지."

"거짓말 하고 있네. 카일리, 너희 아빠는 완전히 응석받이였어." 피트가 반격한다.

"당신 어린 시절은 어땠어요, 진저?" 레이철이 궁금한 마음에 묻는다.

"와우. 끝내줬죠. 한번 얘기 시작하면 밤새야 될걸요. 심지어 공동체 시절은 기억도 못 해요. 보스턴으로 다시 오기 전에는 여기저기 수없이 떠돌아다녔고요."

"그래서 FBI에 마음이 끌린 거예요? 안정을 원해서?"

"그런 건 아니고요. 아빠가 수사관이었고 할아버지가 보스턴 경찰이었으니 집안 내력인가 봐요."

아침 식사가 끝난 후, 레이철이 마티와 단 둘이 있을 때 묻는다. "두 애들을 당신한테 떠넘겨도 진짜 괜찮겠어?"

"진저하고도 충분히 얘기했어. 진저도 자기 할아버지 집에 카일리하고 카일리 친구 데려가는 거 좋대. 인강에 있는 크고 오래된 집인데 놀 거리가 많다네. 거기 가면 애들 좋아 죽을 거라는데."

"매사추세츠 그 지역에 있는 오래된 집들 대부분이 범람원 구역에 속해서 위험한 거 알지? 조심해야 돼, 알았어?"

"걱정 마, 그 집 장난 아니래. 개조하는 데 돈을 어마어마하게 들였다나 봐."

"그 말은, 진저가 부잣집 아가씨란 얘기겠네? 운도 좋으셔."

"뭐, 부모님 돈이겠지. FBI 수사관이 돈을 그렇게 많이 버는 건
아니니까."

"진저가 부패 경찰이 아니라는 가정 하에." 레이철이 우스갯소리
를 한다.

"말도 안 되는 소리. 진저를 봐, 누가 봐도 법 없이도 살 사람이
잖아."

스튜어트와 카일리가 마침내 준비를 마치자, 피트와 레이철은 차
까지 그들을 배웅한다. "애들 잘 부탁해요."

진저가 레이철을 포옹하며 다짐하듯 말한다. "걱정 마요, 우리랑
있으면 안전할 테니까."

부잣집 아가씨 맞네. 진저의 가방을 보며 레이철은 그렇게 결론 내
린다. 작지만 고급스러운 에르메스 버킨백이다.

포옹과 키스가 한 바퀴 돌고난 뒤, 네 사람은 떠난다.

집 안으로 들어가자마자, 피트가 뉴잉글랜드 지도를 테이블 위에
펼친다.

"여기 어디쯤이에요."

"이제 에릭 전화만 기다리면 돼요. 난 카일리 신발에 붙인 GPS
가 제대로 작동하는지 확인할게요."

레이철이 휴대폰으로 들여다보니, 카일리는 역시 남쪽으로 향하
고 있다.

이어 날씨를 확인한다. 부슬비. 눈보라 가능성도 조금 있다.

더 나쁠 수도 있다.

두 사람은 에릭의 전화를 기다린다.

10시가 되었다가 금세 지난다.

10시 15분.

10시 30분.

11시.

불길하다.

"우리 이제 어떻게 하죠?" 피트가 묻는다.

"그냥 기다려야죠, 뭐." 레이철은 그렇게 대답하지만 뭔가 끔찍한 일이 일어났다는 것을 안다.

피트도 안다. 경보가 울리기 시작하고 포탄이 비 오듯 쏟아지기 1분 전쯤과 비슷한 느낌이다.

11시 15분.

11시 30분.

대서양에서 짙은 바다 안개가 스멀스멀 기어오고 있다. 오늘따라 날씨도 불길하기 짝이 없다.

11시 45분에 레이철의 선불폰으로 문자가 하나 들어온다.

지금 이 문자를 받았다는 건 내가 들켰거나 사고를 당했다는 뜻일 겁니다. 죽었을 공산이 가장 크겠네요. 헌터킬러 앱을 익명으로 다운받을 수 있는 링크를 보냅니다. 전화 통화를 하거나 문자메시지를 받았을 때 추적할 수 있는 앱이에요. 주의 사항: 통화 시간이 길수록 상대방을 찾을 확률도 높아지니, 통화를 최대한 길게 끄세요. 위커나 킥 같은 암호화 앱에는 제대로 작용하지 않아서, 놈들이 그걸로 연락하면 이 앱은 무용할 겁니다. 내가 아직 살아 있다면 2.0버전이 나올지도 모르고요. 행운을 빕니다.

바로 이어 도착한 문자는 에릭의 애플리케이션을 다운받을 수 있는 사이트 링크다.

레이철은 메시지를 피트에게 보여준 다음 텔레비전 뉴스를 튼다.

45분쯤 지난 후에야 에릭의 사망 소식이 보스턴 WBZ 뉴스에서 보도된다.

"MIT의 한 교수가 오늘 오전 피살된 채 발견되었습니다. 에릭 론로트는 자신의 집에서 총에 세 차례 맞아⋯⋯."

보도가 계속된다. 사건의 목격자는 없다. 집 안을 뒤진 흔적이 있고 몇 가지 물건을 도난당했기 때문에 경찰은 단순 강도 살인 사건으로 잠정 추론했다.

"에릭이 자기 노트에 내 이름을 적었어요." 레이철이 말한다.

63

셰릴이 죽고 몇 주 뒤, 톰은 아이들에게 새사람이 되겠다고 약속한다. 자신은 이제 달라져서 더 나은 사람이 되었다고. 톰은 그때 가기로 했던 디즈니랜드 여행을 예약할 것이다. 일하는 시간은 줄일 것이다. 아이들이 중심이 되는 삶을 살 것이다.

열흘 정도는 그럴싸하게 쇼가 펼쳐진다. 그러다 직장에서 짜증나는 일이 생기면 톰은 퇴근길에 바에 들른다.

그 바는 퇴근길의 톰에게 점차 참새 방앗간 같은 곳이 된다.

어느 날 밤, 톰은 바에서 누군가를 만나고 집에 돌아가지 않는다.

올리버와 마거릿은 개의치 않는다.

두 아이는 자립적이다. 올리버는 거의 컴퓨터 앞에 붙어 있다시피 한다. 마거릿은 여전히 독서광이다. 탐정소설과 연애 소설을 가장 좋아한다. 글도 쓰고 있다. 익명의 편지지만.

마거릿이 좋아했던 남자아이가 다른 여자애한테 학교 디스코 파티에 함께 가자고 청했다.

그 여자애는 어떤 편지를 받고 디스코 파티에 가면 안 된다고 확신하게 되었다.

마거릿에게 F를 준 교사는 비밀을 폭로하겠다는 협박 편지를 받았다. 편지는 마크 트웨인 책에서 읽은 낡아빠진 수법이지만 다음 날 학교에 나온 교사의 얼굴은 사색이 되어 있었다.

마거릿은 또 다른 프로젝트에 매진 중이다. 아빠의 필체를 완벽하게 흉내 내기 위해 공을 들이고 있다.

셰릴의 1주기 당일, 톰은 취해서 집에 온다.

무엇 때문인지 톰이 아래층에서 역정을 내는 소리가 아이들의 귀에 들려온다.

아이들은 방에서 벌벌 떨며 발소리 요란하게 계단을 오를 톰을 기다린다.

기다림은 오래가지 않는다.

쿵, 쾅, 쿵, 쾅.

이어 발길질에 방문이 벌컥 열린다.

"미트 로프 어디 있어?" 톰이 소리친다. 너무나 어처구니없는 대사라서 마거릿은 하마터면 킥킥거릴 뻔한다.

톰이 불을 켜자 웃음기가 싹 사라진다. 톰이 벨트를 푼다.

톰이 마거릿한테 미트 로프를 남겨놓으라고 했는데, 올리버와 마거릿이 다 먹어버렸다. 그렇다고 냉장고에 그것 말고 다른 음식이 있는 상황도 아니었다.

"너희들, 남의 말을 듣기는 하냐, 이 바보 같은 새끼들아?" 톰이 마거릿을 붙잡아 침대에서 끌어낸다. 손힘이 어찌나 센지 마거릿의 어깨가 탈구된다.

톰은 두 번 꺾은 벨트로 마거릿의 따귀를 두 번 때리고는 몸에 손도 안 댔으니 그만 울라고 윽박지른다.

그러고는 다시 쿵쾅대며 아래층으로 내려간다.

마거릿은 밤새 통증에 시달린다. 다음 날 그런 마거릿을 급기야 병원으로 보낸 사람은 보건 교사다. 톰은 죄책감과 양심의 가책에 사로잡힌다. 그래서 금주를 한다. 교회에도, 선교 단체 모임에도 나가기 시작한다.

마거릿과 올리버는 기회만 엿보고 있다.

역시나, 교회는 오래가지 않는다.

몇 달 후, 본격적인 음주도 다시 시작된다.

톰이 인사불성이 되어 소파에 누워 있던 어느 날 밤, 마거릿은 톰의 총집에서 리볼버를 빼낸다. 올리버와 함께 조심조심 톰의 입을 벌리고 리볼버 총열을 입안에 넣은 뒤 방아쇠를 당긴다. 그러고는 총에서 지문을 닦아내고 톰의 오른손에 쥐여놓는다.

아이들은 자기들이 작성한 유서를 커피 테이블 위에 올려놓는다.

거짓 눈물까지 짜낸 다음 911에 전화를 건다.

위탁 시설에 맡겨졌던 아이들은 매사추세츠 늪지 구역에 있는, 인강 근처의 파리가 들끓고 다 쓰러져가는 집에 사는 할아버지 대니얼에게 떠넘겨진다.

대니얼은 보스턴 경찰이었다가 은퇴했다.

마거릿과 올리버는 할아버지를 본 적이 별로 없지만 할아버지는 아이들을 똑똑히 기억하고 있다. 뉴욕 북부에 있는 공동체에서 살던 아이들을.

대니얼은 시내에 자주 나가지 않는다. 낚시, 총사냥, 덫사냥으로 먹고살아서 집에는 이런저런 동물의 뼈가 훈장처럼 걸려 있다.

대니얼은 깨진 산탄총을 어깨에 둘러멘 채, 사회복지과에서 나온 여자를 맞이한다. 마거릿과 올리버는 할아버지를 껴안는다.

사회복지사는 아이들이 저 늙은이를 알아보고 좋아하는 것 같아 마음을 놓는다.

"애들 새엄마가 나도 그렇고 여기도 별로 좋아하질 않았지만 애들은 몇 번 봤어요." 대니얼이 설명한다.

사회복지사가 가고 난 후, 대니얼이 아이들을 주방으로 데려가 버드와이저를 한 캔씩 주자 아이들은 소심하게 받아든다. 도살한 돼지가 거대한 부엌 싱크대 위에 거꾸로 매달려 있다. 돼지의 하얀 거죽에 파리 떼가 검게 덮였다.

대니얼이 맥주 캔 따는 법을 보여준다. 코카콜라랑 다를 바 없다. 대니얼은 자신을 할아버지나 레드라고 부르라고 한다. 이어 아이들에게 앞으로 인생을 어떻게 살고 싶은지 묻는다. 올리버는 돈을 많이 벌고 싶은데 아마 컴퓨터 분야의 일이 가능할 것 같다고 하고, 마거릿은 제 아빠처럼 FBI 수사관이 되고 싶다고 한다.

대니얼은 곰곰이 생각해본다. "두고 보면 알게 되겠지. 우선 이름부터 어떻게 해볼까." 대니얼이 올리버를 바라본다. "앞으론 널 올리라고 부를게. 마음에 드니?"

"네, 할아버지." 올리가 대답한다.

대니얼이 이번엔 마거릿을 본다. "너는 고민할 것도 없겠네. 그 머리뭉치가 있으니까. 앞으로 네 이름은 진저로 하자."

64

괴물은 저 바깥, 유리창 바로 너머, 안개 속에 있다.

괴물은 에릭을 죽였고, 노트에서 레이철이란 이름을 발견하면 레이철도 죽일 것이다. 레이철 자신과 카일리와 피트, 그리고 마티와 진저를. 레이철과 관련 있는 모두를.

이제 선택의 여지가 없다. 선택이란 늘 착각에 불과하다.

해야 할 일은 딱 한 가지밖에 없다.

레이철의 손이 덜덜 떨린다.

피트가 분부를 내려달라는 얼굴로 레이철을 바라보고 있다.

레이철은 이제 자신이 어떻게 해야 할지 안다.

우선 마티에게 전화를 걸어 카일리가 무사한지 확인한다. 카일리는 여느 때와 마찬가지로 전화를 받지 않지만 GPS 위치 추적기는 그들이 코플리 플레이스에 있는 쇼핑몰에 있다고 알려준다.

마티는 전화를 바로 받는다. "응, 카일리 괜찮아. 우리 이제 쇼핑몰에서 마무리하고 가려고."

"카일리, 당신 시야에 들어와 있는 거지?"

"그럼, 물론이지. 지금 스튜어트랑 아디다스 매장에 있어."

"그런 다음 진저 아빠네 집으로 갈 거고?"

"할아버지네 집. 왜 그래, 레이철? 무슨 일 있나 본데."

"그냥 카일리가 안전한지 알고 싶어서 그래."

"카일리는 안전해. 진저의 쌍둥이 오빠도 올 거고, 진저 본인이 FBI 수사관인 데다 할아버지도 보스턴 경찰 출신이잖아. 세상에 이보다 더 안전할 수는 없을 거 같은데."

"그래, 다행이야. 마티, 카일리 잘 지켜줘, 알았지?"

"그럴게, 자기야. 자기는 몸조리 좀 해. 이번 주말엔 제발 편하게 쉬어. 기운 차려야 하지 않겠어?"

"알았어, 그럴게."

두 사람은 인사를 나누고 전화를 끊는다.

"이제 어떻게 할까요? 경찰에 신고할까요?" 피트가 묻는다.

레이철이 머리를 뒤로 질끈 묶는다. "카일리는 안전하지만, 그놈들이 날 잡으러 올 거예요. 그러니 이 집에서 벗어나야 해요."

"계획이 뭔데요?"

"앱을 다운받아서 작동하는지 보는 거예요. 그놈들 위치를 찾아내면 경찰에 신고하는 거죠."

"못 찾으면요?"

"진저한테 전화해서 모조리 털어놓고 카일리를 증인 보호 프로그램에 넣어달라고 부탁할 거예요. 그런 다음 우린 자수하고요."

피트가 레이철을 바라본다. "우리한테 시간이 얼마나 있을까요?"

"나도 모르겠어요. 몇 시간? 빨리 시작해요."

레이철이 앱을 다운받는 링크를 터치한다. 다운로드는 성공적으로 되었지만 앱을 열려고 하니 휴대폰 화면에 메시지가 번쩍 뜬다. 앱을 작동시키려면 수열의 다음 숫자를 입력해야 합니다. 8, 9, 10, 15, 16, 20…… 숫자를 잘못 입력하면 휴대폰이 잠기고 당신의 계정이 입력된 모든 기기가 24시간 동안 사용 불가 상태가 됩니다.

레이철이 메시지를 피트에게 보여준다.

"고난도 기술인데요. 숫자를 정확하게 입력하지 않으면 우린 망하는 거네요." 피트가 중얼거린다.

"무슨 규칙으로 나열된 숫자 같아요? 뭐 생각나는 거 있어요?"

피트가 고개를 가로젓는다. "소수는 아니네요. 앞 숫자들의 합도 아니고. 단번에 알 수 있는 수열은 아니에요."

"기회는 단 한 번이에요. 실패하면 내일까지는 다시 시도조차 못 해요."

"그리고 내일이면 너무 늦을 테고요."

"8, 9, 10, 15, 16, 20이라." 레이철이 큰 소리로 숫자를 읊는다.

"구글로 검색해볼게요." 피트가 검색해보지만 아이들한테 숫자 세는 법을 가르쳐주는 유튜브 동영상밖에 나오지 않는다.

레이철은 눈을 감고 열심히 머리를 굴려본다. 무슨 순서인 걸까? 어디선가 본 적이 있는 것 같은데.

"이 단계에서 추가 보안 설정이라니, 말이 안 되지 않아요?" 레이철이 머릿속에 떠오르는 생각들을 말한다. "그러니까 내 말은,

이 앱을 다운받을 사람이 나밖에 없다는 걸 에릭이 알고 있다는 거예요. 안 그래요?"

"그렇죠."

"체인을 염두에 둔 거라면, 그러니까 체인이 에릭의 노트를 입수해서 판독을 시작한다고 가정해본다면, 체인의 시간은 끌면서 우린 수월하게 통과할 수 있을 암호가 과연 뭘까요?"

"난 모르겠어요."

레이철은 휴대폰을 테이블 위에 올려놓고 거실을 서성거린다. 빗줄기가 채광창을 세차게 두드리고, 연안 경비선에서 울리는 무적 소리가 들려온다.

"레이철이 철학을 전공했으니까 그거랑 관련된 건 아닐까요?"

"에릭이 나에 대해 아는 거라곤 내가 암에 걸렸고, 한 아이의 엄마고, 뉴욕 양키스를 좋아한다는…… 젠장, 알겠어요!"

레이철이 휴대폰을 집어 들고 23을 입력한다.

다시 메시지가 번쩍 뜬다. 올바른 숫자입니다. 사용자 이름을 입력한 후 애플리케이션을 사용하십시오.

"왜 23이에요? 난 아직도 감이 안 오네요. 23은 소수지만 20은 소수가 아니잖아요."

"은퇴한 양키스 선수들 등번호예요. 보스턴 사람들은 모르겠지만 양키스 팬은 알죠."

앱의 시작 화면은 미국 동부 해안 지방이다. 간단하고 사용법도 쉽다. 녹색 버튼은 추적 시작이고 붉은색 버튼은 추적 종료다. 하지만 이런 간단명료함 뒤에는 사용자에게 보이지 않지만 복잡한 수학과 통계 분석이 숨어 있을 것이다.

"사용자 이름이 뭘까요?" 피트가 묻는다.

레이철이 '레이철'이라고 입력해본다.

알 수 없는 사용자 이름입니다. 로그인 기회가 두 번 남았습니다.

'에릭'을 입력해본다.

알 수 없는 사용자 이름입니다. 로그인 기회가 한 번 남았습니다.

이번에는 '아리아드네'를 입력한다.

화면 가득 문장이 뜬다.

환영합니다. 아리아드네. 이 앱은 문자 수신과 휴대폰 통화 시에만 유효합니다. 베타 버전은 암호화 커뮤니케이션 앱에도 어느 정도는 유효할 것입니다. 버전2는 대부분의 암호화 메시지 앱에 유효할 것입니다. 통화 중 녹색 버튼만 누르면 해당 통화의 발신 지점에서 가장 가까운 이동통신 기지국의 위치를 탐색합니다. 통화를 오래 할수록 탐색 정확도가 높아집니다.

레이철이 메시지를 피트에게 보여준다.

피트가 다 읽고서 고개를 끄덕인다. "그러니까 놈들이 당신의 위커 문자에 위커로만 응답하면, 앱은 소용없을 거란 뜻이네요."

"그런 것 같아요."

"시간의 압박만 없다면 내일 아침까지 기다려보자고 할 텐데. 일요일 오전 이른 시간이면 대부분의 사람들이 집에 있잖아요. 하지만 토요일 오후라면⋯⋯."

"지금 아니면 기회가 없어요. 도박을 해보는 수밖에요."

"해봅시다, 그럼."

"자, 시작하죠."

레이철은 휴대폰에서 위커 앱을 터치한 후 메시지를 입력한다.

당신이 추수감사절에 한 말에 대해서 생각을 좀 해봤어요. 체인에서 영영 벗어날 방법이 있는지 알고 싶어요. 저는 악몽을 꾸고, 우리 딸은 심한 위경련에 시달리고 있어요. 돈으로라도 체인에서 영원히 벗어날 순 없을까요? 감사합니다.

먼저 피트에게 보여준 다음 위커 아이디 2348383hudykdy2에게 보낸다.

10분 뒤, 답장이 도착했다는 알림이 울린다. 레이철이 에릭의 헌터킬러 앱에서 녹색 버튼을 터치하자 앱이 즉시 작동을 시작한다.

너한테서 메시지를 받다니, 기분 좋은 깜짝 선물인데. 크리스마스 선물치곤 조금 이르지 않아? 유감스럽지만 네가 요청한 서비스는 제공하지 않는다는 사실을 알려줘야겠군.

레이철의 휴대폰에 있는 GPS 지도가 켜지지만 먹통이다. 지도가 꼼짝도 안 하고, 앱도 작동하지 않는다. 레이철이 휴대폰 화면을 연신 터치해보지만 여전히 먹통이다.

"앱이 작동을 안 해요."

"에릭도 암호화 앱에서는 소용없을 거라고 했잖아요. 통화 추적이 더 낫다고도 했고."

"내가 '전화 주세요.'라고 보내면 분명 수상하게 여기겠죠."

"글쎄요."

레이철이 순간 무언가를 떠올린다. "에릭이 좀 제정신이 아니었을지도 모르잖아요. 이 앱으로는 뭐가 됐든 희망을 걸면 안 됐을지도 몰라요."

"설마 MIT가 멍청이를 채용하려고요."

"그래도 에릭이 제정신이 아니었을 가능성은 있잖아요. 너무 슬퍼서 미쳐버렸던 게 아닐까요?"

"놈들을 자극하지 않으면서 메시지를 한 번 더 보낼 순 없겠어요?"

"그게 무슨 소용이에요? 에릭의 노트에서 내 이름을 발견하자마자 우릴 잡으러 올 텐데."

"놈들이 그 노트를 수중에 넣었는지 어떤지 우린 모르잖아요. 에릭이 금고 같은 데 숨겨놨을 수도 있죠."

레이철은 창밖을 내다본다. "그놈들, 그 노트를 가지고 있어요. 지금 읽고 있을 거예요. 조만간 이것저것 꿰맞춰서 알아내겠죠."

"내 탓이에요. 정말 미안해요."

"피트 아니었으면 카일리도 못 찾았을 텐데요 뭐."

레이철이 다시 한번 위커 앱을 연다.

체인에서 영영 벗어날 방법이 분명 있을 거예요. 내가 당신한테 해줄 수 있는 일이 있다든가, 일정 금액의 돈을 지불한다든가 말이에요. 일을 영원히 매듭지을 방법, 그래서 우리가 안전하다는 걸 알 수 있는 방법이 있을 거예요. 제발, 우리 딸을 봐서라도 그게 뭔지 알려주세요. 레이철은 그렇게 입력한 다음 전송한다.

2분 만에 반응이 온다. 이번에도 전화가 아니라 위커 답장이다. 레이철이 헌터킬러 앱을 작동시킨다.

머리가 굉장히 나쁜가 봐. 우리가 처음에 뭐라 그랬지? 중요한 건 돈이 아니라 체인 자체라고 했잖아. 체인은 영원히 이어져야 해. 체인에서 고리 하나만 빠져도 전체가 붕괴된다고. 알아들었어, 이 멍청아? 위커 2348383hudykdy2의 답변이다.

헌터킬러 앱이 탐색을 시작한다. GPS가 켜지지만 이번에도 아무 결과 없이 작동을 멈춘다. 레이철의 휴대폰도 먹통이 되어 하는 수 없이 껐다 다시 켠다.

"아무 결과 안 나왔어요." 레이철이 말한다.

"젠장!"

"한 번만 더 시도해봐요."

제발, 이렇게 빌게요. 우리 가족을 위해, 체인에서 벗어나기 위해 할 수 있는 일이 정말 아무것도 없나요?

피트가 메시지를 보고 고개를 끄덕인다. "보내봐요."

레이철은 메시지를 전송한다. 이번엔 답장이 금방 오지 않는다.

5분.

10분.

"그럼 이제 끝인 거네요." 레이철이 말한다.

바로 그 순간, 레이철의 아이폰이 울린다.

레이철은 손으로 더듬어 아이폰을 찾다가 바닥에 떨어뜨린다.

휴대폰은 모서리부터 바닥에 닿으며 액정에 금이 간다.

"젠장!" 레이철이 날카롭게 외치고는 휴대폰을 낚아채듯 주워 든다. 그러고는 에릭의 앱을 켜고 전화를 받는다. "여보세요?"

알 수 없는 발신자고, 목소리는 역시 변조되었다.

"네가 우리한테 해줄 수 있는 일이 한 가지 있어, 레이철. 그냥 콱 죽어버리지 그래, 이 멍청한 년아!"

헌터킬러 앱이 열심히 돌아가면서 매사추세츠 보스턴 북부의 어느 지역으로 범위를 좁히기 시작한다.

더 체인

405

"제발, 제가⋯⋯."

"잘 있어, 레이철." 알 수 없는 발신자가 말한다.

계속 말하게 해요. 피트가 입 모양으로 말한다.

"잠깐만요, 끊지 마요. 나도 당신에 대해 알고 있는 게 있어요. 몇 가지 찾아냈거든요."

잠깐 정적이 흐르더니 목소리가 묻는다. "그게 뭔데?"

레이철의 가슴이 쿵쾅거린다. 놈들이 에릭의 노트를 손에 넣지 못했을 경우에 대비해 에릭과 관련된 걸 흘려선 안 된다. 체인에 관한 사실 중에 그녀 혼자 알아낼 만한 게 뭐가 있을까?

"우리 딸을 납치했던 여자 이름은 헤더죠. 그 여자 남편은 우리 딸한테 자기 아들 이름이 재러드라고 말해주는 실수를 저질렀고요. 재러드란 이름의 아들을 가진 헤더라는 여자를 찾아내는 건 어렵지 않을걸요."

"그걸 알아내서 뭐하려고?"

"체인의 맨 처음 고리까지 역추적 할 수 있겠죠."

"그건 네 무덤을 파는 격이 될 텐데, 레이철. 이런 식으로 너와 네 딸 목숨을 가지고 도박을 하다니 정말 멍청하네."

두 여자가 통화하는 동안 에릭의 앱이 탐색 범위를 점차 좁혀간다. 원이 점점 작아지더니 이제 입스위치 남부와 보스턴 북부 쪽으로 좁혀진다.

"문제를 일으키고 싶은 게 아니라, 그저 안전하다는 느낌을 원하는 것뿐이에요."

"한 번만 더 우리한테 연락하는 날엔, 그날이 다 가기 전에 죽을 줄 알아." 그 말을 남기고 통화는 끊긴다.

하지만 앱이 작동을 했다. 에식스 카운티 습지에 있는 초트 섬에서 걸려온 전화였다. 발신자와 가장 가까운 이동통신 기지국이 초트 섬에 있다.

레이철은 지도를 캡처해서 피트에게 보여준다.

"바로 이거예요!" 피트가 흥분해서 외친다.

"가요!" 레이철도 흥분한다.

두 사람은 밖으로 나가 트럭에 올라탄다.

트럭은 롤리와 입스위치를 지나는 1A번 국도를 따라 남쪽으로 속도를 낸다. 입스위치에서 133번 도로로 진입한다. 입스위치의 그레이트 마쉬를 통과하는 좁은 도로다.

초트 섬에 최대한 가까이 차를 몰고 가지만 늪지대 섬 자체로 들어가는 도로는 없어서 해당 기지국을 찾으려면 걸어야 할 판이다. 안개가 그렇게 심하진 않지만 얼음같이 차가운 비가 바다에서부터 사선으로 덤벼들고 있다.

두 사람은 픽업트럭을 주차한 후 내린다. 둘 다 외투를 입고 등산화를 신었다. 피트는 소총, 글록, 45구경, 그리고 요긴할지도 모르겠다는 생각에 챙겨 온 섬광 수류탄 두 개로 중무장을 한다. 레이철은 자신의 산탄총을 가지고 간다. 그녀는 지금 벌벌 떨고 있다. 너무 겁이 나서 숨도 제대로 쉬기 힘들 정도다.

"걱정 마요, 레이치. 오늘은 아무 문제도 없을 거예요. 지금은 그냥 수색해보는 것뿐이잖아요. 당신 말대로, 정보만 구하고 FBI에 전화할 거니까요."

두 사람은 오솔길을 따라 초트 근처 늪지대로 걸어 들어간다. 비와 추위에도 불구하고, 그곳엔 놀랍게도 파리 떼가 들끓고 있다. 오솔길 양 옆은 제멋대로 빽빽이 자란 잡초로 숨 막힐 듯 막혀 있어 폐소공포증을 유발한다. 꽉 막힌 틈 여기저기로 갈조류 층 아래 걸쭉하고 탁하게 고인 인강의 물이 보인다. 인강은 미스카토닉강의 지류로, 완만한 곡선을 그리며 진창을 지나 북쪽 어딘가로 이어진다. 습지 전체가 어떤 보이지 않는 무게 중심을 향해 기울어져 안쪽으로 함몰된 것처럼 보인다. 스페인 이끼 같은 것이 나무에 주렁주렁 덮여 있고, 나무 위쪽 가지에서는 새들이 쩍쩍 지저귄다. 그리고 겨울도 어쩌지 못한 흡혈 파리가 도태되지 않고 남아 있다.

레이철은 무서워 죽을 것만 같다. 그놈들이 가까워지고 있다. 그게 느껴진다.

꿈과 노랫가락과 악몽이 이곳으로 이끌었다.

체인을 파헤치지 말라는 경고를 받았지만, 레이철은 지금 아리아드네의 실타래를 역방향으로 따라가며 체인을 쫓고 있다.

하지만 이 미궁은 비밀을 쉽사리 내주지 않을 것이다.

두 사람은 얼어 죽을 듯 춥고 지독히 더러운 습지를 세 시간에 걸쳐 샅샅이 뒤지지만 아무것도 발견하지 못한다.

이동통신 기지국이 없다.

이동통신 중계기도 없다.

문명의 흔적이 아예 없다.

둘은 자그마한 공터에서 걸음을 멈추고 물병을 꺼내 물을 마신 다음 다시 시작한다. 아까보다 더 절망스러운 시간이 이어진다. 해 질 녘이 되자 두 사람 다 온몸이 흠뻑 젖고 벌레에 물려 피부가 쓰라릴 지경이 된다. 레이철은 그들이 아직 초트 섬에 있는 건지 본토로 돌아간 건지 아니면 다른 강이 흐르는 또 다른 섬에 있는 건지

분간할 수가 없다. 작은 개울과 오솔길을 100개는 건넌 것 같다. 피곤해 죽을 것만 같다. 항암 화학 요법을 받는 환자들은 12월에 늪지로 트레킹을 가지 않는다.

레이철은 거칠게 숨을 몰아쉰다.

그녀는 바로 여기 습지에서, 지금 이 순간, 죽어가고 있다. 피트는 이것까지는 알 길이 없다.

레이철은 고개를 들어 잔뜩 흐린 하늘을 올려다본다. 위협적인 먹구름이 습지 서쪽에서 불길하게 다가오고 있다. "일기예보에서 눈 온다고 하지 않았어요?"

"그랬을걸요. 눈 내리는데 이런 곳에 있고 싶은 마음은 물론 추호도 없겠죠."

"만약 피트가 이동통신 기지국을 세운다면, 어디에 세우겠어요? 피트도 엔지니어잖아요."

"높은 지대에 세우겠죠."

"이 주변에 높은 지대가 있을까요?"

"저기 저 언덕은 어떨까요?"

피트가 가리킨 곳은 해발 9미터쯤 되는 아주 낮은 언덕이다. 잡목 숲 너머 500미터 정도 떨어진 곳에 있다.

"까짓것 가보죠 뭐."

언덕을 3분의 2정도 오르니 마침내 이동통신 기지국의 윤곽이 보인다. 그런데 기지국이 쓰러져 있다. 아니 일부가 땅속으로 꺼져 기울어져 있다.

언덕 꼭대기에 도착해 두 사람 모두 거친 숨을 몰아쉰다.

언덕 위에서는 서쪽으로 뻗어 있는 인강 전체가 내려다보인다.

더 체인

징글징글한 녹색 충적평야는 광대하고 악취가 진동하고 보기 흉하다. 마치 사라진 해적 도시를 그 밑에 품고서 발굴을 기다리기라도 하는 듯하다.

레이철은 심장이 철렁한다.

에릭의 계획은 정확히 뭐였을까? 체인의 전화가 걸려온 곳에서 가장 가까운 이동통신 기지국을 찾아낸 다음 레이철이 어떻게 해주길 바랐던 걸까?

"이제 어떻게 하죠?"

피트가 그렇게 물으며 구름을 보더니 시계를 확인한다. 5시다. 두 사람은 오후 내내 하이킹을 한 셈이다. 춥고 홀딱 젖은 상태라서, 피트는 레이철을 더 이상 습지에 있게 하고 싶지 않다. 마땅한 장비도 없고 눈보라까지 오고 있는 상황에서는 더더욱.

게다가 피트한테는 다른 문제도 있다. 오늘 아침, 3분의 2만 맞으면 괜찮니 어쩌니 하면서 바보짓을 했다. 피부가 근질거리기 시작했다. 눈도 뻑뻑하고, 땀이 비 오듯 흐른다. 아직 최악이 오지는 않았지만 조만간 닥칠 것이 분명하다.

피트한테는 마약 주사가 필요하다.

그것도 머지않아.

"오늘은 이쯤에서 접어야 할 것 같지 않아요?" 피트가 묻는다.

레이철이 고개를 가로젓는다. 이제 코앞이다. 놈들이 레이철을 잡으러 오기 전에 레이철이 놈들을 찾아내야 한다. 오늘 같은 기회는 두 번 다시 오지 않을 것이다. 반드시 지금이어야만 한다.

"그만 접을까요?" 피트가 또 묻는다.

"그러고 나면요?" 레이철이 되묻는다.

"FBI한테 모조리 털어놓는 거죠. 이후 수색은 FBI한테 맡기고."

"우린 감옥에 갈 거라고요."

"던리비 부부가 경찰에 협조를 안 할지도 모르잖아요."

이번에도 레이철은 고개를 가로젓는다. "던리비 부부는 체인이 끝장났다는 확신이 들어야지만 우릴 도울 거예요."

피트도 고개를 끄덕인다.

"저기 북쪽 강가에 있는 게 뭐죠?" 레이철이 피트의 쌍안경을 집으며 묻는다. "저거 집 아니에요?"

레이철은 그 건물을 눈여겨본다.

약 1킬로미터 전방에 있는 크고 오래된 목조 주택인데, 집 전체에 빙 둘러 데크를 쳐놓았다. 게다가 이동통신 기지국과 직선 방향에 있다.

피트가 말한다. "자세히 살펴볼 필요가 있겠어요. 그런데 다른 작은 강을 하나둘 더 건너야 할 거예요. 저 집, 실제로는 본토 위에 있는 것 같아요."

두 사람은 허벅지까지 잠기는 얼음장처럼 차가운 강물을 걸어서 건넌 다음 그 집에서 몇백 미터 떨어진 작은 숲까지 접근한다.

집은 제법 크고, 기둥 일부는 강가에 세워져 있다. 집 동쪽으로는 버려진 농장 건물 두 채가 습지 속으로 폭삭 주저앉았다. 자동차 몇 대가 북쪽 베란다 아래 주차되어 있다.

레이철의 목덜미 털이 주뼛 선다.

이 장소의 무언가가 이제 대단원에 이르렀다고 악을 쓰고 있다.

"어떻게 했으면 좋겠어요, 레이치?"

"조금 더 가까이 가봤으면 해요. 자동차 번호판을 볼 수 있으면 좋겠는데……."

"그럼 몸을 거의 땅바닥에 붙여서 기어가야 할 거예요. 여기는 덤불이 거의 없어서 눈에 띌 수도 있으니까요."

레이철은 산탄총에 매달린 줄을 어깨에 메고 물병에 남은 마지막 물을 마신 다음 피트를 따라 엉금엉금 기어서 집 쪽으로 향한다.

가시덤불, 엉겅퀴, 비치플럼이 자란 숲 바닥은 늪처럼 축축하다.

30초도 지나지 않아 두 사람은 여기저기 긁히고 베여 피가 난다.

눈이 내리기 시작한다.

이제 집까지의 거리는 100미터 정도이다.

집은 사방에 각기 다른 목재를 각기 다른 시기에 볼썽사납게 덕지덕지 붙여놓아 흉물스럽다. 위층에는 침실로 보이는 방 두어 개를 만들려고 아주 최근에 공사를 한 흔적이 보인다.

피트가 쌍안경을 꺼내 베란다 아래 주차된 자동차 번호판을 읽어보려 하지만 제대로 알아볼 수가 없다.

"레이철이 시력이 좋으니까 한번 볼래요?"

레이철은 자동차들을 유심히 살핀다. 메르세데스 한 대, 픽업트럭 두 대, 도요타 한 대.

집을 사방으로 둘러싼 데크에 누군가 오르는 모습도 보인다.

"카일리잖아! 맙소사!" 레이철이 비명을 지르고는 허둥지둥 일어나 집 쪽으로 달리기 시작한다.

"왜 그래요?" 순간 깜짝 놀란 피트가 소리친다.

레이철이 피트보다 20미터 정도 앞서지만 피트가 7초 만에 따라잡는다. 피트는 레이철에게 달려들어 오래된 나무 그루터기 바로 앞에서 쓰러뜨린다.

"도대체 뭐하는 거예요?" 피트가 레이철의 얼굴을 자기 쪽으로 돌리며 묻는다.

레이철은 피트의 손아귀에서 벗어나려 안간힘을 다한다.

"놈들이 카일리를 데리고 있다고요! 카일리가 발코니에 있는 걸 봤어요!" 레이철이 숨도 쉬지 않고 쏟아낸다.

피트도 나무 그루터기 너머 발코니 쪽을 올려다본다. 거기엔 아무도 없다.

"잘못 본 거예요."

"카일리였어요! 내가 봤다니까요."

피트가 고개를 가로젓는다. 그놈들이 카일리를 데리고 있을 리가 없다. 카일리는 지금 마티와 함께 있고, 피트와 레이철도 내내 조심했다.

레이철의 호흡이 가빠지기 시작한다.

"레이치, 카일리가 아니에요. 내가 증명할 수 있어요. 카일리 신발에 GPS 위치 추적기 달았잖아요? 카일리가 정확히 어디 있는지 내가 보여줄게요. 장담하건데 절대 여기로 안 뜰 거예요."

"그럼 GPS 보여줘봐요. 내가 똑똑히 봤단 말이에요." 레이철이 따지듯 말한다.

피트가 GPS 앱을 열어 카일리가 그 근처 어디에도 없다는 걸 보여준다.

"카일리는 지금 보스턴에 있네요."

레이철은 휴대폰을 들여다본다. 과연, 카일리의 GPS는 여기가 아니라 보스턴 시내에서 깜빡이고 있다. 레이철이 당황하며 말한다. "분명 카일리였는데요."

"자, 눈에 띄기 전에 저 덤불 속으로 다시 돌아가기나 해요." 피트가 말한다.

65

인스머스 고등학교. 10학년 직업 탐방의 날이다.

"자, 넌 앞으로 뭐가 되고 싶니, 마거릿?"

"저희 아빠처럼 FBI 수사관이 되고 싶어요."

"좋아, 훌륭해. 하지만 그러려면 학점을 몇 개 올려야겠는데."

"어떤 과목에서요?"

"영어는 아주 좋은데 수학하고 과학은 공부를 좀 더 해야겠는걸. 그건 너희 오빠가 도와줄 수 있을 것 같네."

"네, 오빠는 수학하고 과학을 굉장히 좋아하거든요."

올리는 인강 옆에 있는 다 쓰러져가는 커다란 목조 주택에서 진저의 숙제를 도와준다. 이 집의 여름은 방충망과 개미 덫과 벌레의 계절이다. 겨울은 장작 난로와 추위와 등유 난방기의 계절이고.

대니얼은 쌍둥이에게 어두컴컴한 미스카토닉 계곡에서 사냥하는 방법을 가르쳤고, 짐승의 가죽을 벗겨 고기를 훈연 저장하는 방법도 가르쳤다.

대니얼은 아이들한테 옛날 경찰 시절 이야기를 들려준다. 오래전 전쟁 이야기도 들려준다.

진저와 올리는 공부를 열심히 해서 둘 다 보스턴 대학에 입학한다. 대니얼은 두 손주가 자랑스럽기 그지없다. 올리는 소프트웨어 엔지니어링을 공부하고 진저는 심리학을 공부한다.

두 아이 모두 공부를 굉장히 잘한다. 유일한 걸림돌은 학자금 대출 액수다. 대니얼이 부자가 아니라서 아이들은 가난하게 자랐다.

하지만 졸업 후, 올리는 실리콘밸리의 신생 기업 절반에서 스카우트 제의를 받았고 진저는 FBI, CIA, ATF에 스카우트 된다.

진저는 FBI에 들어간다.

FBI는 진저와 진저의 아빠한테 크나큰 애정을 보인다. 아버지 일은 정말 유감이에요, 어찌나 애석하던지…….

진저는 열심히 일해서 초고속 승진을 한다. 인맥을 쌓는다. 돌아가신 아버님과 아는 사이였습니다. 굉장히 대단한 수사관이셨죠. 아버님하고는 한때 같이…….

진저는 매일 밤새 일한다.

진저는 지휘 체계의 꼭대기를 향해 차츰차츰 올라간다.

때때로 진저는 궁금해진다. 이 일을 하는 이유가 자신을 위해서인지 할아버지를 기쁘게 해주기 위해서인지 아빠를 뛰어넘기 위해서인지. 진저의 인생은 아빠와의 관계로 인한 결과일까, 아니면 아빠와의 관계에 대한 반응일까?

진저는 콴티코에서 행동 분석팀 수업을 받는데, 그곳에는 그녀가 원할 경우 이런 의문을 탐구하는 데 도움을 줄 수 있는 정신과 의사들과 조사관들이 분야별로 다 있다고 해도 과언이 아니다. 수업 시간에 한 강사가 독일 시인 노발리스의 말을 인용한다. "우리의 내면은 미스터리가 가득한 길을 가게 되어 있습니다." 진저는 그 말이 마음에 들었다. 그래서 언젠간 그 내면의 여정에 올라, 자신이 어떻게 해서 지금의 자신이 되었는지 근원을 밝히고 싶지만 그 여정은 홀로 떠나야만 하는 것이다. 진저는 자신의 과거와 머릿속에 든 생각을 그 어떤 정신과 의사한테도 믿고 털어놓을 수 없을 것이다.

올리가 일 때문에 캘리포니아로 이사를 간다. 처음에는 애플, 그 다음엔 우버, 또 그다음엔 리스크가 큰 신생 기업 두 군데다. 신생 기업에는 올리도 투자를 했다. "이중 한 군데가 대박을 치면 우린 백만장자가 될 거야."

대박을 치면⋯⋯. 하지만 올리가 들어간 회사 두 군데가 연달아 도산했다.

그건 중요하지 않다.

진저가 돈을 벌 수 있는 다른 방법을 고안해냈으니까.

큰 돈. 큰 권력.

진저는 2010년대 초 할리스코 패거리 이야기를 듣는다.

할리스코 패거리는 지금까지와는 전혀 다른 헤로인 유통 시스템을 멕시코에서 들여왔다. 미국 중산층에게 기존 카르텔이나 갱은 지나치게 폭력적이어서 무서운 존재다. 그 점을 포착한 할리스코는 고객에게 제대로 접근하기만 한다면 자신들의 생산품을 팔아먹을 초대형 미개척 시장이 열릴 수 있다는 사실을 깨달았다.

그들은 고객망을 구축하려고 재향군인 관리국 병원, 메타돈 클리닉, 약국 앞에서 헤로인을 공짜로 나눠주었다. 임상의들이 옥시코돈을 과다 처방하는 바람에 아편 제제와 진통제 중독자라는 거대한 마약중독자 기반이 생겨났는데, 마약 단속국이 이러한 중독자까지 엄중 단속하기 시작해 다들 공황 상태에 빠지던 참이었다.

브라운 타르 헤로인이 그 빈틈을 훌륭하게 메워주었다. 옥시코돈이나 메타돈보다 효과도 훨씬 좋은 데다 공짜이기까지 했다. 적어도 처음에는. 게다가 그걸 나눠주는 사람들도 그렇게 험악하지 않았다. 총을 소지하지 않았고 늘 웃는 얼굴이었다.

할리스코 카르텔은 2년 안에 마약쟁이를 백만 명이나 모았다.

그들은 사업을 다각화해서 다른 범죄 사업에도 손을 댔다.

진저는 할리스코 전담반에 배치되어, 할리스코 카르텔과 보스턴 마피아 사이의 연결 고리를 조사한다. 패트리아카 범죄단은 밀고자들과 FBI의 침투로 몰락 중이지만 할리스코 카르텔은 상승세다.

진저는 어느 날 우연히 할리스코 인질 사건을 접한다. 할리스코에 빚을 진 사람들은 자신의 가족이 빚을 갚아줄 때까지 붙잡혀 있어야 하는데, 특이하게도 인간적인 요소가 한 가지 가미되어 있다. 다른 가족 구성원이 납치 피해자를 대신할 수 있다는 것이다.

할리스코 패거리의 인질 시스템은 대개 최소한의 폭력만으로 운용되지만, 진저는 거기에서 충분히 활용하지 못한 잠재력을 포착하고는 그 시스템을 자신의 목적에 맞게 수정할 수 있지 않을까 궁리한다.

어렸을 때 행운의 편지가 얼마나 효과적이었는지를 떠올린다.

진저는 이 일을 올리와 상의한다.

프로그래밍 천재인 오빠의 도움으로 체인은 2013년 보스턴에서 탄생하게 된다.

즉각적인 성공을 거둔 것은 아니었다. 초창기에는 이런저런 사소한 문제가 있게 마련이어서, 피를 좀 많이 봤다.

올리와 진저는 피를 보는 일에는 직접 끼지 않으려고, 돈이 절실한 할리스코와 티후아나의 깡패들을 동원한다. 깡패들은 자신들의 고용주가 누군지 모른다. 모든 일의 배후에 있는 수수께끼의 여인은 무헤 로하 혹은 무에르테 로하(각각 스페인어로 '붉은 여인', '붉은 죽음'이라는 뜻─옮긴이)로 알려져 있다. 그 여자가 카르텔 두목의 부인이라고 말하는 사람도 있고, 산타 무에르테(멕시코 민간 신앙에서 숭배하는 여신─옮긴이)를 믿는 양키라고 말하는 사람도 있다.

할리스코와 티후아나 암살범은 다들 걸핏하면 총질을 하려 드는 습성이 있어서, 미국에서 활동하려면 마구잡이 살인은 안 된다는 걸 도무지 받아들이지 못한다. 초기엔 살인이 너무 많았다. 사업 자체가 붕괴 직전까지 갔다.

진저는 멕시코 암살자들을 없애고 다 스러져가는 뉴잉글랜드의 패트리아카 범죄단 출신자를 활용한다. 그들은 미국식 죽음을 이해한다. 그들은 이런 일을 수십 년 동안 해왔다.

마침내 체인은 기름 친 톱니바퀴처럼 잘 돌아가기 시작한다.

안정세에 접어든다.

이제 패트리아카 깡패도 처치하고 체인은 자율 구조가 된다.

편지를 보내는 진저.

전화를 거는 진저.

살인 명령을 내리는 진저.

체인은 무럭무럭 자라 올리와 진저가 가족 체제로 운영하는

100만 달러짜리 협박, 납치, 테러 조직이 된다.

"일은 고객들한테 거의 다 시키니까 납치계의 우버나 다름없어."

올리는 주식시장에 상장만 할 수 있으면 체인의 가치는 천만 달러쯤 될 거라고 말한다.

하지만 지금 이대로도 그들은 부족함이 없다.

학자금 대출 상환은 말할 것도 없고, 부자가 되었다.

올리와 진저는 스위스와 케이맨 제도에 은행 계좌를 연다.

체인은 이제 완벽하게 돌아가고, 실패 가능성도 제로에 가깝다.

올리가 체인을 가지고 레드팀 분석을 몇 차례 실시해본 결과 장차 문제를 유발할지도 모르는 우려 사항이 딱 세 가지 나온다.

첫째, 진저가 종종 전문 기술을 사용하는 데 게으르다는 점이다. 올리는 진저한테 체인의 진행 단계마다 늘 새로운 위커 주소, 새 선불폰, 새 비트코인 계좌를 쓰라고 말하지만, 진저가 늘 올리버의 말에 따르지는 않는다. 진저는 너무 귀찮다며 위커 주소와 비트코인 계좌를 한 달에 한 번 정도만 바꾼다. 올리는 직장이나 백베이의 집, 또는 대니얼 집에 있을 때는 절대 체인과 관련된 일로 전화를 쓰지 말라고도 주의를 준다.

진저는 체인 시스템에 필요한 기술에 신경을 쓰겠다고 약속은 하지만 FBI 임무에, 박사 과정 공부에, 정교한 범죄 조직까지 운영하려니 여간 힘든 게 아니다. 그렇기는 해도, 두 사람과 체인 사이에는 다층 보안이 버티고 있다. 암호화, 패러데이 새장, 중복 아이디…….

둘째, 진저가 체인을 사적인 보복에 이용한다는 점이다. 이 또한 무시하기 어려운 우려 사항이다. 올리가 알기로는 벌써 세 번이나 그랬다. 공과 사를 철저히 구분하는 것이 이상적이지만, 인간의 일에는 늘 모호한 경계가 존재하게 마련이다. 그렇다고 일련의 규칙을 즉흥적으로 만들어 시스템의 경계를 정하면, 그 시스템을 고안한 사람 마음대로 정한 잠정적 규칙처럼 보일 터였다.

마지막으로 셋째는 이런 사적인 원한 해결과도 일부 관련 있다. 바로 진저의 성생활이다.

자신이 섹스에 있어서는 좀 유별난 사람이라는 사실을 올리도 알고 있다. 진지하게 사귀었던 여자 친구도 없었고, 어떤 종류의 연애든 진짜 관심이 있었던 연애는 한 번도 없었다. 내성적이라서 파티도 싫어하고 신체 접촉도 별로 좋아하지 않는다. 히피들이 올리의 뇌 속 화학 작용을 일찍부터 망쳐놓았기 때문일까?

반면 진저는 철저히 세속적이다. 쌍둥이의 심리를 연구한다면 두 사람은 아주 극명한 예시가 될 터였다. 진저는 고등학교와 대학교 시절 내내 남자 친구를 사귀었고 FBI에 들어가서는 열 명도 넘는 남자와 데이트를 했다. 그리고 그중 두 명과는 결혼까지 했다.

섹스는 물론 중요한 것이다. 올리도 머리로는 그걸 이해한다. 섹스는 포유류의 DNA를 계속해서 변화시켜주어, 인류를 말살시키려 안달인 모든 바이러스와 병원균보다 우리의 DNA가 한발 앞서도록 해주는 요인이기 때문이다. 과학적이고 수학적인 차원에서는 올리도 이 점을 이해한다. 하지만 섹스는 여전히 예측 불가의 요인이고 사랑(이라는 게 있다면 말이지만)은 예측이 아예 불가능한 요인이다.

권력은 부패하고, 절대 권력은 절대로 부패한다. 권력과 섹스가 뒤섞인 결과물이 바로, 진저가 가끔 체인으로 저지르는 짓이다. 올리는 진저가 몇 번이나 FBI 데이터베이스의 정보를 체인과 무관한 용도로 쓰는 걸 목격했다. 올리는 자신이 전혀 모르는 다른 사건이 더 있을 것으로 의심하고 있다.

그건 좋지 않다.

진저를 말려야 한다.

올리는 지금 에릭 론로트의 노트를 손에 들고 할아버지의 서재에 앉아 있다. 벽난로에서는 불이 타오르고, 창밖으로는 눈보라 치는 광경이 내다보인다.

올리는 에릭의 노트를 꼼꼼히 살핀다. 주로 예전 노트를 깨끗하게 정리한 내용이 담겨 있다. 어쩌면 여러 권의 예전 노트일지도 모르고. 에릭은 한참 동안 이 일에 매달렸다. 올리는 누군가 체인을 조사하고 있다는 사실을 진작 눈치챘고, 그게 에릭일지 모른다고 의심해왔다. 혐의는 충분했다. 에릭은 미행을 여러 차례 따돌렸고, 다수의 검색 기록과 분석을 역추적 했더니 곧장 MIT의 컴퓨터로 이어지기도 했다.

에릭의 노트북이나 휴대폰은 찾을 수 없었지만 노트는 에릭이 몸에 지니고 있었다.

에릭은 문장을 대부분 암호로 적어놓았다. 하지만 올리는 별로 개의치 않는다. 인간이 만든 암호 중에 깰 수 없는 암호는 없으니까. 게다가 딱한 늙다리 에릭이 이승에서 보낸 마지막 몇 주 동안에는 꽤나 흥분하는 바람에, 꼼꼼하게 암호화하는 대신 그냥 러시아어나 히브리어로 적기만 했다. 다른 나라 말로 적으면 내용을 은폐할 수 있기라도 한 것처럼 말이다. 착각에 빠진 불쌍한 바보 같으니라고.

에릭이 막판에 적은 내용을 보면서 올리는 시시하다고 여긴다. 보아하니 에릭은 일을 별로 진척시키지 못했던 모양이다. 용의자도 없고 할리스코 패거리와 연관 짓지도 못했고 추리도 다 틀렸다.

뒷부분 메모 일부는 그냥 아무 단어와 이름을 적은 낙서에 불과하다.

앱을 설계 중이었다는 암시는 있는데 무슨 앱인지에 대해서는 전혀 언급이 없다.

가장 마지막 메모는 굉장히 최근에 적은 것이 분명해 보였다. 아마 불과 며칠 전일 것이다.

그냥 이렇게만 적혀 있다. רחל.

히브리어로 '암양'을 의미하는 단어다.

영어로는 '레이철'이라고 발음한다.

올리는 한숨을 푹 쉬며 창밖을 내다본다.

진저의 새 남자 친구한테 레이철이란 이름의 전 부인이 있다고 하지 않았나?

이 조촐한 가족 모임이 처음에 기대했던 것보다 훨씬 흥미로워지려 한다. 올리는 휴대폰을 집어 들고 동생한테 문자를 보낸다. 진저, 부탁이 하나 있는데, 잠깐 시간 나면 와서 나랑 얘기 좀 할래?

66

레이철은 카일리한테 전화를 걸어보지만 연결이 되지 않는다.

"신호가 안 잡혀요. 그래도 카일리가 안전해서 다행이에요."

피트는 걱정스러운 얼굴을 하고 있다. "젠장. 어쩌면 아닐 수도 있어요."

"그게 무슨 소리예요?"

"카일리 GPS 기록에 찍힌 시간을 봐요."

"맙소사. 보스턴 아디다스 매장에 아홉 시간이나 머물러 있잖아요! 무슨 상황인지 알겠어요. 새 신발을 사고 헌 신발을 버리면서 GPS는 까맣게 잊은 거예요."

"어떻게 벌건 대낮에 쇼핑몰에서 카일리를 납치해 갈 수 있었을까요? 말이 안 돼요."

레이철은 머리를 한 대 얻어맞은 기분이다.

그녀의 세상이 무너져 내렸다.

또다시.

이번엔 100퍼센트 그녀 탓이다. 긁어 부스럼 만들지 말라는 경고를 들었건만, 이렇게 멍청한 계획을 강행하는 실수를 저지르고 말았다.

토할 것 같다.

어지럽다.

구역질이 난다.

레이철이 헛구역질을 한다.

또 습관처럼 그 생각들이 머리를 점령한다. 멍청한 년. 등신 같은 년. 기회가 왔을 때 그냥 죽어버리지 그랬어? 너 없어도 다들 잘 먹고 잘 살 텐데.

놈들이 멋지고 아름답고 아무 죄 없는 여자아이를 잡아갔다.

그녀 탓이다.

바보, 바보, 바보, 바보!

더 이상 바보가 되지 말자.

레이철은 산탄총에 매단 줄을 푼다. 발코니 아래에 난 뒷문으로 들어갈 것이다. 문이 잠겨 있으면 자물쇠를 총으로 날려버린 다음 안에 있는 사람을 모조리 죽이고 딸을 데리고 나올 것이다.

레이철은 얼굴에 떨어진 눈송이를 떨어내고 집 쪽을 향한다.

"어딜 가려고요?" 피터가 묻는다.

"카일리 데리러요."

"저 안에 뭐가 있는지, 누가 있는지 모르잖아요."

"상관없어요. 당신은 안 가도 되지만 난 갈 거예요."

피트가 레이철의 팔을 꽉 붙잡는다. "아뇨, 갈 거면 같이 가요. 여기서 2분만 기다리면 내가 먼저 정찰하고 올게요."

"나도 갈래요."

피트가 고개를 가로젓는다. "레이철, 난 전문가잖아요. 해병대 정찰 과정을 밟은 사람이라고요. 이런 일은 수도 없이 해봤어요."

"나도 같이 가요."

"여기서 2분만 기다려줘요, 알았죠? 내가 먼저 살피고 올게요."

"2분이죠?"

"2분이에요. 데크 아래에서 신호를 보낼게요. 여기서 기다려요."

오늘 일은 혼자 해야 했다는 사실을 피트는 알고 있다. 암 환자를 데리고 오다니 대체 무슨 생각이었던 걸까?

피트는 공터를 가로질러 집 아래 간이 차고 방향으로 미끄러지듯 나아간다. 그곳에 주차된 차는 모두 다섯 대다. 흰색 메르세데스 한 대, 빨간색 머스탱 한 대, 픽업트럭 두 대, 그리고 코롤라 한 대. 차가 이렇게 많다는 건 사람도 많다는 뜻일 것이다. 피트는 낮은 자세로 차들을 지나간다. 보안등이 켜져 그 자리에 얼어붙지만 살피러 나오는 사람이 없어 슬금슬금 다시 이동한다. 간이 차고 옆에는 집에 딸린 차고가 있고, 차고 옆에는 현관문과 큰 창문이 있다. 1층 거실의 창문일 것이다. 그 앞을 지나갈 엄두가 나지 않아 지나온 길로 되돌아간다. 차고 옆에 있는 현관문을 열어본다. 잠겨 있다. 하지만 차고 문은 제대로 닫혀 있지 않다. 차고 문 아래와 땅바닥 사이에 1.5센티미터 정도 틈이 있다. 땅바닥에 엎드려 그 틈으로 손가락을 쑥 넣어본다. 알루미늄 잠금 장치에 불과하다면 손쉽게 열겠지만, 빌어먹을 비틀림 스프링 장치라면……

피트가 밑으로 양손을 넣어 문을 잡고 힘을 주어보니, 문이 점점 위로 올라간다.

이게 바로 해병대가 시가전에서 잠입하는 방식이다. 진입해서 방 하나를 소탕하고 다음 방을 소탕하고 그 집이 확보될 때까지 층층이 훑는다. 적이 몇 명인지는 알 수 없지만, 피트와 레이철에게 복병은 따로 있었다. 몸을 일으킨 피트는 살짝 비틀거린다.

윽, 안 돼.

피트는 현기증을 느낀다.

피부가 화끈거린다.

온몸이 갈망한다.

피트는 오늘 아침에 자기 자신을 기만했다. **느닷없이 주사 때문에 일을 망칠 순 없어. 너 그 정도로 어리석진 않잖아, 피트.**

이제 곧 개미 백만 마리가 슬금슬금 팔다리를 기어올라 입으로, 목구멍으로 들어갈 것이다…….

그만둬, 피트는 자신에게 일갈한다. **당장 그만둬!**

영웅 노릇을 하려 들다니 오만했다. 이런 상황이라면 레이철이 정찰하는 게 더 나았을 것이다. **돌아가야겠어.** 피트는 뒤를 돌았다가 곧바로 산탄총을 든 사내와 마주친다.

"그러게, 무슨 소리가 들린 것 같더라니." 남자가 말한다.

피트는 행동을 개시할까 말까 고민한다. 사실은 고민할 것도 없이 그냥 **행동을** 개시했어야 했다. 손전등으로 남자의 머리를 때리고 부츠 발로 무릎을 걷어찬 뒤 총구를 얼굴에 겨눴어야 했다. 그럼 보초 한 명은 해치웠을 것이다. 하지만 피트는 아무 행동도 하지 않았다. 너무 굼떴다. 나이가 들어서도 아니고 훈련된 감각이 무뎌져서도 아니다. 헤로인과 옥시코돈과 손에 넣을 수 있는 모든 아편 제제를 총동원해서 몸을 해쳤기 때문에 굶뗬다.

이번엔 피트가 레이철이 아까 했던 것과 똑같은 생각을 한다. 머저리, 머저리, 머저리, 머저리. 멍청하고 약해빠진 놈 같으니라고. 남자는 한 걸음 뒤로 물러나 피트의 얼굴에 산탄총을 겨눈다.

"손전등하고 총 내려놔." 남자가 명령한다.

피트는 손전등과 9밀리 권총을 바닥에 떨어뜨린다.

"자, 이번엔, 손가락 두 개로 벨트에서 45구경을 뺀 다음 그것도 땅바닥에 떨어뜨려."

피트는 아끼는 45구경 ACP를 꺼내 눈 쌓인 발치에 떨어뜨린다. 벌거벗은 느낌이다. ACP는 피트의 할아버지가 해군 시절에 지녔던 총이다. 할아버지는 그 총을 단 한 번 발사한 적이 있다고 했다. 오키나와 전투 때 할아버지가 탄 전함을 들이받으려는 가미카제 전투기에 대고. 그 총은 이라크와 아프가니스탄에서 피트에게 행운의 부적이었다.

"망할." 피트가 중얼거린다.

"말 한번 제대로 했네. 넌 망했으니까. 대니얼 어르신은 자기 집에선 아무도 안 봐주거든. 안 봐준다는 말은 이 동네 경찰한테 널 넘길 거란 뜻이 아니야. 머리 위로 손 올려."

피트는 시키는 대로 머리 위에 손을 올린다. "저기, 오해예요. 길을 잃었을 뿐이에요."

피트가 둘러대지만 남자가 피트의 말을 자른다. "어르신이 뭐라고 할지 두고 보자고. 오늘은 마침 손주들도 와 있는데, 엄청 언짢아할걸. 바닥에 무릎 꿇고 손은 머리 뒤에 계속 올리고 있어."

보초는 피트의 등을 걷어차 쓰러뜨린다.

흙. 자갈. 눈.

피트는 머리를 열심히 굴려본다. 생각을 하려고 애를 쓴다. 하지만 아무것도 떠오르지 않는다.

"자, 거기 그렇게 자빠져 계시지. 내가 초인종을 울려서 다들 달려오게 할 동안 거기 그냥 찌그러져 있으라고."

67

진저는 아주 흐뭇한 마음으로 이번에 개축한 침실에 들어선다. 에릭 론로트로 인한 위협은 체인이 제거해주었고, 새로 사귄 남자 친구는 대니얼과 기름에 불이 붙은 듯한 속도로 친해지고 있다. 둘 다 레드삭스 팬인 데다, 마티가 테드 윌리엄스, 칼 야스트렘스키, 로저 클레멘스 같은 이름을 줄줄이 읊을 정도로 야구에 일가견이 있는 덕분이다. 할아버지는 마티한테 자기를 레드라고 불러도 좋다고까지 했다. 그런 특권을 주는 건 극히 드문 일이다.

마티를 이곳에 데려오기로 한 건 중대한 결정이었다. 사귄다고 다 데려와 할아버지와 오빠한테 보이는 건 아니기 때문이다. 하지만 마티 오닐은 특별하다. 그는 재미있고 똑똑하다. 하버드 대에 하버드 로스쿨까지, 이 정도면 똑똑한 거 맞지 않은가. 짙은 머리에, 녹색 눈, 거기다 아일랜드인이 취향이라면, 마티는 아주 잘생긴 사람에 해당한다. 그런데 진저가 바로 그런 취향이다.

마티한테 열세 살짜리 딸이 있고, 그 딸이 그냥 열세 살이 아니고 좀 짜증스러운 열세 살인 건 사실이지만, 최근에 겪은 시련으로 기가 좀 죽어서인지 지금의 이 열세 살짜리 아이는 마티는 물론이고, 멋진 직업이 있고 쿨한 힙스터 느낌도 낼 줄 아는 마티의 새 여자 친구를 고맙게 여기고 있다.

진저가 체인을 통해 마티에게 접근했다는 사실을 알면 올리는 분명 노발대발하겠지만 마티는 피해 당사자가 아니다. 마티의 전 부인이 마티를 그 일에서 빼주었으니까. 게다가 진저가 마티의 페이스북을 발견한 것도 레이철을 검색하다 조금쯤 우연히 얻어걸린 결과였고 말이다.

조금쯤.

사실, 마티의 전 여자 친구 태미도 진저가 체인을 동원해 쫓아버린 것이지만, 거기까지만이다.

이번엔.

약간의 사적인 모험을 위해 진저가 체인의 내부 정보를 몇 번이나 이용했는지 알게 되면 올리는 불같이 화를 내겠지만, 이 모든 권력을 왜 가만히 두고 안 써먹는단 말인가? 가끔 새로운 시도를 해보는 것도 나쁠 건 없다. 오히려 안 하는 게 이상하다.

결국 체인을 창안한 건 진저 아닌가. 체인은 그녀의 작품이다. 올리는 주식 상장이니 인터넷 대박이니 떠들어대지만 말뿐이다. 체인 덕분에 올리는 샌프란시스코에 집을 샀고, 진저는 보스턴과 뉴욕 5번가에 아파트를 샀다. 체인은 그녀의 아이디어였다.

그러니 진저가 마티 오닐을 가지고 장난을 치고 싶으면 쳐도 된다. 마티는 잘생겼고 재치와 재미가 넘친다. 올리는 걱정할 필요가 없다. 진저가 다 알아서 잘하고 있으니. 진저는 거미고, 전 부인은 물론 짜증나는 파리다. 오늘 워커에서 그 여자는 뻔뻔하기 짝이 없었다. 다른 사람들은 체인에서 벗어나면 다시는 연락해오지 않는다. 대개는 감지덕지한다. 고마워하면서도 두려워했다. 그 여자를 없애버리라고 하는 게 나을지 모르겠다. 전화나 메시지 한 통만 날리면 그만이다. 네 아이의 안전한 귀가에 새로운 조건이 하나 붙었다. 매사추세츠주 플럼섬에 사는 레이철 클라인 오닐이란 여자를 이번 주말까지 제거할 것. 시신이 절대 발견되지 않도록 할 것.

언제든 이 상황에서 레이철을 빼버릴 수 있다.

"애들이 참 행복해 보여. 방금 데크에서 카일리를 봤거든." 마티가 뒤에서 다가와 진저의 목덜미에 키스를 하며 말한다.

진저가 돌아보자 마티가 진저를 꺼안는다.

"카일리한테 정말 좋은 것 같아. 내가 세상에서 10대를 가장 잘 파악하고 있는 사람은 아니지만, 카일리가 지난 몇 주 동안 굉장히 힘든 일을 겪은 것 같더라고."

"그러게 말이야. 그래서 내가 레이철한테 우리 쪽 상담 치료사 한 명 알려줬잖아."

"글쎄, 자기도 상상이 가겠지만 레이철도 막 그 일에서 벗어났잖아."

진저의 휴대폰이 땡 하고 울리며 메시지 도착을 알린다.

"무슨 일이야?" 메시지를 읽는 진저를 보며 마티가 묻는다.

"아, 오빠 문자야. 저녁 식사 얘기하려는 걸 거야. 이번에도 할아버지가 바비큐 한답시고 난리 치다 집을 태워먹을 게 뻔하거든. 잠

432

깐만, 금방 갔다 올게."

진저는 2층 층계참을 따라 걸어가 할아버지의 서재에 들어가서는 문을 닫고 앉는다. 올리는 가끔 짓는 예의 그 잘난 표정, 자신이 성인(聖人) 수준의 인내심을 발휘하고 있다는 듯한 표정을 짓고 있다.

"왜? 무슨 일인데?"

"너 체인을 사적인 일에 썼지?"

"아니."

"아냐, 썼어."

"다 우리의 목적을 위한 거야."

"내가 무슨 말 하는지 알잖아. 넌 쓸데없이 끼어들고 있어. 노아 리프먼 때처럼."

"아니라니까."

"아니면 몇 년 전에 네가 꽂혔던 그 여자애, 로라 어쩌구 때처럼. 불쌍한 로라는 널 퇴짜 놓는 인생 최대의 실수를 저지르는 바람에 3개월 뒤에 흔적도 없이 사라졌지. 넌 꼬박 3개월을 기다렸다가 그 여자의 체인을 풀어줬어. 약아빠진 짓이었지."

"노아는 아직 살아 있잖아."

"그래 죽진 않았지. 개인적인 원한에 체인을 이용하지는 않기로 이미 얘기됐잖아, 진저."

"안 그랬다니까."

"잘생기고 젊은 남자를 만나는 데에도 이용하지 말아야겠지."

진저가 볼멘소리를 한다. "이 도시에서 사람 만나는 게 얼마나 어려운 줄 알아?"

"어려울 게 뭐가 있어. 데이팅 앱이 백만 개나 있는데."

"체인하고 간접적으로라도 접촉했을지 모르는 남자는 다 무시하라며?"

"그래! 규정 잘 알고 있네."

"규정은 누가 만들었지? 체인은 또 누가 만들었고?"

"보안 문제 때문에 그래."

"다 내 작품이잖아. 네가 아니라 내가 만들었다고. 그러니까 내 마음대로 할 거야."

올리가 눈을 감고 한숨을 쉰다. 아무리 좋은 일도 끝이 있게 마련이다. 사실 체인이 이만큼 지속된 것만으로도 놀랍다. 수학적 모델링에서는 모두 체인이 겨우 3년 지속되다가 붕괴할 거라는 결과가 나왔다. 연루되는 인원이 거의 기하급수적으로 증가하는데, 그런 증가세를 이기고 살아남을 수 있는 음모는 없다. 체인은 주식처럼 스토캐스틱 특성이 적용되는 시스템이라 한계점이 오면 보기 좋게 붕괴할 것이다.

올리는 지난 몇 달간 공들여 길렀지만 뜻대로 자라지는 않은 염소수염을 쓰다듬으며 말한다. "몇 년 전에 체인을 접었어야 했어. 내 말은, 이제 돈도 웬만큼 있는데 뭐 하러 체인을 계속 유지하느냐는 거야."

"왜 접어야 하는데? 체인이 내 작품이라 오빠가 질투하는 것뿐이야."

"애초에 체인을 만든 목적이 잘 먹고 잘살려는 거 아니었어? 그 목적은 달성했잖아."

"목적이 그거였다고?" 진저가 냉소적으로 되묻는다.

올리가 얼굴을 찌푸리며 고개를 절레절레 흔든다.

"오빠 이해 못해, 그렇지?" 진저가 말한다. 풀밭 위를 맴돌기만 하는 올리는 모를 것이다. 올리는 진저와 달리 진정한 포식자가 아니다. 진정한 포식자는 때때로 배가 고프지 않아도 살생을 하는 법이다. "우리, 세상과 맞서 싸우는 거 아니었어? 잊은 거야?"

올리가 아까보다 더 심하게 얼굴을 찌푸린다.

"알았어, 뭐가 잘못됐는데?" 진저가 묻는다.

"저 노트랑 관련된 거야."

"노트 암호 다 풀었구나?"

"아니, 아직."

"그럼 뭔데?"

"노트 뒷부분은 이 미친 자식이 다 암호로 적진 않았더라고."

"그래서?"

"네 새 남자 친구 전 부인 이름이 뭐라고 했지?"

"젠장."

"주중에 에릭이 레이철이란 이름의 여자를 만난 게 분명해."

"아, 이런 젠장."

"빨리 이실직고해."

이제는 진저가 한숨을 쉴 차례다. "오빠 뭐가 문제인지 알아? 바늘로 찔러도 피 한 방울 안 나올 사람이라는 거야. 꼭 〈스타 트렉〉에 나오는 스팍 같아. 전문가 좀 찾아가. 그거 정상 아니거든."

"진짜 심각해, 진저. 이번엔 돈 가방, 가짜 신분증, 해외 도피를 고려해야 할 정도라고."

"우리 스위스에 돈이 얼마나 있지?"

"충분히." 올리가 총기 수납장으로 가 자물쇠를 풀어 문을 연다. "언젠가 우리가 추락하는 날이 온다면, 그건 분명 네가 공적인 일에 감정을 개입시킨 탓일 거라고 늘 생각했어."

진저가 미소를 짓는다. "젠장, 올리, 다들 결국엔 그렇게 추락하는 거야. 그것도 몰랐단 말이야? 생물학적 활동을 어쩌겠어."

"노력은 해볼 수 있잖아." 올리가 말한다.

68

마티는 침실의 넓은 유리창을 통해 참나무 그루터기를 보고 있다. 이 집과 저 너머 늪지대 같은 숲 사이에 있는 참나무 그루터기. 가루 같은 눈송이가 강 위에도, 살아 있는 나무 위에도, 죽은 참나무 위에도 떨어지고 있다. 꼭 로버트 프로스트의 시 같다.

여긴 참 멋진 곳인데, 진저가 너무 나쁘게 말한 것 같아. 습지 한가운데에 있는 다 쓰러져가는 낡은 오두막이 아니야. 자랑해도 될만한 아름다운 집이지. 벽에 걸린 예술품도 더럽게 비쌀 텐데. 저 노인네, 돈이 엄청 많은 게 틀림없어. 그리고 듣던 대로 기인이네.

애들도 마음에 들어 하고 진저도 이 집을 자랑하면서 즐거워한다. 마티는 진저가 참 괜찮은 여자라고 생각한다. 레이철은 실수였다. 그땐 둘 다 너무 어렸다. 마티는 하버드 대학 학생 신문인《크림슨》에 실린 레이철의 멋진 서평을 읽고 사랑에 빠졌다고 말하고 다녔지만, 거짓말이었다. 순전히 육체적인 이유 때문이었다. 둘 사이에는 사실 공통점이 별로 없었다.

사람이 서른을 넘기면 판단력이 좋아지기 마련이다. 태미는 스쳐 가는 여자였지만 진저는 다르다. 특별하다. 진저와 함께라면 정착할 수 있을 것 같다. 시내에 살면서 아이를 한두 명 더…….

"지금 자기 생각 중이었는데." 진저가 핸드백을 손에 들고 돌아오자 마티가 말한다.

빨간 머리카락 한 올이 구불구불 진저의 가슴골로 내려와 있다.

마티는 진저를 침대 위로 쓰러뜨리고 싶은 충동이 든다.

"진저, 여기 문 잠겨? 애들이 여기저기 돌아다니고 있으니까……." 말을 꺼내던 마티의 주변 시야에 무언가가 들어온다.

마티는 고개를 돌려 그것을 확인한다.

"저게 뭐지?"

"뭐가?"

"저기 나무 뒤에 저 사람, 지금 이쪽으로 오고 있는 거야?"

"어디?"

"아무래도 누가 눈보라를 헤치고 오고 있는 것 같더라니. 역시나, 저기 봐봐……. 맙소사! 안 믿기겠지만, 그게, 내 전 부인 같아."

진저는 핸드백에서 스미스 앤드 웨슨 38구경을 꺼내 마티의 머리에 겨눈다.

"자기 말 믿어."

69

레이철은 산탄총을 어깨에 올리고 보초를 겨냥한다.

"꼼짝 마."

보초가 레이철 쪽으로 몸을 홱 돌린다. "워워! 진정해요, 아줌마. 그거 제대로 쏠 줄도 모를 것 같은데."

"내가 이걸로 널 절반으로 날려버리면 그땐 생각이 달라질걸." 레이철이 응수한다.

피트가 자신의 45구경을 집어 든다. "어이 친구, 그 총 버리시지."

보초는 총을 땅바닥에 내려놓은 다음 양손을 머리 위로 올린다.

"바닥 보고 엎드려." 피트가 명령하자 남자가 순순히 따른다. 피트는 남자의 총을 걷어찬다.

"날 해칠 필요는 없잖아. 차고에 강력 접착테이프랑 밧줄 있어. 차고 열쇠는 내 재킷 주머니에 있고." 보초가 재빨리 말한다.

"집 안에 무장한 사람이 몇 명이나 있지?"

"나밖에……." 보초의 말이 거기서 끊긴다.

"아무도 움직이지 마!" 누군가가 외치는 소리와 함께 곧이어 총성이 들린다.

불빛이 환하게 켜진다. 현관에 서 있는 사람은 진저와 진저 또래의 남자다. 진저의 쌍둥이 오빠일 거라고 레이철은 짐작한다. 둘 다 권총을 들고 있다.

"레이철? 레이철이에요? 무슨 일이에요?" 진저가 시치미를 떼고 묻는다.

진저? 젠장, 뭐지? 의구심이 레이철의 머릿속을 스친다. 어떻게 된 건진 모르겠지만 에릭의 앱이 카일리의 신발에 달아놓은 GPS 추적기와 혼선된 건가? 카일리가 GPS 추적기를 옮겼나? 지금까지 습지를 뒤지고 다닌 게 어마어마한 실수에 불과했던 걸까?

어머나, 그래. 만약 그런 거라면 카일리는 안전한 거야. 맞아! 누군가 다치기 전에 레이철은 해명해야만 한다.

"미안해요, 진저. 완전히 정신 나간 짓처럼 보일 거예요. 그렇지 않아도 여기 남자분한테 말하려던……."

차고 문이 열리고 돌격용 자동 소총처럼 보이는 것을 손에 든 비쩍 마른 백발노인이 나타난다. "당신들, 내 땅에서 뭘 하고 있는 거야?" 노인이 따지듯 묻는다.

"할아버지, 여긴 우리가 알아서 할게!" 진저의 오빠가 말한다.

"오빠 말이 맞아, 레드. 우리가 다 알아서 하고 있어." 진저가 거든다. "레이철, 당신하고 당신 친구, 무기 좀 버려줘야겠어요."

"저기, 내 말 들어봐요. 우리가 큰 실수를 저지른 것 같네요. 정말 미안해요. 내가 카일리 신발에 GPS 추적기를 달았는데, 카일리가 납치당한 줄 알았지 뭐예요."

"총 버려요, 레이철. 대체 카일리가 납치됐다는 생각은 왜 한 거예요?"

"설명하자면 좀 복잡해요."

현관의 투광조명등 덕분에 레이철은 진저의 얼굴을 볼 수가 있다. 레이철이 진저의 얼굴을 이렇게 정확하게 보는 건 처음이다.

구릿빛 머리카락. 푸른 눈. 아름다운 푸른 눈. 싸늘한 푸른 눈. 심연의 밑바닥같이 으스스한 푸른 눈. 이 모든 광경을 차갑고 거만하게 지켜보고 있는 푸른 눈.

진저는 심지어 지금 이 상황을 즐기는 듯하다.

잠시 후 진저와 레이철의 눈길이 마주친다. 두 여자는 꽤 오래 서로를 쳐다본 듯하지만 사실 2초도 채 안 된 시간일 것이다.

그 정도면 충분하다. 두 사람은 서로를 알아본다.

너였어.

너였군.

레이철도 알고, 진저도 알고, 레이철이 안다는 걸 진저도 안다.

에릭의 앱이 실수를 한 게 아니었다.

체인이 여기로 이끌었다. 그리고 진저는 아무도 이곳을 살아서 떠나게 내버려두지 않을 것이다. 비밀이 탄로 난 이상, 진저는 체인을 지키기 위해 그들을 모조리 죽일 수밖에 없다. 레이철, 피트, 마티, 스튜, 카일리까지 모조리.

레이철은 피트한테 무기를 버리고 양손을 올리자고 말할까 생각한다. 하지만 그래 버리면, 진저가 그 자리에서 두 사람을 죽일 것이다.

레이철이 피트를 쳐다봤다가 현관 위 투광조명등을 올려다본다. 피트가 레이철의 시선을 좇는다.

"저 여자가 체인이고, 우릴 죽일 거예요." 레이철이 말한다.

피트가 고개를 끄덕인다.

쌍둥이는 낮은 담장 뒤에 있다. 쌍둥이한테 총을 맞히긴 어려울 게 뻔하므로, 피트는 45구경을 들어 올려 조명을 쏜다.

70

즉각적인 암흑과 혼란. 대니얼이 자동화기로 포문을 열자 차고에서 고함 소리와 함께 노란 불꽃이 호를 그리며 쏟아져 나온다.

"데크를 맞혀요!" 피트가 소리친다.

레이철은 땅바닥으로 몸을 던진다.

예광탄이 날아와 레이철이 불과 1초 전에 서 있던 지점에 떨어진다. 빗맞은 예광탄은 기다란 축선을 중심으로 계속 회전하면서 밤하늘을 수백 미터 가로지른다.

잠시 후 모든 총이 일제히 발포된다. 38구경, 9밀리미터, 그리고 커다란 돌격용 자동소총까지. 여러 지점에서 날아온 총알이 레이철의 머리 위 약 200미터 지점에서 삼각형을 이룬다.

레이철은 눈 속에 머리를 묻고 비명을 지른다.

이런 건 다 아무래도 좋다. 총, 총소리, 속이 느글거리도록 달콤

한 화약 냄새. 중요한 건 카일리다. 레이철은 저 집 안 어딘가에 있을 카일리를 데리러 갈 것이다. 피트는 머릿속으로 열까지 세는 중이다. 10초면 상대의 돌격용 자동소총 탄창이 바닥날 것이다.

10초 후, 피트가 위를 올려다본다. 포치 위에서 총을 쏘던 사람들은 다시 안으로 슬그머니 들어갔다. 노인은 탄창을 재장전하는 중이다.

피트는 노인의 주의를 돌리려고 차고에 세 발을 쏜 다음 재빨리 새로운 사격 위치로 이동한다. 쏘고 이동하고, 다시 쏘고 이동한다. 엄폐가 제한적인 총격전에서는 그렇게 해야 목숨을 부지할 수 있다. ACP 탄환은 크기 때문에 이 정도 거리에서 어깨만 맞혀도 쓰러뜨릴 수 있다. 심지어 죽을 수도 있다.

피트는 오른쪽 눈밭으로 몸을 굴려 덤불 뒤로 기어가서 다시 쏘기 시작한다. 온몸이 주사를 맞고 싶어 못 견딜 지경이지만 그 갈망과도, 저놈들과도 싸울 것이다. "레이철? 괜찮아요?"

아무런 응답이 없다.

피트는 대책을 세워야만 한다. 아무 대책이라도. 보병 훈련에서는 엉성한 대책이라도 즉각 실행하는 것이 한 시간 후에 훌륭한 계획을 실행하는 것보다 낫다고 가르친다. 그 말이 옳다. 지금 여기 계속 있다가는 죽을 것이다. 안으로 들어가야만 한다.

총격이 시작된 지 15초 정도 지난 것 같다.

자, 시작하자. 피트는 생각한다.

"별로 빠르진 않네, 똘똘이 형씨." 누군가 피트를 잡아챈다. 피트는 얼굴로 날아오는 주먹을 피한 뒤 가슴팍을 노린 칼날을 막는다.

처음에 피트를 발견했던 보초다. 이 멍청한 놈에 대해서는 까맣게 잊고 있었다. 남자는 총을 쥔 피트의 손을 단단히 붙잡고 커다란 사냥칼로 피트를 죽이려 한다. 칼이 얼굴을 베자 피드가 움찔한다. 칼이 피트의 왼쪽 뺨에 자국을 남긴다. 어둠을 향해 힘껏 발길질을 하던 피트는 물컹한 부분에 발을 명중시킨다. 총 잡은 손을 자유로이 움직일 수 있게 되자 한 발 발사한다.

퍽 하고 끔찍한 소리가 낮게 울리는가 싶더니 침묵이 이어진다.

"피트?" 바로 옆에서 어떤 목소리가 부른다.

"레이철?"

"난 저 집 안으로 들어갈 거예요. 차고를 통해서요. 거기가 유일한 통로예요." 레이철이 속삭인다.

"계획이 뭔데요?"

"집 안에 들어가서 애들을 구한 다음, 카일리나 마티나 스튜어트가 아닌 사람은 모조리 죽이는 거예요."

"좋은 생각이네요."

71

레이철과 피트는 차고로 들어간다. 총을 쏘던 사람은 사라졌지만 가연성 물질이 들어 있는 상자에 불이 붙어 페인트 통 10여 개 옆에서 활활 타고 있다. 여기 계속 있어선 안 된다.

"집 안으로 이어지는 문이 있어요, 피트." 레이철은 기꺼이 이 작전에 참여할 것이다. 의식하지 못했지만 레이철은 지금 이 순간을 위해 평생을 단련해온 것이다. 방사선 치료, 화학 요법, 힘들었던 과테말라 시절, 식당에서 웨이트리스로 지낸 기나긴 교대 근무 시간, 우버 기사가 되어 한밤중에 로건 공항으로 갔던 밤. 그 모든 게지금 이 순간을 위한 준비였다. 레이철은 준비가 되었다. 다 가족을 위한 일이다, 그렇지 않은가? 모든 건 가족을 위한 것이다. 천하의 바보조차 어미 곰과 새끼 곰 사이에 끼어들면 안 된다는 것 정도는 안다.

피트가 자신의 외투 주머니에서 섬광탄 두 개를 꺼낸다. "문을 열고 하나를 안으로 던질 거예요. 눈 감고 귀 막아요." 피트가 레이철한테 소곤거리고는 문을 열어 섬광탄을 획 던진다. 1초 후, 섬광탄이 터지면서 굉음과 함께 새하얀 불빛이 번쩍 빛난다. 섬광탄은 본래 구조물 내부의 적을 제압하는 용도로 쓰는 비살상 무기다. 섬광탄으로 애들이 다치지는 않겠지만 그게 터질 거란 사실을 모르는 사람은 죽을 만큼 겁을 먹게 되어 있다.

"여기서 기다려요." 피트가 차고 문 안으로 들어간다.

화재경보기 10여 개가 울리기 시작한다. 오래된 집이지만 대니얼이 이번에 개조를 하면서 두 손주가 수집해온 예술품을 보호하기 위해 스프링클러를 설치했다. 레이철은 자체적으로 스프링클러를 설치한 집을 본 적이 없어서 차가운 물이 위에서 쏟아져 내리자 화들짝 놀라며 영문을 몰라 한다.

피트가 문간으로 고개를 불쑥 내민다. "저긴 아무도 없어요. 우리도 지금 나가야 해요. 조금 있으면 페인트 통이 폭발할 거라서."

"어느 쪽으로요?" 레이철이 콜록거리며 묻는다.

피트로서도 알 길이 없다. "방마다 확인하는 수밖에 없어요. 내 뒤에 바짝 붙어요. 내 사각지대는 레이철이 살피고요."

피트는 앞으로 나아가면서 자신이 얼마나 더 버틸 수 있을까 생각한다. 지금도 호흡이 어렵다. 아드레날린 덕분에 쓰러지지 않고 버티고는 있지만 그게 계속 가진 않을 것이다. **조금만 더 버텨, 피트. 카일리를 찾을 때까지.** 피트는 속으로 되뇐다.

되는 대로 아무렇게나 확장한 바람에 이 집은 이제 여러 개의 방과 복도와 벽감으로 이루어진 미로나 다름없다.

복도 하나.

방 하나.

대형 텔레비전, 소파, 헌팅 트로피.

또 다른 문.

이번엔 식탁, 의자, 예술품.

멀리서 들려오는 비명 소리.

"카일리!" 레이철이 소리쳐 부른다.

대답이 없다.

피트가 또 다른 방의 문을 발로 차 열고 네 모퉁이를 향해 차례로 총구를 획획 겨눈다. "카일리! 스튜어트!"

역시 아무런 대답이 없다.

차고에서 난 불 때문에 발생한 연기가 1층 전체를 메우자 집 안의 조명이 깜빡거리기 시작한다. 스프링클러에서 쏟아진 물이 바닥에 고이면서 발밑은 물웅덩이가 되었다. 코를 찌르는 시큼한 냄새, 태곳적 냄새. 아래층 침실에서 레이철은 카일리의 외투를 알아보지만 정작 카일리는 없다.

전등이 나갔다 다시 들어온다. 도깨비가 내뿜는 불처럼 희미하고 노랗다.

침실은 다른 침실과 이어져 있다.

피트가 문을 천천히 열고 안을 들여다본다.

방은 비어 있지만 침실 밖 복도에서 발소리가 들린다. 레이철이 문을 가리키더니 손가락을 입술에 가져다 댄다. 피트가 남은 섬광탄을 주머니에서 꺼내 들고 문을 거칠게 잡아당겨 연 다음 밖으로 던진다.

또다시 굉음과 함께 눈부시게 하얀 빛이 폭발하듯 쏟아져 나온다. 곧이어 기관총이 두두두두 발사된다. 피트는 총격이 멈출 때까지 기다렸다가 단 한 번의 신속하고 정확한 움직임으로 레이철과 함께 침실 밖으로 나간다. 레이철이 잽싸게 왼쪽으로 몸을 돌릴 때, 피트는 오른쪽으로 향한다.

거기, 레이철 앞 복도 끝에서 한 남자가 돌격용 자동소총을 재장전 하고 있다. 그 노인이다. 쌍둥이 중 하나가 아니다. 백발노인은 멀리 서 있지만 거칠고 대담한 것이 느껴진다. 올리가 할아버지라고 부르고 진저가 레드라고 부른 그 노인이다.

레이철이 산탄총을 들어 올린다.

레이철은 사격 연습장에서 들었던 말을 떠올린다. 표적이 가까워질 때까지 기다려라, 그러지 않으면 표적은 도망간다. 하지만 이 노인은 레이철 쪽으로든 그 반대 방향으로든 달리지 않을 것이다. 노인은 그냥 기다란 복도 끝, 그 자리에 서 있기만 할 것이다.

재장전을 마친 노인이 레이철을 보고는 검은색 장총을 들어 올린다.

레이철이 방아쇠를 당긴다.

조준이 맞지 않아 빗나간다.

레이철의 오른쪽 벽이 불꽃을 내뿜는가 싶더니 폭발하듯 부서진다. 총의 반동으로 어깨가 충격을 받는다. 노인이 고함을 치면서 총을 떨어뜨리고 비틀비틀 바로 옆 방으로 들어간다. 피트가 뒤돌아 레이철이 괜찮은지 확인한 후, 노인을 쫓아 복도를 내려가지만 노인은 이미 사라지고 없다.

피트가 바닥에 떨어져 있는 MP5를 주워 든다. 근접전에 쓰기 완벽한 무기다. 피트가 MP5의 구조를 확인한 후 어깨에 멘다.

"난 총알이 다 떨어진 것 같아요." 레이철의 말에 피트가 9밀리를 건넨다. 레이철은 산탄총을 내려놓는다. 체호프의 법칙은 실천한 셈이다. ('1막에 권총을 소개했다면 3막에서는 총을 쏴야 한다. 안 쏠 거면 없애버려라.'—옮긴이)

마침내 집의 전등이 완전히 나가더니 다시는 들어오지 않는다.

완전무결에 가까운 암흑.

암흑. 연기. 눅눅한 물웅덩이.

아이폰 불빛에 의지해 앞으로 나아가는 것 말고 달리 무슨 수가 있겠는가?

두 사람은 우연히 널따란 개방형 거실을 발견한다. 벽에는 헌팅 트로피 수십 개가 걸려 있는데 이 지역 동물뿐만 아니라 영양, 치타, 사자, 표범도 있다. 포식자와 피식자가 함께 있다니.

공포심이 온몸을 엄습하지만, 공포심은 사람을 해방시켜주기도 한다. 힘을 표출시키며 행동을 이끌어낸다.

땀에 흠뻑 젖은 피트를 보며 레이철이 묻는다. "괜찮아요?"

"괜찮아요." 사실 피트는 전혀 괜찮지 않지만 어깨에 기대놓은 MP5가 위안이 되어준다. MP5 탄창엔 아홉 발이 남아 있고, 오랫동안 함께해서 믿을 수 있는 45구경도 수중에 있다. 다 괜찮다.

"엄마!" 바깥 어딘가, 멀리서 목소리가 들려온다.

두 사람이 유리문 두 짝을 밀어 연다. 바깥에는 눈보라가 친다. 북쪽에서 바람이 세게 불어와 차디찬 눈발이 소용돌이치듯 두 사람을 휘감는다.

"저쪽 같아요." 피트는 버려진 농장 건물들이 있는 쪽을 가리킨다. 눈 위에 난 발자국은 가장 가까운 건물을 향하고 있다.

두 사람은 오래된 도살장 입구 쪽으로 난 발자국을 따라간다. 아마도 한때는 실제로 도살에 쓰인 곳이겠지만, 지금은 벽과 지붕에 구멍이 숭숭 뚫리고 담쟁이덩굴에 뒤덮여 있다.

두 사람은 휴대폰 조명을 끄고 안으로 들어간다.

들어서자마자 피 냄새와 무언가가 부패하는 냄새가 엄습한다.

깨진 유리 조각이 바닥에 널려 있어 발을 내디딜 때마다 우두둑 우두둑 소리가 난다.

앞을 보기가 힘들다. 빛이라고는 두 사람 뒤로 화염에 휩싸인 집이 내뿜는 깜빡이는 불빛밖에 없다.

무너져 내린 벽과 지붕으로 바람이 윙윙 불어 들어온다.

레이철은 천장에 매달린 암퇘지와 부딪힐 뻔해 소스라치게 놀란다. 생기 없는 돼지의 눈이 레이철의 눈높이와 딱 맞아떨어진다.

눈이 어둠에 적응하자 갈고리에 매달린 다른 동물들도 눈에 들어온다. 꿩이며 까마귀, 오소리에 사슴까지 있다.

도살장은 2층짜리 건물이어서, 한쪽에 2층으로 오르는 작은 계단이 있다.

"애들은 위층에 있을 거예요. 계단은 전형적인 매복 장소니까 조심해요." 피트가 귓속말로 소곤거린다.

레이철은 고개를 끄덕인 후 부츠 신은 발로 최대한 소리 죽여 걷는다.

두 사람은 천천히 앞으로 나아간다.

깨진 유리, 비 섞인 눈, 퀴퀴한 공기. 녹, 말라붙은 피, 죽음.

두 사람이 콘크리트 계단을 절반 정도 올랐을 때 누군가 총을 쏘기 시작한다.

"권총, 3시 방향!" 피트가 그렇게 소리치고는 MP5로 응사하면서 계단 꼭대기로 달려 올라간다. 피트가 세 차례 더 쏘자 상대방은 어떤 기계 뒤로 모습을 감춘다.

피트가 회심의 미소를 짓는다. 저놈들은 기회를 날려버렸다.

피트는 MP5의 장전 상태를 살핀다. MP5는 이제 비었다. MP5를 버리고 믿음직한 친구 45구경을 뽑아 든다.

"맞혔어요?" 레이철이 소곤거리며 묻는다.

"아뇨."

"애들 조심해요." 레이철이 피트를 따라 계단을 오른다.

손이 너무 떨려서 레이철은 어쩔 수 없이 권총을 더 꼭 쥔다. 이걸 놓치면 안 된다. 특히나 저들이 저렇게…….

머리 위로 아크등이 켜진다.

레이철은 9밀리 권총을 겨눈 채 한 바퀴 빙 돈다. 도살장은 여기저기 낡은 농기계와 쓰레기가 널린, 더럽고 다 무너져가는 콘크리트 건물이다. 레이철 근처에는 천장 갈고리에 매달린 돼지가 두 마리 더 있다. 그중 한 마리는 갓 도축당했는지 핏방울을 양동이로 똑똑 떨어뜨리고 있다.

하지만 지금 중요한 건 그게 아니다.

중요한 건 도살장 위층 맨 끝, 10여 미터 떨어진 지점에 보이는 광경이다. 진저가 쌍둥이 오빠 올리와 함께 서 있는데, 둘 다 권총을 카일리와 스튜어트에게 겨냥하고 있다.

카일리와 스튜어트는 겁에 질려 울고 있다. 앞으로 내민 손목에는 수갑이 채워져 있다. 마티는 아이들 근처 바닥에 뻗어 있는데,

보아하니 의식을 반쯤 잃은 모양이다. 머리에서는 피가 흐르고 숨을 헐떡거리면서 괴로운 신음 소리를 내고 있다. 진저는 카일리의 멱살을 쥐고 총구를 직선으로 내려 두개골을 겨눈다. 올리는 스튜어트의 목을 감아 총열을 귀 속에 밀어 넣는다.

피트와 레이철 둘 다 그 자리에 얼어붙는다.

"엄마!" 카일리가 외친다.

"애는 놔줘!" 레이철이 진저한테 소리친다.

"그럴 일은 없을 것 같은데?"

레이철이 9밀리를 진저의 얼굴을 향해 겨눈다. "지금 당장 여기서 널 죽일 거야."

"그 거리에서 날 맞힐 수 있다고 생각해? 총을 쏴본 적이 몇 번이나 되지, 레이철?"

"너는 반드시 명중시킬 거야, 이 못된 년아!"

"총 버려, 안 그러면 애들 끝장내버릴 거야."

피트가 맞받아친다. "총은 못 버려. 그럴 수야 없지. 애들을 보내주면 우린 바로 떠날 거야. 그럼 너한텐 돈 가방하고 위조 여권 챙길 여유가 생기겠지. 그게 우리 모두에게 좋은 결말 아닌가." 피트는 여기까지 말하고 나서 몸이 살짝 기우뚱하는 바람에 말을 멈추고 균형을 잡는다.

"워워, 정신 차려, 해군 아저씨. 그냥 앉아서 좀 쉬지 그래?" 진저가 그렇게 말하며 의미심장한 눈길로 올리 쪽을 쳐다본다.

"내 말 듣는 게 좋을걸." 피트가 조금씩 거리를 좁히며 중얼거리듯 말한다. 저들은 자신감 넘치는 한 쌍이다. 지나치게 자신감이 넘쳐서 탈이다. 몇 발자국만 더 가면 피트는 정확히 올리를 조준할 수 있다. 스튜어트의 키가 올리의 가슴께까지밖에 오지 않으니, 올리의 이마를 노린다면 크고 강력한 45구경의 탄환이 올리를 즉사시킬 것이다. 오래 끌어선 안 된다. 지금 아드레날린 분비가 최고조에 달했으니 이제부턴 내리막만 남았기 때문이다.

"딸깍 하고 공이치기를 뒤로 당기는 건 너무 진부하지 않아? 정말 내가 그래주길 바라는 거야? 직접 보여줘야 할 정도로 둔한 사람이었어? 그 망할 총 안 버리면 이 여자애 죽여버릴 거야." 진저가 말한다.

"그럼 너도 죽어." 피트는 이제 쌍둥이와 6미터 정도 거리에 있다. 속사라면 목적을 달성할 수 있을 것이다.

"그 총 어서 내려놓으라고, 멍청아!" 올리가 냉정하고 고압적인 태도로 호통을 친다.

피트가 올리의 이마를 겨냥한다. 행동을 개시해야 한다. 당장. 하지만 성한 데가 없다. 안 아픈 데가 없다. 손까지 덜덜 떨리고 있다.

"그 총 지금 당장 버리지 않으……." 올리의 말이 거기서 끊긴다.

빵, 요란한 총성과 함께 진저의 38구경에서 발사된 총알이 피트의 상반신을 맞힌다. 피트가 쓰러진다.

레이철이 짐승 피를 받는 콘크리트 수조 뒤로 몸을 숨기는 순간 또 다른 총알이 간발의 차로 빗나간다.

"내가 위험할 뻔 했어." 올리가 진저한테 말한다.

"말투가 너무 연극조라서 짜증났단 말이야." 진저가 퉁명스럽게 대꾸한다. "자, 레이철, 이제 네 차례야. 총 버리고 머리 위로 손 올려. 아니면 카일리를 죽일 거야. 올리, 걔 목은 놓지 말고 총은 카일리 뺨을 겨눠."

올리가 권총으로 카일리의 오른뺨을 찌른다.

"엄마!" 카일리가 울부짖는다.

레이철은 속이 울렁거리고 눈에선 눈물이 줄줄 흘러내린다. 피트는 총에 맞았고 마티는 쓰러져 있다. 그리고 레이철은 너무 지쳤다. 몇 주, 몇 년을 버틸 수 있을까. 매사추세츠 종합병원 종양 전문의에게서 처음 소식을 들은 그날 이후로 모든 게 잘못됐다.

레이철의 마음 한편에서는 이제 끝장이 났으니까 이 더러운 바닥에 그대로 드러누워 눈을 감고 잠들어버리고 싶다는 생각도 든다.

하지만 카일리의 얼굴이 보인다. 카일리는 그녀의 전부이다. 레이철은 콘크리트 수조 뒤에서 몸을 웅크린 채 9밀리의 주둥이를 진저한테 겨눈다.

"총 버리고 두 손 들어!" 소리치는 진저 주변으로 눈보라가 소용돌이친다.

"싫어! 총은 네가 버려." 레이철이 눈물을 주룩주룩 흘리며 대꾸한다.

올리가 협상을 시도한다. "두 손 들면 너희들을 보내주지. 너랑 애들 다. 네 친구가 말한 대로 말이야. 다 끝났다는 거 우리도 알아. 우리 진저가 다 망쳤지. 처음 있는 일도 아니야. 너희를 보내줄 테니까, 너희도 우릴 보내줘. 협상하자. 우리한테 24시간만 주면 남미로 떠날 테니까."

레이철의 심장이 마구 뛴다. 지금까지 없던 가능성이다. 실낱같은 생명 줄을 잡을 희망이 생겼다.

"약속해! 우릴 여기서 빠져나가게 해주겠다고. 정말 이 나라를 뜰 생각이라면 더 이상의 살상은 필요 없잖아." 레이철이 애원한다.

"손 들고 총 버려. 약속하지, 너와 아이들은 무사할 거야." 올리가 말한다.

"애들 데리고 여길 떠나게 해주는 거야?" 레이철이 확인한다.

일단 애들의 안전부터 확보하고 나서 경찰을 부르고 마티와 피트를 데리러 다시 오면 된다.

올리가 고개를 끄덕인다. "나는 괴물이 아니야. 넌 네 가족을 데리고 돌아가면 돼. 대신 경찰에 신고하기 전에 시간을 하루 줘. 총 버리고 손만 들면 돼. 자, 오닐 부인, 우리 모두를 위해 협력하자고!"

레이철의 머릿속이 터질 것 같다. 대립되는 이미지와 본능이 콜라주처럼 뒤죽박죽 뒤엉킨다. **저놈들을 믿지 마, 애들을 구해, 저놈들을 믿지 마, 애들을 구해**……

선택의 기로에서 레이철은 올리를 믿기로 결정한다.

일단 애들부터 되찾고, 저놈 의도는 나중에 걱정하자. 레이철은 스스로에게 되뇐다.

레이철은 몸을 일으키고 손을 들어 9밀리를 바닥에 떨어뜨린다.

"그 뒤에서 나와. 두 손은 머리 위로 올리고 무릎 꿇어." 진저가 명령한다.

레이철이 명령대로 하자 진저가 카일리를 레이철 쪽으로 민다. 카일리가 레이철의 품으로 넘어지고 레이철은 카일리를 꼭 안는다.

"이번엔 널 절대 보내지 않을 거야." 레이철이 속삭인다.

올리도 스튜어트를 애절한 모녀 쪽으로 밀친다. 그러고는 제 여동생 쪽으로 돌아선다. "진저, 일은 이런 식으로 해결하는 거야. 원래 이렇게 푸는 거라고. 총으로 해결하는 게 아니라, 이걸로 말이 거야." 올리가 자기 머리를 톡톡 두드린다. "내가 어떻게 하는지 봤지? 내가 한 거라곤 대화밖에 없잖아. 총도, 폭력도 없었어. 이게 바로 자동 교정 기제라는 거야. 전화하고 목소리만 있으면 되지. 물론 머리도 좀 있어야 하고."

"그래서 진짜로 이렇게 보내주려고?"

"당연히 아니지! 어떻게 그냥 보내주겠어? 맙소사, 진저, 너 진짜 걱정된다."

"그럼 죽일 거야?"

"물론이지!" 올리가 안달하면서 말한다.

"지금 죽여야 할걸. 눈 속에서 속고 속이기 게임하다가 밤샌 것 같은 기분이라고. 여러분, 눈 감는 게 좋을 거예요. 전쟁은 끝났어요." 진저가 말한다.

72

때 이른 크리스마스 선물로 후디니의 궁극의 마술 세트보다 더
괴상한 건 없을 것이다. 그리고 카일리는 딱 친구들이 그런 걸로 놀
릴 나이다. 마술? 아 진짜 농담 아니고 누가 마술 같은 걸 하냐?

그래서 카일리는 그 어떤 친구한테도 말하지 않았다. 물론 스튜
어트만 빼고. 스튜어트한테는 말했다.

카일리는 몇 가지 트릭을 익혔다. 무쇠 스토브에 사슬로 묶여 있
던 그 지하실에서 카일리는 스스로 다짐했고, 그 다짐을 실행했다.
정말로 수갑 탈출 마술을 배웠다. 유튜브 동영상을 보면서 연습했
다. 아주 많이. 그 결과 굉장히 능숙해졌다. 몇 주 연습한 것 치고는
수준급이라고 할 수 있다. 일반 수갑은 30초 안에 탈출할 수 있다.
케이블 타이는 또 다른 얘기지만, 모든 종류의 금속 수갑은 방법만
제대로 알면 만능열쇠로 여는 게 가능하다. 행운의 상징으로 카일

리는 수갑 열쇠를 열쇠고리에 달아 늘 가지고 다닌다.

항상.

아무도 안 보는 틈에, 카일리는 손에 채워진 수갑을 딴다.

이제 어쩌지? 지붕에 난 구멍으로 눈이 쏟아져 들어오고 있다. 엄마는 카일리를 껴안고 있고, 스튜어트는 울고 있고, 카일리 바로 앞 바닥에는 아까 엄마가 떨어뜨린 권총이 놓여 있다.

카일리는 손을 아래로 뻗어 총을 주워 든다. 무겁게 느껴진다. 말도 안 되게 무겁게 느껴진다. 쌍둥이는 서로 대화 중이다. "지금 죽여야 할걸. 눈 속에서 속고 속이기 게임하다가 밤샌 것 같은 기분이라고. 여러분, 눈 감는 게 좋을 거예요. 전쟁은 끝났어요." 진저가 말한다.

카일리는 9밀리 권총을 들어 올려 조준한 다음 방아쇠를 당긴다.

73

올리의 얼굴이 움푹 꺼지고 뒤통수도 터져 벽 위에 흩뿌려진다. 카일리한테 그런 광경은 난생처음이다. 무시무시한 것 이상이다. 하지만 무서워할 겨를이 없다. 진저가 총구를 휙 돌려 카일리를 겨누었기 때문이다.

"이년이!" 진저가 고함을 지르며 무턱대고 카일리 쪽을 향해 총을 쏜다.

카일리도 응사하지만 이번엔 너무 높이 쏘는 바람에 총알이 천장에 맞고 핑 소리를 낸다.

녹슨 지붕의 일부가 올리의 시신과 진저 사이 바닥에 쿵 떨어진다. 깜짝 놀란 진저가 떨어진 것이 무엇인지 보려고 고개를 돌린다. 카일리가 제 엄마와 스튜어트를 콘크리트 수조 뒤로 떠민다.

진저가 정신을 가다듬고 빠르게 총을 네 번 연사한다.

총알 네 발이 콘크리트 수조를 탕탕탕탕 세차게 때린다.

진저는 몸을 이동한 후 한쪽 눈을 감고서, 갈라진 콘크리트 틈 뒤에서 자기 쪽을 살피는 카일리의 어깨를 신중하게 겨눈다. 하지만 다음 발포는 없을 것이다. 총알이 떨어졌다.

"젠장!" 진저가 으르렁거린다.

총알이 떨어졌구나. 레이철은 카일리한테서 권총을 빼앗은 후 몸을 일으켜 진저를 조준하고 신중하게 방아쇠를 당긴다. 방아쇠가 당겨지질 않는다. 이 권총도 총알이 없거나, 아마 총알이 걸렸을 확률이 더 높을 것이다. 레이철은 걸린 총알을 어떻게 빼는지 모른다.

두 여자가 서로를 잡아먹을 듯 노려본다.

또 다른 의식이 떠오른다.

거울 레이철, 거울 진저, 네가 나일 수도 있고, 내가 너일 수도 있어.

레이철은 도리질을 한다. 서로 다를 바 없는 너와 나니 하는 헛소리는 믿지 않을 것이다. **우린 모두 선택권이 있어.**

진저가 미소를 지으며 총을 떨어뜨린다.

"가만두지 않겠어." 레이철이 이를 갈며 진저한테 덤벼든다.

진저가 재빨리 방어 자세를 취하지만, 레이철의 기세에 두 사람 모두 바닥으로 나가떨어진다.

진저는 벌떡 몸을 일으키고, 레이철은 바닥에서 금속 물체를 발견해 그것을 주워 진저를 향해 던진다. 하지만 금속은 빗나가 콘크리트 벽에 부딪쳐 쨍그랑 떨어진다.

레이철도 일어나 진저한테 주먹을 날린다. 주먹이 너무 느려 진저는 옆으로 한 발짝 움직이는 것만으로 가볍게 피한다. 멍해진 레이철의 얼굴을 머리로 들이받는 진저의 푸른 눈이 광기로 번득인다.

레이철은 평생 한 번도 코가 부러져본 적이 없다. 그런데 막상 당해보니 순간적으로 눈앞이 캄캄해질 정도로 너무 아프다. 진저가 레이철의 옆구리, 배, 왼쪽 가슴을 주먹으로 친다.

레이철은 움찔하며 털썩 무릎을 꿇지만, 간신히 다시 일어난다.

"어때, 내 선물 마음에 들었어, 이년아? 이건 더 마음에 들 거다." 진저가 레이철의 목을 주먹으로 치고는 왼쪽 가슴을 한 번 더, 그다음으로는 피가 철철 흘러나오는 코를 정면으로 친다.

정확히 조준해서 묵직하게 날린 주먹은 치명적이었다.

레이철이 바닥에 철퍼덕 쓰러진다.

진저는 잽싸게 레이철 위로 올라타 레이철을 똑바로 눕힌다.

진저가 너무 날쌔고 노련해서 레이철한테는 기회가 아예 없다.

"안 돼, 악." 헐떡거리는 레이철의 목에 진저가 양손을 두르고 조르기 시작한다.

"네가 골칫거리가 될 줄 알았어. 처음부터 그럴 줄 알았다고." 광기와 흥분이 뒤섞인 진저의 사나운 얼굴이 레이철을 죽일 듯 노려본다. 진저의 입에서 침이 줄줄 흐른다. 진저는 싱글벙글 웃고 있다. 지금 이 상황을 즐기는 것이다. "그럴 줄 알았어!" 진저가 목을 더 세게 조른다. 진저는 FBI 호신술 강의에서 몇 초 만에 사람을 목 졸라 죽이는 법을 배웠다.

레이철의 시야가 점점 좁아진다.

모든 게 하얘진다.

"넌 죽을 거다, 이년아!" 진저가 소리를 지른다.

좁아지는 시야.

백색.

무(無).

자신이 영영 사라질 거란 사실을 레이철은 알고 있다.

더러운 콘크리트 바닥 위로 자신의 생명이 찔끔찔끔 새어나가고 있는 것이 느껴진다.

카일리한테 엄마가 널 사랑하지만 못 버틸 것 같다는 말을 어떻게 하지?

카일리에게 말을 할 수가 없다. 이야기를 할 수가 없다. 숨을 쉴 수가 없다.

누구나 할 수 있는 걸 레이철은 아무것도 못 한다.

레이철은 이제 모든 게 이해된다.

체인은 인간의 가장 중요한 감정인 사랑을 이용해서, 사랑의 힘을 이용해서 돈을 버는 끔찍한 수단이다. 자식을 향한 부모의 사랑, 형제자매간의 사랑, 또는 연인의 사랑이 없는 세상에서는 먹히지 않을 수단이다. 사랑이라는 감정이 전혀 없거나 사랑을 이해하지 못하는 소시오패스만이 체인을 돈벌이 수단으로 쓸 수 있을 것이다.

사랑은 아리아드네와 테세우스를 파멸로 이끌었다.

보르헤스 소설 속의 미노타우로스도 마찬가지다.

사랑, 진저는 사랑의 시도조차 거의 해본 적 없을 것이다.

레이철 눈에는 그게 다 보인다.

그녀는 알 것 같다.

체인은 우리 모두를 친구와 가족으로 묶는 끈에 대한 은유다. 체인은 어머니와 자식 사이의 탯줄이요, 영웅이 모험 길에서 지나야 할 길 혹은 방향이자, 가느다란 붉은 실타래, 즉 아리아드네가 미궁이라는 문제에 직면하여 생각해낸 해결책인 것이다.

레이철은 그 모든 걸 이해한다.

아는 것은 슬픔의 씨앗이다.

레이철은 눈을 감고 자신을 둘러싸는 암흑을 느낀다.

세상이 점점 작아지고 희미해지다가 저 먼 곳으로 떨어진다⋯⋯.

그러다 손에 무언가가 느껴진다.

예리한 어떤 것. 벨 수 있는 어떤 것. 상처를 입힐 수 있는 어떤 것. 길고 얇은 유리 조각이다.

레이철은 엄지손가락으로 유리 조각을 질질 끌어와 손에 꼭 쥔다.

손에서 피가 나지만 유리를 쥔 손의 힘은 강하다.

거울을 기피했던 레이철 클라인이 거울 속에서 몸부림치다가 그 거울 조각을 손에 넣었다.

레이철은 그걸 진저한테 선물로 주려고 한다.

그렇다.

젖 먹던 힘을 다해, 레이철은 유리 조각을 진저의 목에 힘껏 박아 넣는다.

진저가 비명을 지르며 레이철을 놓더니 자기 목을 움켜잡는다.

진저는 손으로 유리 조각을 더듬더듬 찾으며 목숨을 부지하려고 기를 쓰지만, 경동맥이 절단된 상처 부위에서는 이미 새빨간 동맥혈이 분수처럼 솟구친다.

몸을 굴려 진저의 손아귀에서 빠져나온 레이철은 허겁지겁 숨을 들이마신다. 진저의 두 눈이 휘둥그레진다. "그럴 줄 알았어, 네가⋯⋯." 진저가 힘없이 바닥으로 쓰러진다.

레이철은 호흡을 하면서 눈을 감았다가 다시 뜬다.

이번엔 카일리가 레이철을 안아준다.

20초쯤 카일리의 품에 안겨 있던 레이철은 자리에서 일어나 다 해진 천으로 피트의 복부 상처를 압박한다.

그럭저럭 총알이 주요 혈관은 비껴갔지만 피트는 치료를 받아야 한다. 그것도 빨리.

카일리가 엄마 휴대폰을 찾아 911에 전화를 걸어 경찰과 구급차 가 필요하다고 말한다.

카일리는 휴대폰을 스튜어트에게 건네고 제 아빠를 살피러 간다.

스튜어트가 1A번 국도에서 어떤 길로 와야 자신들이 있는 곳에 도착할 수 있는지 전화로 정확하게 알려준다. 그들 뒤로 집이 불타 고 있는 게 보이자 소방차도 함께 보내달라고 한다. "전화 끊지 말 고 기다려줘. 구급대가 가는 중이야." 상담원이 말한다.

카일리는 방수포를 두 장 찾아내 한 장은 삼촌과 아빠를 덮어주 고 나머지 한 장은 엄마와 스튜어트를 덮어준다. 도살장 안으로 윙 윙 불어 들어오는 바람과 눈보라를 막아주려는 것이다.

"이리 와." 레이철이 카일리와 스튜어트를 향해 말하며 아이들을 바짝 잡아당긴다.

레이철은 수천 년 세월 엄마들이 자식들을 안심시킬 때 썼을 법 한 목소리로 카일리와 스튜어트한테 다 잘될 거라고 말해준다.

"난 뭘 할까?" 마티가 그들을 향해 엉금엉금 기어오며 묻는다.

"아빠 삼촌 도와줘. 상처 부위 계속 압박해야 해."

마티가 고개를 끄덕이고는 피트의 복부에 댄 천을 세게 누른다. "형, 조금만 버텨. 이보다 더한 일도 겪어봤을 거 아냐."

상처는 끔찍해 보이지만 피트의 까만 눈동자는 여전히 이글이글

빛나고 있다. 사신은 강하게 반발하는 초자연적인 힘을 상대해야 할 것이다.

남아 있는 도살장 지붕 위로 불똥이 떨어진다.

"우리 여기서 나가야 할 것 같은데." 마티가 말한다.

레이철은 집의 서쪽을 완전히 집어삼킨 사나운 불길을 바라본다.

"우리가 피트를 옮길 수 있을까?"

"옮겨야 할 것 같아."

집의 위층을 완전히 에워싼 불꽃에 목조 데크가 쿵 하고 땅바닥으로 무너져 내린다.

시커먼 하늘을 떠다니다 밑으로 떨어진 눈과 불똥이 도살장 안에서 뒤섞인다.

"구급차 소리가 들리는 것 같아." 밤을 뚫고 들려오는 사이렌 소리에 레이철이 말한다.

카일리가 미소를 짓자 스튜어트가 고개를 끄덕인다. 레이철은 방수포로 두 아이들을 단단히 감싼다. 레이철로서는 딸을 다시는 보내기 힘들 것이다. 아니 불가능할 것이다. 레이철이 카일리의 정수리에 입을 맞춘다.

피트가 그 모습을 보고 흐뭇해한다.

피트는 느릿느릿 눈을 깜빡인다.

무슨 말인가 하려고 해보지만 지금은 아무 말도 나오지 않는다.

자신이 곧 쇼크 상태가 되리라는 것을 피트는 알고 있다. 백만 번쯤 본 적 있는 일이다. 살아남으려면 위생병이 있어야 할 것이다.

마티가 피트에게 말을 걸고 있지만, 피트에게 필요한 건…… 어디 있나?

피트는 손끝에 할아버지의 콜트 45구경이 닿을 때까지 땅바닥을 더듬는다. 미주리 전함을 향해 돌진하는 제로센 전투기를 보고 분노한 할아버지가 발사했다는 그 총을 찾아.

피트가 간신히 총을 찾아 쥐고 들어 올린다.

할아버지의 45구경…… 할아버지를 태평양 전쟁 내내 안전하게 지켜주고 피트를 다섯 번의 파병에서 지켜준 행운의 부적.

피트는 그 총에 일말의 운이 남아 있기를 희망한다.

74

아주 어렸을 때부터 사람들은 그를 레드라 불렀다. 아버지가 자기 이름을 따서 대니얼이라는 이름을 지어주었지만, 아버지란 사람이 주먹을 너무 헤프게 휘두르는 바람에 자기 이름을 딴 아들한테 인기가 없었다.

군대에서는 그를 레드라 부른다. 아니면 병장, 아니면 피츠패트릭 병장. 그는 레드를 선호한다.

군대는 그에게 좋은 곳이다. 글자를 가르쳐주기 때문이다.

읽기 보충 수업을 듣는 레드. 신문 만화란을 훑어보는 레드. 만화책에 빠진 레드. 빨갛게 부풀어 오른 크립톤(슈퍼맨의 고향별—옮긴이)의 태양. 붉은 길을 걷는 슈퍼맨.

군대는 그를 해외에도 보내준다.

정글 속 레드.

델타 평야에 간 레드.

나트랑에서 사창가에 간 레드.

사이공에서 사창가에 간 레드.

레드는 창녀들이 자신을 두려워한다는 걸 알고 있다. 창녀들은 그의 눈도, 목에 있는 비늘 모양 모반도 싫어한다. 창녀들은 그를 레드나 대니얼이나 병장이라고 부르지 않는다. 그의 등 뒤에서 **옹 마 퀴**라고 부른다. '바다의 악마'라는 뜻이다.

헬기에 탄 레드.

이아드랑 계곡 전투에서 총격전을 벌이는 레드. 박격포가 밀고 오는데도 냉정을 잃지 않는 레드. 은성훈장 수훈 추천을 받는 레드.

본국에 돌아와 사우스보스턴의 여자 친구가 낳은 남자 아기를 소개 받는 레드.

보스턴 경찰에 합류하는 레드.

때는 1960년대, 젊은 남자한테는 돈 벌 기회가 많은 시기다. 때때로 사람 몇 명을 두들겨 패야 할 때도 있다.

그보다 훨씬 심한 일을 해야 할 때도 있다.

도체스터의 무허가 술집 바닥을 피로 얼룩지게 하는 레드.

밀고자의 지하 아파트 벽에 온통 피 칠갑을 해놓는 레드.

손에 피를 묻히는 레드. 눈이 시뻘개진 레드. 온통 붉은색뿐인 방들.

레드의 아내는 다른 남자와 눈이 맞아 미시간으로 도망을 친다. 미시간 앤아버에 있는 어느 집 바깥, 눈밭에 찍힌 선홍빛 발자국.

레드의 아들은 어른이 되어 제 아버지를 따라 법 집행 기관에 몸담는다.

영광의 나날들.

즐거운 빨간 날.

모두 몰락하기 전 얘기다. 그 히피 잡년이 아들 녀석의 인생으로 들어오기 전 얘기.

레드는 이제 늙은이다. 백발의 노인이다. 하지만 늙은 레드도 여전히 건재하다.

네놈들이 날 죽일 수 있을 것 같아?

난 명줄 긴 놈이라고.

이불장 바닥에서 기운을 차린 레드가 벌떡 일어나 절뚝거리며 서재 옆방으로 간다. 사방에 연기가 자욱하다. 집이 불타고 있다. 레드는 구급상자를 찾는다. 옆구리에 난 총상을 살핀다. 이보다 더 심하게 다친 적도 있다. 1977년에 깡패들과 총격을 벌였을 때. 1985년에 매사추세츠 리비어에서 수금하다 일이 꼬였을 때.

하지만 그땐 지금보다 젊었다. 훨씬 젊었다.

출혈이 심하다. 붕대를 감는 레드. 린트 붕대를 대는 레드. 절뚝거리며 총기 거치대로 간다. 집 바깥 도살장에서 고함 소리와 총소리가 난다.

레드는 M203 유탄 발사기가 장착된 M16을 집는다.

압도적인 무기가 필요한 경우 유일한 선택지다.

비틀거리며 부엌으로 가는 동안 시커먼 연기 때문에 기침이 난다.

믿기 힘들 만큼 부상이 심하다. 갈비뼈가 최소 네 대는 부러지고 폐에 구멍이 난 것 같다. 하지만 레드는 분명 이겨낼 것이다. 아마 이겨낼 것이다. 머리가 하얘져도 그는 여전히 레드이다.

레드는 비틀비틀 눈보라 속으로 나가 발을 질질 끌며 도살장 뒤편으로 향한다.

극심한 고통을 참아가며 한 발짝 한 발짝 내딛는다.

눈을 깜빡여 눈에 내려앉은 눈송이를 떨어낸다.

겨우 15미터 거리지만 50미터는 족히 되는 듯한 기분이다.

레드는 결국 엉금엉금 기어가는 신세가 된다. 날숨을 쉴 때마다 피거품이 나온다. 폐에 구멍이 난 게 틀림없다.

레드는 도살장 뒷문에 도달한다. 저승으로 가는 문.

흙투성이 레드. 난간을 붙잡고 눈보라를 맞는 레드.

숨 쉬는 게 힘들다. 멀쩡한 폐가 하나밖에 없는데 그마저도 피가 차고 있다.

레드는 계단을 올라가 뒷문으로 도살장 안을 응시한다.

아크등이 켜져 있어 모든 걸 볼 수 있다.

사랑하는 두 손주가 죽은 채 바닥에 누워 있다. 그 옛날 레드가 구한 아이들. 레드를 진심으로 사랑하고 이해해준 유일한 인간. 핏빛 세상에 있는 올리와 진저.

저 여자는 방수포로 감싼 두 아이들과 몸을 웅크린 채 바싹 붙어 있다. 마티와 또 다른 남자 한 명은 그 옆 바닥에 누워 있다. 보아하니 둘 다 아직 숨이 붙어 있다. 오래가진 않겠지만.

레드는 M16을 들어 올리고 하단에 부착되어 있는 유탄 발사기의 방아쇠에 손가락을 올린다. 철갑탄이 장전되어 저 안에 있는 모두를 죽일 수 있다. 아마 레드 본인까지도.

잘됐어. 레드는 방아쇠를 당긴다.

75

사람들이 웅성대는 소리가 아스라이 들린다. 뭔가 차갑고 축축한 것이 얼굴 위로 떨어지고 있다.

여기가 어디지?

아, 그래.

잠깐 기절했지. 마티가 피트에게 말을 걸며 안아 올리려 하고 있다. 레이철은 카일리와 스튜어트를 껴안고 있다.

피트는 자신의 45구경을 손에 쥐고 있다. 도살장 바닥을 따라 시선을 이동하니 뒷문 밖에 서 있는 대니얼이 보인다. 피트가 대니얼을 본 것과 동시에 대니얼도 피트를 본다. 노인네한테는 유탄 발사기가 부착된 M16이 들려 있다.

레이철이 틀렸다. 체인은 뿌리 깊은 존재다. 그건 신화다. 노인 대 젊은이, 육군 대 해군, 카타르시스 대 카오스. 전쟁의 신은 의심의 여지 없이 그 둘 중 하나만을 살려둘 것이다. 그것도 순전히 자기 재미를 위해.

두 사람 다 방아쇠를 당긴다. 노인이 먼저 당기지만 금속 방아쇠가 제자리에서 꿈쩍도 하지 않자 어리둥절해한다. 하지만 그것도 잠시. 혼란 끝에 깨달음이 찾아온다. M203 유탄 발사기에 달린 수동 안전장치를 깜빡하고 풀지 않았다. M203은 위험한 무기다. 아무렇게나 발사되도록 내버려둬서는 안 된다. 발사 준비를 하고 손으로 안전장치를 풀어주어야만 한다.

젠장.

그는 묵직한 안전장치를 찾으려 재빨리 더듬지만, 피트의 총신이 눈부신 백색 불꽃을 내뿜는다. 가슴이 고통과 불길 속에서 폭발한다. 대니얼의 영혼은 2차 대전부터 전해 내려온 45구경이라는 쇳덩어리로 인해 산산조각 난다.

76

실루엣, 사이렌, 눈.

담요.

"피트, 미안하지만 여기가 곧 불타버릴 거라서, 당신을 밖으로 데리고 나가야 해요."

레이철, 카일리, 스튜어트가 마티와 피트를 부축해 도살장을 가로질러 출구 쪽으로 간다.

불타고 있는 건물에서 휘청거리며 빠져나온 다섯 명은 눈밭에 주저앉는다. 그들 뒤로 주방 아래 있던 가스통이 폭발한다.

"힘내요!" 레이철이 그들을 데리고 건물에서 더 멀리 이동한다.

푸른 불꽃.

눈송이.

번쩍거리는 불빛.

소방차가 다가오고 있다. 커다란 노란 화살표 위에 화재라는 단어가 거울에 비춘 것처럼 반대 방향으로 쓰여 있다.

레이철은 고개를 끄덕인다.

마침내 점괘대로 죽은 여우 세 마리와 노란 화살이 왔다. 드디어 코앞에 다가온 해방.

피트가 레이철을 손짓으로 부른다.

"왜요?"

"만약 내가 죽고 이번 일이 영화화되면, 어떤 멍청한 놈한테 내 역할 맡기게 내버려두지 말아줘요." 피트가 힘없이 투덜거린다.

레이철은 씩 웃으며 피트에게 키스를 한다.

"한 가지 더." 피트가 말을 이으려 하지만 목소리가 목구멍에 걸려 나오지 않는다.

"나도요." 레이철이 다시 한번 피트에게 키스한다.

77

이번 사건이 영화판에서 피트 역을 맡아 열연할 사람 같은 건 없을 것이다. 피트는 영화에 나오기에는 논란의 여지가 너무 많은 인물이기 때문이다. 범행을 자백한 후, 피트와 레이철은 약취유인, 불법감금, 아동 방치 등 중범죄로 입건된다. 그것만으로도 50년 형을 받기에 충분하다.

거기다 인스머스로 떠난 길지 않은 원정도 포함된다. 그건 자경단의 구조 시도였을까, 가택침입이었을까?

모든 걸 정리하기까지 오랜 시간이 걸렸다.

진저의 하드 드라이브에서 발견한 체인 관련 문서를 완전히 분석하는 데 연방 수사관들이 몇 주간 매달렸다.

용감하게도 던리비 가족이 나서주었다. 레이철에게서 체인을 깰 거라는 말을 듣고 어밀리아를 데려가도 좋다고 동의해주었다고 진술한 것이다. 그러면 돈도 해명이 된다. 경찰은 그 말을 한마디도 믿지 않았지만, 기소를 하게 되면 던리비 부부가 경찰에 불리한 증언을 할 것이 뻔했다.

이쯤 되자, 레이철과 피트를 비롯하여 체인 피해자 전원을 두고 동정 여론이 일기 시작한다. 대중은 그들을 절대적으로 지지한다. 레이철과 피트는 동정을 받는 피고이기 때문에 배심원 무효 판결이 날 확률이 매우 높다. 매사추세츠주 법무 장관실은 여론이 어떻게 전개될지 아주 잘 알고 있다. 레이철과 피트는 추후 조사가 있을 때까지 풀려난다. 던리비 부부가 레이철과 피트한테 유리한 증언을 하는 한, 대중이 그들의 편에 서는 한, 진저의 악행 이력이 더 철저히 드러나는 한, 재판 비용과 대중의 반감은 치솟을 게 뻔해 재판까지 갈 확률이 거의 없다는 게 레이철 측 변호사의 말이다. 체인이 영원히 끊기면서 그 연결 고리였던 사람들은 모두 풀려났다.

체인의 역사에 대해서는 기자들 수십 명이 조사 중이다.《보스턴 글로브》의 한 기자는 멕시코에서 시작된 피해자 대체 납치가 체인의 기원이라는 사실을 알아내기에 이른다.

체인의 피해자는 수백 명이나 되지만, 보복에 대한 두려움과 이따금 자행되는 유혈이 낭자한 잔혹한 복수가 그들 모두의 입을 틀어막았다.

어쨌든 거기까지가 레이철이 언론에서 읽은 내용이다.《보스턴 글로브》의 요약본이다. 타블로이드판 신문과 인터넷에는 그보다 훨씬 자극적인 기사가 올라왔다. 하지만 자위책의 일환으로 레이철은 타블로이드판 신문을 읽지 않는다. 구류에서 풀려난 이후로는 인터넷에도 접속하지 않고 있다.

레이철은 인터뷰도 모두 사양한다. 세상의 이목을 최대한 피하는 중이다. 학교에 딸을 데리러 가는 것과 커뮤니티 칼리지의 철학 강의안을 작성하는 일 외에 다른 일은 거의 하지 않는다. 이처럼 21세기답지 않은 소극적인 처신을 통해, 레이철은 결국 한물간 뉴스가 되고 만다.

레이철은 차츰 트위터나 인스타그램의 인기 주제에서 밀려난다. 어떤 불쌍한 다른 인간이 나타나 그녀의 자리를 채워주었기 때문이다. 불쌍한 인간은 그 후에 또 나타날 것이다. 그리고 또 그 후에도. 아주 흔해빠진 상황이다…….

뉴버리포트에서는 아직도 레이철을 알아본다. 어떻게 못 알아보겠는가? 하지만 차를 몰고 뉴햄프셔나 보스턴 교외에 있는 쇼핑몰까지 가면, 레이철을 알아보는 사람이 아무도 없다. 레이철은 그게 좋다.

3월 말, 눈부시게 빛나는 어느 아침.

레이철은 침대에서 노트북을 들여다보고 있다. 메일함에서 새로운 인터뷰 요청 스무 통을 삭제한 후 노트북을 덮는다. 피트는 샤워 중이다. 노래를 하면서. 유감스럽지만 음치다.

레이철은 미소를 짓는다. 피트는 요즘 메타돈 프로그램을 굉장히 잘 따르고 있고, 케임브리지의 첨단 기술 회사에 취직해 보안 컨설턴트 일도 착실하게 잘해내고 있다. 레이철은 맨발로 부엌에 들어가 주전자에 물을 채워 스토브에 올리고 불을 켠다.

위층에서 카일리의 아이패드가 이따금 땡땡 하고 소리를 내는 게 들린다. 잠에서 깬 카일리가 이불을 머리끝까지 푹 덮어쓴 채 친구들과 채팅을 하고 있을 것이다. 카일리도 놀라울 정도로 잘해내고 있다. 아이들은 회복이 빨라서 정신적 충격을 받아도 금세 오뚝이처럼 일어난다고들 하지만 카일리가 저렇게 벌떡 일어나고 있는 걸 보노라면 놀라울 따름이다.

8시가 되자 스튜어트가 온다. 레이철이 스튜어트를 안아준다. 스튜어트는 고양이를 쓰다듬으면서 카일리가 등교 준비를 마칠 때까지 참을성 있게 기다린다. 스튜어트도 아주 잘 지내고 있다. 그 자리에 있던 다섯 명 중, 스튜어트가 단연 명성을 가장 열심히 추구하는 스타일인 듯하다. 물론 마티 역시 대중의 관심을 한껏 즐기고 있는 것 같지만 말이다. 레이철은 마티가 몇 차례인가 텔레비전에 얼굴을 내밀고 자기 경험을 들려주는 모습을 보기도 했다. 이상하게도, 회를 거듭할수록 구조 과정에서 마티가 맡은 역할이 점점 황당무계해졌다. 마티도 잘 지내고 있고, 아주 어린 새 여자 친구 줄리는 그들 모두가 로맨틱 코미디 속 인물이라도 되는 줄 아는지, 침울해하는 전 부인 레이철도 결국 자신의 활력 넘치는 매력에 넘어오리라 굳게 믿고 있다.

레이철은 식탁에 앉아 다시 노트북을 연다. 이런저런 생각이 떠오른다. 세라 베이크웰의 『살구 칵테일을 마시는 철학자들』을 휙휙 넘기다가 미로 모양의 브로치를 달고 있는 시몬 드 보부아르 사진이 눈에 띄어 순간 깜짝 놀란다.

레이철은 책을 덮고 하버캠프 박사한테 손을 흔든다. 하버캠프는 보트에서 오수를 빼내려고 갈대밭을 걸어가고 있다.

레이철이 스튜어트를 향해 말한다. "이 강좌를 농담으로 시작하려고 하거든, 스튜어트. 어떻게 들리나 들어봐줄래? '제 친구가 독일 철학책을 파는 서점을 연다는 거예요. 전 안 팔릴 거라고 했죠.

지나치게 니치 마켓이잖아.(틈새시장을 뜻하는 '니치 마켓'이 철학자 니체의 이름과 발음이 비슷한 것을 소재로 삼은 농담—옮긴이)'" 레이철의 표정이 의기양양하다.

스튜어트가 얼굴을 찡그린다.

"별로니?"

"잘 알지도 못하면서 판단하긴 좀 그렇지만요, 음······."

"엄마, 걔가 하고 싶은 말은, 엄마 개그 스타일이 노땅들 취향이란 얘기야." 카일리가 발코니 난간에 기댄 채 거든다.

피트가 샤워를 마치고 나와 고개를 절레절레 흔든다. "제2의 인생 계획이 스탠드업 코미디언이 아니기만 빌겠어요."

"다들 마음대로 생각해, 흥!" 레이철이 투덜대면서 노트북을 닫는다.

모두 외출 준비를 마치고 밖으로 나가 차에 오른다. 등교하기엔 조금 이른 감이 있어 다 같이 1번 국도에 있는 던킨도너츠에 잠깐 들른다.

레이철은 곰 발바닥 모양 도너츠를 베어 무는 카일리를 바라본다. 카일리와 스튜어트는 〈기묘한 이야기〉 시즌3 스포일러를 두고 논쟁 중이다. 다시 시답잖은 수다나 떠는 느긋한 애늙은이 같은 카일리로 돌아왔다. 물론 가시는 그 자리에 늘 있을 것이다. 암흑. 그 가시는 앞으로도 영영 빼내지 못할 것이다. 그 가시는 이제 그녀의 일부, 그들의 일부다. 하지만 야뇨증은 사라졌고 악몽도 차츰 물러나고 있다. 그게 어딘가.

"자, 이번 건 먹힐 거 같으니까 들어봐. 전구 하나를 가는 데 힙스터 몇 명이 필요하게?" 레이철이 묻는다.

"아 엄마 좀! 부탁이야. 하지 말라고!" 카일리가 애원한다.

"몇 명 필요한데요?" 스튜어트가 묻는다.

"단언컨대 유행 안 하는 숫자라서 아마도 넌 못 들어봤을 숫자.(유행과 주류를 의식적으로 따르지 않는 힙스터의 특징을 꼬집은 농담—옮긴이)" 레이철의 말에 적어도 피트만은 씩 웃는다.

레이철은 애들을 학교에 내려주고 뉴버리포트에 있는 통근 열차 정거장에 피트를 내려준다. 새로 들어간 직장의 복장 규정 때문에 양복을 입어야 하는데 피트는 그걸 끔찍이 싫어한다. 지금도 끊임없이 넥타이를 만지작거리고 있다.

"그것 좀 내버려둬요! 그대로도 멋있으니까." 그냥 하는 말 같지만 레이철은 진심이다.

피트가 탈 열차가 도착하자, 레이철은 볼보로 돌아가 시내에 있는 월그린스 약국으로 향한다. 계산원 메리 앤과 서로 알고 지내는 사이이기 때문에 메리 앤이 자리에 없는 것을 확인한 후에야 슬그머니 임신 테스트기가 있는 통로 쪽으로 간다.

뭘 골라야 할지 모를 정도로 종류가 너무 많아 아무거나 집어 들고 계산대로 간다.

계산원은 고등학생 정도 되어 보이는 여자아이로, 명찰에 리플리라고 쓰여 있다. 『모비딕』을 읽고 있다. 보아하니 이 여학생은 '우회하면서 항해 중인 레이철 호'(『모비딕』 끝 문장. '그것은 우회하면서 항해하던 레이철 호로서 배는 오락가락 하면서 잃어버린 자식을 찾다가 결국은 남의 집 고아를 발견했던 것이다.'—옮긴이) 부분에 아직 도달하지 못한 모양이다. 두 사람의 눈이 마주친다.

"몇 장이에요?" 레이철이 묻는다.

"76장이에요."

"모든 책은 77장에서 끝나야 한다고 말했던 사람이 있었죠."

"대박, 이 책은 제발 그랬으면 좋겠어요. 아직 멀었거든요. 저기, 그 임신 테스트기요. 클리어블루로 사시는 게 좋을 거예요."

"클리어블루요?"

"퍼스트리스펀스가 더 싸긴 하지만, 거짓 양성이 나올 확률이 높거든요." 갑자기 학생이 목소리를 낮춘다. "다 경험에서 드리는 말씀이에요."

"클리어블루로 사야겠네요."

레이철은 임신 테스트기를 사고 스테이트 스트리트에 있는 스타벅스에서 커피를 한 잔 더 마신 다음 차를 몰고 플럼섬으로 돌아간다.

화장실에 가서 테스트기를 꺼낸다. 설명서를 읽고 테스트기를 변기 위에 걸친 채 소변을 본 다음 테스트기를 다시 상자 안에 집어넣는다.

3월 치고는 이례적으로 포근한 날이라, 레이철은 임신 테스트기 상자를 가지고 밖으로 나가 데크 가장자리에 걸터앉아서 모래 위로 발을 대롱대롱 흔든다.

지금은 밀물이다. 바다 냄새가 짙게 풍긴다. 3월의 미약한 열기가 대서양 쪽에 있는 저택들 위로 피어오르고 있다. 백로는 멍하니 입을 벌린 채 갈대밭을 헤치며 걷고, 매는 본토 방향인 서쪽을 향해 날아간다.

낚싯배들. 게 잡이 배들. 편의점 근처에서 개가 컹컹 짖는 소리.

레이철은 은유의 힘, 안락함, 안정감, 안전감의 위력을 느낀다.

소로는 플럼섬을 "뉴잉글랜드의 황폐한 사하라 사막"이라 불렀다지만 요즘엔 그렇지 않다.

레이철은 손에 든 상자를 내려다본다. 두 가지 미래가 담겨 있는 상자를. 그녀를 향해 1분 1초, 시시각각 빠르게 다가오고 있는 두 가지 미래.

한 번에 한 가지씩.

레이철은 미소를 짓는다.

둘 중 어느 쪽 미래든 괜찮을 것이다.

어떤 미래가 와도 다 괜찮을 것이다.

딸을 암흑 속에서 구했잖은가.

괴물도 죽였다.

앞으로도 역경은 있을 것이다.

백만 가지 역경이.

하지만 그녀는 카일리를 되찾았다.

피트도 있다.

그리고 살아남았다.

인생은 덧없는 찰나에 불과하지만 소중하다.

살아간다는 것 자체로 기적이다.

작가의 말

두 개의 거울을 마주 보게만 해도 미로를 만들 수 있으니까요.
—호르헤 루이스 보르헤스, 『7일 밤』

『더 체인』의 초고를 쓴 건 2012년 멕시코시티에서 피해자 교환 납치라는 개념을 처음 접하고 난 뒤였다. 피해자 교환 납치란 다른 가족 구성원이 자신보다 약한 납치 피해자를 대신해 인질이 되겠다고 자청하는 것이다. 나는 그 개념을 1970년대 말, 내가 어렸을 때 일어났던 한 사건에 접목시켜보았다. 그때는 악의적인 행운의 편지가 성행하던 시대였고, 아일랜드에서도 특히 내가 자란 곳은 유난히 미신을 심하게 믿는 지역이었다. 어느 정도였느냐 하면, 어렸던 우리는 책에 적힌 주문이 초자연적인 힘을 지녔다고 철석같이 믿었다. 5학년 어느 날, 담임 선생님이 우리 반 아이들한테 각자 마음에 걸리는 행운의 편지가 있으면 가져오라고 하셨고, 나도 마음을 괴롭히고 있던 행운의 편지를 선생님께 드렸다. 선생님은 다른 편지와 함께 내 편지도 파기하면서 그 편지를 쓴 사람이 단언했던 징크스, 재앙, 불행에 거역했고 사실상 행운의 편지의 고리를 깨뜨렸다. 이 사건은 어린 내게 깊은 인상을 남겼고 어른이 되어서도 그 인상은 전혀 흐려지지 않았다. 그 후 30년 동안 때마다 나는 엄마에게 칼라일 선생님의 안부를 물었고, 선생님이 무탈하게 잘 지내신다는 얘기를 들을 때마다 마음이 놓이곤 했다.

다시 2012년으로 돌아가서, 당시에는 『더 체인』을 단편으로 썼지만 장편으로 발전시킬 소지가 다분하다는 생각이 들었다. 그래서 미완성인 채로 서랍에 고이 모셔두고 있었다. 2017년, 마침내 내게도 정식 저작권 대리인이 생겼다. 스토리팩토리를 세운 셰인 살레르노다. 나는 내가 유년을 보낸 벨파스트를 배경으로 숀 더피라는 탐정이 나오는 소설 시리즈를 집필해오고 있었다. 이 시리즈도 호평을 받았고 상도 몇 개 탔지만 내가 바라는 만큼 획기적이진 못했다. 그때 셰인이 전화를 걸어와 미국에서 출간할 만한 책의 아이디어가 없냐고 묻기에 『더 체인』의 단편 버전을 툭 던졌다. 부엌에 있던 셰인이 뭔가를 떨어뜨려 박살 나는 소리가 들리더니, 나더러 지금 무슨 일을 하는 중인지는 모르겠지만 당장 그만두고 『더 체인』 장편 집필을 시작하라고 난리를 쳤다. 그래서 그렇게 했다.

모든 책이 협업의 결과물이기 마련이다. 『더 체인』의 초고를 읽고 수준 높은 의견을 제시해 내 수준을 끌어올려준 돈 윈즐로와 스티브 해밀턴, 스티브 캐버너, 존 맥페트리지, 셰인 살레르노에게 감사를 전한다.

멀홀랜드의 뛰어난 편집자 조시 켄들은 법의학적 분석가의 예리한 시선을 가지고 원고를 탐독해주었다. 켄들이 계속 다그쳐준 덕분에 어떤 아이디어나 개념이 빈틈은 없는지, 설득력은 있는지 꼼꼼히 따져볼 수 있었다. 멀홀랜드와 리틀, 브라운에서는 지칠 줄 모르는 명석한 두뇌의 소유자 트레이시 로, 패멀라 마셜, 캐서린 마이어스, 패멀라 브라운, 크레그 영, 레이건 아서, 마이클 피치, 마지막으로 영업팀 전체에 고마운 마음을 전하고 싶다. 오라이언에서는 에머드 악타르, 리앤 올리버, 톰 노블, 젠 윌슨, 새러 벤튼, 케이티 에스피너의 피와 땀과 눈물에 신세를 졌다. 에셰트 오스트레일리아 쪽은 버네사 래드니지, 저스틴 래트클리프, 대니얼 필킹턴한테 특별히 감사 인사를 보낸다.

『더 체인』 집필을 위한 자료 조사의 태반이 이루어진 뉴버리포트 공립 도서관의 직원들에게도 감사 인사를 전하고 싶다. 할렘에 있는 뉴욕 공립 도서관 조지 브루스 분관 직원들도 글을 쓸 수 있는 조용한 공간을 제공해주어 얼마나 고마운지 모른다. 우연인지 공감 주술 덕분인지 모르겠지만, 글이 막혔을 때 마침 잡지 기사 때문에 프라하로 출장을 갔는데 바로 그곳, 나 포리치 7번지 프란츠 카프카의 예전 사무실(현재는 호텔이다)에서 『더 체인』의 마지막 장을 썼다.

이번 헌사를 마무리하면서 오랜 세월 내게 격려와 조언을 아끼지 않았으며 집필이 정말 나한테 맞는 일인지 의문을 품을 때마다 버티라고 말해준 시머스 히니, 루스 렌델, 돈 윈즐로, 이언 랭킨, 브라이언 이벤슨, 발 맥더미드, 다이애나 개발든한테 감사한 마음을 전하고 싶다.

그리고 늘 내 소설의 첫 독자이자 훌륭한 독자가 되어주는 아내 레아 개릿, 두 딸 아르원과 소피에게 고마운 마음을 전하고 싶다. 두 딸은 썩 내켜하지는 않았지만 아무튼 10대들의 취향과 말투 부분에서 내 조력자가 되어주었을 뿐만 아니라 아이들의 건강이나 행복이 위협을 받으면 무슨 짓까지 할 수 있는지도 일깨워주었다.

건배!

더 체인

1판 1쇄 발행 2020년 7월 30일
1판 2쇄 발행 2021년 3월 25일

지은이 에이드리언 매킨티   **옮긴이** 황금진
펴낸이 김영곤   **펴낸곳** 아르테
아르테사업본부 본부장 장현주
문학팀 김유진 김연수 원보람   **디자인** 김형균
해외기획팀 정영주 이윤경
마케팅팀 김익겸 정유진 김현아 진승빈
영업팀 한충희 김한성 오서영
제작팀 이영민 권경민

출판등록 2000년 5월 6일 제406-2003-061호
주소 (우 10881) 경기도 파주시 회동길 201(문발동)

대표전화 031-955-2100   **팩스** 031-955-2151

ISBN 978-89-509-8950-7 03840

아르테는 (주)북이십일의 문학 브랜드입니다.

(주)북이십일 경계를 허무는 콘텐츠 리더

아르테 채널에서 도서 정보와 다양한 영상자료, 이벤트를 만나세요!
인스타그램 instagram.com/21_arte   **페이스북** facebook.com/21arte
포스트 post.naver.com/staubin   **홈페이지** arte.book21.com